李白集校注

[唐]李 白 著
瞿蜕園 朱金城 校注

李白集校注卷二十

古近體詩六十首

遊南陽白水登石激作

朝涉白水源，暫與人俗疎。島嶼佳境色，江天涵清虛。目送去海雲，心閑遊川魚。長歌盡落日，乘月歸田廬。

【校】

〔題〕兩宋本、繆本題下俱注云：襄陽。

【注】

〔南陽〕舊唐書地理志：山南東道鄧州：天寶元年，改爲南陽郡。

〔白水〕王云：方輿勝覽：棗陽有白水，即白河。一統志：淯水在南陽府城東三里，俗名白河。

〔石激〕王云：一統志：石激在南陽府城東三里，淯水環流，爲一城之勝，可以禦水患而障城郭，其堅完甃石猶在。按：激爲水堰之意。水經注沔水：沔水北岸數里有大石激，名曰五女激，或言女父爲人所害，居固城，五女思復父怨，故立激以攻城。是石激非地名也。

【評箋】

今人詹鍈云：詩云：「長歌盡落日，乘月歸田廬。」與憶崔宗之詩所云「白水弄素月」正合。按：卷七之南都行，卷十六之南陽送客與此篇及下遊南陽清泠泉一篇，皆當爲同時所作，詞意亦相似，不止詹氏所舉也。

遊南陽清泠泉

惜彼落日暮，愛此寒泉清。西輝逐流水，蕩漾游子情。空歌望雲月，曲盡長松聲。

【校】

〔西輝〕輝，兩宋本、繆本俱作耀。王本注云：繆本作耀。

【注】

〔清泠泉〕王云：一統志：豐山在南陽府城東北三十里。……下有泉曰清泠泉。按楊云：薛綜注：清泠，水名，在南陽西鄂山上。考張衡南都賦：耕父揚光於清泠之淵。薛注引山海經：有神耕父，處豐山，常遊清泠之淵，出入有光。

尋魯城北范居士失道落蒼耳中見范置酒摘蒼耳作

雁度秋色遠，日靜無雲時。客心不自得，浩漫將何之。忽憶范野人，閑園養幽姿。茫然起逸興，仍恐行來遲。城壕失往路，馬首迷荒陂。不惜翠雲裘，遂爲蒼耳欺。入門且一笑，把臂君爲誰。酒客愛秋蔬，山盤薦霜梨。他筵不下筯，此席忘朝飢。酸棗垂北郭，寒瓜蔓東籬。還傾四五酌，自詠猛虎詞。近作十日歡，遠爲千載期。風流自簸蕩，謔浪偏相宜。酣來上馬去，却笑高陽池。

【校】

〔題〕兩宋本、繆本題下俱注云：魯中。

〔惜〕惜，蕭本作借。

【注】

〔范居士〕王云：居易録：魯城北有范氏莊，即太白訪范居士失道落蒼耳中者。琦按杜甫有與李十二白同尋范十隱居詩云：「李侯有佳句，往往似陰鏗。予亦東蒙客，憐君如弟兄。醉眠秋共被，攜手日同行。更想幽期處，還尋北郭生。入門高興發，侍立小童清。落景聞寒杵，屯雲對古城。何來吟橘頌？唯欲討蓴羹。不願論簪笏，悠悠滄海情。」疑即此人也。

〔蒼耳〕王云：埤雅：荆楚記曰：卷耳一名瑲草，亦云蒼耳，叢生如盤，今人以葉覆麥作黄衣者，所在有之。爾雅翼：卷耳，菜名也。幽、冀謂之襢菜，雒下謂之胡枲，江東呼爲常枲，葉青白色，似胡荽，白花細莖，可煮爲茹，滑而少味，又謂之常思菜，傖人皆食之。又以其葉覆麴作黄衣，其實如鼠耳而蒼色，上多刺，好著人衣，今人通謂之蒼耳。

〔酸棗〕王云：本草：陶弘景曰：酸棗今出山東間，云即山棗樹，子似武昌棗而味極酸，東人噉之以醒睡。蘇頌曰：酸棗，今近汴、洛及西北州郡皆有之，野生多在坡坂及城壘間，似棗木而皮細，其木心赤色，莖葉俱青，花似棗花，八月結實，紫紅色，似棗而圓小，味酸。

〔北郭〕宋長白柳亭詩話云：高士傳：楚王使人聘北郭先生，謀諸婦，婦曰：「結駟連騎，所安不過容膝。」遂辭之。後漢廖扶居汝南，不應辟召，亦號北郭先生。李太白尋范居士詩：「忽憶范野人，閒園養幽姿。酸棗垂北郭，寒瓜蔓東籬。」杜子美與李十二同尋范十隱居詩：「更想幽期處，還尋北郭生。」以其居在北郭，遂借以稱之耳。

〔寒瓜〕王云：梁書：滕曇恭母楊氏患熱，思食寒瓜。本草：陶弘景言：永嘉有寒瓜甚大，可藏至春。

〔猛虎詞〕按：卷十一有聞謝楊兒吟猛虎詞，蓋白所自喜之作也。

〔十日〕史記范雎列傳：秦昭王……詳爲好書，遺平原君曰：「寡人聞君之高義，……願與君爲十日之飲。」

〔高陽池〕見卷五襄陽曲第二首注。

【評箋】

今人詹鍈云：少陵先生年譜會箋於天寶四載下云：在兗州時白嘗偕公同訪范十隱居，公有詩曰：「落景聞寒杵」，白集亦有尋范詩曰：「雁度秋色遠」，二詩所紀時序正同。又公詩曰：「更想幽期處，還尋北郭生。」白詩曰：「忽憶范野人，閑園養幽姿。茫然起逸興，但恐行來遲。」公詩曰：「入門高興發」，白詩曰：「入門且一笑。」公詩曰：「不願論簪笏，悠悠滄海情。」白詩曰：「遠爲滄海期，風流自簸蕩。」辭意亦相髣髴，當是同時所作。且兗州天寶元年改魯郡，白范詩題曰魯城，知爲其時所作。蓋此後浪遊南中，不聞復歸魯也。

按：卷十七有送范山人歸太山詩，蓋范本居泰山，常往來城郊與山中也。

東魯門泛舟二首

日落沙明天倒開，波搖石動水縈迴。輕舟泛月尋溪轉，疑是山陰雪後來。

【校】

〔東魯〕兩宋本、繆本俱作魯東。王本注云：繆本作魯東。

【注】

〔東魯門〕明一統志卷二三：東魯門在兗州府城東。

〔山陰〕見卷九淮海對雪贈傅靄及卷十三秋山寄衞尉張卿及王徵君詩注。

其二

水作青龍盤石隄，桃花夾岸魯門西。若教月下乘舟去，何啻風流到剡溪？

秋獵孟諸夜歸置酒單父東樓觀妓

傾暉速短炬，走海無停川。冀餐圓丘草，欲以還頹年。此事不可得，微生若浮烟。駿發跨名駒，雕弓控鳴弦。鷹豪魯草白，狐兔多肥鮮。邀遮相馳逐，遂出城東田。一掃四野空，喧呼鞍馬前。歸來獻所獲，炮炙宜霜天。出舞兩美人，飄颻若雲仙。留歡不知疲，清曉方來旋。

【校】

〔駿〕兩宋本、繆本俱作俊。王本注云：繆本作俊。

【注】

〔孟諸〕王云：杜預春秋經傳集解：孟諸，宋大藪也。在梁國睢陽縣東北。元和郡縣志：孟諸澤在宋州虞城縣西北十里，周迴五十里，俗號盟諸澤。

〔圓丘〕文選郭璞遊仙詩：「圓丘有奇草。」李善注：外國圖曰：圓丘有不死樹，食之乃壽。呂向注：圓丘，山名。奇草，芝草也。

〔炮炙〕王云：説文：炰，毛炙肉也。韻會：錢氏曰：凡肉置火中曰炮，近火曰炙。

遊太山六首

四月上太山，石平御道開。六龍過萬壑，澗谷隨縈迴。馬跡遶碧峯，於今滿青苔。飛流灑絶巘，水急松聲哀。北眺崿嶂奇，傾崖向東摧。洞門閉石扇，地底興雲雷。登高望蓬瀛，想象金銀臺。天門一長嘯，萬里清風來。玉女四五人，飄颻下九垓。含笑引素手，遺我流霞杯。稽首再拜之，自媿非仙才。曠然小宇宙，棄世何悠哉！

【校】

〔題〕兩宋本、繆本、王本題下俱注云：一作天寶元年四月從故御道上太山。

〔石平〕平，蕭本作屏。王本注云：蕭本作屏。

〔水急〕急，兩宋本、繆本、蕭本、王本俱注云：一作色。英華作色。

〔地底〕底，王本注云：許本作低，霏玉本作阺。

〔金銀〕銀，兩宋本、繆本俱作録。王本注云：繆本作録。

【注】

〔太山〕見卷十七送范山人歸太山詩注。

〔御道〕舊唐書玄宗紀：開元十三年十月辛酉，東封泰山，發自東都。十一月丙戌，至兗州岱宗頓。……己丑，日南至，備法駕登山，仗衛羅列山下百餘里，詔行從留于谷口，上與宰臣禮官升山。庚寅，祀昊天上帝於上壇，有司祀五帝百神於下壇。禮畢，藏玉册於封祀壇之石磩，然後燔柴。燎發，羣臣稱萬歲，傳呼自山頂至岳下，震動山谷。楊云：玄宗開元十三年有事泰山，其登山也，次于中道休三刻而後升，即御道也。

〔六龍〕王云：宋書：天子所御駕六，其餘副車皆駕四。按書稱朽索御六馬。逸禮王度記曰：天子駕六，袁盎諫漢文馳六飛，魏時天子亦駕六。六龍之義本此。參見卷三蜀道難及卷八上皇西巡南京歌第四首注。

〔金銀臺〕文選郭璞遊仙詩：「神仙排雲出，但見金銀臺。」

〔天門〕王云：山東通志：上泰山，屈曲盤道百餘，經南天門東西三天門，至絶頂，高四十餘里。

〔九垓〕見卷四司馬將軍歌注。

〔仙才〕漢武内傳：王母曰：「雖當語之以至道，殆恐非仙才也。」

其二

清曉騎白鹿，直上天門山。山際逢羽人，方瞳好容顏。捫蘿欲就語，却掩青雲關。遺我鳥跡書，飄然落巖間。其字乃上古，讀之了不閑。感此三嘆息，從師方未還。

【注】

〔羽人〕楚辭遠遊：仍羽人於丹丘。王逸注：人得道身生羽毛也。朱熹注：羽人，飛仙也。

〔方瞳〕王云：抱朴子：仙人目瞳正方。神仙傳：李根瞳子皆方。按仙經云：八百歲人瞳子方也。

〔鳥跡〕見卷十九酬崔十五見招詩注。

〔不閑〕王云：爾雅：閑，習也。荀子：多見曰閑。

其三

平明登日觀，舉手開雲關。精神四飛揚，如出天地間。黄河從西來，窈窕入遠山。憑崖覽八極，目盡長空閑。偶然值青童，緑髮雙雲鬟。笑我晚學仙，蹉跎凋朱顔。躊躇忽不見，浩蕩難追攀。

【校】

〔舉手〕手，英華作首。

〔緑髮〕髮，英華作鬢。

〔難〕英華作艱。

【注】

〔日觀〕水經注汶水：應劭漢官儀云：泰山東南山頂名曰日觀。日觀者，雞一鳴時，見日始欲出，長三丈許，故以名焉。並參見卷十七送范山人歸太山詩注。

〔雲關〕王云：北山移文：扃岫幌，掩雲關。雲關者，雲氣擁蔽如門關也。

〔黄河〕太平御覽卷三九泰山記云：黄河去泰山二百餘里，於祠所瞻黄河如帶，若在山趾。

其四

清齋三千日，裂素寫道經。吟誦有所得，衆神衛我形。雲行信長風，颯若羽翼生。攀崖上日觀，伏檻窺東溟。海色動遠山，天雞已先鳴。銀臺出倒景，白浪翻長鯨。安得不死藥，高飛向蓬瀛？

【注】

〔清齋〕太平廣記卷五八南岳魏夫人傳：入陽洛山中，清齋五百日，讀大洞真經。按：王引此文陽洛誤作洛陽。

〔素〕王云：顔師古急就篇注：素謂絹之精白者，即所用寫書之素也。

〔倒景〕王云：謝靈運詩：「張組眺倒景，列筵矚歸潮。」李善注：游天台山賦曰：或倒景於重溟。王彪之遊仙詩曰：「遠遊絶塵霧，輕舉觀滄溟。蓬萊蔭倒景，崑崙罩層城。」並以山臨水而景倒，謂之倒景。此篇倒景正作此解，與二卷中所用倒景，故自不同。

其五

日觀東北傾，兩崖夾雙石。海水落眼前，天光遥空碧。千峯争攢聚；萬壑絶凌歷。緬彼鶴上仙，去無雲中跡。長松入霄漢，遠望不盈尺。山花異人間，五月雪中白。終當遇安期，於此鍊玉液。

【校】

〔攢聚〕聚，咸本作叢。

〔霄漢〕霄，蕭本作雲。王本注云：蕭本作雲。

【注】

〔五月〕王云：歲華紀麗：泰山冬夏有雪。

〔安期〕見卷二古風第七首注。

其六

朝飲王母池，暝投天門闕。獨抱緑綺琴，夜行青山間。山明月露白；夜静松風歇。仙人遊碧峯，處處笙歌發。寂静娱清輝，玉真連翠微。想象鸞鳳舞；飄颻龍虎衣。捫天摘匏瓜，恍惚不憶歸。舉手弄清淺，誤攀織女機。明晨坐相失，但見五雲飛。

【校】

〔天門闕〕闕，兩宋本、繆本、咸本俱作闕。王本注云：繆本作闕。

〔山間〕間，兩宋本、繆本、咸本俱作月。王本注云：繆本作月。

〔寂静〕静，兩宋本、繆本、咸本俱作聽，似是。王本注云：繆本作聽。

【注】

〔王母池〕王云：山東通志：王母池在泰山下之東南麓，一名瑶池。水極甘冽，瀵沸瀳瀚，不竭不盈，鄉人取水禜雨頗驗。

〔緑綺〕傅玄琴賦序：楚王有琴曰繞梁，司馬相如有緑綺，蔡邕有焦尾，皆名器也。

〔翠微〕爾雅釋山：未及上翠微。疏：謂未及頂上在旁陂陀之處，名翠微。一説，山氣青縹色，故曰翠微也。

〔匏瓜〕王云：隋書：匏瓜五星，在離珠北。史記索隱：荆州占云：匏瓜一名天雞，在河鼓東，匏瓜明則歲大熟。

〔五雲〕王云：五雲，五色雲也。　參見卷七侍從宜春苑奉詔賦龍池柳色初青聽新鶯百囀歌詩注。

【評箋】

唐宋詩醇云：白性本高逸，復遇偃蹇，其胸中磊砢一於詩乎發之。泰山觀日，天下之奇，故足以舒其曠渺而寫其塊壘不平之意。是篇氣骨高峻而無恢張之象，後三篇狀景奇特，而無刻削之迹。蓋浩浩落落獨往獨來，自然而成，不假人力，大家所以異人者在此。若其體近游仙，則其寄興云耳。

沈濤云：古詩：「河漢清且淺」，李白游太山詩：「舉手弄清淺，誤攀織女機。」是即以清淺

爲河漢。(匏廬詩話)

按：王譜云：天寶元年，時太白遊會稽，與道士吴筠共居剡中，會筠以召赴闕，薦之於朝，玄宗乃下詔徵之。又云：遊太山詩古本題下有注云：天寶元年四月，從故御道上太山。則其時在魯而不在會稽，并未嘗入京可知也。但未知遊泰山之後方入會稽，抑入會稽在遊太山之先，皆不可考。王氏過泥新、舊唐書天寶初遊會稽與吴筠同踪跡之説，以遊泰山與遊會稽及入長安同在一年，致於事實難通。疑白於遊泰山後即聞召，匆匆送家南陵而後入京，然其時亦恐逼歲暮，未必猶有遊會稽之餘暇也。

秋夜與劉碭山泛宴喜亭池

明宰試舟楫，張燈宴華池。文招梁苑客；歌動郢中兒。月色望不盡；空天交相宜。令人欲泛海，只待長風吹。

【注】

〔碭山〕王云：碭山，縣名，唐時隸河南道宋州睢陽郡，劉蓋爲碭山令者也。

〔宴喜亭池〕王云：江南通志：宴喜臺在徐州碭城縣東五十步，臺上有石刻三大字，相傳唐李白筆。

【評箋】

今人詹鍈云：梁苑客蓋指李白、杜甫與高適等也。

攜妓登梁王棲霞山孟氏桃園中

碧草已滿地，柳與梅争春。謝公自有東山妓，金屏笑坐如花人。今日非昨日，明日還復來。白髮對緑酒，强歌心已摧。君不見梁王池上月，昔照梁王樽酒中。梁王已去明月在，黄鸝愁醉啼春風。分明感激眼前事，莫惜醉卧桃園東。

【校】

〔棲霞〕棲，宋乙本作棲。

〔柳與〕兩宋本、繆本俱作與柳。王本注云：繆本作與柳。

【注】

〔棲霞山〕王云：一統志：棲霞山在兖州單縣東四里，世傳梁孝王嘗游此。

與從姪杭州刺史良遊天竺寺

挂席凌蓬丘，觀濤憩樟樓。三山動逸興，五馬同遨遊。天竺森在眼，松風颯驚秋。覽雲測變化；弄水窮清幽。疊嶂隔遥海；當軒寫歸流。詩成傲雲月，佳趣滿吴洲。

【校】

〔題〕兩宋本、繆本題下俱注云：吴中。

〔松風〕風，兩宋本、繆本、咸本俱作門。王本注云：繆本作門。

〔遥海〕海，王本注云：霏玉本作響。

〔詩成〕詩，蕭本作轉。王本注云：蕭本作轉。

【注】

〔李良〕見後評箋。

〔天竺寺〕王云：咸淳臨安志：下竺靈山寺在錢塘縣西十七里。隋開皇十五年，僧真觀法師與道安禪師建，號南天竺寺。唐永泰中，賜今額。淳祐志云：大凡靈竺之勝，周迴數十里，而巖壑尤美，實聚於下天竺靈山寺，自飛來峯轉至寺後，巖洞皆嵌空玲瓏，瑩滑清潤，如虬龍瑞鳳，如層華吐萼，如皺縠疊浪，穿幽透深，不可名貌。林木皆自巖骨拔起，不土而生，傳言兹巖産玉，故腴潤能育焉。其間唐宋游人題名，不可殫紀。一統志：下天竺寺在杭州府城西十五里，晉咸和中建，寺前後有飛來、蓮花諸峯，合澗、跳珠諸泉，夢謝、流盃、月桂諸亭，遊人多至其間。

〔樟樓〕王云：夢粱録：樟亭驛即浙江亭也。在跨浦橋南江岸。浙江通志：樟亭在錢塘縣舊治南五里，後改爲浙江亭。今浙江驛，其故址也。按：咸淳臨安志卷五五：樟亭驛，晏元獻公輿地志云：在錢唐縣舊治之南五里。今爲浙江亭。梅鼎祚李詩鈔卷二：樟樓即樟亭，在浙江東岸。白送王屋山人詩：「樟亭望潮還。」參見卷十六送王屋山人魏萬還王屋詩注。

〔松風〕楊云：錢唐諸寺，天竺最盛，山有一門，南北相望，而上下兩天竺寺，自西湖入天竺寺路，夾道皆古松，其地名曰九里松，靈隱、天竺同在一處，皆由松門而進。圖經：杭州靈山之陰，北澗之陽，即靈隱寺。靈山之南，南澗之陽，即天竺寺。二澗流水號錢源泉，遶寺峯南北，至峯前合爲一澗。

【評箋】

今人詹鍈云：勞格讀書雜識卷七杭州刺史考列李良於杜元志、陳彦恭之間，以良爲開元間刺史。勞氏雖無確據，然孫逖有授李良等諸州刺史制，逖之爲中書舍人，在開元二十四年至天寶三載間（見舊唐書本傳）。又天寶六載，太白二次來遊會稽，時杭州刺史爲張守信。（下天竺摩崖石刻源少良等題名：監察御史源少良、陝縣尉陽陵、此郡太守張守信天寶六載正月二十三日同游。唐會稽太守題名記謂守信天寶七年自杭州刺史授越州都督，見會稽掇英總集十八。）

則勞氏之假設必去事實不遠。

按：卷十七有送姪良攜二妓赴會稽戲有此贈詩。

同友人舟行

楚臣傷江楓，謝客拾海月。懷沙去瀟湘，挂席泛溟渤。蹇予訪前跡，獨往造窮髮。古人不可攀，去若浮雲没。願言弄倒景，從此鍊真骨。華頂窺絶冥，蓬壺望超忽。不知青春度，但怪緑芳歇。空持釣鰲心，從此謝魏闕。

【校】

〔題〕兩宋本、繆本、咸本行字下俱有遊台越作四字。王本注云：繆本於行字下多游台越作四字。

【注】

〔江楓〕楚辭招魂：湛湛江水兮上有楓，目極千里兮傷春心。王逸注：言湛湛江水浸潤楓木，使之茂盛，傷己不蒙君惠而身放棄，曾不若樹木得其所也。

〔海月〕王云：宋書：謝靈運小字客兒，故詩人多稱爲謝客。其遊赤石進帆海詩有云：「揚帆採石華，挂席拾海月。」李善注：臨海水土物志云：海月大如鏡，色白正圓，常生海邊，其尖柱如搔頭大。本草：陳藏器曰：海月，蛤類也，似半月，故名，水沫所化。

〔華頂〕方輿勝覽卷八：華頂峯在天台縣東北六十里，蓋天台第八重最高處，高一萬丈，絶頂東望滄海，俗名望海尖，草木薰郁，殆非人世。孫綽所謂陟降信宿迄乎仙都是也。參見卷十六送王屋山人魏萬還王屋詩及卷十七送紀秀才遊越詩注。

〔魏闕〕吕氏春秋開春論：審爲：中山公子牟謂詹子曰：「身在江湖之上，而心居乎魏闕之下，奈何！」高誘注：一説，魏闕，象魏也。懸教象之法，浹日而收之。魏魏高大，故曰魏闕，言身雖在江河之上，心存王室，故在天子門闕之下也。

下終南山過斛斯山人宿置酒

暮從碧山下，山月隨人歸。却顧所來徑，蒼蒼橫翠微。相攜及田家，童稚開荆扉。緑竹入幽徑，青蘿拂行衣。歡言得所憩，美酒聊共揮。長歌吟松風，曲盡河星稀。我醉君復樂，陶然共忘機。

【校】

〔題〕兩宋本、繆本題下俱注云：長安。

〔童稚〕兩宋本、繆本、王本俱注云：一作稚子。英華作稚子。

〔幽徑〕徑，兩宋本、繆本、咸本俱作棱。王本注云：繆本作棱。胡本作軒。

【注】

〔終南〕王云：元和郡縣志：終南山在雍州萬年縣南五十里。太平寰宇記：終南山在鄠縣南三十里。雍録：終南山横亘關中南面，西起秦、隴，東徹藍田，凡雍、岐、鄠、鄠、長安、萬年相去且八百里，而連綿峙據其南者皆此之一山也。參見卷五君子有所思行注。

〔斛斯山人〕王云：通志氏族略：代北複姓有斛斯氏，其先居廣牧，世襲莫勿大人，號斛斯部，因氏焉。按：杜甫過斛斯校書莊自注云：老儒艱難時病於庸蜀，歎其殁後方授一官。全唐詩引英華注云：即斛斯融。又有聞斛斯六官未歸詩，仇注：斛斯複姓，名融，公所謂南鄰愛酒伴者。似白從斛斯宿時尚在亂前，當即一人也。

【評箋】

王夫之云：清曠中無英氣，不可效陶，以此作視孟浩然，真山人詩爾。（唐詩評選）

朝下過盧郎中叙舊遊

君登金華省，我入銀臺門。幸遇聖明主，俱承雲雨恩。復此休浣時，閑爲疇昔言。卻話山海事，宛然林壑存。明湖思曉月，疊嶂憶清猿。何由返初服，田野醉芳樽？

【注】

〔金華〕王云：劉孝綽詩：「步出金華省，遥望承明廬。」蔡夢弼杜詩注：按漢宫闕記：金華殿在未央宫白虎觀右，祕府圖書皆在焉，故王思遠遜侍中表云：奏事金華之上，進議玉臺之下。後世以門下省名金華省，蓋出此也。參見卷十七送楊燕之東魯詩注。

〔銀臺〕見卷六相逢行及卷九贈郭將軍詩注。

〔休浣〕王云：鮑照詩：「休浣自公日。」休浣猶休沐也。漢律：吏五日得一休沐，言休息以洗沐也。楊升菴曰：唐制十日一休沐，故韋應物詩云：「九日驅馳一日閑」，白樂天詩云：「公假日三旬」，是也。

〔初服〕見卷十七送賀監歸四明應制詩注。

侍從遊宿温泉宫作

羽林十二將，羅列應星文。霜仗懸秋月；霓旌卷夜雲。嚴更千户肅；清樂九天聞。日出瞻佳氣，葱葱繞聖君。

【校】

〔温泉〕泉，英華作湯。

〔蔥蔥〕兩宋本、繆本俱作叢叢。王本注云：繆本作叢叢。

【注】

〔羽林〕王云：漢書：武帝太初元年，初置建章營騎，後更名羽林騎。顔師古注：羽林宿衛之官，言其如羽之疾，如林之多也。一説，羽所以爲王者羽翼也。按唐制，左右羽林軍各置大將軍一人，將軍三人，凡八將，無所謂十二將也。而開元天寶之時，天子禁兵有十六衛，其左右衛、左右金吾衛，總謂之四衛。若左右驍衛、左右武衛、左右威衛、左右領軍衛、左右監門衛、左右千牛衛，十二衛謂之雜衛。疑所謂十二將者，指十二雜衛之主將而言，以其專掌禁衛，當爪牙禦侮之任，與漢之羽林騎相似，故曰羽林十二將也。晉書：羽林四十五星，在營室南，一曰天軍，主軍騎，又主翼王也。楊升菴曰：唐武德中置十二軍，皆取天星爲名，以萬年道爲參旗軍，長安道爲鼓旗軍，富平道爲玄戈軍，醴泉道爲井鉞軍，同州道爲羽林軍，華州道爲騎官軍，寧州道爲折威軍，岐州道爲平道軍，豳州道爲招摇軍，麟州道爲苑遊軍，涇州道爲天紀軍，宜州道爲天節軍。太白蓋用其事。琦按通典、會要諸書，分關中之衆爲十二衛，取象天官爲名號，乃武德二年事，五年即廢久矣。楊説雖創，揆之作者之心，恐未必用此典故。參見卷十七送羽林陶將軍詩注。

〔嚴更〕文選張衡西京賦：重以虎威章溝嚴更之署。薛綜注：嚴更，督行夜鼓也。

〔清樂〕王云：唐會要：清樂，九代之遺聲，其始即清商三調是也。並漢魏以來舊曲，樂器制度，并諸歌章古調，與魏三祖所作者皆備於史籍。自晉氏播遷，其音分散，不存於内地。苻堅滅涼，始得之，傳於前後二秦。及宋武定關中，收之入於江南。隋平陳獲之，隋文聽之，善其節奏，曰：此華夏正聲也。因更損益，去其哀怨，考而補之，乃置清商署，總謂之清樂。至煬帝乃立清樂西涼等九部。隋室喪亂，日益淪缺。天后朝猶有六十三曲。新唐書禮樂志：清商伎者，隋清樂也。有編鐘編磬獨絃琴擊琴瑟奏琵琶臥箜篌筑箏節鼓皆一，笙笛簫篪方響跋膝皆二，歌二人，吹葉一人，舞者四人。夢溪筆談：先王之樂爲雅樂，前世新聲爲清樂。

【評箋】

按：舊唐書玄宗紀，天寶六載始改温泉宮爲華清宮。此詩題可證原稿未經改竄。

邯鄲南亭觀妓

歌鼓燕趙兒，魏姝弄鳴絲。粉色艷日彩；舞袖拂花枝。把酒領美人，請歌邯鄲詞。清箏何繚繞！度曲緑雲垂。平原君安在！科斗生古池。座客三千人，於今知有誰？我輩不作樂，但爲後代悲。

【校】

〔題〕兩宋本、繆本題下俱注云：燕趙。

〔歌鼓〕鼓，兩宋本、繆本、蕭本、胡本、王本俱注云：一作妓。

〔日彩〕兩宋本、繆本俱作月彩。胡本注云：一作月彩。王本日下注云：繆本作月。

〔舞袖〕袖，兩宋本、繆本、蕭本、王本俱注云：一作衫。胡本作衫，注云：一作袖。

〔領〕兩宋本、繆本、蕭本、王本俱注云：一作顧。

〔度曲〕咸本作曲度。

【注】

〔邯鄲〕舊唐書地理志：河北道磁州邯鄲：漢縣。

〔度曲〕王云：苕溪漁隱叢話：藝苑雌黄云：世人言度曲者，多作徒故切，謂歌曲也。張平子西京賦云：度曲未終，雲起雪飛。子美陪李梓州泛江詩：「翠眉縈度曲，雲鬢儼成行。」皆作徒故切讀。考之前漢元帝紀贊云：帝多才藝，善史書，鼓琴，吹洞簫，自度曲，被歌聲。應劭注：自隱度作新曲，因持新曲以爲歌聲也。顔注：度音大各切，則與張平子、杜詩所言度曲異矣。而臣瓚注則云：度曲謂歌終更授其次，則又誤以度曲爲歌曲，夫度曲雖有兩音，若讀元帝紀止可作大各切。唐書：段安節善樂律，能自度曲，其意正與元帝紀相合。琦按太白詩意，自應作徒故切讀，而楊注引自度曲解之，非是。

〔雲垂〕王云：緑雲垂即響遏行雲之意。

〔科斗〕王云：古今注：蝦蟇子曰蝌蚪，一曰玄針，一曰玄魚，形圓而尾尖，尾脱即脚出。顔師古急就篇注：科斗一名活東，一名活師，即蝦蟆所生子也。未成蝦蟆之時，身及頭並圓而尾長，漸乃變耳。

【評箋】

按：卷二十一有登邯鄲洪波臺置酒觀發兵詩，卷三十有邯鄲登城樓詩，均可參看。

春日遊羅敷潭

行歌入谷口，路盡無人躋。攀崖度絶壑，弄水尋迴溪。雲從石上起，客到花間迷。淹留未盡興，日落羣峯西。

【校】

〔春日〕兩宋本、繆本俱無日字。王本注云：繆本缺日字。

【注】

〔羅敷〕王云：王阮亭曰：羅敷谷水在華州。

春陪商州裴使君遊石娥溪

裴公有仙標，拔俗數千丈。澹蕩滄洲雲，飄飖紫霞想。剖竹商洛間，政成心已閑。蕭條出世表；冥寂閉玄關。我來屬芳節，解榻時相悦。褰帷對雲峯；揚袂指松雪。暫出東城邊；遂遊西巖前。横天聳翠壁；噴壑鳴紅泉。尋幽殊未歇，愛此春光發。溪傍饒名花；石上有好月。命駕歸去來，露華生翠苔。淹留惜將晚，復聽清猿哀。清猿斷人腸，遊子思故鄉。明發首東路，此歡焉可忘。

【校】

〔題〕兩宋本、繆本題下俱注云：時欲東歸，遂有此贈。王本注云：原注：時欲東遊，遂有此贈。遊，繆本作歸。

〔紅泉〕紅，咸本作江，注云：一作紅。

〔翠苔〕翠，兩宋本、繆本、咸本、胡本俱作緑。王本注云：繆本作緑。

〔惜將〕惜，兩宋本、繆本俱作昔。王本注云：繆本作昔。

【注】

〔商州〕王云：商州，古商國也。在晉爲上洛郡，在西魏爲洛州，在後周爲商州，在唐亦謂之商州，或爲上洛郡。地有商山、洛水，依此立名，屬關内道。

〔石娥溪〕王云：石娥溪當在仙娥峯下。按雍勝略、商略、陜西通志：仙娥峯在商州西十里，峯之麓有西巖，洞壑幽邃，下臨丹水，古稱棲真之地。李白嘗游此，有詩曰：「暫出城東邊，遂游西巖前，橫天聳翠壁，噴壑鳴紅泉」云云，是石娥溪即仙娥峯下之溪也。所謂紅泉者，其即丹水歟！按：畢沅關中勝蹟圖志卷二五：西巖山在商州西十里。通志：與仙娥峯對，其麓有西巖洞，古稱棲真之地。又有仙娥峯，一名吸秀峯，亂山上特起一峯，下臨丹江，謂之仙娥溪，亦曰石娥溪。

〔玄關〕文選王屮頭陀寺碑：玄關幽鍵，感而遂通。張銑注：玄幽謂道之深邃也，關鍵皆所以閉距於門者。

〔解榻〕後漢書卷九六陳蕃傳：郡人周璆，高潔之士，……特爲置一榻，去則懸之。

【評箋】

今人詹鍈云：薛譜繫此詩開元八年下，蓋以爲初出夔門時作，非也。曾子固李太白文集後序稱：頃之不合去，北抵趙魏燕晉，西涉邠岐，歷商於，至洛陽。按遊邠岐在方去長安之後，已見前。至白遊商州之時，史傳雖無明文，然答杜秀才五松山見贈詩云：「……角巾東出商山道，採秀行歌詠芝草。……」則其歷商州而至洛陽，亦在方去京時。

按：白於天寶初年出京即取商州道東行，誠如詹説，但不能同時復至邠岐。其云遊邠岐在方去長安之後，恐非。揆諸情理，既放還山（不論出於自請，抑被放黜），似不得漫遊以事干謁也。

陪從祖濟南太守泛鵲山湖三首

初謂鵲山近，寧知湖水遥？此行殊訪戴，自可緩歸橈。

【校】

〔題〕兩宋本、繆本、蕭本題下俱注云：齊州。

〔鵲山〕絶句鵲均作鶴，非。

【注】

〔濟南〕舊唐書地理志：河南道齊州：天寶元年改爲臨淄郡，五載爲濟南郡。

〔鵲山湖〕王云：一統志：濼水自大明湖東北流注華不注山下，匯爲鵲山湖，又東北入于濟。僞齊劉豫自城北導之東行爲小清河，而水不及鵲山湖矣。山東志：鵲山湖在濟南府城北二十里。

〔鵲山〕王云：隋書：齊郡歷城有鵲山。一統志：鵲山在濟南府城北二十里，俗云每歲七八月間烏鵲翔集於此。又云：扁鵲嘗於此煉丹。

其二

湖闊數十里，湖光摇碧山。湖西正有月，獨送李膺還。

【校】

〔數十〕十，宋乙本、蕭本俱作千。王本注云：蕭本作千，誤。

其三

水入北湖去，舟從南浦回。遥看鵲山轉，卻似送人來。

【注】

〔南浦〕楊云：南浦在鵲湖之南。

【評箋】

今人詹鍈云：王譜：天寶五載十月，改臨淄郡爲濟南郡，陪從祖濟南太守泛鵲山湖詩乃是時以後之作。按是年十月以後，白已去之江東，而齊州之以濟南爲名，亦不自唐代始。李詩中所稱州郡援用舊名者非一，此詩之作未必在本年十月改名以後。杜工部集有陪李北海宴歷下亭、同李太守登歷下古城諸詩，皆本年夏季作，此詩之作當亦在是時，惜不知濟南太守究爲何人耳。

春日陪楊江寧及諸官宴北湖感古作

昔聞顔光禄，攀龍宴京湖。樓船入天鏡，帳殿開雲衢。君王歌大風，如樂豐沛都。延年獻佳作，邈與詩人俱。我來不及此，獨立鍾山孤。楊宰穆清風，芳聲騰海隅。英僚滿四座，粲若瓊林敷。鷁首弄倒景；蛾眉綴明珠。新絃採梨園；古舞嬌吳歈。曲度繞雲漢，聽者皆歡娛。雞棲何嘈嘈！沿月沸笙竽。古之帝宮苑，今乃人樵蘇。感此勸一觴，願君覆瓢壺。榮盛當作樂，無令後賢吁。

【校】

〔題〕兩宋本、繆本、蕭本題下俱注云：金陵。

〔京湖〕京，兩宋本、繆本、蕭本、王本俱注云：一作重，又作明。英華作明，注云：集作京。

〔佳作〕佳，兩宋本、繆本俱作嘉。

〔清風〕兩宋本、繆本俱注云：一作風。蕭本、王本俱注云：一作颷。

〔滿四座〕英華作光簪組。

〔若〕英華作然。

〔綴〕宋乙本、英華俱作掇。王本注云：繆本作掇。按：繆刻作揚，並不作掇。

〔採〕兩宋本、繆本俱作綵，注云：一作來。王本注云：一作來，繆本作綵，非。

〔雲漢〕雲，兩宋本、繆本、蕭本、王本俱注云：一作清。

〔沿〕兩宋本、繆本、蕭本、王本俱注云：一作江。

〔榮盛〕兩宋本、繆本、蕭本、王本俱注云：一作盛時。胡本作盛時。

【注】

〔楊江寧〕王云：楊名利物，爲潤州江寧令。　按：卷十三有宿白鷺洲寄楊江寧詩，據卷二十八江寧楊利物畫讚，知其名爲利物。此兩詩亦必爲同時所作。

〔北湖〕胡云：丹陽郡圖經：樂遊苑，晉時藥圃，元嘉中築堤壅水，名爲北湖。顔延年有應詔觀北湖田收詩。　王云：李善文選注：樂游苑，晉時藥圃，元嘉中築堤壅水，名爲北湖。六朝事跡：晉元帝大興三年，創北湖，築長堤以遏北山之水，東至覆舟山，西至宣武城。太平寰宇記：玄武湖在昇州上元縣西北七里，周迴四十里，東西兩派，下水入秦淮，春夏深七尺，秋冬四尺，灌田百頃。徐爰釋問曰：湖本桑泊，晉元帝大興中，創爲北湖，宋築堤，南抵西塘，以肄舟師也。又京都記云：從北湖望鍾山，似宫亭湖望廬岳也。按安帝元嘉二十三年，築堤以堰水爲池。　並參見卷十三新林浦阻風寄友人詩注。

〔顔光禄〕南史卷三四顔延之傳：元凶弑逆，以爲光禄大夫。孝武登阼，以爲金紫光禄大夫，領湘東王師。

〔大風〕史記高祖本紀：高祖還歸過沛，留置酒沛宫，悉召故人父老子弟縱酒，發沛中兒得百二十人，教之歌。酒酣，高祖擊筑，自爲歌詩曰：「大風起兮雲飛揚，威加海内兮歸故鄉，安得猛士兮守四方！」令兒皆和習之。

〔豐沛〕漢書高帝紀：高祖，沛豐邑中陽里人也。注：應劭曰：沛，縣也。豐，其鄉也。孟康曰：後沛爲郡而豐爲縣。

〔佳作〕王云：按顔延年有應詔觀北湖田收詩所謂獻佳作者，未知是此詩否，抑另有其詩而今逸之歟！

〔鍾山〕見卷七金陵歌送別范宣及卷十五留別金陵諸公詩注。

〔清風〕詩大雅烝民：吉甫作誦，穆如清風。

〔鷁首〕見卷十八涇川送族弟錞詩注。

〔梨園〕新唐書禮樂志：玄宗既知音律，又酷愛法曲，選坐部伎子弟三百教於梨園。聲有誤者，帝必覺而正之，號皇帝梨園弟子。宮女數百亦爲梨園弟子，居宜春院北梨園。

〔笙竽〕王云：博雅：笙以匏爲之，十三管，宮管在左方。竽象笙三十六管，宮管在中央。宋書：笙，隨所造，不知何代人。列管匏内，施簧管端。宮管在中央，三十六簧曰竽。宮管在左旁，十九簧至十三簧曰笙。其他皆相似也。

〔樵蘇〕漢書卷三四韓信傳：樵蘇後爨。顔師古注：樵，取薪也。蘇，取草也。

〔覆瓠壺〕王云：覆瓠壺猶傾樽倒甕之意。

宴鄭參卿山池

爾恐碧草晚；我畏朱顔移。愁看楊花飛，置酒正相宜。歌聲送落日；舞影迴清池。今夕不盡杯，留歡更邀誰。

【注】

〔參卿〕王云：杜甫詩：「參卿休坐幄，蕩子不還家。」耿湋送郭參軍詩：「人傳府公政，記室有參卿。」皆謂參軍也。疑唐時有此稱謂。

遊謝氏山亭

淪老卧江海，再歡天地清。病閑久寂寞，歲物徒芬榮。借君西池遊，聊以散我情。掃雪松下去，捫蘿石道行。謝公池塘上，春草颯已生。花枝拂人來，山鳥向我鳴。田家有美酒，落日與之傾。醉罷弄歸月，遥欣稚子迎。

【校】

〔淪老〕淪，英華作論，誤。

〔再歡〕歡，英華作嘆，誤。

〔病閑〕閑，英華作寒，注云：集作閑。

〔西池〕池，英華作地，誤。

〔掃雪〕雪，英華作雲，注云：集作雪。

〔石道〕英華作道邊。

〔春草〕草，兩宋本、繆本、王本俱注云：一作風。英華作風，注云：集作草。

〔醉罷〕罷，英華作後。

【注】

〔池塘〕王云：因謝氏山亭，故用靈運「池塘生春草」之句作映帶。

【評箋】

今人詹鍈云：詩云：「淪老卧江海，再歡天地清。」知是晚年之作。又「……遥欣稚子迎。」疑是本年（上元二年）春間寓家豫章時作。李華故翰林學士李君墓誌云：有子曰伯禽、天然，長能持，幼能辯。（玩其語意似當如此斷句，長指伯禽，幼指天然。若謂天然非人名而連下讀，似不甚妥。）此詩中之稚子蓋即天然也。魏顥李翰林集序云：白始娶於許，生一女一男，曰明月奴，女既嫁而卒，又合於劉，劉訣，次合於魯一婦人，生子曰頗黎，終娶於宗。不知天然與頗黎是否一人。

把酒問月

青天有月來幾時！我今停盃一問之。人攀明月不可得，月行却與人相隨。皎如飛鏡臨丹闕，緑烟滅盡清輝發。但見宵從海上來，寧知曉向雲間没？白兔擣藥秋復春，嫦娥孤棲與誰鄰？今人不見古時月，今月曾經照古人。古人今人若流水，共看明月皆如此。唯願當歌對酒時，月光長照金樽裏。

【校】

〔題〕此下兩宋本、繆本俱注云：故人賈淳令予問之。王本注云：原注：故人賈淳令予問之。胡本原注作自注。

〔滅盡〕盡，英華作後。

〔嫦〕兩宋本、繆本、咸本俱作姮。王本注云：繆本作姮。

〔與誰鄰〕文粹作誰與鄰，似是。

〔唯願〕唯，英華作所。

〔酒時〕英華作清酒。

【注】

〔擣藥〕王云：傅玄擬天問：月中何有，白兔擣藥。獨異志：羿燒仙藥，藥成，其妻姮娥竊而食之，遂奔入月中。

〔當歌〕曹操短歌行：對酒當歌，人生幾何！

【評箋】

王夫之云：于古今爲創調。必以此爲質，然後得施其裁制。供奉特地顯出稿本，遂覺直爾孤行，不知獨參湯原爲諸補中方藥之本也。辛幼安、唐子畏未許得與此旨。（唐詩評選）

同族姪評事黯遊昌禪師山池二首

遠公愛康樂，爲我開禪關。蕭然松石下，何異清涼山？花將色不染；水與心俱閑。一坐度小劫，觀空天地間。

【校】

〔族姪〕姪，兩宋本、繆本、王本俱注云：一作弟。英華作弟。

【注】

〔評事〕王云：唐書百官志大理寺有評事八人，從八品下。

〔遠公〕蓮社高賢傳：謝靈運爲康樂公主孫，襲封康樂公，至廬山，一見遠公，肅然心服。乃即寺築臺，翻涅槃經，鑿池種白蓮。時遠公諸賢同修淨土之業，因號白蓮社。

〔清涼山〕王云：法苑珠林：代州東南五臺山，古稱神仙之宅也。山方三百里，巉巖崇峻，有五高臺。上不生草，唯松柏茂林，森於谷底。地極嚴寒多雪，號曰清涼山。經中明文殊將五百仙人往清涼山説法，即斯地也。所以古來求道之士，多游此山，遺窟靈跡，即目極多。胡三省通鑑注：五臺在代州五臺縣。山形五峙，相傳以爲文殊示現之地。華嚴經疏云：清涼山者，即代州鴈門五臺山也。歲積堅冰，夏仍飛雪，曾無炎暑，故曰清涼。五峯聳出，頂無林木，有如壘土之臺，故曰五臺。

〔小劫〕隋唐經籍志：每佛滅度，遺法相傳，有正象末三等，淳漓之異，年歲遠近亦各不同，末法已後，衆生愚鈍，無復佛教，而業行轉惡，年壽漸短，經數千百載間乃至朝生夕死，然後有大水、大火、大風之災，一切除去之，而更立生人，又歸淳朴，謂之小劫，每一小劫則一佛出世。

其二

客來花雨際，秋水落金池。片石寒青錦；疎楊挂綠絲。高僧拂玉柄；童子獻雙梨。惜去愛佳景，烟蘿欲暝時。

【校】

〔雙〕兩宋本、繆本、咸本俱作霜。王本注云：繆本作霜。

【注】

〔花雨〕王云：法華經：是時天雨曼陀羅花、摩訶曼陀羅花、曼殊沙花、摩訶曼殊沙花，而散佛上及諸大衆。彌陀經：七寶池底，純以金沙布地。

〔雙梨〕諸家無注，疑當作霜梨。

金陵鳳凰臺置酒

置酒延落景，金陵鳳凰臺。長波寫萬古，心與雲俱開。借問往昔時，鳳凰爲誰來。鳳凰去已久，正當今日迴。明君越羲軒，天老坐三臺。豪士無所用，彈絃醉金罍。東風吹山花，安可不盡杯？六帝没幽草，深宮冥緑苔。置酒勿復道，歌鐘但相催。

【校】

〔山花〕山，蕭本作出。王本注云：蕭本作出。

【注】

〔鳳凰臺〕王云：法苑珠林：白塔寺在秣陵三井里。晉升平中，有鳳凰集此地，因名其處爲鳳凰臺。六朝事跡：鳳臺山，宋元嘉中鳳凰集於是山，乃築臺於山椒，以旌嘉瑞，在府城西南二里，今保寧寺是也。方輿勝覽：鳳臺山在建康府城南二里餘，保寧寺是也，鳳凰臺故基在寺後。

〔天老〕韓詩外傳卷八：黄帝即位，施惠承天，一道修德，惟仁是行，宇内和平，未見鳳凰，惟思其象，夙寐晨興，乃召天老而問之曰：「鳳象何如？」天老對曰：「夫鳳象鴻前麟後，蛇頸而魚尾，龍文而龜身，燕頷而雞喙，戴德負仁，抱忠挾義，小音金，大音鼓，延頸奮翼，五彩備明，舉動八風，氣應時雨。食有質，飲有儀，往即文始，來即嘉成，惟鳳爲能通天祉，應地靈，律五音，覽九德。天下有道，得鳳象之一，則鳳過之。得鳳象之二，則鳳翔之。得鳳象之三，則鳳集之。得鳳象之四，則鳳春秋下之。得鳳象之五，則鳳没身居之。」黄帝曰：「於戲允哉！朕何敢與焉！」於是黄帝乃服黄衣，戴黄冕，致齋於宫，鳳乃蔽日而至。黄帝降於東階，西面再拜稽首曰：「皇天降祉，不敢不承命。」鳳乃止帝東園，集帝梧桐，食帝竹實，没身不去。　並參見卷一大獵賦注。

〔歌鐘〕國語：歌鐘二肆。韋昭注：歌鐘，歌時所奏。

【評箋】

按：卷二十一有登金陵鳳凰臺詩，二詩皆有怨憤之意，詹氏繫於上元二年，則此時白已飽經憂患，未必尚如此激昂耳。

秋浦清溪雪夜對酒客有唱鷓鴣者

披君貂襜褕，對君白玉壺。雪花酒上滅，頓覺夜寒無。客有桂陽至，能吟山鷓鴣。清風動窗竹，越鳥起相呼。持此足爲樂，何煩笙與竽？

【校】

〔題〕兩宋本、繆本題下俱注云：秋浦。

〔披君〕君，兩宋本、繆本、蕭本、王本俱注云：一作我。胡本作我。

【注】

〔清溪〕見卷八秋浦歌第二首注。

〔鷓鴣〕王云：樂府詩集：山鷓鴣，羽調曲也。

〔襜褕〕王云：張衡詩：「美人贈我貂襜褕。」顔師古急就篇注：襜褕，直裾襌衣也。謂之襜褕者，取其襜襜而寬裕也。△襜音占，褕音臾。

〔桂陽〕舊唐書地理志：江南西道郴州：天寶元年改爲桂陽郡。

【評箋】

按：卷八有山鷓鴣詞，可參看。

與周剛清溪玉鏡潭宴別

康樂上官去，永嘉遊石門。江亭有孤嶼，千載跡猶存。我來遊秋浦，三入桃陂源。千峯照積雪，萬壑盡啼猿。興與謝公合；文因周子論。掃崖去落葉；席月開清樽。溪當大樓南，溪水正南奔。迴作玉鏡潭，澄明洗心魂。此中得佳境，可以絶囂喧。清夜方歸來，酣歌出平原。别後經此地，爲予謝蘭蓀。

【校】

〔題〕咸本作：秋浦與周生宴青溪玉鏡潭。王本題下注云：原注：潭在秋浦桃胡陂下，予新名此潭。桃胡陂繆本作桃樹陂。兩宋本、繆本無原注二字。

〔剛清〕清，兩宋本、繆本俱作青。王本注云：繆本作青。

〔江亭〕亭，英華作中，注云：集作亭，非。胡本作中。

〔來遊〕遊，兩宋本、繆本、咸本、胡本俱作憩。王本注云：繆本作憩。

〔桃陂源〕陂，英華作波，注云：集作波。

〔照積雪〕照，兩宋本、繆本、王本俱注云：一作點。

〔席月〕席，英華作帶，注云：集作席。

〔清樽〕清，英華作酒，注云：集作清。

〔酣歌〕酣，兩宋本、繆本、王本俱注云：一作蓮。

〔經此地〕咸本作無此兆。

〔爲予謝〕咸本作爲謝樹。

【注】

〔玉鏡潭〕王云：周必大泛舟游山録：清溪水正碧色，下淺灘數里，至玉鏡潭，水自南來觸岸西折，彎環可喜，潭深裁二三丈。李白詩云：「溪水正南奔，迴作玉鏡潭。」實録也。江南通志：玉鏡潭在池州府城西南七十里，過白面渡，匯爲秋浦。李白詩：「迴作玉鏡潭，澄明洗心魂。」即此。宋陳應直刻玉鏡潭三大字於石上，潛確居類書：玉鏡潭上有桃胡陂，一名桃花陂。

〔石門〕王云：一統志：石門山在温州府城北。薛方山浙江通志：温州府北山，説者謂爲郡主山，有石崖懸瀑，高百餘丈，瀦爲二潭，名曰水際，又曰石門山。

〔孤嶼〕王云：太平寰宇記：孤嶼在温州城北四里永嘉江中，渚長三百丈，闊七十步，嶼有二峯，謝康樂有登石門最高頂詩，又有登江中孤嶼詩。

〔大樓〕見卷八秋浦歌第一首注。江南通志：大樓山在池州府城南六十里。

〔蘭蓀〕王云：韻會：蓀，香草。陶隱居云：蓀生溪側，有名溪蓀者，極似石菖蒲，而葉無脊。

遊秋浦白笴陂二首

何處夜行好？月明白笴陂。山光摇積雪；猿影挂寒枝。但恐佳景晚；小令歸棹移。人來有清興，及此有相思。

【注】

〔白笴陂〕王云：江南通志：白笴堰在池州府城西南二十五里。李白詩：「何處夜行好？月明白笴陂。」即其地也。△笴音哿，又音杲，又音稈。

〔有相思〕王云：蕭士贇曰：末句有字依孟子音又，去聲。一本竟改作又字，非也。

其二

白笴夜長嘯，爽然溪谷寒。魚龍動陂水，處處生波瀾。天借一明月，飛來碧雲端。故鄉不可見，腸斷正西看。

宴陶家亭子

曲巷幽人宅，高門大士家。池開照膽鏡，林吐破顏花。緑水藏春日，青軒祕晚霞。若聞絃管妙，金谷不能誇。

【校】

〔題〕兩宋本、繆本俱注云：尋陽。

【注】

〔照膽〕見卷四白頭吟第二首注。

〔破顔〕五燈會元：世尊在靈山會上拈花示衆，是時衆皆默然，唯迦葉尊者破顔微笑。

〔金谷〕王云：石崇金谷詩叙：予以元康六年，從太僕卿出爲使持節監青徐諸軍事征虜將軍。有别廬在河南縣界金谷澗中，或高或下，有清泉茂林衆果竹柏藥草之屬，莫不畢備。又有水碓魚池土窟，其爲娱目歡心之物備矣。時征西大將軍祭酒王詡當還長安，余與衆賢共送往澗中，晝夜游宴，屢遷其坐。或登高臨下，或列坐水濱。時琴瑟笙筑，合載車中，道路並作。及住，令與鼓吹遞奏，遂各賦詩，以叙中懷。或不能者，罰酒三斗。感性命之不永，懼凋落之無期。故具列時人官號姓名年紀，又寫詩著後，後之好事者其覽之哉。太平寰宇記：郭緣生述征記曰：金谷，谷也，地有金水自太白原南流經此谷，晉衛尉石崇因即川阜而造制園館。

【評箋】

今人詹鍈云：疑與登單父陶少府半月臺（卷二十一）爲前後之作。

在水軍宴韋司馬樓船觀妓

摇曳帆在空，清流順歸風。詩因鼓吹發，酒爲劍歌雄。對舞青樓妓，雙鬟白玉童。行雲且莫去，留醉楚王宮。

【校】

〔題〕兩宋本、繆本俱注云：在永王軍中。王本注云：繆本下有永王軍中四小字。

〔清流〕流，兩宋本、繆本、蕭本、王本俱注云：一作川。

〔玉童〕玉，咸本注云：一作女。

【注】

〔鼓吹〕藝文類聚卷六八：俗語曰：桓玄作詩，思不來，輒作鼓吹，既而思得云：「鳴鵠響長皐。」嘆曰：「鼓吹固自來人思。」

【評箋】

今人詹鍈云：按新唐書永王璘傳云：璘生宮中，於事不通曉，見富且強，遂有闚江左意。以薛鏐、李臺卿、韋子春、劉巨鱗、蔡駉爲謀主。李太白集有贈韋祕書子春詩二首（卷九），此詩之韋司馬疑即韋子春也。

按：舊唐書玄宗紀：天寶八載四月，著作郎韋子春貶端陽尉。

流夜郎至江夏陪長史叔及薛明府宴興德寺南閣

紺殿横江上，青山落鏡中。岸迴沙不盡，日映水成空。天樂流香閣，蓮舟颺晚風。恭陪竹林宴，留醉與陶公。

【校】

〔題〕兩宋本、繆本題下俱注云：江夏。咸本無南閣二字。

〔江上〕江，咸本作崖，注云：一作江。

〔流〕兩宋本、繆本、蕭本、王本俱注云：一作聞。

【注】

〔蓮舟〕蓮，蕭本作蓬。

〔紺殿〕王云：徐陵孝義寺碑：紺殿安坐，蓮花養神。說文：紺，深青揚赤色也。

〔颸〕音思。

【評箋】

按：長史叔與卷十一之江夏使君叔應即一人，彼爲遇赦後重至江夏之作，長史蓋亦得稱使君，今人詹鍈疑使君叔爲長史叔之誤，似泥。

泛沔州城南郎官湖　并序

乾元歲秋八月，白遷於夜郎，遇故人尚書郎張謂出使夏口，沔州牧杜公、漢陽宰王公觴於江城之南湖，樂天下之再平也。方夜水月如練，清光可掇。張公殊有勝槩，四望超然，乃顧白曰：此湖古來賢豪遊者非一，而枉踐佳景，寂寥無聞。夫子可爲我標之嘉名，以傳不朽。白因舉酒酹水，號之曰郎官湖，亦由鄭圃之有僕射陂也。席上文士輔翼、岑静以爲知言，乃命賦詩紀事，刻石湖側，將與大别山共相磨滅焉。

張公多逸興，共泛沔城隅。當時秋月好，不減武昌都。四坐醉清光，爲歡古來無。郎官愛此水，因號郎官湖。風流若未滅，名與此山俱。

【校】

〔夜水月如練〕英華、文粹俱作夜永月朗。

〔殊有〕此上英華、文粹俱有以字。

〔佳景〕景，英華作境。

〔可爲〕爲，文粹作謂，誤。

〔知言〕言，英華作音。

〔秋月〕秋，文粹作明。

【注】

〔沔州〕舊唐書地理志：江南西道鄂州漢陽：武德四年平朱粲，分沔陽郡立沔州，治漢陽縣。

至大和七年，鄂岳節度使牛僧孺奏……請併入鄂州。

〔郎官湖〕王云：湖廣通志：郎官湖在漢陽府城内。

〔張謂〕王云：唐詩紀事：張謂登天寶二年進士第，奉使長沙，作長沙風土記。大曆間爲禮部侍郎。唐詩品彙：張謂，字正言，河南人。

〔夏口〕舊唐書地理志：鄂州江夏：本漢沙羡縣地，屬江夏郡，……江、漢二水會於州西。春秋謂之夏汭，晉、宋謂之夏口，宋置江夏郡治於此，隋不改，武德四年，改爲鄂州。

〔酹〕王云：廣韻：以酒沃地也。△酹音類。

〔亦由〕按：由猶字通。

〔僕射陂〕王云：元和郡縣志：李氏陂在鄭州管城縣東四里。後魏孝文帝以此陂賜僕射李冲，故俗呼爲僕射陂，周迴十八里。

〔大别山〕王云：魯山一名大别山，在沔州漢陽縣東北一百步，其山前枕蜀江，北帶漢水。湖廣通志：大别山在漢陽府城東北半里，漢江西岸。禹貢：内方至於大别，即此，一名翼際山，又名魯山。山之陰有鎖穴，即孫皓以鐵索截江處。

〔武昌都〕王云：武昌，孫權嘗建都於此，故曰武昌都。

陪侍郎叔遊洞庭醉後三首

今日竹林宴，我家賢侍郎。三杯容小阮，醉後發清狂。

【注】

〔小阮〕晉書卷四九阮籍傳：咸任達不拘，與叔父籍爲竹林之遊。

〔清狂〕王云：漢書昌邑王傳：清狂不惠。蘇林曰：凡狂者陰陽脈盡濁，今此人不狂似狂者，故言清狂也。或曰，色理清徐而心不慧曰清狂，清狂如今白癡也。琦按：詩人所稱多以縱情詩酒之類爲清狂，與漢書所解殊異。

其二

船上齊橈樂，湖心泛月歸。白鷗閑不去，争拂酒筵飛。

其三

剗却君山好，平鋪湘水流。巴陵無限酒，醉殺洞庭秋。

【注】

〔剗却〕蕭云：木華海賦曰：于是乎禹也，乃鏟臨崖之阜陸，夾陂潢而相浚，羣山既略，萬穴俱流。此篇首兩句意出于此。鏟與剗義通。杜子美亦嘗用，曰意欲鏟疊嶂，今韻引此詩于剗字之下。

〔君山〕楊云：君山在洞庭東，距巴陵四十里，登岳陽樓望之，横陳其前，君山之後乃大湖，渺茫無際，直抵沅、澧、鼎三州。　王云：北夢瑣言：湘江北流，至岳陽達蜀江，夏潦後，蜀漲勢高，遏住湘波，讓而退溢爲洞庭湖。凡闊數百里，而君山宛在水中，秋水歸壑，此山復居於陸。岳陽風土記：君山在洞庭湖中，昔人有詩云：「四顧疑無地，中流忽有山。」正謂此也。夏秋水漲皆巨浸，不可以陸行往。

〔巴陵〕通典：岳州巴陵縣，漢下雋縣地，古巴丘也，有君山洞庭湖。

【評箋】

羅大經云：李太白云：「剗却君山好，平鋪湘水流。」杜子美云：「斫却月中桂，清光應更多。」二公所以爲詩人冠冕者，胸襟闊大故也。此皆自然流出，不假安排。（鶴林玉露）

謝榛云：金鍼詩格曰：内意欲盡其理，外意欲盡其象，内外含蓄，方入詩格。若子美「旌旗日暖龍蛇動，宫殿風微燕雀高」，是也。此固上乘之論，殆非盛唐之法。且如賈至、王維、岑參諸聯，皆非内意，謂之不入詩格可乎？然格高氣暢，自是盛唐家數。太白曰：「剗却君山好，平鋪湘水流，巴陵無限酒，醉殺洞庭秋。」迄今膾炙人口，謂有含蓄之意，則鑿矣。（詩家直説）

陳偉勳云：瞿存齋云：太白詩：「剗卻君山好，平鋪湘水流。巴陵無限好，醉殺洞庭秋。」是甚胸次？少陵亦云：「夜醉長沙酒，曉行湘水春。」然無許大胸次也。余謂不然，洞庭有君山，天然秀致。如剗卻，是誠趣也。詩情豪放，異想天開，正不須如此説。既如此説，亦何大胸次之

有？……（酉雅詩話）

按：此首當作在陪族叔刑部侍郎曄一首之後，同指一人。

夜泛洞庭尋裴侍御清酌

日晚湘水緑，孤舟無端倪。明湖漲秋月，獨泛巴陵西。遇憩裴逸人，巖居陵丹梯。抱琴出深竹，爲我彈鵾雞。曲盡酒亦傾，北窗醉如泥。人生且行樂，何必組與珪？

【注】

〔裴侍御〕按：卷十九有酬裴侍御對雨感時見贈、酬裴侍御留岫師彈琴見寄及答裴侍御先行至石頭驛……，卷二十二有至鴨欄驛上白馬磯贈裴侍御等篇，皆當是一人。

〔端倪〕文選謝靈運遊赤石進帆海詩：「溟漲無端倪。」李周翰注：端倪猶崖際也。

〔裴逸人〕按：晉裴頠字逸民，見晉書卷三五本傳。唐諱民字改爲人，非泛稱爲逸人也。

〔丹梯〕文選謝朓敬亭山詩：「即此陵丹梯。」李善注：丹梯謂山也。吕延濟注：丹梯謂山高峯入雲霞處。

〔鵾鷄〕文選嵇康琴賦：鵾雞遊絃。李善注：古相和歌有鵾雞曲。李周翰曰：琴有鵾雞、鴻鴈之曲。

陪族叔刑部侍郎曄及中書賈舍人至遊洞庭五首

洞庭西望楚江分，水盡南天不見雲。日落長沙秋色遠，不知何處弔湘君。

【注】

〔侍郎曄〕舊唐書一一二李峘傳：乾元二年，……鳳翔七馬坊押官先頗爲盜，劫掠平人，州縣不能制，天興縣令知捕賊謝夷甫擒獲決殺之。其妻進狀訴夫冤。（李）輔國先爲飛龍使，黨其人，爲之上訴，詔監察御史孫鎣推之，鎣初直其事，其妻又訴，詔令御史中丞崔伯陽、刑部侍郎李曄、大理卿權獻三司與鎣同。妻論訴不已，詔令侍御史毛若虛覆之，若虛歸罪於夷甫，又言伯陽等有情，不能質定刑獄，……伯陽貶端州高要尉，權獻郴州桂陽尉，鳳翔尹嚴向及李曄皆貶嶺下一尉。按：本卷陪侍郎叔遊洞庭醉後三首詩中之「侍郎叔」與此詩同指一人。

〔賈舍人〕按：卷十一有巴陵贈賈舍人，卷十五有留别賈舍人至二首，卷二十一有與賈至舍人於龍興寺……等篇，可參看。

〔楚江〕楊云：岷江從西來，至岳陽樓前，與洞庭之水合而東行。潭州長沙郡在洞庭上流三百餘里。

〔湘君〕史記秦始皇本紀：上問博士曰：「湘君何神？」博士對曰：「聞之，堯女舜之妻而葬此。」

【評箋】

楊慎云：此詩之妙不待贊，前句云不見，後句不知。讀之不覺其複。此二不字決不可易，大抵盛唐大家正宗作詩，取其流暢，不似後人之拘拘耳。（升庵詩話）

其二

南湖秋水夜無烟，耐可乘流直上天。且就洞庭賒月色，將船買酒白雲邊。

【注】

〔耐可〕王云：耐可猶言若可也。　按：卷八王注引田汝成説，此耐可音如能可，而此處又云猶言若可，前後不符。

其三

洛陽才子謫湘川，元禮同舟月下仙。記得長安還欲笑，不知何處是西天。

【注】

〔才子〕王云：潘岳西征賦，賈生洛陽之才子。謂賈誼也。賈至亦河南洛陽人，故以誼比之。

〔欲笑〕王云：後漢李膺字元禮，與郭林宗同舟而濟，用此以擬李曄。二人俱謫官，故用桓譚新論中人聞長安樂出門向西笑之語，以致其思望之情。

其四

洞庭湖西秋月輝，瀟湘江北早鴻飛。醉客滿船歌白苧，不知霜露入秋衣。

【注】

〔白苧〕楊云：白苧歌云：皎皎白緒，節節爲雙。蓋吴音呼苧爲緒（郭本有此一句）。當塗有白苧亭，宋武帝與羣臣會于此爲白苧之歌。王云：白苧，清商調曲也，苧是吴地所産，故舊説以爲吴人之歌，始則田野之作，後乃大樂用焉。一云，即子夜歌也。在吴歌爲白苧，在雅歌爲子夜。參見卷四白紵辭注。

其五

帝子瀟湘去不還，空餘秋草洞庭間。淡掃明湖開玉鏡，丹青畫出是君山。

【注】

〔帝子〕見卷一惜餘春賦注。

〔君山〕楊云：青草湖在金沙堆上，通爲一湖，自金沙堆下即洞庭也。君山居洞庭東，對岳陽，自瀟湘來，望之如修眉見於鏡中。王云：元和郡縣志：君山在岳州巴陵縣西三十里青草湖中。昔秦始皇欲入湖觀衡山，遇風浪，至此山止泊，因號焉。或云：湘君所游止，故名之也。方輿勝覽：君山在洞庭湖中，方六十里，亦名洞庭之山。昔帝之二女居之，曰湘夫人，又曰湘君所游，故名君山。一統志：君山在岳州府城西南一十五里洞庭湖中，狀如十二螺髻。參見本卷陪侍郎叔遊洞庭醉後作第三首注。

【評箋】

宋長白云：太白洞庭五絶結句三用不知二字，亦强弩之末也。（柳亭詩話）

黄與堅云：乙丑余自衡州抵郴州，郴州在下流，距瀟湘五百餘里。秦少游詞：「郴江幸自遶郴山，爲誰流下瀟湘去。」勢極相反。又嘗過洞庭，李太白洞庭西望一絶：「日落長沙秋色遠。」長沙在洞庭東南五百餘里，甚相違背。江文通登香爐峯詩：「日落長沙渚，層陰萬里生。」長沙在廬山南二千餘里，語亦未合，李詩本之，古人興會所至，往往率易如此。（論學三説）

楚江黄龍磯南宴楊執戟治樓

五月分五洲，碧山對青樓。故人楊執戟，春賞楚江流。一見醉漂月，三杯歌棹謳。桂枝攀不盡，他日更相求。

【校】

〔題〕兩宋本、繆本、蕭本俱注云：荆楚。

〔治樓〕治，兩宋本、繆本俱作冶。

〔分〕王本注云：霏玉本作入。胡本作入。

〔賞〕蕭本作當。

〔醉〕王本注云：霏玉本作波。胡本作波。

【注】

〔五洲〕王云：水經注：江中有五洲相接，故以五洲爲名。宋孝武帝舉兵江中，建牙洲上，有紫雲蔭之，即是洲也。胡三省通鑑注：五洲當在今黄州、江州之間。

【評箋】

按：楊執戟指揚雄，見卷二古風第四十六首注，非其人名執戟也。或不欲顯舉其名，姑以此稱之。治樓亦不可解。

銅官山醉後絶句

我愛銅官樂，千年未擬還。要須迴舞袖，拂盡五松山。

【校】

〔題〕兩宋本、繆本俱注云：宣城。

【注】

〔銅官〕楊云：唐宣州南陵縣，武德四年隸池州，州廢屬宣州，後析置義安縣，又廢義安爲銅官，治利國山，有銅有鐵。王云：陸游入蜀記：隔荻港即銅陵界，遠山嶄然臨大江者，即銅官山。海録碎事：銅官山在宣州。

【評箋】

劉攽云：古人多歌舞飲酒，唐太宗每舞屬羣臣，長沙王亦小舉袖曰：國小不足以回旋。張燕公詩云：「醉後歡更好，全勝未醉時，動容皆是舞，出語總成詩。」李白云：「要須回舞袖，拂盡五松山。」「醉後涼風起，吹人舞袖環。」今時舞者必欲曲盡奇妙，又耻效樂工藝，蓋不復如古人常舞矣。（中山詩話）

與南陵常贊府遊五松山

安石泛溟渤，獨嘯長風還。逸韻動海上，高情出人間。靈異可並跡，澹然與世閑。我來五松下，置酒窮躋攀。徵古絶遺老，因名五松山。五松何清幽，勝境美沃洲。蕭颯鳴洞壑，終年風雨秋。響入百泉去，聽如三峽流。剪竹掃天花，且從傲吏遊。龍堂若可憩，吾欲歸精修。

【校】

〔題〕王本題下注云：原注：山在南陵銅井西五里，有古精舍。兩宋本、繆本無原注二字。

【注】

〔五松山〕王云：輿地紀勝：五松山在銅陵縣南銅官西南，山舊有松，一本五枝，蒼鱗老幹，翠色參天。

〔安石〕見卷十六送楊山人歸天台詩注。

〔五松〕胡云：觀此詩，是五松非山本名，乃太白所名，亦如名九華也。

〔沃洲〕楊云：高僧傳：支遁投跡剡山，於沃洲東嶺立寺行道，晚移石城山寺精舍。王云：太平寰宇記：沃洲山在越州剡縣東七十二里。施宿會稽志：沃洲山在新昌縣東三十二里，晉帛道猷、法深、支遁皆居之。戴、許、王、謝十八人與之游，號爲勝會，亦白蓮社之比也。唐白樂天山院記云：東南山水剡爲面，沃洲、天姥爲眉目，山有靈湫、杖錫泉、養馬坡、放鶴峯，皆因支道林得名。吴虎臣漫録云：沃洲、天姥，號山水奇絶處，自異僧帛道猷來自西天竺，賦詩云：「連峯數十里，修林帶平津。茅茨隱不見，雞鳴知有人。」晉宋之世，隱逸爲多。

按輿地紀勝卷一九：寧國府：沃洲亭在宣城縣東會勝寺側。李白詩云：「五松何清幽，勝境美沃洲。」好事者即以名亭。

〔三峽〕見卷八峨眉山月歌注。

〔天花〕法華經：時諸梵天王雨衆天花，香風時來，吹去萎者，更雨新者。

〔傲吏〕文選郭璞遊仙詩：「漆園有傲吏。」

〔龍堂〕王云：江南通志：龍堂精舍在南陵縣五松山，李白與南陵常贊府遊此有詩。

【評箋】

按：卷十二有於五松山贈南陵常贊府詩，又有書懷贈南陵常贊府詩。三詩皆似在同時，王譜均繫於天寶十三載，是白寓居南陵時也。

宣城清溪

清溪勝桐廬，水木有佳色。山貌日高古，石容天傾側。綵鳥昔未名，白猿初相識。不見同懷人，對之空嘆息。

【校】

〔題〕兩宋本、蕭本俱注云：一云入青溪山。繆本、王本俱注云：一作入青溪山。按：此詩咸本作二首，第一首云：「青溪清我心，水色異諸水。借問新安江，見底何如此？人行明鏡中，鳥度屏風裏。向晚猩猩啼，空悲遠游子。」即卷八之清溪行也。

〔清溪〕清，兩宋本、繆本、蕭本俱作青。王本注云：蕭本作青。

【注】

〔清溪〕王云：琦按清溪在池州秋浦縣北五里，而此云宣城清溪者，蓋代宗永泰元年始析宣州之秋浦、青陽及饒州之至德爲池州，其前固隸宣城郡耳。

〔桐廬〕王云：太平寰宇記：睦州桐廬縣，漢爲富春縣地，吴黄武四年，分富春置此縣。耆老相傳云，桐溪側有大桐樹，垂條偃蓋蔭數畝，遠望似廬，遂謂爲桐廬縣也。吴均與宋元思書：自富陽至桐廬一百里許，奇山異水，天下獨絶。

【評箋】

按：卷八有清溪行，卷十一有宿清溪主人，卷二十三有青溪半夜聞笛等篇，皆當爲同時作。又「不見同懷人」，當是「不見同心人」之意。

與謝良輔遊涇川陵巖寺

乘君素舸泛涇西，宛似雲門對若溪。且從康樂尋山水，何必東遊入會稽？

【校】

〔東遊〕遊，咸本、絶句俱作流。

【注】

〔謝良輔〕王云：唐詩紀事：謝良輔登天寶十一年進士第，德宗時刺商州，爲團練所殺。按：全唐詩小傳：謝良輔，天寶十一年進士第，德宗時商州刺史。

〔陵巖寺〕王云：江南通志：涇溪在寧國府涇縣西南一里，陵巖教寺在涇縣西七十五里，隋時建。涇川即涇溪也。

〔舸〕音哿。

〔涇〕音京。

〔雲門〕王云：方輿勝覽：雲門寺在會稽縣南三十一里，今名雍熙，爲州之偉觀。昔王子敬居此，有五色祥雲，詔建寺號雲門。楊齊賢曰：若耶溪、雲門寺在越州會稽縣南。

〔康樂〕宋書卷六七謝靈運傳：出爲永嘉太守。郡有名山水，靈運素所愛好。出守既不得志，遂肆志遊遨，偏歷諸縣，動踰旬朔。民間辭訟，不復關懷。所至輒爲詩詠，以寄其意。

遊水西簡鄭明府

天宫水西寺，雲錦照東郭。清湍鳴迴溪，緑竹遶飛閣。凉風日瀟灑，幽客時憩泊。五月思貂裘，謂言秋霜落。石蘿引古蔓；岸筍開新籜。吟翫空復情，相思爾佳作。鄭公詩人秀，逸韻宏寥廓。何當一來遊，愜我雪山諾？

【校】

〔緑竹〕竹，蕭本作水。王本注云：蕭本作水。

【注】

〔水西寺〕王云：按江南通志：有水西寺、水西首寺、天宫水西寺，皆在涇縣西五里之水西山中。天宫水西寺者本名凌巖寺，南齊永平元年淳于棼捨宅建。上元初改天宫水西寺，大中時重建。宋太平興國間賜名崇慶寺，凡十四院，其最勝者曰華嚴院，横跨兩山，廊廡皆閣道，泉流其下。

〔雪山〕王云：廣弘明集：案文殊師利般涅槃經云：佛滅度後四百五十年，文殊至雪山中，爲五百仙人宣説十二部經訖，還歸本土，入于涅槃。案地理志，西域傳云：雪山者即葱嶺也，其下三十六國先來屬，秦漢以葱嶺多雪，故號雪山焉。文殊往化仙人，即其處也。

【評箋】

今人詹鍈云：鄭明府疑指溧陽縣令鄭晏。

按卷十有戲贈鄭溧陽，卷十三有春日獨坐寄鄭明府等篇，均當即卷二十九溧陽瀨水貞義女碑銘序中之鄭晏。

九日登山

淵明歸去來，不與世相逐。爲無杯中物，遂偶本州牧。因招白衣人，笑酌黄花菊。我來不得意，虚過重陽時。題輿何俊發！遂結城南期。築土接響山，俯臨宛水湄。胡人叫玉笛，越女彈霜絲。自作英王胄，斯樂不可窺。赤鯉涌琴高，白龜道冰夷。靈仙如彷佛，奠酹遥相知。古來登高人，今復幾人在？滄洲違宿諾，明日猶可待。連山似驚波，合沓出溟海。揚袂揮四座，酩酊安所知？齊歌送清觴，起舞亂參差。賓隨落葉散，帽逐秋風吹。别後登此臺，願言長相思。

【校】

〔爲無〕爲，胡本作惟。

〔接〕蕭本、胡本俱作按。王本注云：蕭本作按。

〔宛〕咸本、蕭本俱作遠。王本注云：蕭本作遠。

〔自作〕作，王本注云：當是非字之訛。

〔冰夷〕冰，蕭本作馮，王本注云：許本作馮。按：冰爲馮之古字。

〔清觴〕觴，咸本、蕭本俱作揚。王本注云：蕭本作揚。

【注】

〔白衣〕王云：晉書：陶潛爲彭澤令。郡遣督郵至縣，吏白應束帶見之。潛嘆曰：「吾不能爲五斗米折腰，拳拳事鄉里小人。」即解印去縣，乃賦歸去來。刺史王弘以元熙中臨州，甚欽遲之，後自造焉。潛稱疾不見，既而語人曰：「我性不狎世，因疾守閑，幸非潔志慕聲，豈敢以王公紆軫爲榮耶？」弘每令人候之，密知當往廬山，乃遣其故人龐通之等，齎酒先於半道要之。潛既遇酒，便引酌野亭，欣然忘進。弘乃出與相聞，遂歡宴窮日。弘後欲見，輒於林澤間候之，至於酒米乏絶，亦時相贍。陶淵明詩：「天運苟如此，日進杯中物。」藝文類聚：續晉陽秋曰：陶潛嘗九月九日無酒，出宅邊菊叢中摘菊盈把，坐其側久之，望見白衣人至，乃王弘送酒也。即便就酌，醉而後歸。

〔題輿〕太平御覽卷二六三謝承後漢書曰：周景爲豫州，辟陳蕃爲别駕不就，景題别駕輿曰：陳仲舉座也。不復更辟，蕃惶懼起視職。

〔響山〕王云：方輿勝覽：響山在宣城縣南五里。一統志：響山在寧國府城南五里，下俯宛溪。權德輿記：響山兩崖聳峙，蒼翠對起，其南得響潭焉。清泚可鑒，瀠洄澄淡。

〔琴高〕搜神記：琴高，趙人也，能鼓琴，爲宋康王舍人，行涓彭之術。浮遊冀州涿郡間二百餘年。後辭入涿水中取龍子，與諸弟子期之曰：明日皆潔齋候于水旁，設祠屋。果乘赤鯉魚出來坐祠中。旦有萬人觀之，留一月乃復入水去。按：吴師道吴禮部詩話云：宣城涇縣有琴高山琴高溪，俗傳控鯉而升之所，每歲三月中，有小魚數十萬，一日來集，亦傳以爲投藥滓所化，至今人待此日盡網之，曝以爲乾，味甚美。

〔冰夷〕王云：山海經：從極之淵，深三百仞，維冰夷恒都焉。冰夷人面，乘兩龍。郭璞注：冰夷，馮夷也。淮南云：馮夷得道以潛大川，即河伯也。穆天子傳所謂河伯無夷者，竹書作馮夷，字或作冰也。河圖括地象：馮夷恒乘雲車，駕兩龍。白黿事未詳。楚辭河伯云：乘白黿兮逐文魚，與汝遊兮河之渚。白龜殆白黿之訛歟！

〔帽逐〕晉書卷九八孟嘉傳：後爲征西桓温參軍，温甚重之。九月九日，温燕龍山，僚佐畢集，時佐吏並著戎服。有風至，吹嘉帽墮落，嘉不之覺，温使左右勿言，欲觀其舉止。嘉良久如厠，温令取還之，命孫盛作文嘲嘉著嘉坐處，嘉還見即答之，其文甚美，四坐嗟嘆。

【評箋】

王云：玩詩義當是偕一宗室爲宣城別駕者於九日登其所新築之臺而作詩，題應有缺文。

今人詹鍈云：寧國府志卷二十四藝文志題作九日登響山，不知何據。詩云：「我來不得意，虛過重陽時。」知是年方至宣城。又云：「築土接響山，俯臨宛水湄。」按李集有宣城九日聞崔四侍御與宇文太守游敬亭余時登響山不同此賞醉後寄侍御詩，當是同時所作。

九日

今日雲景好，水緑秋山明。攜壺酌流霞，搴菊泛寒榮。地遠松石古，風揚絃管清。窺觴照歡顔，獨笑還自傾。落帽醉山月，空歌懷友生。

【注】

〔流霞〕王云：流霞，酒名。按抱朴子：項曼都言，仙人以流霞一杯與我飲之，輒不飢渴。故擬之以爲名耳。

九日龍山飲

九日龍山飲，黄花笑逐臣。醉看風落帽，舞愛月留人。

【校】

〔題〕兩宋本、繆本題下俱注云：當塗。

【注】

〔龍山〕王云：九域志：太平州有龍山，晉大司馬桓温嘗於九月九日登此山，孟嘉爲風飄帽落，即此山也。太平府志：龍山在當塗縣南十里，蜿蜒如龍蟠溪而卧，故名。舊志載桓温以重九日與僚佐登山孟嘉落帽事。或云，孟嘉落帽之龍山當在江陵，而元和志寰宇記皆云是此山，疑必温移鎮姑孰時事也。

〔黄花〕王云：淮南子：季秋之月，菊有黄花。高誘注：菊色不一，而專言黄者，秋令在金，以黄爲正也。史正志菊譜：菊，草屬也，以黄爲正，所以槩稱黄花。

九月十日即事

昨日登高罷，今朝更舉觴。菊花何太苦？遭此兩重陽。

【注】

〔重陽〕王云：歲時雜記：都城重九後一日宴賞，號小重陽。菊以兩遇宴飲，兩遭採掇，故有太苦之言。

陪族叔當塗宰遊化城寺升公清風亭

化城若化出，金牓天宫開。疑是海上雲，飛空結樓臺。升公湖上秀，粲然有辯才。濟人不利己，立俗無嫌猜。了見水中月，青蓮出塵埃。閒居清風亭，左右清風來。當暑陰廣殿，太陽爲徘徊。茗酌待幽客，珍盤薦彫梅。飛文何灑落，萬象爲之摧。季父擁鳴琴，德聲布雲雷。雖游道林室；亦舉陶潛杯。清樂動諸天，長松自吟哀。留歡若可盡，劫石乃成灰。

【校】

〔當塗宰〕宰，兩宋本俱作宰，誤。

〔若化出〕若，英華作如，注云：集作若。

〔升公〕升，英華作昇。

〔湖上〕上，兩宋本、繆本俱注云：一作中。蕭本注云：一作山。王本注云：一作山，一作中。胡本、英華俱作山。

〔了見〕了，蕭本作子，王本注云：蕭本作子，誤。

〔亦舉〕亦，兩宋本、繆本、王本俱注云：一作不。

【注】

〔當塗宰〕按：卷二十七夏日陪司馬武公與羣賢宴姑熟亭序云：今宰隴西李公明化。明化當即此當塗宰之名或字。

〔化城寺〕王云：太平府志：古化城寺在府城内向化橋西禮賢坊，吴大帝時建，基趾最廣。宋孝武南巡，駐蹕於此，增置二十八院。唐天寶間，寺僧清升能詩文，造舍利塔大戒壇，建清風亭於寺旁西湖上，鑄銅鐘一。李白銘之，今盡廢。宋知州郭緯以東城雄武之地，改遷化城寺，撤其西北之地爲城守，而存其餘爲西菴，凡西菴至西北兩城隅，皆古化城寺基也。

〔清風亭〕輿地紀勝卷一八太平州：清風亭在子城上，太守楊倓建。

〔化城〕王云：法華經：導師以方便力，於險道中過三百由旬，化作一城，是時疲極之衆心大歡喜，我等今者免斯惡道，前入化城，生安穩想。寺之立名，蓋取此義。

〔金牓〕神異經：中央有宫，以金爲牆，有金榜，以銀鏤題。

〔海上〕史記天官書：海旁蜃氣象樓臺。

〔辯才〕維摩詰經：維摩詰深達實相，善説法要，辯才無滯，智慧無礙。又云：菩薩觀衆生，如智者見水中月。

〔道林〕法苑珠林：支遁，字道林，本姓關氏。陳留人，或云河東林慮人。幼而神理聰明秀徹，王羲之覩遁才藻，驚絶罕儔，遂披衿解帶，留連不能已，乃請住靈嘉寺，意存相近。又投跡剡山，於沃洲小嶺立寺行道，僧衆百餘，嘗隨稟學。

〔劫灰〕搜神記：漢武帝鑿昆明池極深，悉是灰墨，無復土。舉朝不解，以問東方朔。朔曰：「臣愚不足以知之，可試問西域人。」帝以朔不知，難以移問，至後漢明帝時，西域道人來洛陽，時有憶方朔言者，乃試以武帝時灰墨問之，道人云：經云：天地大劫將盡則劫燒，此劫燒之餘也。

【評箋】

今人詹锳云：王譜於寶應元年下注云：集中有陪族叔當塗宰遊化城寺升公清風亭詩，又有化城寺大鐘銘。詩稱「升公湖山秀，粲然有辯才。濟人不利己，立俗無嫌猜」云云，銘序稱寺主昇朝，英靈秀氣，虛懷忘情，潔己利物云云，是昇朝升公本一人，而詩與銘之作大約相去不遠也。銘序稱當塗邑宰李公以西逾流沙，立功絶域，帝疇乎厥庸，始學古從政。歷宰潔白，聲聞於天。天寶之初，鳴琴此邦，其時代履歷與陽冰不類，則所謂族叔當塗宰者，乃另是一人，在天寶中來爲邑令者，非上元後作當塗宰之李陽冰也。今按王説是也。詩云：「當暑陰廣殿，太陽爲徘徊。」當是天寶二年盛夏之作。

按：此當塗宰即卷二十七夏日陪司馬武公與羣賢宴姑熟亭序中之「今宰隴西李公明化」，亦即卷二十九化城寺大鐘銘中之「李有則」。化城寺大鐘銘既有「天寶之初，鳴琴此邦」之語，則可知此文必不作於天寶二年，疑與此詩俱作於天寶十四載前後。

李白集校注卷二十一

古近體詩三十六首

登錦城散花樓

日照錦城頭，朝光散花樓。金窗夾繡户；珠箔懸銀鉤。飛梯緑雲中，極目散我憂。暮雨向三峽；春江繞雙流。今來一登望，如上九天遊。

【校】

〔題〕兩宋本、繆本題下俱注云：蜀中。

〔銀鉤〕銀，兩宋本、繆本、咸本俱作瓊。王本注云：繆本作瓊。

〔憂〕兩宋本、繆本、蕭本、王本俱注云：一作愁。英華作愁，注云：集作憂。

【注】

〔散花樓〕王云：太平寰宇記：錦城，華陽國志云：成都夷里橋南岸道西有城，故錦官也，命曰錦里。楊齊賢曰：成都記：府城亦呼爲錦官城，以江山明麗錯雜如錦也。散花樓在摩訶池上，蜀王秀所建。春明退朝録：唐成都府有散花樓。參見卷八上皇西巡南京歌第六首注。

〔三峽〕太平寰宇記卷一四八：三峽謂西峽、巫峽、歸峽，俗云：「巴東三峽巫峽長，清猿三聲淚沾裳。」即禹所疏以導江也。絶峻萬仞，瞥見陽光，不分雲雨。

〔雙流〕王云：左思蜀都賦：帶二江之雙流。劉淵林注：蜀守李冰鑿離堆，穿兩江，爲人開田，百姓享其利。水經注：成都縣有二江雙流郡下，故揚子雲蜀都賦曰：兩江珥其前者是也。風俗通曰：秦昭王使李冰爲蜀守，開成都兩江，溉田萬頃。元和郡縣志：成都府雙流縣北至府四十里，本漢廣都縣也，隋仁壽元年，避煬帝諱改爲雙流，因縣在二江之間，仍取蜀都賦云帶二江之雙流爲名也，皇朝因之。

登峨眉山

蜀國多仙山，峨眉邈難匹。周流試登覽，絶怪安可悉？青冥倚天開，彩錯疑畫出。泠然紫霞賞，果得錦囊術。雲間吟瓊簫，石上弄寶瑟。平生有微尚，歡笑自此畢。烟容如在顔；塵累忽相失。儻逢騎羊子，攜手淩白日。

【校】

〔可悉〕悉，咸本、蕭本及英華俱作息。王本注云：蕭本作息。

〔吟〕英華作吹。

【注】

〔峨眉〕王云：四川通志：峨眉山去嘉州峨眉縣百里。自白水寺登山，初二十里有石磴可陟，又二十里多無路，以木爲梯，行三二里方踏實地。又二十里有雷洞，始到光相寺，則峨眉絶頂也。其上樹木禽鳥，多與平地異，天氣尤不同，九月初已下雪，居者皆綿衣絮衾，山上水煮飯不熟，飯食皆從白水寺造上。參見卷三蜀道難及卷八峨眉山月歌注。

〔青冥〕王云：青冥，青而暗昧之狀。楚辭：據青冥而攄虹兮，蓋謂天爲青冥也。太白借用其字，别指山峯而言，與楚辭殊異。

〔錦囊〕見卷十五潁陽别元丹丘之淮陽詩注。

〔騎羊〕列仙傳：葛由者，羌人也。周成王時，好刻木羊賣之，一旦騎羊入西蜀，蜀中王侯貴人追之上綏山，山在峨眉山西南，高無極也。隨之者不復還，皆得仙道。

大庭庫

朝登大庭庫，雲物何蒼然！莫辨陳鄭火；空霾鄒魯烟。我來尋梓慎，觀化入寥天。古木翔氣多，松風如五絃。帝圖終冥没，嘆息滿山川。

【校】

〔題〕兩宋本、繆本題下俱注云：魯中。

〔古木〕兩宋本木字俱缺。

【注】

〔大庭庫〕王云：太平寰宇記：大庭氏庫高二丈，在曲阜縣城内，縣東一百五十步。路史：大庭氏之膺籙也，都于曲阜，故魯有大庭氏之庫。昔者黄帝齋於大庭之館，兹其所矣。羅苹注：庫在魯城中曲阜之高處，今在仙源縣内東隅，高二丈。

〔雲物〕左傳僖五年：凡分至啓閉，必書雲物。杜預注：雲物，氣色災變也。

〔陳鄭〕左傳昭十八年：宋、衛、陳、鄭皆火。梓慎登大庭氏之庫以望之，曰：宋衛陳鄭也。數日皆來告火。杜注：大庭氏古國名，在魯城内。魯于其處作庫高顯，故登以望氣。

〔寥天〕莊子大宗師篇：安排而去化，乃入于寥天一。郭象注：入于寂寞而與天爲一也。

登單父陶少府半月臺

陶公有逸興，不與常人俱。築臺像半月，迴向高城隅。置酒望白雲，商飈起寒梧。秋山入遠海，桑柘羅平蕪。水色渌且明，令人思鏡湖。終當過江去，愛此暫踟躕。

【校】

〔迴向〕迴，咸本注云：一作迴。向，兩宋本、繆本、王本俱注云：一作出。英華作出。

〔商飈〕商，兩宋本、繆本、蕭本、王本俱注云：一作高。英華作高。

〔且明〕明，兩宋本、繆本、蕭本、胡本、王本俱注云：一作清。英華作清，注云：集作明。

【注】

〔半月臺〕王云：山東通志：半月臺在舊單縣城東北隅，相傳陶沔所築。單縣即唐時之單父縣也，隸宋州。

〔鏡湖〕苕溪漁隱叢話後集卷四：復齋漫録云：會稽鑑湖，今避廟諱改爲鏡湖耳。（疑當云避諱改爲鑑湖。）輿地志云：山陰南湖縈帶郊郭，白水翠岩，互相映發，若鏡若圖，故王逸少云「山陰路上行，如在鏡中遊」，名鏡始是耳。李太白登半月臺詩亦云：「水色緑且静，……」，則湖以如鏡得名無可疑者，而或以爲小説所記，以爲軒轅鑄鏡於此得名，非也。太白又有送友人尋越中山水詩：「湖清霜鏡曉，濤白雪山來。」參見卷六子夜吳歌四首詩注。

天台曉望

天台鄰四明，華頂高百越。門標赤城霞，樓棲滄島月。憑高遠登覽，直下見溟渤。雲垂大鵬翻，波動巨鼇没。風潮争洶湧，神怪何翕忽！觀奇跡無倪，好道心不歇。攀條摘朱實，服藥鍊金骨。安得生羽毛，千春卧蓬闕？

【校】

〔題〕兩宋本、繆本題下俱注云：吴中。

【注】

〔天台〕王云：台州府志：天台山在天台縣北三里，自神跡石起至華頂峯皆是，爲一邑諸山之總稱。按陶弘景真誥曰：高一萬八千丈，周圍八百里，山有八重，四面如一。十道志謂其頂對三辰，或曰當牛女之分，上應台宿，故曰天台。登真隱訣曰：處五縣中央，爲餘姚、句章、臨海、天台、剡縣也。顧野王輿地志云：天台山一名桐柏山，衆岳之最秀者也。徐靈府記云：天台山與桐柏接而少異，神邕山圖又採浮屠氏説，以爲閻浮震旦國極東處，或又號靈越。孫綽賦所謂托靈越以正基是也。華頂峯在天台縣東北六十里，乃天台山第八重最高處，可觀日月之出没，東望大海，彌漫無際。參見卷十一贈王判官……詩、卷十五夢遊天姥吟留別及卷十六送王屋山人魏萬還王屋詩注。

〔四明〕王云：寧波府志：四明山在府西南一百五十里，爲郡之鎮山，由天台發脈，向東北行一百三十里，湧爲二百八十峯，周圍八百餘里，綿亘於寧之奉化、慈谿、鄞縣，紹之餘姚、上虞、嵊縣，台之寧海諸境。上有方石，四面有穴如窗，通日月星辰之光，故曰四明山。參見卷十六送王屋山人魏萬還王屋詩注。

〔赤城〕見卷七同族弟金城尉叔卿燭照山水壁畫歌、卷十五夢遊天姥吟留別詩注。

〔蓬闕〕王云：王勃詩：「芝廛光分野，蓬闕感規模。」按：蓬闕二字，前人殊不常用，蓋即蓬萊宮闕之意。

【評箋】

梅鼎祚云：宋之問詩：「樓觀滄海日，門對浙江潮。」白全法其語。（李詩鈔）

今人詹鍈云：任華雜言寄李白：「登天台，望渤海。雲垂大鵬飛，山壓巨鰲背。斯言亦好在。」即指此詩而言。其下又云：「中間聞道在長安。及余戾止，君已江東訪元丹。」則此詩之作當在入京以前初遊會稽時。

早望海霞邊

四明三千里，朝起赤城霞。日出紅光散，分輝照雪崖。一餐咽瓊液，五内發金沙。舉手何所待？青龍白虎車。

【校】

〔海霞邊〕咸本作海邊霞。

【注】

〔瓊液〕王云：凌陽子明經言春食朝霞者，日始出赤黄氣。真誥：日者霞之實，霞者日之精，君惟聞服日之法，未知餐霞之精也。夫餐霞之經甚祕，致霞之道甚易，此謂體生玉光霞映上清之法也。南岳魏夫人傳：有再酣瓊液而叩棺。

〔金沙〕參同契：金沙入五内，霧散若風雨。

〔白虎車〕太平廣記卷五：沈羲，吴郡人。學道于蜀中，但能消災除病，救濟百姓，不知服藥物。功德感天，天神識之。羲與妻賈共載詣子婦卓孔寧家，道逢白鹿車一乘，青龍車一乘，白虎車一乘，從者皆數十騎，皆朱衣，仗矛帶劍，輝赫滿道。問羲曰：「君是沈羲否？」羲愕然不知何等，答曰：「是也，何爲問之？」騎人曰：「羲有功于民，心不忘道，自少小以來，履行無過，受命不長，年壽將盡，黃老今遣仙官來下迎之。侍郎薄延之，乘白鹿車是也。度世君司馬生，青龍車是也。送迎使者徐福，白虎車是也。」須臾有三仙人，羽衣持節，以白玉簡青玉册丹玉字授羲，遂載羲升天。（出神仙傳）

【評箋】

今人詹鍈云：曾氏次於上首之後。按此詩起句云：「四明三千里，朝起赤城霞。」天台曉望詩則云：「天台鄰四明，……門標赤城霞。」二首當是同時所作。

焦山望松寥山

石壁望松寥，宛然在碧霄。安得五綵虹，架天作長橋？仙人如愛我，舉手來相招。

【校】

〔題〕兩宋本、繆本、咸本俱作焦山杳望松寥山。王本注云：繆本下多一杳字。

〔宛然〕宛，英華作寂，注云：集作宛。

〔架天〕架，英華作駕。

〔舉手〕舉，英華作攀，注云：集作舉。

〔來相招〕英華作兩相招。

【注】

〔松寥山〕王云：一統志：焦山在鎮江府城東北九里江中，後漢焦先隱此，因名。旁有海門二山，王西樵曰：海門山一名松寥、夷山，即孟浩然詩所云「夷山對海濱」者也。鮑天鍾丹徒縣志：焦山之餘支東出分峙于鯨波瀰淼中，曰海門山，唐詩稱松寥、稱夷山即此。按：輿地紀勝卷七：鎮江府：焦山在江中，金、焦二山相去十五里，唐圖經云：後漢焦先嘗隱此山，因以爲名。……山旁又有海門二山。

杜陵絶句

南登杜陵上，北望五陵間。秋水明落日，流光滅遠山。

【校】

〔題〕絶句無絶句二字。此下兩宋本、繆本俱注云：長安。

【注】

〔杜陵〕〔五陵〕文選班固西都賦：南望杜、霸，北眺五陵。後漢書卷七〇班固傳：南望杜、霸，北眺五陵。章懷太子注：杜、霸謂杜陵、霸陵，在城南，故南望也。五陵謂長陵、安陵、陽陵、茂陵、平陵，在渭北，故北眺也。參見卷五白馬篇注。

【評箋】

按：卷十三夕霽杜陵登樓寄韋繇詩，有「萬物生秋客」之句，當與此爲同時所作。

登太白峯

西上太白峯，夕陽窮登攀。太白與我語，爲我開天關。願乘泠風去，直出浮雲間。舉手可近月，前行若無山。一别武功去，何時復更還？

【校】

〔更還〕更，蕭本、胡本俱作見。王本注云：蕭本作見。

【注】

〔太白〕明一統志卷三二：太白山在陝西武功縣南九十里。山極高，上恒積雪，望之皓然，諺云：武功太白，去天三百。……上有洞，即道書第十一洞天，又有太白神祠，山半有横雲如瀑布則澍雨，人常以爲候驗。語曰：南山瀑布，非朝即暮。參見卷二古風第二首注。

〔夕陽〕爾雅釋山：山西曰夕陽，山東曰朝陽。邢昺疏：日即陽也，夕始得陽，故名夕陽。詩大雅公劉云：度其夕陽，豳居允荒，是也。

〔泠風〕莊子逍遥遊篇：夫列子御風而行，泠然善也。郭象注：泠然，輕妙之貌。△泠音零。

【評箋】

按：有西遊邠岐意是也，惟不似天寶初年出長安後作。

今人詹鍈云：是時太白蓋已有西遊邠岐之意。

登邯鄲洪波臺置酒觀發兵

我把兩赤羽，來遊燕趙間。天狼正可射，感激無時閑。觀兵洪波臺；倚劍望玉關。請纓不繫越，且向燕然山。風引龍虎旗，歌鐘昔追攀。擊筑落高月；投壺破愁顔。遥知百戰勝，定掃鬼方還。

【校】

〔題〕兩宋本、繆本題下俱注云：燕、趙，時將遊薊門。

〔洪波臺〕臺，胡本作亭。

〔繫越〕繫，蕭本作擊，誤。

〔昔追〕昔，兩宋本、繆本、王本俱注云：一作憶。胡本作共。

【注】

〔洪波臺〕元和郡縣志卷一五：洪波臺在磁州邯鄲縣西北五里。

〔赤羽〕王云：赤羽謂箭之羽染以赤者。國語所謂朱羽之矰是也。又六韜注：飛鳧，赤莖白羽，以鐵爲首。電景，青莖赤羽，以銅爲首。皆矢名。

〔天狼〕楚辭九歌東君：舉長矢兮射天狼。王逸注：天狼，星名。以喻貪殘。洪興祖補注：晉書天文志云：狼一星在東井南，爲野將，主侵掠。

〔繫越〕見卷十五聞李太尉大舉……詩注。

〔燕然山〕後漢書卷五三竇融傳：乃拜憲車騎將軍，……以執金吾耿秉爲副，……憲秉遂登燕然山，去塞三千餘里，刻石勒功，紀漢威德。

〔筑〕王云：顔師古急就篇注：筑形如小瑟而細頸，以竹擊之。通典：筑不知誰所造。史籍惟云高漸離善擊筑。漢高帝過沛所擊。釋名曰：筑以竹鼓之也，似箏細項。按今制身長四尺三寸，項長三寸，圍四寸五分，頭七寸五分，上闊七寸五分，下闊六寸五分。

〔投壺〕後漢書卷五〇祭遵傳：遵爲將軍，取士皆用儒術，對酒設樂，必雅歌投壺。

〔鬼方〕王云：漢書：外伐鬼方，以安諸夏。顔師古注：鬼方絶遠之地，一曰國名。晉書：夏曰薰鬻，殷曰鬼方，周曰獫狁，漢曰匈奴。按：王國維觀堂集林卷十三有鬼方昆夷玁狁考，大意謂其見於商周間者曰鬼方，曰混夷，曰獯鬻，其在宗周之季則曰玁狁，入春秋後則始謂之戎，繼號曰狄，戰國以降又稱之曰胡，曰匈奴。又春秋時之隗姓即鬼方之遺裔，鬼方昆夷薰育獯狁係一語之變，即一族之稱。舊説以昆夷與獯鬻、獯狁爲二，無據。

【評箋】

按：卷二十有邯鄲南亭觀妓詩，當爲同時所作。惟卷三十之至邯鄲登城樓覽古一詩有「揚鞭動柳色，寫鞚春風生」之句，是其居邯鄲爲春時事，似白之留於邯鄲頗久，冬初方入幽州。（見江夏贈韋良宰詩）

又按：儲光羲集有詩題云：次天元（？）十載，華陰發兵作，時有郎官點發。詩云：「鬼方生獫狁，時寇盧龍營。帝念霍嫖姚，詔發咸林兵。」據舊唐書契丹傳，天寶十年，安禄山誣其酋長欲叛，請舉兵討之。八月，以幽州、雲中、平盧之衆數萬人，就潢水南契丹衙與之戰。與此詩正爲一時之事。云「請纓不繫越，且向燕然山」者，同年亦有發兵征雲南之事也。得此可證李之遊燕趙正在天寶十載。詹氏繫年以之屬十一載，微不合。

登新平樓

去國登茲樓，懷歸傷暮秋。天長落日遠；水浄寒波流。秦雲起嶺樹；胡雁飛沙洲。蒼蒼幾萬里，目極令人愁。

【校】

〔題〕兩宋本、繆本、蕭本題下俱注云：陝西。

【注】

〔新平〕見卷七豳歌行上新平長史兄粲注。

【評箋】

梅鼎祚云：高棅唐詩品彙正聲並作五言古，謬，楊慎有駁。（李詩鈔）

按：卷七有豳歌行上新平長史兄粲，卷九有贈新平少年二詩，前者云：「憶昨去家此爲客，荷花初紅柳條碧。」後者云：「長風入短袂，内手如懷冰。」此詩則云：「懷歸傷暮秋。」蓋白之居邠州爲自春及冬，將一年矣。特尚未能確知爲何年。詹氏以爲天寶三載出長安後，恐無如此暇豫。又按：豳歌行上新平長史兄粲，卷九贈新平少年，卷十九酬坊州王司馬與閻正字對雪見贈俱爲李白開元間初入長安游邠、坊時所作。見稗山李白兩入長安辨（中華文史論叢第二輯）。

謁老君廟

先君懷聖德，靈廟肅神心。草合人蹤斷；塵濃鳥跡深。流沙丹竈滅；關路紫烟沉。獨傷千載後，空餘松柏林。

【校】

〔題〕兩宋本、繆本題下俱注云：梁宋。

【注】

〔流沙〕列仙傳：關令尹喜與老子俱遊流沙化胡，服巨勝實，莫知其所終。太平御覽卷六六一三一經：真人尹喜，周大夫也，爲關令。少好學，善天文祕緯，……登樓四望，見東極有紫氣西邁，喜曰：「……應有異人過此。」乃齋戒掃道以俟之。及老子度關，喜先戒關吏曰：「若有翁乘青牛薄板車者，勿聽過，止以白之。」果至，吏白願少止，喜帶印綬，設師事之道，老子重辭之。喜曰：「願爲我著書，説大道之意，得奉而行焉。」於是著道德經上下二卷。

【評箋】

王云：文苑英華以此詩爲玄宗過老子廟詩，而以先君爲仙居，丹竈滅爲丹竈没，三字不同。琦玩草合一聯，似非太平時天子巡幸景象，此詩定是太白作耳。

今人詹鍈李詩辨僞云：歐陽修集古録跋尾卷六：唐玄宗謁玄元廟詩，歲月闕……宋無名氏寶刻類編卷一：謁玄元皇帝廟詩，唐玄宗製，並行書，天寶中立。考文苑英華所據，多係祕府舊本，御製詩斷不致與一般作品相混。今又有宋人所記碑刻，鑿鑿可據，則此詩必屬玄宗御製，殆無疑問，特不知何故竄入太白集中耳。

秋日登揚州西靈塔

寶塔淩蒼蒼，登攀覽四荒。頂高元氣合，標出海雲長。萬象分空界，三天接畫梁。水摇金刹影，日動火珠光。鳥拂瓊簷度，霞連繡栱張。目隨征路斷，心逐去帆揚。露浩梧楸白，霜催橘柚黄。玉毫如可見，于此照迷方。

【校】

〔題〕兩宋本、繆本題下俱注云：淮南。

〔瓊簷〕簷，咸本、蕭本、胡本俱作簾。王本注云：蕭本作簾。

〔霜催〕霜，兩宋本、繆本俱作風。王本注云：繆本作風。

【注】

〔西靈塔〕王云：太平廣記：揚州西靈塔，中國之尤峻特者。唐武宗未拆寺之前一年，天火焚塔俱盡，白雨如瀉，旁有草堂一無所損。按：高適有登廣陵棲靈寺塔詩，彼當春時，此寫秋景，詩境相似。白居易、劉禹錫集中題均同。疑西靈、棲靈兩通。全唐詩卷二七二，陳潤亦有登西靈塔詩。高僧傳三集卷一九揚州西靈塔寺懷信傳亦作西。

〔三天〕王云：三天謂欲界天、色界天、無色界天也。

〔金刹〕王云：法華經：起七寶塔，長表金刹。伽藍記：寶塔五重，金刹高聳。胡三省通鑑注：刹，柱也。浮圖上柱，今謂之相輪。

〔火珠〕楊云：鎧婆利國自交州浮海而至。多火珠，大者如雞卵，白照數尺，日中以艾藉珠，輒火出。

〔梧楸〕王云：韻會：梧桐色白，葉似青桐，有子肥美可食。楸，説文，梓也。通志曰：梓與楸相似。爾雅以爲一物誤矣。陸璣謂楸之疏理白色而生子者爲梓。齊民要術謂白色有角爲梓，無子爲楸，皆不辨楸梓。梓與楸自異，生子不生角。

〔橘柚〕王云：説文：柚，條也，似橙而酢。史記正義：小曰橘，大曰柚，樹有刺，冬不凋，葉青花白子黄，亦二樹相似，非橙也。△柚音右。

〔玉毫〕法華經：爾時佛放眉間白毫相光照東方萬八千世界，靡不周遍，下至阿鼻地獄，上至阿迦吒天。

【評箋】

張戒云：王介甫云：「遠引江山來控帶，平看鷹隼去飛翔。」疑非介甫語。又云：「留歡薄日晚，起視飛鳥背。」又云：「灑筆飛鳥工，爲王賦雌雄。」語雖稍工而不爲難到。東坡云：「飛鳥皆下翔」，失之易也。李太白登西靈寺塔云：「鳥拂瓊簷度，霞連繡栱張。」亦疑非太白語。廬山謡云：「翠影紅霞映朝日，鳥飛不到吳天長。登高壯觀天地間，大江茫茫去不還。」此乃真太白

詩矣。（歲寒堂詩話）

登金陵冶城西北謝安墩

晉室昔横潰，永嘉遂南奔。沙塵何茫茫！龍虎鬭朝昏。胡馬風漢草，天驕蹙中原。哲匠感頹運，雲鵬忽飛翻。組練照楚國，旌旗連海門。西秦百萬衆，戈甲如雲屯。投鞭可填江，一掃不足論。皇運有返正，醜虜無遺魂。談笑遏横流，蒼生望斯存。冶城訪古跡，猶有謝安墩。憑覽周地險，高標絶人喧。想像東山姿，緬懷右軍言。梧桐識嘉樹，蕙草留芳根。白鷺映春洲，青龍見朝暾。地古雲物在，臺傾禾黍繁。我來酌清波，於此樹名園。功成拂衣去，歸入武陵源。

【校】

〔題〕兩宋本、繆本、蕭本、胡本題下俱注云：此墩即晉太傅謝安與右軍王羲之同登，超然有高世之志。余將營園其上，故作是詩。又注云：金陵。胡本注上有自注二字，王本注上有太白自注字。

〔遂南奔〕遂，蕭本作逐。王本注云：蕭本作逐。

〔投鞭〕以下二句，兩宋本、繆本、王本俱注云：一作投策可填江，一朝爲我吞。蕭本注云：一作投策。

〔冶城〕此句兩宋本、繆本俱注云：一作至今冶城隅。蕭本注云：一作至今古城隅。胡本作至今古城隅，注云：一作冶城訪古跡。王本注云：一作至今古城隅，一作至今冶城隅。

〔嘉樹〕嘉，兩宋本、繆本俱作佳。王本注云：繆本作佳。

〔歸入〕兩宋本、繆本、蕭本、胡本、王本俱注云：一作長嘯。

【注】

〔冶城〕王云：太平寰宇記：冶城在今上元縣西五里，本吴鑄冶之地，因以爲名。元帝太興初，以王導久疾，方士戴洋云：君本命在申，申地有冶，金火相鑠不利。遂使范遜移冶于石城東髑髏山處，以其地爲園，多植林館。徐廣晉記：成帝適司徒府，遊觀冶城之園，即此也。

〔謝安墩〕王云：六朝事跡：謝安墩在半山報寧寺之後，基址尚存。謝安與王羲之嘗登此，超然有高世之志。世説：王右軍與謝太傅共登冶城，謝悠然遠想，有高世之志。王謂謝曰：「夏禹勤王，手足胼胝，文王旰食，日不暇給。今四郊多壘，宜人人自效，而虚談廢務，浮文妨要，恐非當今所宜。」謝答曰「秦任商鞅，二世而亡，豈清言致患耶？」按：景定建康志卷一七：謝公墩在半山寺，里俗相傳，謝安所嘗登也，其事殊無所據。李白、王荆公皆有謝公墩詩。白詩云：「冶城訪遺跡，猶有謝安墩。」乃今大慶觀冶城山，昔謝安與王羲之登冶城，悠然遐想有高世之志，即此地。荆公雖有我屋公墩之句，而又有詩云：「問樵樵不知，問牧牧不言。」亦自疑之耳。江左謝氏衣冠最盛，謂之謝公，豈獨安也？今半山寺所在舊名康樂坊。按晉書：謝玄封康樂公，至孫靈運猶襲封，今以坊及墩名觀之，恐是玄及其子孫所居，後人因名之耳。又按：陳作霖養龢軒隨筆：金陵有四謝公墩：一在治城，安石與王逸少登臨遐想處也。一在土山，安石爲相時，築臺榭以擬會稽東山，即圍棊賭墅之所也。至半山寺之謝公墩，則幼度之宅，其地有康樂坊可證，康樂爲幼度封國，與安石無與。王半山之争，亦太疏於考據矣。若杏花村謝幼度祠側有土阜，亦名謝公墩，特土人因其近謝祠而名之，與他各志均未之載耳。

〔南奔〕晉書懷帝紀：永嘉五年，劉曜、王彌入京師，帝開華林園門，出河陰藕池，欲幸長安，爲曜等所追及。曜等遂焚燒宮廟，逼辱后妃，……百官士庶死者三萬餘人。又卷六五王導傳：俄而洛京傾覆，中州士女避亂江左者十六七。

〔風〕書費誓：馬牛其風。孔疏：僖四年左傳云：唯是風馬牛不相及也。賈逵云：風，放也。牝牡相誘謂之風。然則馬牛風佚，因牝牡相逐而遂至放佚遠去也。

〔投鞭〕晉書苻堅載記：堅曰：「……雖有長江，其能固乎？以吾之衆旅，投鞭于江，足斷其流。」

〔談笑〕晉書卷七九謝安傳：時苻堅強盛，疆場多虞，諸將敗退相繼。安遣弟石兄子玄等應機征討，所在尅捷。……堅後率衆號百萬次于淮、淝，京師震恐。……玄入問計，安夷然無懼色。答曰：「已别有旨。」……玄不敢復言，乃令張玄重請。安遂命駕出山墅，親朋畢集，方與玄圍棋賭别墅，安常棋劣於玄，是日玄懼，便爲敵手，而又不勝。安顧謂其甥羊曇曰：「以墅乞汝。」遂游陟至夜乃還，指授將帥，各當其任。玄等既破堅，有驛書至，安方對客圍棋，看書既竟，即攝放床上，了無喜色，棋如故。客問之，徐答曰：「小兒輩遂已破賊。」既罷還内，過户限，心喜甚，不覺其屐齒之折，其矯情鎮物如此。

〔東山〕晉書卷七九謝安傳：寓居會稽，與王羲之及高陽許詢、桑門支遁遊處，……中丞高崧戲之曰：「卿屢違朝旨，高卧東山，諸人每相與言，安石不肯出，將如蒼生何！蒼生今亦將卿何！」楊云：東山在會稽，右軍，羲之也。參見卷二十三憶東山二首詩注。

〔白鷺〕太平寰宇記卷九〇云：白鷺洲在江寧縣西三里大江中，多聚白鷺，因名之。參見卷十三宿白鷺洲寄楊江寧詩及卷十七送殷淑詩第二首注。

〔青龍〕王云：一統志：青龍山在應天府東南三十五里。江南通志：青龍山在江寧府上元縣東三十里，山産石甚良，土人取爲碑礎。參見卷十七送殷淑詩第二首注。

〔武陵源〕王云：武陵源，陶淵明所記者。又述異記：武陵源在吴中，山無他木，盡生桃李，俗呼爲桃李源。源上有石洞，洞中有乳水，世傳秦末喪亂，吴中人于此避難，食桃李實者皆得仙。則又一武陵源也。

【評箋】

按：詩之語意與卷二十二之金陵三首略同。

登瓦官閣

晨登瓦官閣，極眺金陵城。鍾山對北户，淮水入南榮。漫漫雨花落，嘈嘈天樂鳴。兩廊振法鼓，四角吟風箏。杳出霄漢上，仰攀日月行。山空霸氣滅，地古寒陰生。寥廓雲海晚，蒼茫宫觀平。門餘閶闔字，樓識鳳凰名。雷作百山動，神扶萬栱傾。靈光何足貴？長此鎮吴京。

【校】

〔題〕按：此詩英華以爲李賓作。

〔淮〕咸本作漢，注云：一作淮。

〔吟〕兩宋本、繆本、蕭本、胡本、王本俱注云：一作吹。英華作吹，注云：一作吟。

〔百山〕山，英華作川，注云：集作山。

〔何足〕英華作一向，注云：集作何足。

【注】

〔瓦官閣〕王云：楊齊賢曰：瓦官寺碑云：江左之寺莫先於瓦官，晉武時建以陶官故地，故名瓦官，訛而爲棺。或云昔有僧誦經於此，既死葬以虞氏之棺，墓上生蓮花，故曰瓦棺。中有瓦棺閣高二十五丈，唐爲昇元閣。景定建康志：古瓦官寺又爲昇元寺，在城西南隅。晉哀帝興寧二年，詔移陶官於淮水北，遂以南岸窰地施僧慧力造瓦官寺。舊志曰瓦棺者，非也。據俗説云：瓦棺寺之名，起自西晉，時長沙城隅忽陸地生青蓮兩朵，民以聞官，掘得一瓦棺，見一僧形貌儼然，其花從舌根生。父老云：昔有一僧，不説姓名，平生誦法華經百餘部，臨死遺言以瓦棺葬之，遂以寺名爲瓦棺，初本於此。其説頗涉誤誕，縱果有此事，亦在長沙，與此無與也。不知陶官爲瓦官而易官爲棺，殆附會而爲之説耳。方輿勝覽：昇元寺即瓦棺寺也，在建康府城西隅。前瞰江面，後據重岡，最爲古跡。李主時，昇元閣猶在，乃梁朝故物，高二百四十尺。李白詩所謂日月隱簷楹，是也。今西南隅戒壇，乃是故基。

〔鍾山〕見卷七金陵歌送別范宣及卷十五留別金陵諸公詩注。

〔淮水〕王云：楊齊賢曰：淮水即秦淮，源于句容、溧水兩山間，自方山合流至建鄴，貫城中而西，以達于江。太平寰宇記：昇州江寧縣有淮水，北去縣一里，源從宣州東南溧水縣烏刹橋西流八百五十里。輿地志云：秦始皇巡會稽，鑿斷山阜，此淮即所鑿也，故名秦淮水。孫盛晉春秋亦云：是秦所鑿，王導令郭璞筮，即此淮也。又稱未至方山有直瀆行三十里許。以地形論之，淮水發源詰屈，不類人工，則始皇所掘，宜此瀆也。丹陽記云：建康有淮，源出華山，流入江。徐爰釋問云：淮水西北貫都。輿地志云：淮水發源于華山，在丹陽、姑熟之界，西北流徑建康、秣陵二縣之間，縈紆京邑之内，至于石頭入江，綿亘三百許里。　參見卷十五留别金陵諸公及卷十九翫月金陵城西……詩注。

〔南榮〕王云：上林賦：曝于南榮。郭璞曰：榮，南簷也。應劭曰：榮，屋檐兩頭如翼也。沈括筆談：榮，屋翼也，今謂之兩徘徊，又謂之兩厦。

〔嘈嘈〕埤蒼：嘈嘈，聲衆也。

〔天樂〕王云：阿彌陀經：彼佛國土，常作天樂，晝夜六時，雨天曼陀羅花。天樂者，天人所作音樂，清暢嘹喨，微妙和雅，一切音聲所不能及。

〔法鼓〕王云：法華經：今佛世尊欲説大法，雨大法雨，吹大法螺，擊大法鼓。孫綽天台山賦：法鼓琅以振響。李周翰注：法鼓，鐘也。

〔風箏〕王云：真西山曰：風箏，簷鈴，俗呼風馬兒。楊升菴曰：古人殿閣簷稜間有風琴風箏，皆因風動成音，自諧宫商。元微之詩：「烏啄風箏碎珠玉。」高駢有夜聽風箏詩，僧齊己有風琴引，王半山有風琴詩，此乃簷下鐵馬也。今人名紙鳶曰風箏，非也。

〔閶闔〕王云：景定建康志：按宫宛記：晉成帝修新宫，南面開四門，最西曰西掖門，正中曰大司馬門，次東曰南掖門，最東曰東掖門，南掖門宋改閶闔門，陳改端門。

〔鳳凰樓〕王云：江南通志：按宫苑記：鳳凰樓在鳳臺山上，宋元嘉中建。

〔神扶〕漢書卷八七揚雄傳：炕浮柱之飛榱兮，神莫莫而扶傾。顏師古注：言舉立浮柱而駕飛榱，其形危竦，有神於冥莫之中扶持，故不傾也。

〔靈光〕文選王延壽魯靈光殿賦序：魯靈光殿者，蓋景帝程姬之子恭王餘之所立也。恭王始都下國，好治宫室，遂因魯僖基兆而營焉。

登梅崗望金陵贈族姪高座寺僧中孚

鍾山抱金陵，霸氣昔騰發。天開帝王居，海色照宫闕。羣峯如逐鹿，奔走相馳突。江水九道來，雲端遥明没。時遷大運去，龍虎勢休歇。我來屬天清，登覽窮楚越。吾宗挺禪伯，特秀鸞鳳骨。衆星羅青天，明者獨有月。冥居順生理，草木不翦伐。烟窗引薔薇；石壁老野蕨。吴風謝安屐，白足傲履韈。幾宿一下山，蕭然忘干謁。談經演金偈，降鶴舞海雪。時聞天香來，了與世事絶。佳遊不可得，春去惜遠别。賦詩留巖屏，千載庶不滅。

【校】

〔天開〕天，兩宋本、繆本、王本俱注云：一作神。咸本作神。

〔吾宗〕此二句繆本、王本俱注云：一作吾宗道門秀，特異鸞鳳骨。胡本上句注云：一作吾家道門秀，下句秀下注云：一作異。

〔明者〕明，兩宋本、繆本、咸本俱作朗。胡本注云：一作朗。王本注云：繆本作朗。

〔一下山〕兩宋本、繆本、蕭本、王本、咸本俱注云：一作下山來。

〔春去〕去，兩宋本、蕭本作風。王本注云：蕭本作風。

【注】

〔梅崗〕王云：太平寰宇記：梅嶺崗在昇州江寧縣南九里，周迴六里。輿地志云：在國門之東，晉豫章太守梅頤家于崗下，故民名之。景定建康志：梅嶺崗在城南九里，長六里，高二丈，上有亭，爲士庶遊春之所。江南志：聚寶山在江寧府城南聚寶門外，其東嶺爲雨花臺，山麓爲梅崗，晉豫章内史梅頤家於此。舊多亭榭，自六朝迄今，爲士人遊覽勝地。高座寺在江寧府雨花臺梅崗，晉永嘉中建，名甘露寺，西竺僧尸黎密據高座説法，世謂高座道人，葬此，故名。或云：晉法師竺道生所居。按：景定建康志卷四六：高座寺一名永寧寺，在城南門外，晉咸康中造，又名甘露寺。嘗有雲光法師講法華經於寺，天花散落，今講經臺遺址猶存，或云晉朝法師竺道生所居，因號高座寺。

〔九道〕王云：書禹貢：荆州，九江孔殷。孔安國注：江於此州界分爲九道。琦按今之九江，僅有其名，九派之跡，邈不可見。蓋川瀆之形不能無變遷故也。……但金陵去九江甚遠，即使唐時水脈未改，然登梅崗而望九江，亦豈目力之所能及？詩人誇大之辭，多過其實，往往若此矣。

〔白足〕魏書釋老志：惠始到京都，多所訓導，……或時跣行，雖履泥行，初不汙足，色愈鮮白，世號之曰白足師。

〔金偈〕王云：偈，釋氏韻詞也，佛所説之偈，謂之金偈。

【評箋】按：卷十九有答族姪僧中孚贈玉泉仙人掌茶詩，其序云：余遊金陵，見宗僧中孚。蓋即一時所作。此云：「春去惜遠别」，自即卷十五留别金陵諸公、金陵酒肆留别及金陵白下亭諸詩中之留别也。金陵酒肆留别詩云：「風吹柳花滿店香」，留别金陵諸公詩云：「五月金陵西，祖余白下亭。」正在春去之後。然别往何地，仍未敢定。

登金陵鳳凰臺

鳳凰臺上鳳凰遊，鳳去臺空江自流。吳宫花草埋幽徑；晉代衣冠成古丘。三山半落青天外；一水中分白鷺洲。總爲浮雲能蔽日，長安不見使人愁。

【校】

〔吳宫〕宫，兩宋本、繆本、王本俱注云：一作時。咸本作時，注云：一作宫。文粹作時。英華作時，注云：集作宫。

〔晉代〕代，兩宋本、繆本、王本俱注云：一作國。咸本作國，注云：一作代。

〔一水〕兩宋本、繆本、咸本、王本俱注云：一作二水。
〔總爲〕兩宋本、繆本、王本、英華俱注云：一作盡道。

【注】

〔鳳凰臺〕王云：江南通志：鳳凰臺在江寧府城内之西南隅，猶有陂陀，尚可登覽。宋元嘉十六年，有三鳥翔集山間，文彩五色，狀如孔雀，音聲諧和，衆鳥羣附，時人謂之鳳凰。起臺于山，謂之鳳凰臺，山曰鳳臺山，里曰鳳凰里。珊瑚鈎詩話：金陵鳳凰臺在城之東南，四顧江山，下窺井邑，古今題詠，惟謫仙爲絶唱。按：景定建康志卷二一：鳳凰臺在保寧寺後。……宫苑記：鳳凰樓在鳳臺山上，宋元嘉中築，有鳳凰集以爲名。李白、宋齊丘皆有詩。

〔三山〕王云：吴宫謂孫權建都時所造宫室。景定建康志：三山在城西南五十七里，周迴四里，高二十九丈。……輿地志云：其山積石森鬱，濱於大江，三峯排列，南北相連，故號三山。陸放翁入蜀記：三山自石頭及鳳凰臺望之，杳杳有無中耳，及過其下，則距金陵才五十餘里。

〔二水〕王云：史正志二水亭記：秦淮源出句容、溧水兩山，自方山合流至建業，貫城中而西，以達于江，有洲横截其間。李太白所謂「二水中分白鷺洲」是也。一統志：白鷺洲在應天府西南江中。

〔浮雲〕胡云：舊注，自傷讒廢，望帝鄉而不見，觸境生愁。載記：秦苻堅幸慕容垂夫人，宦者趙整歌云：「不見雀來入燕室，但見浮雲蔽白日。」用此不無意在。

【評箋】

方回云：太白此詩與崔顥黄鶴樓相似，格律氣勢未易甲乙。此詩以鳳凰臺爲名，而詠鳳凰臺不過起語兩句盡之矣，下六句乃登臺而觀望之景也。三四懷古人之不見也。五六七八詠今日之景，而慨帝都之不可見，登臺而望，所感深矣。金陵建都自吴始，三山二水白鷺洲皆金陵山水名。金陵可以北望中原，唐都長安，故太白以浮雲遮蔽不見長安爲愁焉。（瀛奎律髓）

王世懋云：崔郎中作黄鶴樓詩，青蓮短氣。後題鳳凰臺，古今目爲勍敵。識者謂前六句不能當，結語深悲慷慨，差足勝耳。然余意更有不然。無論中二聯不能及，即結語亦大有辨。言詩須道興比賦，如日暮鄉關，興而賦也。浮雲蔽日，比而賦也。以此思之，使人愁三字雖同，孰爲當乎？日暮鄉關，煙波江上，本無指著，登臨者自生愁耳。故曰使人愁，煙波使之愁也。浮雲蔽日，長安不見，逐客自應愁，寧須使之？青蓮才情標映萬載，寧以予言重輕？尺有所短，寸有所長，竊以爲此詩不逮，非一端也。如有罪我者則不敢辭。（藝圃擷餘）

瞿佑云：崔顥題黄鶴樓，太白過之不更作，時人有「眼前有景道不得，崔顥題詩在上頭」之譏。及登鳳凰臺作詩，可謂十倍曹丕矣。蓋顥結句云：「日暮鄉關何處是，煙波江上使人愁。」而太白結句云：「總爲浮雲能蔽日，長安不見使人愁。」愛君憂國之意遠過鄉關之念。善占地步

矣。然太白別有「搥碎黃鶴樓」之句，其於顥未嘗不耿耿也。（歸田詩話）

王夫之云：浮雲蔽日，長安不見，借晉明帝語，影出浮雲，以悲江左無人，中原淪陷。使人愁三字，總結幽徑、古丘之感，與崔顥黃鶴樓落句，語同意別。宋人不解此，乃以疵其不及顥作，覿面不識，而強加長短，何有哉？太白詩是通首混收，顥詩是扣尾掉收；太白詩自十九首來，顥詩則純爲唐音矣。（唐詩評選）

王云：劉後村曰：古人服善，李白登黃鶴樓有「眼前有景道不得，崔顥題詩在上頭」之語。至金陵，乃作鳳凰臺詩以擬之。今觀二詩，真敵手棋也。瀛奎律髓：太白此詩與崔顥黃鶴樓相似，格律氣勢未易甲乙。此詩以鳳凰臺爲名，不過起兩句已盡之矣。下六句乃登臺而觀望之景也，三四懷古人之不見，五六七八詠今日之景，而慨帝都之不可見，登臺而望，所感深矣。田子藝曰：人知李白鳳凰臺鸚鵡洲出於黃鶴樓，不知崔顥又出於龍池篇，沈詩五龍二池四天，崔詩三黃鶴二去二空二人二悠悠歷歷萋萋，李詩三鳳二凰二臺，又三鸚鵡二江三洲二青，四篇機杼一軸，天錦燦然，各用疊字成章，尤奇絕也。趙宧光曰：詩原引沈佺期龍池篇云：「龍池躍龍龍已飛，龍德先天天不違。池開天漢分黃道，龍向天門入紫微。邸第樓臺多氣色，君王鳧雁有光輝。爲報寰中百川水，來朝此地莫東歸。」崔顥篤好之，先擬其格作雁門胡人歌云：「高山代郡東接燕，雁門胡人家近邊。解放胡鷹逐塞鳥，能將代馬獵秋田。山頭野火寒多燒，雨裏孤烽濕作烟。聞道遼西無鬬戰，時時醉向酒家眠。」自分無以尚之，別作黃鶴樓詩云：「昔人已乘白雲去，此地空餘黃鶴樓。黃鶴一去不復返，白雲千載空悠悠。晴川歷歷漢陽樹；芳草萋萋鸚鵡洲。日暮鄉關何處是？烟波江上使人愁。」然後直出雲卿之上，視龍池直俚談耳。李白壓到不敢措詞，別題鸚鵡洲云：「鸚鵡來過吴江水，江上洲傳鸚鵡名。鸚鵡西飛隴山去，芳洲之樹何青青！烟開蘭葉香風暖，岸夾桃花錦浪生。遷客此時徒極目，長洲孤月向誰明？」而自分調不若也。於心終不降，又作鳳凰臺云：「鳳凰臺上鳳凰遊，鳳去臺空江自流。吴宮花草埋幽徑，晉代衣冠成古丘。三山半落青天外；一水中分白鷺洲。總爲浮雲能蔽日，長安不見使人愁。」然後可以雁行無媿矣。按前後五篇並古風也，而後人以龍池題作篇，雁門題作歌，遂入之古體。黃鶴、鸚鵡、鳳凰入之近體，非也。弇州、元瑞亦舉崔顥雁門胡人歌及沈佺期龍池篇謂當與黃鶴同調，不當一置之律，二置之古也。按黃鶴詩，調取之龍池，格取之雁門。李之擬崔，鸚鵡取其格，鳳凰取其調。徐柏山謂李白鸚鵡洲詩全效崔顥黃鶴，鳳凰非其正擬也。予則以爲論字句，鸚鵡逼真，論格調，則鸚鵡卑弱。略非鳳凰、黃鶴敵手，當是太白既賦鸚鵡不慊，而更轉高調，調故可以相頡頏而語稍粗矣。二詩皆本之崔，然鸚鵡不敢出也。又曰：黃鶴、鳳凰相敵在何處，黃鶴第四句方成調，鳳凰第二句即成調，不有後句，二詩首唱皆淺稺語耳。調當讓崔，格則遜李，顥雖高出，不免四句已盡，後半首別是一律，前半則古絕也。邵氏聞見後録：歐陽公每哦太白「三山半落青天外，二水中分白鷺洲」之句，曰：杜子美不道也。予謂約以子美律詩，青天外正可以白鷺洲作偶。

唐宋詩醇云：崔顥題詩黄鶴樓，李白見之，去不復作，至金陵登鳳凰臺乃題此詩，傳者以爲擬崔而作，理或有之。崔詩直舉胸情，氣體高渾，白詩寓目山河，别有懷抱，其言皆從心而發，即景而成，意象偶同，勝境各擅，論者不舉其高情遠意而沾沾吹索於字句之間，固已蔽矣。至謂白實擬之以較勝負，並謬爲搥碎鶴樓等詩，鄙陋之談，不值一噱也。

徐文弼云：按此詩二王氏並相詆訾，緣先有黄鶴樓詩在其胸中，拘拘字句，比較崔作謂爲弗逮。太白固已虚心自服，何用呶呶？惟沈評云：從心所造，偶然相類，必謂摹仿崔作，恐屬未然。誠爲知言。（詩法度鍼）

趙文哲云：七律最難，鄙意先不取黄鶴樓詩，以其非律也。當以右丞、東川、嘉州數篇爲準的，然如王之「人情翻覆似波瀾」、「看竹何須問主人」等句已嫌稍率。太白不善兹體，鳳凰臺詩亦强顔耳。（媕雅堂詩話）

今人詹鍈云：按鸚鵡洲詩作於上元二年，趙氏（宧光）之言果信，則此詩之作當在上元二年太白遊金陵時。

按：此詩自是白之本色，不爲摹擬。浮雲一語當指開元、天寶間之讒諂蔽明，若在上元末年，則白方獲罪遇赦，方銷聲斂迹之不暇，似不當復有此激切之語。參見卷二十金陵鳳凰臺置酒一首。

望廬山瀑布二首

西登香爐峯，南見瀑布水。挂流三百丈，噴壑數十里。欻如飛電來，隱若白虹起。初驚河漢落，半灑雲天裏。仰觀勢轉雄，壯哉造化功。海風吹不斷，江月照還空。空中亂潨射，左右洗青壁。飛珠散輕霞，流沫沸穹石。而我樂名山，對之心益閑。無論漱瓊液，且得洗塵顔。且諧宿所好，永願辭人間。

【校】

〔題〕兩宋本、繆本題下俱注云：尋陽。

〔望廬山〕望，英華作翫，咸本布下有水字。又絶句無第一首。

〔南見〕見，兩宋本、繆本、王本俱注云：一作望。

〔百丈〕兩宋本、繆本、王本俱注云：一作千匹。胡本百下注云：一作千。

〔數十里〕十，文粹作千。

〔飛電〕電，兩宋本、繆本、王本俱注云：一作練。英華作練。

〔隱若〕敦煌殘卷作宛若。

〔初驚〕此下十字，敦煌殘卷作舟人莫敢窺，羽客遥相指。

〔河漢〕兩宋本、繆本、蕭本、王本俱注云：一作銀河。

〔半灑〕此句兩宋本、繆本、蕭本、王本俱注云：一作半瀉金潭裏。

〔仰觀〕敦煌殘卷作指看。

〔江月〕月，兩宋本、繆本、蕭本、王本俱注云：一作山。

〔洗青壁〕敦煌殘卷作各千尺。

〔我樂〕樂，兩宋本、繆本、文粹、敦煌殘卷俱作遊。王本注云：繆本作遊。

〔漱瓊液〕敦煌殘卷作傷玉趾。

〔塵顏〕此句下咸本注云：一本無此二句。

〔且諧〕且，英華作仍。又以下二句兩宋本、繆本、王本俱注云：一作集譜宿所好，永不歸人間。敦煌殘卷作愛此腸欲斷，不能歸人間。又此上二句文粹無。

【注】

〔香爐〕王云：白居易廬山草堂記：匡廬奇秀甲天下山，山北峯曰香爐峯。太平寰宇記：香爐峯在廬山西北，其峯尖圓，烟雲聚散，如博山香爐之狀。

〔瀑布水〕王云：太平御覽：周景式廬山記曰：白水在黄龍南數里，即瀑布水也，土人謂之白水湖。其水出山腹，挂流三四百丈，飛湍於林峯之表，望之若懸素，注水處石悉成井，其深不測也。按：輿地紀勝卷二五：南康軍：瀑布水在開先院之西，廬山南瀑布無慮十數，皆積雨方見，惟此不竭。僧貫休詩云：「小瀑便高三百尺，短松多是一千年。」徐凝詩云：「今古常如白練飛，一條界破青山色。」李白詩云：「飛流直下三千丈（集作尺不同），疑是銀河落九天。」此即開先之瀑也。

【評箋】

今人詹鍈云：任華雜言寄李白：「登廬山，觀瀑布。海風吹不斷，江月照還空，余愛此兩句。」指此詩第一首。華詩下文又云：「中間聞道在長安，及余戾止，君已江東訪元丹。」則望廬山瀑布詩蓋入京以前作也。按白雖屢遊廬山，而大都在去朝以後，其在天寶以前者約當是時（開元十四年）。

其二

日照香爐生紫烟，遥看瀑布挂前川。飛流直下三千尺，疑是銀河落九天。

【校】

〔其二〕兩宋本、繆本、王本俱注云：一本題云望廬山香爐峯瀑布，曰：廬山上與星斗連，日照香爐生紫煙，下兩句同。

〔前川〕前，兩宋本、繆本、咸本、絶句俱作長。王本注云：繆本作長。

〔九天〕九，兩宋本、繆本、王本俱注云：一作半。

【評箋】

胡云：劉辰翁云：「海風吹不斷，江月照還空」，奇夐不復可道。

韋居安云：李太白廬山瀑布詩有「疑是銀河落九天」句，東坡嘗稱美之。又觀太白「海風吹不斷，江月照還空」一聯，磊落清壯，語簡意足，優於絶句，真古今絶唱也。然非歷覽此景，不足以見此詩之妙。（梅磵詩話）

王云：韻語陽秋：徐凝瀑布詩云：「千古猶疑白練飛，一條界破青山色。」或謂樂天有賽不得之語，獨未見李白詩耳。李白望廬山瀑布詩曰：「飛流直下三千尺，疑是銀河落九天。」故東坡云：「帝遣銀河一派垂，古來惟有謫仙詞。飛流濺沫知多少，不爲徐凝洗惡詩。」以余觀之，銀河一派，猶涉比擬，不若白前篇云：「海風吹不斷，江月照還空」，鑿空道出，爲可喜也。苕溪漁隱叢話：太白望廬山瀑布絶句，東坡美之，有詩云：「帝遣銀河一派垂，古來惟有謫仙詞。」然余謂太白前篇古詩云：「海風吹不斷，江月照還空」，磊落清壯，語簡而意盡，優于絶句多矣。

望廬山五老峯

廬山東南五老峯，青天削出金芙蓉。九江秀色可攬結，吾將此地巢雲松。

【注】

〔五老峯〕王云：太平御覽：潯陽記云：廬山北有五老峯，於廬山最爲峻極。横隱蒼穹，積石巉巖，迴壓彭蠡。其形勢如河中虞鄉縣前五老之形，故名。太平寰宇記：五老峯在廬山東，懸崖突出，如五人相逐羅列之狀。方輿勝覽：五老峯在廬山，五峯相連，故名。浮屠老子之宫皆在其下。潛確居類書：五老峯在廬山頂東南，自府治北望，森然如施帟幕者，是也。商丘漫語曰：自下望之，狀如傴立，其上相距甚遠，不相聯屬，巉峭壁立數千仞，軒軒然如人箕踞而窺重湖，又如五雲翩翩欲飛。舊有李太白書堂。江西通志：五老峯在南康府城北三十里，爲廬山盡處，石山骨立，突兀淩霄，如五人駢肩然。懸巖峭壁，難於登陟，雲霧卷舒，倏忽變化，乃郡之發脈山也。李白嘗築居於此。

〔芙蓉〕王云：芙蓉，蓮花也。山峯秀麗，可以比之，其色黄，故曰金芙蓉也。樂府子夜歌：「玉藕金芙蓉。」

〔雲松〕方輿勝覽卷一七：圖經：李白性喜名山，飄然有物外志，以廬阜水石佳處，遂往遊焉。卜築五老峯下，有書堂舊址，後北歸猶不忍去，指廬山曰：與君再會，不敢寒盟。丹崖緑壑，神其鑒之！杜甫詩：「匡山讀書處，頭白好歸來。」或以爲綿之匡山。

江上望皖公山

奇峯出奇雲，秀木含秀氣。清宴皖公山，巉絶稱人意。獨遊滄江上，終日淡無味。但愛茲嶺高，何由討靈異？默然遥相許，欲往心莫遂。待吾還丹成，投跡歸此地。

【校】

〔題〕兩宋本、繆本題下俱注云：宿松。

【注】

〔皖公山〕王云：唐書地理志：舒州懷寧縣有皖山。太平御覽：漢書地理志曰：皖山在灊山，與天柱峯相連，其山三峯鼎峙，疊嶂重巒，拒雲槩日，登陟無由。山經曰：皖山東面有激水，冬夏懸流，狀如瀑布，下有九泉井，有一石床，可容百人。其井莫知深淺。方輿勝覽：皖山在安慶府懷寧縣西十里，皖伯始封之地。江南通志：皖山一名皖公山，在安慶府潛山縣，與灊山、天柱山相連，三峯鼎峙，爲長淮之軒蔽，空青積翠，萬仞如翔，仰摩層霄，俯瞰廣野，瑰奇秀麗，不可名狀。上有天池峯，峯上有試心橋、天印石。甕巖狀如甕，人不可到，有石樓峯，勢若樓觀。

〔巉絶〕陸游入蜀記：北望正見皖山，太白江上望皖公山詩：「巉絶稱人意。」巉絶二字，不刊之妙也。

〔還丹〕見卷十四廬山謡寄盧侍御虚舟注。

【評箋】

按：卷十四有寄上吴王三首，卷十八有同吴王送杜秀芝舉入京詩，吴王祇蓋爲廬江太守，白曾往謁，望皖公山似宜在此時，若在宿松則方逃難卧病（見十一卷贈張相鎬自注），似不宜有此閒暇之語氣。

望黄鶴山

東望黄鶴山，雄雄半空出。四面生白雲；中峯倚紅日。巖巒行穹跨；峯嶂亦冥密。頗聞列仙人，于此學飛術。一朝向蓬海；千載空石室。金竈生烟埃；玉潭祕清謐。地古遺草木；庭寒老芝朮。蹇余羨攀躋，因欲保閑逸。觀奇徧諸岳，兹嶺不可匹。結心寄青松，永悟客情畢。

【校】

〔題〕兩宋本、繆本題下俱注云：江夏岳陽。又山字下王本注云：蕭本作樓，誤。胡本、咸本亦作樓。

〔一朝〕兩宋本一字缺。

【注】

〔黄鶴山〕王云：太平御覽：江夏圖經：黄鶴山在鄂州江夏縣東九里，其山斷絶無連接。舊傳云：昔有仙人控黄鶴於此山，故以爲名。梁湘東王晉安寺碑云：黄鶴從天而夜響，是也。苕溪漁隱叢話：鄂州城之東十里許，其最高聳而秀者，是爲黄鶴山。一統志：黄鵠山在武昌府城西南，一名黄鶴山，世傳仙人騎黄鶴過此，因名。

〔清謐〕王云：清謐猶清静也。

〔蹇〕王云：楚辭：蹇誰留兮中洲。王逸注：蹇，辭也。謂發語聲也。

【評箋】

今人詹鍈云：詩云：「觀奇徧諸岳，兹嶺不可匹。」其時太白蓋已届暮年。

鸚鵡洲

鸚鵡來過吴江水，江上洲傳鸚鵡名。鸚鵡西飛隴山去，芳洲之樹何青青！烟開蘭葉香風暖，岸夾桃花錦浪生。遷客此時徒極目，長洲孤月向誰明？

【注】

〔鸚鵡洲〕王云：胡三省通鑑注：鸚鵡洲在江夏江中，禰衡作鸚鵡賦於此，洲因以爲名，洲之下即黄鵠磯。陸游入蜀記：鸚鵡洲上有茂林神祠，遠望如小山，洲蓋禰正平被殺處。按鸚鵡洲在漢陽府城西南二里大江中，尾直黄鵠磯，明季爲水沖没，遂不可見。參見卷十一贈漢陽輔録事詩第二首。

〔隴山〕文選禰衡鸚鵡賦云：惟西域之靈鳥兮。李善注：西域謂隴坻出此鳥也。

【評箋】

汪師韓云：李白鸚鵡洲一章乃庚韻而押青字，此詩文粹編入七古，後人編入七律，其體亦可古可今，要皆出韻也。（詩學纂聞）

王云：瀛奎律髓：太白此詩乃是效崔顥體，皆於五六加工，尾句寓感嘆，是時律詩猶未甚拘偶也。

方東樹云：崔顥黄鶴樓，千古擅名之作。只是以文筆行之，一氣轉折。五六雖斷寫景，而氣亦直下噴溢。收亦然。所以可貴。太白鸚鵡洲，格律工力悉敵，風格逼肖。未嘗有意學之而自似。（昭昧詹言）

今人詹鍈云：王譜繫乾元元年下，注云：詩有「遷客此時徒極目」句，是流夜郎至江夏時作。按太白流夜郎至江夏在夏秋二季，而此詩云：「煙開蘭葉香風暖，岸夾桃花錦浪生。」則在春間，疑是上元元年自零陵歸至江夏時作，王説微誤。

九日登巴陵置酒望洞庭水軍

九日天氣清，登高無秋雲。造化闢川岳，了然楚漢分。長風鼓横波，合沓蹙龍文。憶昔傳遊豫，樓船壯横汾。今兹討鯨鯢，旌旆何繽紛！白羽落酒樽，洞庭羅三軍。黄花不掇手，戰鼓遥相聞。劍舞轉頹陽，當時日停曛。酣歌激壯士，可以摧妖氛。握齱東籬下，淵明不足羣。

【校】

〔題〕兩宋本、繆本、蕭本題下俱注云：時賊逼華容縣。注上胡本加自注二字，王本加舊注二字。

〔握齱〕兩宋本、繆本俱作齷齪。王本注云：繆本作齷齪。

〔淵明〕淵，兩宋本、繆本作泉。王本注云：繆本作泉。

【注】

〔巴陵〕王云：地理今釋：東陵即巴丘山，一名天岳山，今湖廣岳州府城是其遺址。一統志：巴丘山在岳州府城南，一名巴蛇塚。羿屠巴蛇於洞庭，積骨爲丘，故名。是巴陵即巴丘山也。洞庭湖在岳州府城西南。元和郡縣志：岳州有華容縣，去州一百六十里。參見下一首秋登巴陵望洞庭詩注。

〔橫汾〕文選漢武帝秋風辭：上行幸河東，祠后土，顧視帝京欣然，中流與羣臣飲燕。上歡甚，乃自作秋風辭曰：「……泛樓船兮濟汾河，橫中流兮揚素波，簫鼓鳴兮發棹歌。」李善注：應劭漢書注曰：作大船上施樓，故號曰樓船。

〔白羽〕家語致思篇：由願得白羽若月，赤羽若日，旍旗繽紛，下盤于地。

〔握齱〕史記酈生列傳：皆握齱好苛禮。集解：應劭曰：握齱，急促之貌。索隱：韋昭云：握齱，小節也。△齱音促。

〔淵明〕蕭云：此言淵明不足羣者，蓋用武之時，儒士必爲所輕，太白其以淵明自況乎！

【評箋】

今人詹鍈云：王譜繫乾元二年下，注云：通鑑：乾元二年八月，康楚元、張嘉延據襄州作亂，楚元自稱南楚霸王。九月，張嘉延襲破荊州，有衆萬餘人，商州刺史韋倫起兵討之。十一月，進軍擊之，生擒楚元，其衆潰散，荊襄皆平。此詩與下二首（指司馬將軍歌與荊州賊亂臨洞庭言懷作）皆是年之作，今從之。

秋登巴陵望洞庭

清晨登巴陵，周覽無不極。明湖映天光，徹底見秋色。秋色何蒼然！際海俱澄鮮。山青滅遠樹；水綠無寒烟。來帆出江中；去鳥向日邊。風清長沙浦；霜空雲夢田。瞻光惜頹髮；閲水悲徂年。北渚既蕩漾；東流自潺湲。郢人唱白雪；越女歌採蓮。聽此更腸斷，憑崖淚如泉。

【校】

〔霜空〕霜，蕭本作山。王本注云：蕭本作山。

【注】

〔洞庭〕王云：地理今釋：洞庭湖在今湖廣岳州府巴陵縣西南，北接華容、安鄉二縣，西南接常德府龍陽縣，東南接長沙府湘陰縣界，爲湖南衆水之匯。長沙浦謂自長沙而入洞庭之水。古雲夢澤跨江之南北，自岳州外，凡江夏、漢陽、沔陽、安陸、德安、荆州，皆其兼亘所及。

參見上一首九日登巴陵置酒望洞庭水軍詩注。

〔瞻光〕〔閲水〕王云：瞻光，瞻日月之光。閲水，閲逝去之水。

〔北渚〕蕭云：楚辭：帝子降兮北渚。江淹詩：「北渚有帝子，蕩漾不可期。」

〔潺湲〕漢書：河蕩蕩兮激潺湲。顔師古注：潺湲，激流也。

【評箋】

今人詹鍈云：詩云：「瞻光惜頹髮，閲水悲徂年。」當已届暮年。

按：此詩語意頹唐，爲李集中所少見，詹説是。

與夏十二登岳陽樓

樓觀岳陽盡，川迥洞庭開。雁引愁心去，山銜好月來。雲間連下榻，天上接行杯。醉後涼風起，吹人舞袖迴。

【校】

〔盡〕英華作近。

〔雁引〕此句兩宋本、繆本、蕭本、王本俱注云：一作雁别秋江去。

〔連〕兩宋本、繆本、咸本俱作逢。王本注云：繆本作逢。

【注】

〔岳陽樓〕方輿勝覽卷二九：岳陽樓在岳州郡治西南，西面洞庭，左顧君山，不知創始爲誰。唐開元四年，中書令張説出守是邦，與才士登臨賦詠，自此名著。參見卷十五留别賈舍人至詩第一首注。

〔岳陽〕王云：岳陽謂天岳山之陽，樓依此立名。洞庭一湖正當樓前，浩浩蕩蕩，茫無涯畔，所謂巴陵勝狀盡在是矣。

〔下榻〕王云：下榻用陳蕃禮徐穉、周璆事。沈約詩：「賓至下塵榻。」王勃文：徐孺下陳蕃之榻，下字本此。

〔行杯〕王云：傳杯而飲曰行杯。

登巴陵開元寺西閣贈衡岳僧方外

衡岳有開士，五峯秀真骨。見君萬里心，海水照秋月。大臣南溟去，問道皆請謁。洒以甘露言，清涼潤肌髮。明湖落天鏡，香閣凌銀闕。登眺餐惠風，新花期啓發。

【校】

〔開士〕開，蕭本作闓。王本注云：蕭本作闓。

〔去〕咸本注云：一作法。

〔洒〕兩宋本、繆本俱作灑。英華作洒。

〔以〕兩宋本俱作明。英華注云：集作明，非。

〔明湖〕英華作湖海。

【注】

〔開元寺〕王云：唐會要：天授元年十月二十九日，兩京及天下諸州各置大雲寺一所。開元二十六年六月一日，並改爲開元寺。胡三省通鑑注：開元寺，今諸州間亦有之，蓋唐開元中所置也。

〔開士〕王云：釋氏要覽：開士，經音疏云：開，達也，明也，解也。士則士夫也。經中多呼菩薩爲開士，前秦苻堅賜沙門有德解者號開士。李雁湖曰：妙法蓮花經：跋陀羅等與其同伴十六開士云云。開士者，能自開覺，又開他心，菩薩之異名也。按：楊慎藝林伐山云：李太白詩：「衡嶽有闡士，五峯秀真骨。」闡士、開士皆僧之稱。

〔真骨〕傳燈録：惠可大師返香山，終日宴坐經八載，于寂默中見一神人謂曰：「將欲受果，何滯此耶？」翊日覺頭痛如刺，其師欲治之。空中有聲曰：「此乃换骨，非常痛也。」師視其頂骨，即如五峯秀出矣。

〔甘露〕法華經：如以甘露洒，除熱得清涼。

〔香閣〕維摩詰經：上方界分過四十二恒河沙佛士，有國名衆香，佛號香積，其界一切皆以香作樓閣。

【評箋】

今人詹鍈云：唐會要：天授元年十月二十九日，兩京及天下諸州各置大雲寺一所，開元二十六年六月一日，並改爲開元寺。則此詩當非太白少年時代所作。詩云：「海水照秋月」，知在秋季。此首與登瓦官閣詩，文苑英華並題爲李賓作，全唐詩因録李賓詩二首，即此兩篇也。按二詩校文，如集作某等，俱與今本李太白集合，知重校文苑英華時尚以此二首爲李白作，其作李賓當是轉刻之誤。

按：此詩中「大臣南溟去」一語殊不可解。肅宗末年大臣貶謫南方者有第五琦、李揆等人，惟張鎬貶辰州司户，與白交誼夙深，或指張鎬也。又詹氏據「海水照秋月」句謂詩作於秋季，殊不盡然。「海水照秋月」乃上句「見君萬里心」之注脚，非實指時令。觀下文「登眺餐惠風」，無寧謂爲作於春季耳。

與賈至舍人於龍興寺翦落梧桐枝望灉湖

翦落青梧枝，灉湖坐可窺。雨洗秋山浄；林光澹碧滋。水閑明鏡轉；雲繞畫屏移。千古風流事，名賢共此時。

【校】

〔題〕舍人上兩宋本、繆本俱無至字。王本注云：繆本缺至字。

【注】

〔賈舍人〕按：卷十一有巴陵贈賈舍人，卷十五有留别賈舍人至二首，卷二十有陪族叔刑部侍郎曄及中書賈舍人……五首，均可參看。

〔龍興寺〕王云：岳陽風土記：龍興觀故基在太平寺東，舊有西閣，爲登覽之勝。按：輿地紀勝卷六九：岳州：法寶寺，唐曰龍興，下瞰灉湖。

〔灉湖〕王云：灉湖在州南，春冬水涸，昔人謂之乾湖，水經謂之滃湖。秋夏水漲，即渺瀰勝千石舟，通閣子鎮。元和郡縣志：灉湖一名滃湖，在岳州巴陵縣南一十里。一統志：灉湖在岳州府城東南五里，趙東曦灉湖詩序：巴丘南灉湖者，蓋沅、湘、澧、汨之餘波焉。兹水也，淪匯洞庭，澹澹千里，夏潦奔注，則泆爲此湖。冬霜既零，則涸爲平野。按爾雅云：水反入爲灉。斯名之作，有由焉耳。按：趙東曦之東當作冬。

挂席江上待月有懷

待月月未出，望江江自流。倏忽城西郭，青天懸玉鉤。素華雖可攬，清景不同遊。耿耿金波裏，空瞻鳷鵲樓。

【校】

〔雖可〕雖，兩宋本、繆本俱作難。王本注云：繆本作難。

【評箋】

按：此詩無旁證，據金波鳷鵲語觀之，蓋懷朝中之友，而不欲明言其人也。

金陵望漢江

漢江迴萬里，派作九龍盤。横潰豁中國；崔嵬飛迅湍。六帝淪亡後，三吴不足觀。我君混區宇，垂拱衆流安。今日任公子，滄浪罷釣竿。

【注】

〔九龍〕王云：郭璞江賦：流九派乎潯陽。應劭漢書注：江自廬江潯陽分爲九。

〔六帝〕王云：六帝吴、晉、宋、齊、梁、陳六代之帝。

〔釣竿〕王云：任公子投竿東海釣得大魚，詳見大鵬賦注。因衆派安流，水無巨魚，故任公子之釣竿可罷。喻言江漢寧静，地無巨寇，則王者之征伐可除也。

【評箋】

今人詹鍈云：按留别金陵諸公詩稱：「欲尋廬峯頂，先繞漢水行。」金陵白下亭留别詩謂：「吴烟暝長條，漢水齧古根。」曰漢水，曰漢江，其實一也。本詩云：「漢江迴萬里，派作九龍盤。横潰豁中國，崔嵬飛迅湍。」則漢水漢江即指長江而言，蓋漢水納入長江之後，雖流至下游，仍可用其舊名也。

按：元稹詩云：「眼前明月水，先入漢江流。漢水流江海，西江到庾樓。」詹氏以漢江爲即指長江，暗合此意。然此詩之所以用漢江者，必非無故。蓋天寶十五載七月，玄宗在蜀，分命皇太子及永王璘、盛王琦、豐王珙爲元帥及節度大使。此詩前四句似即指建藩之事。云「六帝淪亡後，三吴不足觀」者，慨歎無人以金陵爲興復之資也。「我君混區宇，垂拱衆流安」者，譏朝廷之無遠略也。任公罷釣則自謂有志不遂也。此詩含意極深曲，顯非無所爲而作。可定爲作於天寶十五載至德二載之間。王氏以任公罷釣爲江漢寧静，其論詩亦太淺矣。大抵李詩固有空泛率意者，然此詩既有「横潰豁中國」等語，恐不能無所指也。

秋登宣城謝脁北樓

江城如畫裏，山晚望晴空。兩水夾明鏡；雙橋落彩虹。人烟寒橘柚；秋色老梧桐。誰念北樓上，臨風懷謝公？

【校】

〔題〕兩宋本、繆本題下俱注云：宣城。

〔寒〕兩宋本、繆本、王本俱注云：一作空。

【注】

〔北樓〕王云：一統志：北樓在寧國府治北，南齊守謝脁建。江南通志：陵陽山在寧國府城南，岡巒盤屈，三峯秀拔，爲一郡之鎮，上有樓，即謝脁北樓，李白所稱江城如畫者。

〔雙橋〕王云：宣州圖經：宛溪句溪兩水遶郡城合流，有鳳凰、濟川二橋，開皇時建。江南通志：宛溪在寧國府城東，跨溪上下有兩橋，上橋曰鳳凰，直城東南泰和門外，下橋曰濟川，直城東陽德門外，並隋開皇中建。

【評箋】

曾季貍云：李白云：「人烟寒橘柚，秋色老梧桐。」老杜云：「荒庭垂橘柚，古屋畫龍蛇。」氣焰蓋相敵。陳無已云：「寒心生蟋蟀，秋色上梧桐。」蓋出於李白也。（艇齋詩話）

方回云：太白亦有登岳陽樓八句，未及孟、杜。此詩起句似晚唐，中二聯言景而豪壯，則晚唐所無也。宣州有雙溪、疊嶂，乃此州勝景也，所以云兩水。惟有兩水，所以有雙橋。王荆公虎圖行「目光夾鏡當坐隅」，虎兩目如夾兩鏡，得非倣謫仙「兩水夾明鏡」之意乎？此聯妙絶。起句所謂「江城如畫裏」者，即指此之三四聯之景，與五六皆是也。謝脁爲宣城賢太守，得太白表章之，其名踰千古不朽焉。（瀛奎律髓）

紀昀云：五六佳句，人所共知。結在當時不妨，在後來則爲窠臼語，爲淺率語，爲太現成語，故論詩者當論其世。（瀛奎律髓刊誤）

按：卷十二有自梁園至敬亭山見會公談陵陽山水詩，卷十八有宣州謝脁樓餞别校書叔雲詩。蓋白於安、史亂前初至宣城也。

望天門山

天門中斷楚江開，碧水東流至北迴。兩岸青山相對出，孤帆一片日邊來。

【校】

〔題〕兩宋本、繆本題下俱注云：當塗。

〔至北〕至，王本注云：兩宋本、繆本俱作直北，一作至此。絶句作直北。胡本作直，注云：一作至。

【注】

〔天門山〕楊云：宣城圖經：二山夾大江，東曰博望，西曰天門。輿地志：博望、梁山東西隔江相對如門，相去數里，謂之天門。　王云：圖經：天門山在太平州當塗縣西南二十里，又名蛾眉山，二山夾大江對峙，東曰博望，西曰梁山。　參見卷十二書懷贈南陵常贊府詩注。

〔至北〕王云：毛西河曰：因梁山博望夾峙，江水至此一迴旋也。時刻誤此作北，既東又北，既北又迴，已乖句調，兼失義理。

【評箋】

按：卷二十九有天門山銘，可參看。

望木瓜山

早起見日出，暮見棲鳥還。客心自酸楚，況對木瓜山。

【校】

〔暮見〕見，兩宋本、繆本俱作看。王本注云：繆本作看。

【注】

〔木瓜山〕王云：一統志：木瓜山在常德府城東七里，唐李白謫夜郎過此，有詩云云。又江南通志：木瓜山在池州府青陽木瓜鋪，杜牧求雨處。今尚有廟二處，皆太白常遊之地，未知孰是。按：輿地紀勝卷二二：池州，木瓜神，杜牧集有會昌六年祭木瓜神文，木瓜，山名也。

〔酸楚〕王云：千金翼方：木瓜實味酸。

【評箋】

按：黎庶昌拙尊園叢稿卷四有李白至夜郎考略謂：白未至貶所，武威張介侯澍續黔書、趙遵律謫仙樓記辨之甚力。然均不免有所牴牾。黎氏之意以其流夜郎題葵葉、望木瓜山、憶秋浦桃花舊游時竄夜郎三詩，似又確是在貶所時作。唐之夜郎縣在今桐梓縣夜郎里，而夜郎里有地名木瓜廟，玩詩意蓋對此木瓜山而感懷青陽之木瓜山。又據憶秋浦桃花詩「三載夜郎還」，及江上贈竇長史「下里南遷夜郎國，三年歸及長風沙」，若至夔州即還，僅及年餘，與所謂三年不合。如黎氏説則流夜郎在至德二載，故至乾元二年遇赦爲三年，然何解於自漢陽病酒歸寄王明府詩之「去歲左遷夜郎道，今年勅放巫山陽。」黎氏雖以巫山不必即指夔州之巫山，終非確據。

登敬亭北二小山余時客逢崔侍御並登此地

送客謝亭北，逢君縱酒還。屈盤戲白馬，大笑上青山。迴鞭指長安，西日落秦關。帝鄉三千里，杳在碧雲間。

【校】

〔題〕王本注云：按客字上似缺一送字。

【注】

〔崔侍御〕按：卷九有贈崔侍御二首，卷十二有贈宣城宇文太守兼呈崔侍御，卷十四有宣城九日聞崔四侍御……二首、寄崔侍御及遊敬亭寄崔侍御，卷十五有聞李太尉……留別金陵崔侍御十九韻，卷十八有送崔氏昆季之金陵，卷十九有酬崔侍御、翫月城西……訪崔四侍御等篇，皆可參證。又次一首過崔八丈水亭，似亦有關。

〔謝亭〕王云：一統志：謝公亭在寧國府治北，即謝朓送范雲之零陵處。

過崔八丈水亭

高閣横秀氣，清幽併在君。簷飛宛溪水；窗落敬亭雲。猿嘯風中斷；漁歌月裏聞。閑隨白鷗去，沙上自爲羣。

【注】

按：崔八丈疑即崔成甫之伯叔輩。參見卷十八送崔氏昆季之金陵評箋。

登廣武古戰場懷古

秦鹿奔野草，逐之若飛蓬。項王氣蓋世，紫電明雙瞳。呼吸八千人，横行起江東。赤精斬白帝，叱咤入關中。兩龍不並躍，五緯與天同。楚滅無英圖；漢興有成功。按劍清八極；歸酣歌大風。伊昔臨廣武，連兵決雌雄。分我一杯羹，太皇乃汝翁。戰争有古跡；壁壘頹層穹。猛虎嘯洞壑；飢鷹鳴秋空。翔雲列曉陣；殺氣赫長虹。撥亂屬豪聖，俗儒安可通？沉湎呼豎子，狂言非至公。撫掌黄河曲，嗤嗤阮嗣宗。

【校】

〔白帝〕英華作白蛇。

〔成功〕成，兩宋本、繆本、咸本俱作來。王本注云：繆本作來。

〔汝翁〕汝，英華作乃，注云：集作汝。

〔嘯〕兩宋本、繆本俱作吟。王本注云：繆本作吟。

〔鷹鳴〕鳴，英華作獵，注云：集作鳴。

【注】

〔廣武〕王云：水經注：郡國志：滎陽縣有廣武城，城在山上，漢所城也。高祖與項羽臨絶澗對語，責羽十罪，羽射漢祖中胸處也。後漢書注：西征記曰：有三皇山，或謂三室山。山上有二城，東者曰東廣武，西者曰西廣武，各在一山頭，相去二百餘步，其間隔深澗。漢祖與項籍語處。元和郡縣志：東廣武、西廣武二城各在一山頭，相去二百餘步，在鄭州滎澤縣西二十里，漢高與項羽俱臨廣武而軍，今東城有高壇，即是項羽坐太公於上以示漢軍處。一統志：古戰場在開封府廣武山下，即楚、漢戰處。

〔五緯〕文選張衡西京賦：高祖之始入也，五緯相汁以旅於東井。李善注：五緯，五星也。

〔汝翁〕史記項羽本紀：漢王則引兵渡河復取成臯，軍廣武，就敖倉食。項王已定東海來，西與漢俱臨廣武而軍，相守數月。……項王患之，爲高祖置太公其上，告漢王曰：今不急下，吾烹太公。漢王曰：「吾與項羽俱北面受命懷王，曰：約爲兄弟，吾翁即若翁，必欲烹而翁，則幸分我一杯羹。」項王怒，欲殺之。項伯曰：「天下事未可知，且爲天下者不顧家，雖殺之無益，祇益禍耳。」項王從之。楚、漢久相持未決，丁壯苦軍旅，老弱罷轉漕，項王謂漢王曰：「天下匈匈數歲者，徒以吾兩人耳，願與漢王挑戰決雄雌，毋徒苦天下之民父子爲也。」漢王笑謝曰：「吾寧鬬智，不能鬬力。」……於是項王乃即漢王相與臨廣武間而語，漢王數之，項王怒，欲一戰，漢王不聽，項王伏弩射中漢王。

〔嗣宗〕晉書卷四九阮籍傳：嘗登廣武觀楚漢戰處，嘆曰：「時無英雄，使豎子成名。」

【評箋】

王云：東坡志林：昔先友史經臣彦輔謂予：阮籍登廣武而嘆曰：時無英雄，使豎子成名，豈謂沛公豎子乎！予曰：非也，傷時無劉、項也。豎子指魏、晉間人耳。今日讀李白登廣武古戰場詩：「沉湎呼豎子，狂言非至公。」乃知太白亦誤認嗣宗語。嗣宗雖放蕩，本有志於世，以魏、晉間多故，故一放於酒，何至以沛公爲豎子乎？洪容齋曰：阮籍登廣武嘆曰：時無英雄，使豎子成名，蓋嘆是時無英雄如昔人者。俗士不達，以爲籍譏漢祖，雖李白亦有是言，失之矣。蕭士贇曰：予嘗讀阮籍傳，未嘗不羨其能以佯狂任達，全身遠害於晉、魏之交，非見遠識微，孰能與於此？品量人物之際，豈不識漢高之爲人，至發廣武之嘆哉？因味其言，至於時之一字，而知籍之所謂時無英雄者，非指漢高也，蓋謂所遭之時，炎劉之末，桓、靈之君無英雄之材，卒使神鼎暗移於臣下也。豎子者指曹氏父子，籍之嘆者此耳。或曰：然則太白之誚失言矣。曰：此非太白之詩也，詞中語意錯亂，用事失倫，大風之歌，能事畢矣。詩乃重申廣武之事，此詩本意，稱述高祖之美，如仗義入關，縞素伐楚，軍臨廣武，數羽十罪，可稱者不少，曾無一語及此。分羹之語出於一時處變之權，奚足爲高祖道者！而詳言之，可謂無識者矣。太白有識者也，肯作此語乎？吾故曰非太白之詩也。琦按：阮籍蓋習見夫三國之時，覆軍殺將，互勝互敗，而終未能一統，以視項羽之一敗而遂不復振，相去天淵矣。使三國之君而生於其世，恐漢高亦不能以五載而成帝業如此其易也。廣武一嘆，初無深義，自東坡別創一説，而後之人皆因之。蕭氏更謂桓、靈無英雄之才，而以豎子指曹氏父子，則其説益左。夫漢高固英雄，然觀其鴻門之困，睢水之敗，滎陽之圍，廣武之弩，瀕於危者數矣。而卒不死，終以有天下者，天命也。豈真算無遺策而天下莫能當者哉！且觀其生平，惟以詐術制馭羣材，好駡侮士，謾言負約，以阮籍之白眼觀之，呼爲豎子，亦何足異？太白非至公之言，亦尊題之法，自當如此。或兩人所見，實有不同。安得訾其誤哉！若云詩中語意錯亂，則「歸酣歌大風」以上，是泛言楚、漢之興廢，「伊昔臨廣武」以下，乃始著題，與登金陵冶城西北謝安墩一詩同一機軸，條理井然。若云用事失倫，在分我杯羹一語，追想當時情事，良、平之儔，何、賈之伍，言語妙天下，豈不知此語之繆？第恐卑辭屈節，適足以長楚人之燄而墮其計中，矯手措足悉爲所制，不得已而爲是悖逆之辭，以見爲天下者不顧家之意。非此一語不足以折楚人之心，捨此一語亦無以復楚人之命。其實太公生死全不在此一言，正不必爲漢高諱也。仗義入關，縞素伐楚，俱非軍廣武時事，此處何可攙入？蕭氏之云云，無乃皆贅乎！

杭世駿云：楊升庵云：阮籍登廣武而歎曰：時無英雄，使豎子成名。豎子指魏、晉間人，不謂沛公，正傷時無英雄如沛公其人也。太白詩云：「沉湎呼豎子，狂言非至公。」亦誤會嗣宗語意。元人趙東山（汸）尉氏讀阮嗣宗詩云：「芒碭歸雲大澤空，後五百歲無英雄。途窮慟哭誰知者，沉湎狂言元至公。」得其旨矣。愚案此本東坡説也。東坡志林謂傷時無劉項。又云：嗣宗本有意於世，以魏晉多故，故一放於酒耳，何至以沛公爲豎子乎？（訂譌類編）

今人詹鍈云：此詩疑是太白自東京東遊梁園，途經廣武，有感而作，故梁園吟有「訪古始及平臺間」之句。

李白集校注卷二十二

古近體詩五十八首

安州應城玉女湯作

神女殁幽境，湯池流大川。陰陽結炎炭，造化開靈泉。地底爍朱火，沙旁歊素烟。沸珠躍明月，皎鏡涵空天。氣浮蘭芳滿，色漲桃花然。精覽萬殊入，潛行七澤連。愈疾功莫尚，變盈道乃全。濯纓掬清泚，晞髮弄潺湲。散下楚王國，分澆宋玉田。可以奉巡幸，奈何隔窮偏。獨隨朝宗水，赴海輸微涓。

【校】

〔題〕兩宋本、繆本題下俱注云：安州。王本注云：舊注：荆州記云：常有玉女乘車投此泉。

〔明月〕明，兩宋本、繆本俱作晴。王本注云：繆本作晴。

〔桃花〕花，兩宋本俱作李。

〔濯纓掬〕蕭本作濯濯氣。王本注云：蕭本作濯濯氣。

【注】

〔應城〕舊唐書地理志：淮南道安州應城：宋分安陸縣置應城縣。

〔玉女湯〕王云：藝文類聚：盛弘之荆州記曰：新陽縣惠澤中有温泉，冬月未至數里，遥望白氣，浮蒸如烟，上下采映，狀若綺疏。又有車輪雙轅形，世傳昔有玉女乘車自投此泉，今人時見女子姿儀光麗，往來倏忽。一統志：玉女泉在湖廣德安府應城縣西五十五里，其泉熱沸，野老相傳玉女煉丹之地。按：輿地紀勝卷七七：玉女泉在應城縣西四十里。隋地理志應陽縣有温水，即此也。

〔陰陽〕文選賈誼鵩賦：天地爲鑪兮造化爲工，陰陽爲炭兮萬物爲銅。

〔濯纓〕孟子離婁：有孺子歌曰：滄浪之水清兮，可以濯我纓。

〔晞髮〕楚辭離騷：與汝沐兮咸池，晞汝髮兮陽之阿。

〔宋玉田〕宋玉小言賦：楚襄王登陽雲之臺，令諸大夫景差、唐勒、宋玉等曰：「有能爲小言賦者，賜之雲夢之田。」宋玉曰「無内之中，微物潛生，比之無象，言之無名」云云。王曰：「善。」賜以雲夢之田。

〔朝宗〕書禹貢：江漢朝宗於海。孔安國傳：二水經此州而入海，有似於朝，百川以海爲宗。宗，尊也。孔穎達正義：周禮大宗伯：諸侯見天子之禮，春見曰朝，夏見曰宗。鄭云：朝猶朝也。欲其來之早也。宗，尊也，欲其尊王也。朝宗是人事之名，水無性識，非有此義。以海水大而江漢小，以小就大，似諸侯歸於天子，假人事而言之也。

【評箋】

蕭云：此雖紀詠詩，然寄興則謂士不幸而居於僻遠之鄉，雖抱王佐之才而無由自達，身在江海，心存魏闕而已，悲夫！

之廣陵宿常二南郭幽居

緑水接柴門，有如桃花源。忘憂或假草，滿院羅叢萱。暝色湖上來，微雨飛南軒。故人宿茅宇，夕鳥棲楊園。還惜詩酒別，深爲江海言。明朝廣陵道，獨憶此傾樽。

【校】

〔題〕兩宋本、繆本題下俱注云：淮南。南郭幽居，王本注云：蕭本作南顧北居，誤。咸本作南雇北居。

〔桃花源〕花，兩宋本、繆本俱作李。

〔棲〕兩宋本、繆本俱作歸。王本注云：繆本作歸。

【注】

〔常二〕按：卷十一有贈常侍御詩，未知即其人否。若卷十二於五松山贈南陵常贊府詩中之南陵常贊府，當非一人。

〔忘憂〕太平御覽卷九九六博物志曰：神農經曰：上藥養性，謂合歡蠲忿，萱草忘憂。

〔楊園〕王云：詩小雅：楊園之道。毛傳曰：楊園，園名。

夜下征虜亭

船下廣陵去，月明征虜亭。山花如繡頰，江火似流螢。

【校】

〔江火〕江，咸本、蕭本俱作紅。王本注云：蕭本作紅。

【注】

〔征虜亭〕見卷十五聞李太尉大舉……詩注。

下途歸石門舊居

吴山高，越水清，握手無言傷別情。將欲辭君挂帆去，離魂不散烟郊樹。此心鬱悵誰能論？有愧叨承國士恩。雲物共傾三月酒；歲時同餞五侯門。羨君素書常滿案，含丹照白霞色爛。余嘗學道窮冥筌，夢中往往遊仙山。何當脱屣謝時去？壺中別有日月天。俛仰人間易凋朽，鍾峯五雲在軒牖。惜別愁窺玉女窗；歸來笑把洪崖手。隱居寺，隱居山，陶公鍊液棲其間。靈神閉氣昔登攀，恬然但覺心緒閒。數人不知幾甲子，昨來猶帶冰霜顔。我離雖則歲物改，如今了然識所在。別君莫道不盡歡，懸知樂客遥相待。石門流水徧桃花，我亦曾到秦人家。不知何處得雞豕，就中仍見繁桑麻。翛然遠與世事間，裝鸞駕鶴又復遠。何必長從七貴遊？勞生徒聚萬金産。挹君去，長相思，雲遊雨散從此辭。欲知悵別心易苦，向暮春風楊柳絲。

【校】

〔題〕兩宋本、繆本題下俱注云：吴中。王云：題下似缺別人字。

〔鍾峯〕鍾，兩宋本、繆本作爐。王本注云：繆本作鑪。

〔昨來〕來，咸本、蕭本俱作夜。王本注云：蕭本作夜，誤。

〔識所在〕識，蕭本作失。王本注云：許本作失，誤。

〔復遠〕宋乙本作服□。繆本作服遠。王本復下注云：繆本作服。

【注】

〔石門〕王云：按太平府志：横望山在當塗縣東六十里，春秋楚子重伐吳，至於横山，即此山也。實爲金陵朝對之山。真誥稱其石形瓌奇，洞穴盤紆。陶隱居嘗棲遲此地煉丹，故有陶公讀書堂、石門、古祠、灰井、丹爐諸遺跡。書堂今爲澄心寺。石門山水尤奇，盤道屈曲，沿磴而入，峭壁二里，夾石參天，左擁右抱，羅列拱揖，高者抗層霄，下者入衍奥。中有玉泉嵌空淵淵而來，春夏霖潦奔馳，秋冬澄流一碧，縈繞如練。觀詩中所稱隱居山寺、陶公鍊液、石門流水諸句，知石門舊居蓋在其處矣。

〔五侯〕見卷十一流夜郎贈辛判官詩注。

〔素書〕王云：神仙傳：王烈入河東抱犢山中，見一石室中有素書兩卷。琦按：古人以絹素寫書，故謂書曰素書。

〔照白〕王云：含丹者，書中之字以朱寫之。白者絹色，丹白相映，爛然如霞矣。

〔冥筌〕王云：江淹詩：「一時排冥筌。」閔赤如注：冥，理也。筌，跡也。言理迹雙遺也。一說：冥，幽也；筌，跡也。冥筌，道中幽冥之跡也。

〔脱屣〕漢書郊祀志：天子曰：誠得如黄帝，吾視去妻子如脱屣耳。顔師古注：屣，小履。脱屣者，言其便易無所顧也。

〔壺中〕王云：列仙傳：王子喬乘白鶴駐山頭，舉手謝時人，數日而去。靈臺治中録：施存魯人，學大丹之道，三百年十鍊不成，唯得變化之術。後遇張申爲雲臺治官，常懸一壺，如五升器大，變化爲天地，中有日月，如世間，夜宿其内，自號壺天，人謂曰壺公。參見卷九贈饒陽張司户璲詩注。

〔玉女〕見卷十六送王屋山人魏萬還王屋詩注。

〔洪崖〕文選郭璞遊仙詩：「右拍洪崖肩。」李善注：神仙傳曰：衞叔卿與數人博，其子度曰：向與博者爲誰？叔卿曰：是洪崖先生。參見卷十九答族姪僧中孚……詩注。

〔隱居〕因話録：宣州當塗隱居山巖，即陶貞白鍊丹所也。爐跡猶在，後爲佛舍。

〔甲子〕左傳襄三十年：晉悼夫人食輿人之城杞者，絳縣人或年長矣，無子而往，與於食。有與疑年，使之年，曰：臣小人也，不知紀年。臣生之歲，正月甲子朔，四百有四十五甲子矣，其季於今，三之一也。

〔翛然〕莊子大宗師篇：翛然而往，翛然而來而已矣。陸德明音義：翛音蕭，徐音叔，李音悠。向云：翛然，自然無心而自爾之義。郭、崔云：往來不難之貌。

〔七貴〕文選潘岳西征賦：窺七貴於漢庭。李善注：七貴謂吕、霍、上官、趙、丁、傅、王也。參見卷十一流夜郎贈辛判官詩注。

〔挹〕王云：挹即揖也，古字通用。

【評箋】

胡云：留别詩，題似不全。

今人詹鍈云：詩云：「我離雖則歲物改，如今了然識所在。」則去初次來遊已多年矣，疑是晚年居當塗時作。又云：「雲物共傾三月酒」，「石門流水徧桃花」，知其時方當暮春。

客中作

蘭陵美酒鬱金香，玉椀盛來琥珀光。但使主人能醉客，不知何處是他鄉。

【校】

〔題〕蕭本作客中行。王本注云：蕭本作客中行。

【注】

〔蘭陵〕王云：唐時沂州之承縣，春秋時鄫國也，後魏於此置蘭陵郡。隋廢郡爲蘭陵縣。唐武德四年改曰承縣，在沂州西一百八十里。元和郡縣志：蘭陵縣城在沂州承縣東六十里。

史記：荀卿適楚，春申君以爲蘭陵令。正義云：蘭陵縣屬東海郡，今沂州丞縣有蘭陵山。

按：舊刊本丞多誤作承或丞。

〔鬱金〕王云：梁書：鬱金出罽賓國，花色正黄而細，與芙蓉花裹被蓮者相似。國人先取以上佛寺，積日香槁，乃糞去之，賈人從寺中徵顧以轉賣與他國也。香譜：鬱金香，魏略云：生大秦國，二三月花如紅藍，四五月採之，其香十二葉，爲百草之英。

【評箋】

今人詹鍈云：疑是初至東魯之作。

按：李詩所稱名物多實指，此云蘭陵必作於與魯相近之地，詹説可信。

太原早秋

歲落衆芳歇，時當大火流。霜威出塞早；雲色渡河秋。夢遶邊城月；心飛故國樓。思歸若汾水，無日不悠悠。

【校】

〔題〕兩宋本、繆本題下俱注云：并州。

〔河〕蕭本作江。

【注】

〔太原〕舊唐書地理志：河東道北京太原府：開元十一年，又置北都，改并州爲太原府。天寶元年，改北都爲北京。

〔大火流〕詩豳風七月：七月流火。毛傳：火，大火也。流，下也。鄭箋：大火者，寒暑之候也。火星中而寒暑退，故將言寒先著火所在。正義：昭三年左傳：張趯曰：火星中而寒暑退。服虔云：火，大火，心也。

〔汾水〕王云：唐六典注：汾水出忻州，歷太原、汾、晉、絳、蒲五州入河。太平寰宇記：汾水出静樂縣北管涔山，東流入太原郡界。

【評箋】

王夫之云：兩折詩，以平叙故不損。李、杜五言近體，其格局隨風會而降者，往往多有。供奉於此體似不著意，乃有入高、岑一派詩；既以備古今衆製，亦若曰，非我不能爲之也。此自是才人一累。若曹孟德之噉冶葛，示無畏以欺人。其本色詩，則自在景雲、神龍之上，非天寶諸公可至。能揀者當自知之。（唐詩評選）

按：文集有秋日於太原南栅餞陽曲王贊公賈少公石艾尹少公應舉赴上都序，與此詩當爲同時作，其年爲開元二十三年也。參以卷十三之憶舊遊贈元參軍詩，則自春及秋皆留居太原之時。

奔亡道中五首

蘇武天山上，田横海島邊。萬重關塞斷，何日是歸年？

【校】

〔題〕兩宋本、繆本、蕭本題下俱注云：江東。

【注】

〔天山〕王云：唐書地理志：伊州伊吾縣在大磧外，南去玉門關八百里，東去陽關二千七百三十里，有折羅漫山，亦曰天山。劉刪蘇武詩：食雪天山近，思歸海路長。蓋以天山爲匈奴地耳。其實蘇武齧雪及牧羊之處不在天山也。

〔海島〕王云：史記：漢滅項籍，漢王立爲皇帝，田横懼誅，與其徒屬五百餘人入海居島中。韋昭曰：海中山曰島。正義曰：按海州東海縣有島山，去岸八十里。

其二

亭伯去安在？李陵降未歸。愁容變海色，短服改胡衣。

【注】

〔亭伯〕見卷十四宣城九日……詩注。

〔李陵〕事見漢書本傳。

其三

談笑三軍却；交游七貴疎。仍留一隻箭，未射魯連書。

【注】

〔談笑〕文選左思詠史詩：「吾慕魯仲連，談笑却秦軍。」

〔魯連書〕見卷十四江夏寄漢陽輔録事詩注。

其四

函谷如玉關，幾時可生還？洛陽爲易水；嵩岳是燕山。俗變羌胡語；人多沙塞顔。申包惟慟哭，七日鬢毛斑。

【校】

〔洛陽〕陽，兩宋本、繆本俱作川。王本注云：繆本作川。

【注】

〔玉關〕後漢書卷七七班超傳：超自以久在絶域，年老思土，十二年上疏曰：……臣不敢望到酒泉郡，但願生入玉門關。章懷太子注：玉門關屬敦煌郡，今沙州也，去長安三千六百里，關在敦煌縣西北。

〔易水〕水經注易水：易水又東逕易縣故城南，昔燕文公徙易，即此城也。

〔申包〕左傳定四年：吴入郢，……及昭王在隨，申包胥如秦乞師曰：「吴爲封豕長蛇，以薦食上國，虐始於楚。寡君失守社稷，越在草莽，使下臣告急。……」秦伯使辭焉，曰：「寡君聞命矣，子姑就館，將圖而告。」對曰：「寡君越在草莽，未獲所伏，下臣何敢即安？」立依於庭牆而哭，日夜不絶聲，勺飲不入口，七日。秦哀公爲之賦無衣，九頓首而坐，秦師乃出。

【評箋】

王云：太白意謂函谷之地已爲禄山所據，未知何日平定，得能生入此關。洛川、嵩岳之間不但有同邊界，而風俗人民亦且漸異華風。己之所以從永王者，欲效申包慟哭乞師以救國家之難耳。自明不敢有他志也，其心亦可哀矣。

其五

淼淼望湖水，青青蘆葉齊。歸心落何處，日没大江西。歇馬傍春草，欲行遠道迷。誰忍子規鳥，連聲向我啼。

【注】

〔淼淼〕廣韻：淼，大水也。△淼音藐。

〔子規〕見卷三蜀道難及卷十四書情贈從弟邠州長史昭詩注。

【評箋】

今人詹鍈云：按其五云：「歇馬傍春草，……」當是至德二載暮春所作。

郢門秋懷

郢門一爲客，巴月三成弦。朔風正摇落，行子愁歸旋。杳杳山外日，茫茫江上天。人迷洞庭水，鴈渡瀟湘烟。清曠諧宿好，緇磷及此年。百齡何蕩漾！萬化相推遷。空謁蒼梧帝，徒尋溟海仙。已聞蓬海淺，豈見三桃圓？倚劍增浩嘆，捫襟還自憐。終當遊五湖，濯足滄浪泉。

【校】

〔題〕兩宋本、繆本題下俱注云：荆州、江夏、岳陽。

〔蓬海〕海，兩宋本、繆本俱作岳。王本注云：繆本作岳。

〔三桃圓〕胡本作桃三圓。王本注云：胡本作桃三圓。

【注】

〔郢門〕王云：郢門即荆門也，唐時爲峽州夷陵郡。其地臨江，有山曰荆門，上合下開，有若門象，故當時文士槩稱其地曰荆門，或又謂之郢門。西通巫、巴，東接雲夢，歷代常爲重鎮。

〔成弦〕楊云：月至八日上弦，至二十三日下弦。王云：吴均詩：「别離未幾日，高月三成弦。」

〔緇磷〕論語陽貨篇：不曰堅乎？磨而不磷；不曰白乎？涅而不緇。何注：喻君子雖在濁亂，濁亂不能汙。

〔蓬海〕神仙傳：麻姑云：向到蓬萊，水又淺於往日。

〔三桃〕漢武故事：東郡送一短人，長五寸，衣冠具足，上疑其精，召東方朔至。朔呼短人曰：「巨靈！阿母還來否？」短人不對。因指謂上，王母種桃三千年一結子，此兒不良，已三過偷之，失王母意，故被謫來此。上大驚，始知朔非世中人也。

【評箋】

今人詹鍈云：詩云：「郢門一爲客，巴月三成弦。朔風正摇落，行子愁歸旋。」知時當秋季。又云：「空謁蒼梧帝，徒尋溟海仙。已聞蓬海淺，豈見三桃圓？倚劍增浩歎，捫襟還自憐。」似乎已届暮年。

至鴨欄驛上白馬磯贈裴侍御

側疊萬古石，橫爲白馬磯。亂流若電轉，舉棹揚珠輝。臨驛卷緹幕；升堂接繡衣。情親不避馬，爲我解霜威。

【注】

〔鴨欄〕王云：一統志：鴨欄磯在岳州臨湘縣東十五里。吴建昌侯孫慮作鬬鴨欄於此。白馬磯在岳州巴陵縣境。湖廣通志：白馬磯在岳州臨湘縣北十五里。按：輿地紀勝卷六九岳州：鴨欄磯，郡國志云：巴陵之地有鴨欄磯，即建昌侯孫慮作鬬鴨欄於此，陸遜諫止之所，因以得名。

〔裴侍御〕按：卷十九有酬裴侍御對雨感時見贈、酬裴侍御留岫師彈琴見寄及答裴侍御先行至石頭驛……，卷二十有夜泛洞庭尋裴侍御清酌等詩，皆當是一人。又今人詹鍈謂據湖南通志，即卷十四之裴隱。又謂賈至有贈裴九侍御昌江草堂彈琴及别裴九弟詩，即是其人。

〔緹幕〕文選劉楨贈五官中郎將詩：「明月照緹幕。」李善注：緹，丹色也。

〔繡衣〕見卷十一在水軍宴贈幕府諸侍御詩注。

荆門浮舟望蜀江

春水月峽來，浮舟望安極？正是桃花流；依然錦江色。江色緑且明，茫茫與天平。逶迤巴山盡；遥曳楚雲行。雪照聚沙雁；花飛出谷鶯。芳洲却已轉，碧樹森森迎。流目浦烟夕；揚帆海月生。江陵識遥火，應到渚宮城。

【校】

〔正是〕是，兩宋本、繆本、咸本俱作見。王云：繆本作見。

〔緑〕兩宋本、繆本、咸本俱作渌。王云：繆本作渌。

【注】

〔荆門〕王云：胡三省通鑑注：荆門在峽州宜都縣。按其地有荆門山，故後人因以稱其處耳。

〔月峽〕王云：通典：渝州巴縣有明月峽，其山上石壁有圓孔，形如滿月，故以爲名。方輿勝覽：明月峽在重慶府巴縣，石壁高四十丈，有孔若明月。庾信枯樹賦：對月峽而吟猿。

〔桃花〕王云：漢書溝洫志：來春桃華水盛必羨溢。顔師古注：月令：仲春之月，始雨水，桃始華。蓋桃方華時，既有雨水，川谷冰泮，衆流猥集，波瀾盛長，故謂之桃華水耳。而韓詩傳云：三月桃花水。

〔錦江〕見卷四白頭吟注。

〔巴山〕通典卷一八三：峽州巴山：今縣北有山，曲折似巴字，因以爲名。

〔渚宫〕王云：通典：荆州江陵縣，故楚之郢地，秦分郢置江陵縣，今縣界有渚宫城。方輿勝覽：江陵府有渚宫。郡縣志：楚别宫也。左傳：楚子西沿漢泝江將入郢，王在渚宫見之。今之城，楚船官地也。梁元帝名以渚宫。一統志：渚宫在江陵故城東南，楚建，梁元帝即位渚宫即此。

【評箋】王云：陸放翁曰：杜子美「曉看紅濕處，花重錦官城」，李太白「蜀江緑且明」，用濕字明字，可謂奪化工之巧，世未有拈出者。又放翁入蜀記曰：與兒輩登堤觀蜀江。乃知李太白荆門望蜀江詩「江色緑且明」，爲善狀物也。

今人詹鍈云：按太白初出夔門至荆門在五月，此詩則云：「正是桃花流，依然錦江色。」在三月中。又云：「江陵識遥火，應到渚宫城。」非初下江陵時也，當是流夜郎半道放還途中作。題云望蜀江者，回望蜀江也。

按：「逶迤巴山盡，遥曳楚雲行」二語已明指由巴入楚矣。詹説是。

上三峽

巫山夾青天，巴水流若兹。巴水忽可盡；青天無到時。三朝上黄牛，三暮行太遲。三朝又三暮，不覺鬢成絲。

【注】

〔巫山〕明一統志卷七〇：巫峽在巫山縣東三十里，即巫山也。與西陵峽、歸峽並稱三峽。連山七百里，略無斷處，自非亭午夜分不見日月。參見卷二古風第五十八首注。

〔巴水〕王云：巴水謂三巴之水經三峽中者而言。太平御覽：三巴記曰：閬、白二水合流，自漢中至始寧城下入涪陵，曲折三回如巴字，故曰巴江。經峻峽中，謂之巴峽，即此水也。

【評箋】

王夫之云：落卸皆神，袁淑所云須捉著，不爾便飛者。非供奉不足以當之。真三百篇，真十九首，固非歷下、琅邪所知，况竟陵哉？（唐詩評選）

自巴東舟行經瞿唐峽登巫山最高峯晚還題壁

江行幾千里，海月十五圓。始經瞿唐峽；遂步巫山巔。巫山高不窮；巴國盡所歷。日邊攀垂蘿；霞外倚穹石。飛步淩絶頂；極目無纖烟。却顧失丹壑；仰觀臨青天。青天若可捫；銀漢去安在？望雲知蒼梧；記水辨瀛海。周遊孤光晚；歷覽幽意多。積雪照空谷；悲風鳴森柯。歸途行欲曛；佳趣尚未歇。江寒早啼猿；松暝已吐月。月色何悠悠！清猿響啾啾。辭山不忍聽，揮策還孤舟。

【校】

〔遂步〕步，胡本作陟。王本注云：胡本作陟。

【注】

〔巴東〕舊唐書地理志：山南東道歸州：天寶元年，改爲巴東郡。

〔瞿唐〕王云：方輿勝覽：瞿塘峽在夔州東一里，舊名西陵峽，乃三峽之門，兩崖對峙，中貫一江，望之如門。陸放翁入蜀記：瞿塘峽兩壁對聳，上入霄漢，其平如削成，視天如匹練。參見卷四荆州歌注。

〔巴國〕王云：山海經：西南有巴國。郭璞注：今三巴是。杜元凱左傳注：巴國在巴郡江州縣。通典：巴國今清化、始寧、咸安、符陽、巴川、南賓、南浦，是其地也。

〔穹石〕漢書卷五七司馬相如傳：觸穹石。張揖注：穹石，大石也。

〔青天〕後漢書鄧皇后紀：后嘗夢捫天，蕩蕩正青，若有鍾乳狀，乃仰嗽飲之。章懷太子注：

捫，摸也。

〔瀛海〕史記孟子荀卿列傳：騶衍……以爲儒者所謂中國者，於天下乃八十一分居其一分耳。中國名曰赤縣神州，赤縣神州内自有九州，禹之序九州是也，不得爲州數。中國外如赤縣神州者九，乃所謂九州也。於是有裨海環之，人民禽獸莫能相通者如一區中者乃爲一州。如此者九，乃有大瀛海環其外，天地之際焉。

〔清猿〕文選任昉竟陵文宣王行狀：清猿與壺人争旦。張銑注：清猿謂猿鳴聲清也。

【評箋】

今人詹鍈云：唐宋詩醇曰：詞意沉鬱，蓋白當憂患之餘，雖豪邁不減，而懷抱可知。唐會要卷七一：太平縣，開元二十三年六月置，天寶元年八月二十四日改爲巴東縣。此詩之作當在天寶以後。按巴東在瞿塘之東，而瞿塘峽却在巫山之西，今題云自巴東經瞿塘登巫山者，不知何以故，豈巫山最高峯尚在瞿塘之西耶？但既言自巴東舟行，定是逆水而上。詩又云：「江行幾千里，海月十五圓。」則太白流夜郎，江行已一年又三月矣。又云：「積雪照空谷，悲風鳴森柯。」疑是乾元二年初春所作。

早發白帝城

朝辭白帝彩雲間，千里江陵一日還。兩岸猿聲啼不盡，輕舟已過萬重山。

【校】

〔題〕兩宋本、繆本、蕭本題下俱注云：一作白帝下江陵。

〔不盡〕按：盡，各本俱同。絶句、全唐詩亦俱作盡。王士禛唐人萬首絶句選、唐宋詩醇、唐詩別裁俱作住。當爲後人所臆改。

〔輕舟〕輕舟已過四字，繆本、王本俱注云：一作須臾過却。咸本作須臾過却。

【注】

〔白帝〕王云：琦按：白帝城在夔州奉節縣，巫山在夔州巫山縣，二地相近，所謂彩雲，正指巫山之雲也。　參見卷四荆州歌注。

〔猿聲〕水經注江水：自三峽七百里中，兩岸連山，略無闕處。重巖疊嶂，隱天蔽日，自非亭午夜分，不見曦月。至於夏水襄陵，沿泝阻絶，或王命急宣，有時朝發白帝，暮宿江陵，其間千二百里，雖乘奔御風，不加疾也。……每至晴初霜旦，林寒澗肅，常有高猿長嘯，屬引淒異。空谷傳響，哀轉久絶。故漁者歌曰：「巴東三峽巫峽長，猿鳴三聲淚沾裳。」

【評箋】

焦竑云：盛弘之謂白帝至江陵甚遠，春水盛時，行舟朝發暮至。太白述之爲約語，驚風雨而泣鬼神矣。（唐詩選脈會通）

楊慎云：盛弘之荆州記巫峽江水之迅云：朝發白帝，暮到江陵，其間千二百里，雖乘奔御風，不以疾也。杜子美詩：「朝發白帝暮江陵，頃來目擊信有徵。」李太白朝辭白帝彩雲間，……雖同用盛弘之語，而優劣自別。今人謂李、杜不可以優劣論，此語亦太憒憒。又：白帝至江陵，春水盛時，行舟朝發夕至，雲氣鳥逝，不是過也。太白述之爲韻語，驚風雨而泣鬼神矣。太白娶江陵許氏，以江陵爲還，蓋室家所在。（升庵詩話）

按：此詩若作於初出峽時，則尚未就婚許氏，若作於貶夜郎遇赦時，則許氏久亡矣。且許氏在安陸，亦不能遽指爲江陵。此還字恐不當作如是解。

沈德潛云：寫出瞬息千里，若有神助。入猿聲一句，文勢不傷於直。畫家布景設色，專於此處用意。（唐詩別裁）

施補華云：太白七絶，天才超逸而神韻隨之。如「朝辭白帝彩雲間，千里江陵一日還」，如此迅捷，則輕舟之過萬山不待言矣。中間却用「兩岸猿聲啼不住」一句墊之，無此句則直而無味。有此句走處仍留，急語仍緩，可悟用筆之妙。（峴傭説詩）

桂馥云：友人請説太白朝辭白帝詩，馥曰：但言舟行快絶耳，初無深意，而妙在第三句，能使通首精神飛越，若無此句，將不得爲才人之作矣。晉王廙嘗從南下，旦自尋陽迅風飛帆，暮至都，廙倚舫樓長嘯，神氣俊逸，李詩即此種風概。（札樸）

秋下荆門

霜落荆門江樹空，布帆無恙挂秋風。此行不爲鱸魚鱠，自愛名山入剡中。

【校】

〔題〕敦煌殘卷作初下荆門

【注】

〔布帆〕晉書卷九二顧愷之傳：後爲殷仲堪參軍，……仲堪在荆州，愷之嘗因假還，仲堪特以布帆借之。至破冢，遭風大敗，愷之與仲堪箋曰：地名破冢，直破冢而出，行人安穩，布帆無恙。

〔剡中〕王云：廣博物志：剡中多名山可以避災，故漢晉以來多隱逸之士，沃州、天姥是其處。

【評箋】

今人詹鍈云：敦煌殘卷本唐詩選題作初下荆門。詩云：「此行不爲鱸魚膾，自愛名山入剡中。」當是於秋間初下荆門時作。

江行寄遠

刳木出吴楚，危槎百餘尺。疾風吹片帆，日暮千里隔。别時酒猶在，已爲異鄉客。思君不可得，愁見江水碧。

【注】

〔刳木〕易繫辭：刳木爲舟。正義：舟必用大木刳鑿爲之，故云刳木也。 蕭云：史記：張騫乘槎，乃刳全木爲之，今沅湘中有此，名爲舸艚船。

宿五松山下荀媪家

我宿五松下，寂寥無所歡。田家秋作苦，鄰女夜舂寒。跪進彫胡飯，月光明素盤。令人慚漂母，三謝不能餐。

【校】

〔題〕兩宋本、繆本題下俱注云：宣州。

〔彫胡〕兩宋本、繆本俱作凋葫。王本注云：繆本作凋葫。

【注】

〔五松山〕見卷二十與南陵常贊府遊五松山詩注。

〔荀媪〕王云：漢書注：文穎曰：幽州及漢中皆謂老嫗爲媪。孟康曰：媪，母别名，音烏老反。顔師古曰：媪，女老稱也。按：卷三十有南陵五松山别荀七詩，荀七疑此荀媪家人。

〔作苦〕漢書卷六六楊惲傳：田家作苦。

〔彫胡〕王云：宋玉諷賦：爲臣炊雕胡之飯，烹露葵之羹。本草：陶弘景曰：菰米一名彫胡，可作餅食。蘇頌曰：菰生水中，葉如蒲葦，其苗有莖梗者，謂之菰蔣草，至秋結實，乃彫胡米也。古人以爲美饌，今饑歲人猶採以當糧。葛洪西京雜記云：菰之有米者，長安人謂爲彫胡，菰之有首者謂之緑節。李時珍曰：彫胡九月抽莖開花如葦芀，結實長寸許，霜後採之，大如茅針，皮黑褐色，其米甚白而滑膩，作飯香脆。杜甫詩：「波漂菰米沉雲黑」，即此。

〔漂母〕見卷六猛虎行注。

【評箋】

謝榛云：太白夜宿荀媪家，聞比鄰舂臼之聲以起興，遂得鄰女夜舂寒之句，然本韻盤餐二字，應用以夜宿五松下發端，下句意重詞拙，使無後六句必不押歡韻。此太白近體先得聯者，豈得順流直下哉？（四溟詩話）

今人詹鍈云：詩云：「我宿五松下，寂寥無所歡。……令人慚漂母，三謝不能餐。」是則暮年寥落，與「數十年爲客，未嘗一日低顔色」時，不可同日而語矣。詩云：「田家秋作苦，鄰女夜舂寒。」當是秋季作。

下涇縣陵陽溪至澀灘

澀灘鳴嘈嘈，兩山足猿猱。白波若卷雪，側石不容舠。漁子與舟人，撑折萬張篙。

【校】

〔側石〕石，蕭本、胡本俱作足。王本注云：蕭本作足。

〔漁子〕子，兩宋本、繆本俱作人。王本注云：繆本作人。

【注】

〔澀灘〕明一統志卷一五：澀灘在涇縣西九十五里。怪石峻立，如虎伏龍蟠。

〔容舠〕王云：詩衛風河廣：誰謂河廣？曾不容刀。鄭箋：不容刀喻狹，小船曰刀。正義：劉熙釋名云：二百斛以上曰艇，三百斛曰刀，江南所謂短而廣，安不傾危者也。

【評箋】

胡云：以下二首，涇縣志僞詩，樂史、宋敏求誤收者。東坡云：余舊在富陽，見國清院太白詩絶凡近，過彭澤唐興縣，又見太白詩，亦非是。良由太白豪俊，語不甚擇，集中往往有臨時率然之句，故使妄庸敢爾。今僞太白詩頗多，皆此類也。

王云：李君寔謂末二句斷非太白語。

下陵陽沿高溪三門六剌灘

三門横峻灘，六剌走波瀾。石驚虎伏起，水狀龍縈盤。何慚七里瀨？使我欲垂竿。

【校】

〔六刺灘〕輿地紀勝卷一九：寧國府有三門六刺灘，下引此詩題云下陵陽高溪三門六刺灘，無沿字。又方輿勝覽卷一五引沿作溪。

【注】

〔七里瀨〕王云：李善文選注：甘州記曰：桐廬縣有七里瀨，瀨下數里至嚴陵瀨。太平寰宇記：七里瀨即富春渚也。避暑録話：嚴陵七里瀨在洞下二十餘里，兩山聳起壁立，連亘七里，土人謂之瀧，訛爲籠，言若籠中，因謂初至爲入瀧，既盡爲出瀧。瀧本音閭江反，奔湍貌，以爲若籠，謬也。七里之間皆灘瀨，今因沈約詩誤爲一名，非是。嚴陵瀨最大，居其中。方輿勝覽：七里灘距睦州四十餘里，與嚴陵瀨相接。諺云：有風七里，無風七十里。

夜泊黄山聞殷十四吴吟

昨夜誰爲吴會吟？風生萬壑振空林。龍驚不敢水中卧；猿嘯時聞巖下音。我宿黄山碧溪月，聽之却罷松間琴。朝來果是滄洲逸，酤酒提盤飯霜栗。半酣更發江海聲，客愁頓向杯中失。

【校】

〔提盤〕提，咸本、蕭本俱作醍。王本注云：蕭本作醍。

【注】

〔黄山〕王云：江南通志：黄山在太平府城西北五里，相傳浮丘翁牧雞於此，又名浮丘山。此詩所謂及下首鷄鳴發黄山，正是其處。在太平州當塗縣。與徽州、寧國二郡界内之黄山，名同而地異矣。

〔殷十四〕今人詹鍈云：殷十四疑即殷淑，惟無確證耳。按：卷十七有送殷淑三首可參看。

【評箋】

方東樹云：夜泊黄山：起句叙。二句寫。三四順平。我宿句接續叙。聽之句襯。朝來句又提。佳在下半筆力截翦。收二句倒繞加倍法，六一有之。兩半章法同江山吟。前層正叙，叙畢乃再推論，此與七律同。千年以來，不解此矣。此律最深處。（昭昧詹言）

宿鰕湖

鷄鳴發黄山，暝投鰕湖宿。白雨映寒山，森森似銀竹。提攜採鉛客，結荷水邊沐。半夜四天開，星河爛人目。明晨大樓去，崗隴多屈伏。當與持斧翁，前溪伐雲木。

【校】

〔四天〕天，蕭本作邊。王本注云：蕭本作邊。

【注】

〔森森〕文選張協雜詩：「森森散雨足。」劉良注：森森，雨散貌。

〔結荷〕鮑照登大雷岸與妹書：棧石星飯，結荷水宿。

【評箋】

王云：太白古詩有「採鉛清溪濱，時登大樓山」之句，疑與此詩是一時之作。黄山在池州府城南九十里，大樓山在池州府城南七十里，清溪在池州府城北五里，鰕湖當與之相去不遠。

西施

西施越溪女，出自苧蘿山。秀色掩今古，荷花羞玉顔。浣紗弄碧水，自與清波閑。皓齒信難開，沉吟碧雲間。勾踐徵絶豔，揚蛾入吴關。提攜舘娃宫，杳渺詎可攀？一破夫差國，千秋竟不還。

【校】

〔題〕兩宋本、繆本題下俱注云：吴越。

【注】

〔苧蘿山〕王云：吴越春秋：越王謂大夫種曰：「孤聞吴王淫而好色，惑亂沉湎，不領政事，因此而謀，可乎！」乃使相者於國中得苧蘿山鬻薪之女曰西施鄭旦，飾以羅穀，教以容步，習於土城，臨於都巷，三年學服而獻於吴，吴王大悦。施宿會稽志：苧蘿山在諸暨縣南五里。輿地志云：諸暨縣苧蘿山，西施鄭旦所居，其方石乃晒紗處。十道志云：句踐索美女以獻吴王，得之諸暨紵蘿山賣薪女西施，山下有浣紗石。一統志：浣浦在諸暨縣治東南，一名浣渚，俗傳西子浣紗於此。

〔舘娃宫〕王云：吴地記：胥葬亭東二里有舘娃宫，吴人呼西施作娃，夫差置，今靈巖山是也。范石湖吴郡志：硯石山在吴縣西三十里，上有舘娃宫。方言曰：吴有舘娃宫，今靈巖寺即其地也。山有琴臺、西施洞、硯池、翫花池，山前有採香徑，皆宫之故跡。

【評箋】

按：泛詠西施未必即作於吴越，此等詩殊不足以徵行蹤。

王右軍

右軍本清真，瀟灑在風塵。山陰遇羽客，要此好鵝賓。掃素寫道經，筆精妙入神。書罷籠鵝去，何曾别主人？

【校】

〔在〕王本注云：許本作出。

〔遇〕蕭本作過。王本注云：蕭本作過。

〔要〕蕭本作愛。王本注云：蕭本作愛。

【注】

〔右軍〕晉書卷八〇王羲之傳：起家祕書郎，征西將軍庾亮請爲參軍，累遷長史。亮臨薨上疏稱羲之清貴有鑒裁。……爲右軍將軍，會稽内史。性愛鵝。……山陰有一道士養好鵝，羲之往觀焉，意甚悦，因求市之。道士云：爲寫道德經當舉羣相贈耳。羲之欣然寫畢，籠鵝而歸，甚以爲樂。參見卷十七送賀賓客歸越詩注。

【評箋】

今人詹鍈云：曾氏次此詩於西施詩之下，蓋以二詩皆太白遊會稽時懷古之作。

按：果如所云，則下一首之上元夫人又爲何處懷古乎？恐未可泥。

上元夫人

上元誰夫人，偏得王母嬌。嵯峨三角髻，餘髮散垂腰。裘披青毛錦，身著赤霜袍。手提嬴女兒，閑與鳳吹簫。眉語兩自笑，忽然隨風飄。

【校】

〔題〕文粹下有詩字。

〔青毛〕毛，文粹作色。

【注】

〔上元〕見卷二古風第四十三首注。

〔嬴女〕王云：嬴女兒謂秦穆公女弄玉。參見卷六鳳凰曲注。

〔眉語〕王云：劉孝威詩：「窗疏眉語度，紗輕眼笑來。」

蘇臺覽古

舊苑荒臺楊柳新，菱歌清唱不勝春。只今惟有西江月，曾照吴王宫裏人。

【校】

〔清唱〕清，兩宋本、繆本俱作春，王本注云：繆本作春，誤。以上四字，英華作採菱歌唱。

〔西江〕兩宋本、繆本俱作江西。王本注云：霏玉本、繆本作江西。

【注】

〔蘇臺〕范成大吴郡志卷八：姑蘇臺，舊圖經云：在吴縣西三十里。續圖經云：三十五里。一名姑胥，一名姑餘。史記正義云：在吴縣西南三十里横山西北麓姑蘇山上。……山水記云：闔閭作，春秋遊焉。又云：夫差作臺，三年不成，積材五年乃成。造九曲路，高見三百里。越絶書云：闔廬造九曲路，以遊姑胥之臺。……吴越春秋言闔廬晝遊蘇臺，蓋此臺始基於闔廬，而成於夫差，庶可以合傳記之説。

【評箋】

王夫之云：七言絶句唯王江寧能無疵纇。儲光羲崔國輔其次者，至若「秦時明月漢時關」，句非不錬，格非不高，但可作律詩起句，施之小詩，未免有頭重之病。若「水盡南天不見雲」，「永和三日盪輕舟」，「囊無一物獻尊親」，「玉帳分弓射虜營」，皆所謂滯累，以有襯字故也。其免於滯累者，如「只今惟有西江月，曾照吴王宫裏人」，「黄鶴樓中吹玉笛，江城五月落梅花」，「此夜曲中聞折柳，何人不起故園情」，則又疲薾無生氣，似欲匆匆結煞。（夕堂永日緒論）

越中覽古

越王句踐破吴歸，義士還家盡錦衣。宫女如花滿春殿，只今惟有鷓鴣飛。

【校】

〔還家〕家，王本注云：許本作鄉。

〔只今〕英華作至今。

〔飛〕咸本、蕭本俱作啼。

【注】

〔義士〕王云：史記：越敗吴，越王句踐欲遷吴王夫差於甬東，吴王自剄死。越王滅吴，誅太宰嚭，以爲不忠而歸。義士，吴舒鳧以爲戰士傳寫之訛，謂越人安得稱義士云云，未知是否。按：題云越中覽古，所謂春殿，指越王之殿，義士即史記越王句踐世家所稱之君子六千人，無足異也。

【評箋】

唐宋詩醇云：前蘇臺覽古，通首言其蕭索，而末一語兜轉其盛。此首從盛時説起，而末句轉入荒凉，此立格之異也。

沈德潛云：三句説盛，一句説衰，其格獨創。（唐詩别裁）

查慎行云：用一句結上三句，章法獨創。（初白詩評）

商山四皓

白髮四老人，昂藏南山側。偃蹇松雲間，冥翳不可識。雲窗拂青靄，石壁横翠色。龍虎方戰争，於焉自休息。秦人失金鏡，漢祖昇紫極。陰虹濁太陽，前星遂淪匿。一行佐明兩，欻起生羽翼。功成身不居，舒卷在胸臆。窅冥合元化，茫昧信難測。飛聲塞天衢，萬古仰遺跡。

【校】

〔題〕文粹作四皓詩。

〔偃蹇〕蹇，兩宋本、繆本、文粹俱作臥。王本注云：繆本作臥。

〔松雲〕雲，兩宋本、繆本、胡本俱作雪。王本注云：繆本作雪。

〔濁〕咸本注云：一作燭。

〔明兩〕兩，咸本、蕭本、文粹俱作聖。王本注云：蕭本作聖。

〔元化〕元，王本注云：許本作玄。

〔遺跡〕跡，咸本作則，注云：一作跡。

【注】

〔商山〕見卷四山人勸酒詩注。

〔老人〕見卷四山人勸酒詩注。

〔金鏡〕見卷十八送張秀才謁高中丞詩注。

〔前星〕晉書天文志：心三星，天王正位也。中星曰明堂，天子位。……前星爲太子，後星爲庶子。

〔明兩〕易離卦：明兩作離，大人以繼明照於四方。王注：繼謂不絶也，明照相繼不絶曠也。

按：明兩是稱太子之詞。

【評箋】

今人詹鍈云：此亦過四皓墓時懷古而作。

按：過四皓墓已有詩，若僅爲懷古，不應如此重疊，似仍爲天寶五載李林甫構陷韋堅，危及肅宗，有感而作。

過四皓墓

我行至商洛，幽獨訪神仙。園綺復安在？雲蘿尚宛然。荒涼千古跡；蕪没四墳連。伊昔鍊金鼎；何年閉玉泉？隴寒唯有月；松古漸無烟。木魅風號去；山精雨嘯旋。紫芝高詠罷；青史舊名傳。今日併如此，哀哉信可憐！

【校】

〔何年〕年，兩宋本、繆本俱作言。王本注云：繆本作言。

【注】

〔四皓墓〕王云：太平寰宇記：四皓墓在商州上洛縣西四里。雍勝略：四皓墓在商州西四里金鷄原。

〔商洛〕王云：商洛謂商山、洛水之間。參見卷二十春陪商州裴使君遊石娥溪詩注。

〔金鼎〕文選江淹別賦：鍊金鼎而方堅。李善注：鍊金爲丹之鼎也。

〔木魅〕抱朴子登涉篇：抱朴子曰：山精之形如小兒而獨足，走向後，喜來犯人。人入山，若夜聞人音聲，大語其名曰跂，知而呼之，即不敢犯人也。一名熱內，亦可兼呼之。又有山精如鼓赤色，亦一足，其名曰暉。文選鮑照蕪城賦：木魅山鬼，野鼠城狐。風嘷雨嘯，昏見晨趨。

〔青史〕文選江淹上建平王書：俱啓丹册，並圖青史。李善注：漢書有青史子。音義曰：古史官記事。

【評箋】

按：舊唐書玄宗紀：天寶五載，……韋堅爲李林甫所構，配流臨封郡，賜死。堅妹皇太子妃聽離，堅外甥嗣薛王瑱貶夷陵郡别駕，女壻巴陵太守盧幼臨長流合浦郡，太子少保李適之貶宜春太守，到任仰藥死。此詩末句云：「今日倂如此，哀哉信可憐！」其爲悼李適之殆無疑義。東宫三少可以四皓爲比，前人不乏此例。題云過四皓墓者，隱其詞以避時忌也。諸家皆執此以爲真是行蹤所至懷古之作，蓋未諦審詩意。

峴山懷古

訪古登峴首，憑高眺襄中。天清遠峯出；水落寒沙空。弄珠見遊女；醉酒懷山公。感嘆發秋興，長松鳴夜風。

【校】

〔醉酒〕酒，兩宋本、繆本、王本俱注云：一作月。胡本作月，注云：一作酒。

【注】

〔峴山〕見卷五襄陽曲注。

〔峴首〕王云：峴首謂峴山之巔。鮑照詩：「晨登峴山首」，後人因之，遂謂峴山曰峴首。孟浩然

「峴首晨風送」，馬戴「白雲登峴首」，皆本此。

〔弄珠〕文選張衡南都賦：遊女弄珠於漢皐之曲。李善注：韓詩外傳曰：鄭交甫將南適楚，遵彼漢皐，臺下乃遇二女，佩兩珠，大如荆鷄之卵。

〔山公〕見卷十五留別廣陵諸公詩注。

蘇武

蘇武在匈奴，十年持漢節。白雁上林飛，空傳一書札。牧羊邊地苦，落日歸心絶。渴飲月窟水；飢餐天上雪。東還沙塞遠；北愴河梁別。泣把李陵衣，相看淚成血。

【注】

〔白雁〕漢書卷五四蘇武傳：天漢元年，……（武帝）乃遣蘇武以中郎將使持節送匈奴使留在漢者，因厚賂單于。……既至匈奴，……單于愈益欲降之，幽武置大窖中，絶不飲食。天雨雪，武卧囓雪與旃毛並咽之，數日不死，匈奴以爲神。乃徙武北海上無人處，使牧羝，羝乳乃得歸。别其官屬常惠等，各置他所。……武杖漢節牧羊，卧起操持，節毛盡落。……初武與李陵俱爲侍中，武使匈奴，明年陵降，不敢求武。昭帝即位數年，匈奴與漢和親，漢求武等，匈奴詭言武死。後漢使復至匈奴，常惠……教使者謂單于：言天子射上林中，得雁，足有繫帛書，言武等在某澤中。使者大喜，如惠語以讓單于。單于視左右而驚，謝漢使曰：「武等實在。」於是李陵置酒賀武曰：「今足下還歸，揚名於匈奴，功顯於漢室，雖古竹帛所載，丹青所畫，何以過子卿？……」……陵泣下數行，因與武訣。匈奴召會武官屬，前以降及物故，凡隨武還者九人。……武留匈奴凡十九歲，始以強壯出，及還鬚髮盡白。

〔河梁〕文選李陵與蘇武詩：「攜手上河梁，遊子暮何之？」李陵與蘇武書：此陵所以仰天椎心而泣血也。

【評箋】

王夫之云：詠史詩以史爲詠，正當於唱嘆寫神理，聽聞者之生其哀樂。一加論贊，則不復有詩用，何況其體？「子房未虎嘯」一篇，如弋陽雜劇人妝大淨，偏入俗人眼，而此篇不顯。大音希聲，其來久矣。（唐詩評選）

經下邳圯橋懷張子房

子房未虎嘯，破産不爲家。滄海得壯士，椎秦博浪沙。報韓雖不成，天地皆振動。潛匿遊下邳，豈曰非智勇？我來圯橋上，懷古欽英風。唯見碧流水，曾無黄石公。歎息此人去，蕭條徐泗空。

【校】

〔題〕兩宋本、繆本題下俱注云：淮泗。

〔椎秦博浪沙〕咸本注云：一作惟秦傳浪沙。

〔流水〕英華作水流。

【注】

〔下邳〕舊唐書地理志：河南道徐州下邳：漢下邳郡。元魏置東徐州。周改邳州。隋廢。武德四年復邳州，領下邳、郯、良城三縣。貞觀元年，廢邳州，仍省郯、良城二縣，以下邳屬泗州。元和中復屬徐州。△邳音披。

〔圯橋〕王云：水經注：沂水於下邳縣北西流分爲二水：一水經城東，屈從縣南注泗，謂之小沂水。水上有橋，徐泗間以爲圯，昔張子房遇黄石公於圯上，即此處也。漢書注：服虔曰：圯音頤，楚人謂橋曰圯。説文：東楚謂橋爲圯。或嗤詩題圯橋二字爲複用者。按庾信吴明徹墓誌銘：圯橋取履，早見兵書。則圯橋之稱，唐之前早已有此誤矣。一統志：圯橋在邳州城東南隅，年久湮没。元和郡縣志：下邳縣有沂水，號爲長利池，池上有橋，即黄石公授張良素書之所。唐梁肅有銘。△圯音夷。

〔振動〕王云：吴舒鳧曰：張良傳云：不愛萬金之資，爲韓報仇强秦，天下振動。太白正用此語，刻本改爲天地皆震動，天地何震動之有邪？

【評箋】

沈德潛云：爲子房生色，智勇二字可補世家贊語。（唐詩别裁）

金陵三首

晉家南渡日，此地舊長安。地即帝王宅；山爲龍虎盤。金陵空壯觀；天塹浄波瀾。醉客迴橈去，吴歌且自歡。

【校】

〔舊〕兩宋本、繆本、蕭本、王本俱注云：一作即。

〔地即〕此二句兩宋本、繆本、蕭本、胡本、王本俱注云：一作碧宇樓臺滿，青山龍虎盤。

〔天塹〕兩宋本、繆本、蕭本、王本俱注云：一作江塞。

〔吴歌〕此句兩宋本、繆本、王本俱注云：一作誰云行路難。

【注】

〔龍虎盤〕見卷七金陵歌送别范宣注。

〔天塹〕通鑑卷一七六：陳長城公禎明二年，……隋軍臨江，……帝從容謂侍臣曰：「王氣在此。齊兵三來，周師再來，無不摧敗。彼何爲者邪？」都官尚書孔範曰：「長江天塹，古以爲限隔南北，今日虜軍豈能飛度耶？」

〔橈〕王云：顔師古漢書注：楫謂櫂之短者也，今吴越之人呼爲橈。

其二

地擁金陵勢，城迴江水流。當時百萬户，夾道起朱樓。亡國生春草；王宫没古丘。空餘後湖月，波上對瀛洲。

【校】

〔江水〕江，兩宋本、繆本、蕭本、王本俱注云：一作漢。

〔王宫〕王，兩宋本、繆本俱作離。王本注云：繆本作離。

〔瀛洲〕王本注云：一作江洲。胡本作江洲，注云：一作滄洲。

【注】

〔後湖〕王云：初學記：建業有後湖，一名玄武湖。景定建康志：玄武湖亦名蔣陵湖，亦名秣陵湖，亦名後湖。在城北二里，周迴四十里。東西有溝，流入秦淮，深七尺，灌田一百頃。一統志：玄武湖在應天府太平門外，周迴四十里。晉名北湖，劉宋元嘉末有黑龍見，故改名，今稱後湖。

其三

六代興亡國，三杯爲爾歌。苑方秦地少；山似洛陽多。古殿吴花草；深宫晉綺羅。併隨人事滅，東逝與滄波。

【校】

〔爾〕英華作汝，注云：一作爾。

〔少〕兩宋本、繆本、蕭本、王本俱注云：一作小。

〔與〕咸本作只，兩宋本、繆本、王本俱注云：一作只。

【注】

〔六代〕小學紺珠：六朝：吴、東晉、宋、齊、梁、陳皆都建業。

〔洛陽〕王云：景定建康志：洛陽四山圍，伊、洛、瀍、澗在中。建康亦四山圍，秦淮、直瀆在中。故云風景不殊，舉目有山河之異。李白云：「山似洛陽多。」許渾云：「只有青山似洛中。」謂此也。太平寰宇記：丹陽記云，出建陽門望鍾山，似出上東門望首陽山也。

【評箋】

按：儲光羲有臨江亭五詠，與此三首詞意相似。其序云：建業爲都舊矣。晉主來此而禮物盡備，雖云在德，亦云在險，京口其地也。嗚呼！有邦國者，有興亡焉，自晉及陳，五世而滅。以今懷古，五篇爲詠。臨江亭得其勝概，寄以興言。雖未及乎辯士，亦其志也。顯有弦外之音。蓋安禄山陷兩京，中原鼎沸，憂時之士不能不興念於永嘉之南渡，而又不得不隱約其詞，儲李之詩皆非苟作。李此詩更當與永王東巡歌合看。

秋夜板橋浦汎月獨酌懷謝脁

天上何所有？迢迢白玉繩。斜低建章闕，耿耿對金陵。漢水舊如練，霜江夜清澄。長川瀉落月，洲渚曉寒凝。獨酌板橋浦，古人誰可徵？玄暉難再得，灑酒氣填膺。

【校】

〔長川〕咸本作長江。

〔酒〕英華作淚，注云：一作酒。

【注】

〔板橋浦〕王云：水經注：江水經三山，又湘浦出焉。水上南北結浮橋渡水，故曰板橋浦。太平寰宇記：板橋浦在昇州江寧縣南四十里五尺，源出觀山三十七里注大江。晉伐吴，其將張悌死于板橋，即此處。謝玄暉之宣城出新林浦向板橋詩云：「江路西南永，歸流東北騖。天際識歸舟，雲中辨江樹。」按：景定建康志卷一六：板橋在城南三十里。洪亮吉北江詩話云：謝玄暉有之宣城出新林浦向板橋詩，宣城圖經及方志藝文載此詩，土人遂以宣城東十里新林浦板橋當之，不知非也。景定建康志：板橋在江寧縣城南三十里，新林橋在城西南十五里。金陵故事：晉伐吴，丞相張悌死之，悌家在板橋西。揚州記：金陵南沿江有新林橋，即梁武帝敗齊師之處。新林板橋皆沿江津渡之所。玄暉自都下赴宣城，故先經新林，後向板橋也。詩首二句即云「江路西南永，歸舟東北騖」是矣。若今宣城東新林浦板橋，距江甚遠，何得云天際歸舟、雲中江樹乎？圖經方志誤認之宣城三字，即以爲二地皆在宣城，非也。李太白詩：「獨酌板橋浦，……」，即指謝此詩而言。

〔玉繩〕文選謝朓暫使下都夜發新林至京邑贈西府同僚詩：「玉繩低建章。」李善注：春秋元命苞曰：玉衡北兩星爲玉繩星。

〔建章〕宋書卷七前廢帝紀：永光元年，……以石頭城爲長樂宮，……以北邸爲建章宮。

〔玄暉〕南齊書卷四七謝朓傳：謝朓字玄暉，陳郡陽夏人也。……朓少好學，有美名，文章清麗。

〔填膺〕文選江淹恨賦：置酒欲飲，悲來填膺。李善注：填，滿也。

過彭蠡湖

謝公入彭蠡，因此遊松門。余方窺石鏡，兼得窮江源。前賞迹可見；後來道空存。而欲繼風雅；豈惟清心魂？雲海方助興；波濤何足論？青嶂憶遥月；緑蘿愁鳴猿。水碧或可採；金膏祕莫言。余將振衣去，羽化出囂煩。

【校】

〔題〕兩宋本、繆本題下俱注云：尋陽。

〔豈惟〕惟，蕭本作云。王本注云：蕭本作云。

〔愁鳴〕兩宋本、繆本俱作鳴愁。王本注云：繆本作鳴愁。

【注】

〔松門〕王云：謝靈運入彭蠡湖口詩：「攀崖照石鏡，牽葉入松門。三江事多往，九派理空存。靈物吝珍怪，異人祕精魂。金膏滅明光，水碧綴流温。」李善注：張僧鑒潯陽記曰：石鏡山東有一圓石懸崖，明浄照人見形。顧野王輿地志曰：自入湖三百三十里，窮於松門，東西四十里，青松遍於兩岸。吕向注：金膏，仙藥也。水碧，水玉也。此江中有之。豫章古今記：松門在豫章北二百里，江水遶山，上有松柏。太平寰宇記：松門山在洪州南昌縣北水路二百一十五里。其山多松，遂以爲名。北臨大江，乃彭蠡湖口，山有石鏡，光明照人。太平廣記：幽明録曰：宫亭湖邊傍山間有石數枚，其圓若鏡，明可鑑人，謂之石鏡。後有行人過，以火燎一枚，今不復明。按：輿地紀勝卷三〇：江州：石鏡，四蕃志：山東有一圓石，明浄照人如鏡。

〔水碧〕王云：山海經：耿山多水碧。郭璞注：亦水玉類。西溪叢語：予嘗見墨子道書，大藥中有水脂碧。洪炎雜家引舊書云：宫亭湖中有孤石介立，周圍一里，竦直百丈。上有玉膏可採。豈非水碧耶！按：楊慎丹鉛總録卷七所載略同，而不著其出處。

〔金膏〕見卷十五感時留别……詩注。

〔羽化〕王云：道家謂昇仙曰羽化。

入彭蠡經松門觀石鏡緬懷謝康樂題詩書遊覽之志

謝公之彭蠡，因此遊松門。余方窺石鏡，兼得窮江源。將欲繼風雅；豈徒清心魂？前賞逾所見；後來道空存。況屬臨汎美，而無洲渚喧。漾水向東去；漳流直南奔。空濛三川夕；迴合千里昏。青桂隱遥月；緑楓鳴愁猿。水碧或可采；金精祕莫論。吾將學仙去，冀與琴高言。

【校】

〔題〕兩宋本、繆本題下俱注云：二篇或同或異，故並録之。胡本收此一首，而注引前首，云與此小有同異，今並存之。王本注云：舊注：二篇或同或異，故並録之。

【注】

〔漾水〕王云：書禹貢：嶓冢導漾，東流爲漢，又東爲滄浪之水，過三澨，至於大別，南入於江，東匯澤爲彭蠡。孔安國書傳：泉始出山爲漾水，東南流爲沔水，至漢中東流爲漢水。通志略：漢水名雖多而實一水，説者紛然。其原出興元府西縣嶓冢山，爲漾水，東流爲沔水，又東至南鄭爲漢水，有褒水從武功來入焉。又東，左與文水會，又東過西城，旬水入焉。又東過鄖鄉縣南，又屈而東南過武當縣，又東過順陽縣，有淯水自虢州盧氏縣北來入焉。又東過中廬，別有淮水自房陵淮山東流入焉。又東過南漳荆山而爲滄浪之水。或云在襄陽即爲滄浪之水，又東南過宜城，有鄢水入焉。又東過鄀，敖水入焉。又東南白水入焉。又東過雲杜而爲夏水，有鄖水入焉。又東至漢陽，觸大別山，南入於江。班云，行一千七百六十里。孔穎達左傳正義釋例云：漳水出新城沶鄉縣南，至荆山東南經襄陽南郡當陽縣入沮。

〔漳流〕王云：通志略：漳水出臨沮縣東荆山，東南至當陽縣，右入於沮。臨沮，今襄陽南漳縣。當陽，今隸荆門軍。一統志：漳江源出臨沮縣，南至荆州當陽，北與沮水合流入大江。

〔三川〕王云：三川，三江也。按三江，孔安國、班固、鄭玄、韋昭、桑欽、郭璞，諸説不一。惟鄭云：左合漢爲北江，右合彭蠡爲南江，岷江居其中爲中江。今考江水發源蜀地，最居上流。下至湖廣，漢江之水自北來會之，又下至江西，則彭蠡之水自南來會之，三水合流而東，以入於海。所謂三江既入也。禹貢既以岷江爲中江，漢水爲北江，則彭蠡之水爲南江可知矣。蘇東坡謂岷山之江爲中江，嶓冢之江爲北江，豫章之江爲南江，蓋本鄭説也。

〔金精〕文選郭璞江賦：金精玉英瑱其裏。李善注：穆天子傳：河伯曰：示汝黄金之膏。郭璞曰：金膏其精汋也。按：王注引此文誤爲木華海賦。

【評箋】

按：此詩似白初次將至廬山之作，與望廬山瀑布水及登廬山五老峯詩語意相類，應屬同時。詹氏列於上元元年，似未確。

廬江主人婦

孔雀東飛何處棲？廬江小吏仲卿妻。爲客裁縫君自見，城烏獨宿夜空啼。

【校】

〔題〕兩宋本、繆本題下俱注云：宿松。

〔君自見〕君，兩宋本、繆本俱作石。王本注云：繆本作石。

【注】

〔孔雀〕王云：古詞：「孔雀東南飛，五里一徘徊。」古樂府：漢末建安中，廬江府小吏焦仲卿妻劉氏，爲仲卿母所遣，自誓不嫁，其家逼之，乃投水而死。仲卿聞之，亦自縊於庭樹。時人傷之，爲詩云爾。

【評箋】

今人詹鍈云：此詩蓋亦遊霍山客居廬江時作。

按：此非詠焦仲卿妻，乃在廬江客次游戲之筆。詹説是。

陪宋中丞武昌夜飲懷古

清景南樓夜，風流在武昌。庾公愛秋月，乘興坐胡床。龍笛吟寒水；天河落曉霜。我心還不淺，懷古醉餘觴。

【校】

〔題〕兩宋本、繆本題下俱注云：江夏。

〔吟〕英華作吹。

〔懷古〕兩宋本、繆本、王本俱注云：一作留客。

【注】

〔武昌〕元和郡縣志卷二七：鄂州江夏郡有武昌縣，西至州一百七十里。

〔南樓〕王云：世説：庾太尉在武昌，秋夜氣佳景清，佐吏殷浩、王胡之之徒登南樓理詠。音調始遒，聞函道中有屐聲甚厲，定是庾公，俄而率左右十許人步來，諸賢欲起避之。公徐云：「諸君少住，老子於此處興復不淺。」因便據胡床，與諸人詠謔竟坐。琦按：世説、晉書載庾亮南樓事皆不言秋月，而太白數用之，豈古本秋夜乃秋月之訛，抑有他傳是據歟！

【評箋】

按：宋中丞名若思，見卷十一中丞宋公以吴兵三千赴河南……詩注。卷二十六有爲宋中丞請都金陵表、爲宋中丞自薦表，卷二十九有爲宋中丞祭九江文。據此詩及卷十一詩題：中丞宋公以吴兵三千赴河南，軍次尋陽，脱余之囚，參謀幕府。知至德二載白實曾隨其軍至武昌也。

望鸚鵡洲懷禰衡

魏帝營八極，蟻觀一禰衡。黄祖斗筲人，殺之受惡名。吴江賦鸚鵡，落筆超羣英。鏘鏘振金玉，句句欲飛鳴。鷙鶚啄孤鳳，千春傷我情。五岳起方寸，隱然詎可平？才高竟何施，寡識冒天刑。至今芳洲上，蘭蕙不忍生。

【校】

〔題〕懷，兩宋本、繆本俱作悲。王本注云：繆本作悲。

〔寡識〕英華作寧不，注云：一作寡識。

【注】

〔鸚鵡洲〕見卷十一贈漢陽輔録事第二首及卷二十一鸚鵡洲詩注。

〔禰衡〕黄祖殺禰衡事，見後漢書卷一一〇禰衡傳。

【評箋】

沈德潛云：曹操送之劉表，劉表送之黄祖，祖乃殺之，固三人之不能容物，而衡之恃才漫罵有以自取也。嚴儀卿云：才高識寡，與太白意同。（唐詩别裁）

高步瀛云：此以正平自況，故極致悼惜，而沈痛語以駿快出之，自是太白本色。起二句言正平輕魏武，鷙鶚比黄祖，孤鳳比正平，才高寡識，用孫登謂嵇康之言，乃痛惜相憐之詞，激起末句言芳草亦不忍生也。若以寡識爲譏正平之短，則與上句不相應，且與結句之意亦不合矣。（唐宋詩舉要）

今人詹鍈云：書懷贈江夏韋太守良宰詩云：「一忝青雲客，三登黄鶴樓。顧慚禰處士，虚對鸚鵡洲。」疑與此詩爲前後之作。

宿巫山下

昨夜巫山下，猿聲夢裏長。桃花飛淥水，三月下瞿塘。雨色風吹去，南行拂楚王。高丘懷宋玉，訪古一霑裳。

【校】

〔題〕兩宋本、繆本題下俱注云：巫峽。

【注】

〔高丘〕王云：楚辭：哀高丘之無女。王逸注：楚有高丘之山，或云高丘閬風山上也。舊説，高丘，楚地名也。太平寰宇記：巫山縣有高都山。江源記云：楚辭所謂巫山之陽，高丘之阻。高丘蓋高都也。

【評箋】

今人詹鍈云：詩云：「桃花飛淥水，三月下瞿塘。」按太白初出夔門下瞿塘在五月，見開元十三年下。此詩作於三月，則流夜郎半道放還下瞿塘作也。薛譜繫乾元二年下，良是。

按：乾元二年春行籍田，赦令宜在此時。黄譜據此詩，謂白之遇赦在暮春之時無疑，與詹説皆近是。

金陵白楊十字巷

白楊十字巷，北夾湖溝道。不見吴時人；空生唐年草。天地有反覆；宫城盡傾倒。六帝餘古丘，樵蘇泣遺老。

【校】

〔湖溝〕湖，王本注云：當作潮。

【注】

〔白楊〕王云：六朝事跡：白楊路，圖經云：縣南十二里石山岡之横道是也。

〔潮溝〕王云：一統志：潮溝在應天府上元縣西四里，吴赤烏中所鑿，以引江潮，接青溪，抵秦淮，西通運瀆，北連後湖。六朝事跡：輿地志：潮溝，吴大帝所開，以引江潮。建康實録云：其北又開一瀆；北至後湖，以引湖水，今俗呼爲運瀆。其實自古城西南行者是運瀆，自歸善寺門前東出至青溪者名潮溝。其溝向東已湮塞，西則見通運瀆。按實録所載皆唐事，距今數百年，其溝日益湮塞，未詳所在。今府城東門外，西抵城濠，有溝東出，曲折當報寧寺之前，里俗亦名潮溝，此近世所開，非古潮溝也。

〔樵蘇〕見卷二十春日陪楊江寧……詩注。

謝公亭

謝亭離別處，風景每生愁。客散青天月；山空碧水流。池花春映日；窗竹夜鳴秋。今古一相接，長歌懷舊遊。

【校】

〔題〕兩宋本、繆本題下俱注云：蓋謝脁、范雲之所遊。王本注上加原注二字。

〔謝亭〕亭，蕭本、咸本、胡本俱作公。王本注云：蕭本作公。

【注】

〔謝公亭〕王云：海録碎事：謝公亭在宣州，太守謝玄暉置，范雲爲零陵内史，謝送别於此，故有新亭送别詩。方輿勝覽：謝公亭在宣城縣北二里。名勝志：謝公亭在江南寧國府宣城縣北郭外，齊太守謝脁送别處。舊圖經謂是脁送范雲之零陵内史處。

【評箋】

王夫之云：五六不似懷古，乃以懷古，覺杜陵寶靨羅裙之句猶爲貌取。「今古一相接」五字，盡古今人道不得，神理、意致、手腕，三絕也。（唐詩評選）

紀南陵題五松山

聖達有去就，潛光愚其德。魚與龍同池，龍去魚不測。當時板築輩，豈知傅説情？一朝和殷人，光氣爲列星。伊尹生空桑，捐庖佐皇極。桐宫放太甲，攝政無愧色。三年帝道明，委質終輔翼。曠哉至人心，萬古可爲則。時命或大謬，仲尼將奈何？鸞鳳忽覆巢，麒麟不來過。龜山蔽魯國，有斧且無柯。歸來歸去來，宵濟越洪波。

【校】

〔題〕兩宋本、繆本、王本題下俱注云：一作南陵五松山感時贈别，山在銅坑村五里。胡本作失題。按：此詩除伊尹以下八句外，絶句改作四首。咸本則分作五首，注云一本併作一首。

〔愚其德〕德，絶句作色。

〔和殷人〕和，兩宋本、繆本、王本俱注云：一作雨。人，王本注云：一作羹。胡本作羹。

〔捐庖〕捐，蕭本作指。王本注云：蕭本作指。

〔將奈何〕將，兩宋本、繆本、蕭本、王本俱注云：一作其。

〔歸來〕此句兩宋本、繆本作歸去來，歸去來，注云：一作歸來歸去來。蕭本注云：一作歸去來歸去。王本注云：一作歸去來歸去，繆本作歸去來，歸去來。

【注】

〔五松山〕見卷二十與南陵常贊府遊五松山詩注。

〔板築〕王云：韓詩外傳：傅説負土而板築，以爲大夫，其遇武丁也。李善文選注：郭璞三蒼解詁曰：板，牆上下板。築，杵頭鐵沓也。

〔傅説〕書説命：若歲大旱，用汝作霖雨。若作和羹，爾惟鹽梅。

〔列星〕莊子大宗師篇：傅説得之，以相武丁，奄有天下，乘東維，騎箕尾，而比於列星。陸德明音義：崔云：傅説死，其精神乘東維，託龍角，乃爲列宿，今尾上有傅説星。

〔空桑〕水經注伊水：昔有莘氏女採桑於伊川，得嬰兒於空桑中，言其母孕於伊水之濱，夢神告之曰：白水出而東走。母明視而見白水出焉，告其鄰居而走，顧望其邑，咸爲水矣。其母化爲空桑，子在其中矣。莘女取而獻之，命養於庖，長而有賢德，殷以爲尹，曰伊尹也。

〔桐宮〕史記殷本紀：伊尹……欲干湯而無由，乃爲有莘氏媵臣，負鼎俎以滋味説湯，致於王道。……湯舉任以國政，……湯崩，……伊尹乃立太丁之子太甲，……太甲既立三年，不明，暴虐，不遵湯法，亂德。於是伊尹放之於桐宮三年，伊尹攝行政當國，以朝諸侯，帝太甲居桐宮三年，悔過自責反善，於是伊尹乃迎帝太甲而授之政。

〔委質〕王云：委質有二解。左傳：策名委質。孔穎達曰：質，形體也，拜則屈膝而委身體於地，以明敬奉之也。章懷太子後漢書注：委質猶屈膝也。國語：委質爲臣，無有二心。韋昭解：質，贄也。士贄以雉，委質而退。史記索隱：服虔注：左氏云：古者始仕，必先書其名於策，委死之質於君，然後爲臣，示必死節於其君也。依前二説，作哲音讀。依後二説，作至音讀。

〔龜山〕王云：孔子龜山操：予欲望魯，龜山蔽之，手無斧柯，奈龜山何！樂府詩集：琴操曰：龜山操，孔子所作也。季桓子受齊女樂，孔子欲諫不得，退而望魯龜山，作此曲，以喻季氏若龜山之蔽魯也。元和郡縣志：龜山在兖州泗水縣東北七十里。陸賈新語：有斧無柯，何以治之？

【評箋】

胡云：此是詠古或感興詩也，舊本題作紀南陵題五松山，誤。

朱云：用事堆疊，詞不通暢，恐非白之格調。

按：此詩顯爲自嘆時命不齊，詞意鬱勃，故與平日格調不類，但不得疑爲非李詩。末句「宵濟越洪波」，當是旅途中偶然有感而作，不似在五松山所題，胡説近是。題蓋有誤。

夜泊牛渚懷古

牛渚西江夜，青天無片雲。登舟望秋月，空憶謝將軍。余亦能高詠，斯人不可聞。明朝挂帆席，楓葉落紛紛。

【校】

〔題〕兩宋本、繆本題下俱注云：此地即謝尚聞袁宏詠史處。王本注上加原注二字。

〔明朝〕咸本作明月，注云：一作明朝。

〔挂帆席〕兩宋本、繆本、蕭本、王本俱注云：一作洞庭去。

〔落〕兩宋本、繆本、蕭本、王本俱注云：一作正。胡本作正，注云：一作落。

【注】

〔牛渚〕見卷七横江詞第二首及卷十二獻從叔當塗宰陽冰詩注。

〔帆席〕文選木華海賦：維長綃，挂帆席。李善注：劉熙釋名曰：隨風張幔曰帆，或以席爲之，故曰帆席也。

【評箋】

王士禛云：或問不著一字盡得風流之説，答曰：太白詩「牛渚西江夜，青天無片雲。登高望秋月，空憶謝將軍。余亦能高詠，斯人不可聞。明朝挂帆去，楓葉落紛紛」，詩至此，色相俱空。正如羚羊挂角，無跡可求，畫家所謂逸品是也。（帶經堂詩話）

唐宋詩醇云：白天才超邁，絶去町畦，其論詩以興寄爲主，而不屑屑於排偶聲調，當其意合，真能化盡筆墨之迹，迥出塵壒之外。司空圖云：不著一字，盡得風流。嚴羽云：鏡中之花，水中之月，羚羊挂角，無迹可求。論者以此詩及孟浩然望廬山一篇當之，蓋有以窺其妙矣。羽又云：味在酸鹹之外。吟此數過，知其善於名狀矣。

王云：滄浪詩話：律詩有徹首尾不對者，盛唐諸公有此體。如孟浩然詩：「挂席東南望，青山水國遥。舳艫争利涉，來往接風潮。問我今何適？天台訪石橋。坐看霞色晚，疑是赤城標。」又「水國無邊際」之篇，又太白「牛渚西江夜」之篇，皆文從字順，音韻鏗鏘，八句皆無對偶。趙宧先曰：律不取對，如李白「牛渚西江夜」云云，孟浩然「挂席東南望」云云，二詩無一句屬對，而調則無一字不律。故調律則律，屬對非律也。近有詩家竊取古調作近體，自以爲高者，終是古詩，非律也。中晚之律，每取一貫而下，已自失款。況今日之以古作律乎？楊用修云：五言律八句不對，太白、浩然有之，乃是平仄穩貼古詩也。楊謬以對爲律，亦淺之乎觀律矣。古詩在格與意義，律詩在調與聲韻。如必取對，則六朝全對者正自多也，何不即呼律詩乎？律詩之名起於唐，律詩之法嚴於唐，未起未嚴，偶然作對，作者觀者慎勿以此持心，方能得一代作用之旨。王阮亭曰：此詩色相俱空，政如羚羊挂角，無迹可求，畫家所謂逸品是也。

陳僅云：盛唐人古律有兩種，其一純乎律調而通體不對者，如太白「牛渚西江夜」（原誤秋天月），孟浩然「挂席東南望」，是也。（竹林答問）

姑熟十詠

姑熟溪

愛此溪水閑，乘流興無極。漾檝怕鷗驚；垂竿待魚食。波翻曉霞影；岸疊春山色。何處浣紗人？紅顏未相識。

【校】

〔漾〕英華作擊。

【注】

〔姑熟溪〕王云：太平寰宇記：姑熟溪在太平州當塗縣南二里。姑熟既古縣名，此水經縣市中過，故溪即因地以名之也。江南通志：姑熟溪在太平府當塗縣南二里，一名姑浦，合丹陽東南之餘水及諸港來會，過寶積山入大江。周必大泛舟游山録：姑熟溪水色紺碧，與河流不相雜。陸放翁入蜀記：姑熟溪，土人但謂之姑溪，水色正緑，而澄澈如鏡，纖鱗往來可數，溪南皆漁家，景物幽奇。

丹陽湖

湖與元氣連，風波浩難止。天外賈客歸；雲間片帆起。龜遊蓮葉上；鳥宿蘆花裹。少女棹輕舟，歌聲逐流水。

【校】

〔輕舟〕輕，蕭本作歸。王本注云：蕭本作歸。

【注】

〔丹陽湖〕王云：元和郡縣志：丹陽湖在宣州當塗縣東南七十九里，周圍三百餘里，與溧水縣分湖爲界。六朝事跡：丹陽湖，圖經云：在溧水縣西八十里，與太平州當塗縣分界。唐李白嘗遊此湖，酷愛其景，乃張帆載酒，縱意往來，而作詩曰「湖與元氣連，風波浩難止」云云。太平府志：丹陽湖在府城東南，跨多福、黄池、積善、湖陽等鄉，徽、池、寧國、廣德諸州之水匯之，與江寧之高淳、溧水，皆以湖心爲界，東西七十五里，南北九十里，太平之巨浸也。參見卷九贈丹陽横山周處士惟長詩注。

謝公宅

青山日將暝，寂寞謝公宅。竹裏無人聲；池中虛月白。荒庭衰草徧；廢井蒼苔積。唯有清風閑，時時起泉石。

【校】

〔虛月白〕英華作有虛白。

【注】

〔謝公宅〕王云：太平寰宇記：青山在太平州當塗縣東三十五里。齊宣城太守謝朓築室及池於山南，其宅階址尚存，路南磚井二口。天寶十二年改爲謝公山。江南通志：謝朓宅在太平府東南青山之椒。南齊謝朓守宣城時，建别宅於此，今爲保和菴。路旁有井，名謝公井。陸放翁入蜀記：青山南小市有謝玄暉故宅基，今爲湯氏所居，南望平野極目，而環宅皆流泉奇石，青林文篠，真佳處也。由宅後登山，路極險巇，凡三四里許至一菴，菴前有小池，曰謝公池，水味甘冷，雖盛夏不竭。

陵歊臺

曠望登古臺，臺高極人目。疊嶂列遠空；雜花間平陸。閑雲入窗牖；野翠生松竹。欲覽碑上文，苔侵豈堪讀？

【校】

〔遠空〕遠，英華作遥，注云：集作遠。

【注】

〔陵歊臺〕王云：方輿勝覽：凌歊臺在太平州城北黄山上。宋武帝南遊，嘗登此臺，乃建離宮焉。江南通志：凌歊臺在太平府當塗縣黄山，有石如案，高可五尺，頂平而圓。宋武帝建宮避暑處。周必大泛舟遊山録：出北門五里餘，登凌歊臺，臺在黄山上，本不高而望甚遠。西南即青山，却顧采石、天門及溧陽、和州諸山，皆在目中。參見卷十二書懷贈南陵常贊府及卷十八登黄山凌歊臺……詩注。

桓公井

桓公名已古，廢井曾未竭。石甃冷蒼苔；寒泉湛孤月。秋來桐暫落；春至桃還發。路遠人罕窺，誰能見清澈？

【校】

〔湛〕王本注云：霏玉本作潔。

【注】

〔桓公井〕輿地紀勝卷一八：太平州：桓公井在白紵山。九域志云：晉桓温所鑿。王安石詩有「歌舞不可求，桓公井空在」之句。

慈姥竹

野竹攢石生，含烟映江島。翠色落波深；虚聲帶寒早。龍吟曾未聽；鳳曲吹應好。不學蒲柳凋，貞心常自保。

【校】

〔攢〕英華作鑽。

〔含烟〕烟，兩宋本、繆本俱作仲，誤。

【注】

〔慈姥〕王云：藝文類聚：丹陽記曰：江寧縣南四十里有慈母山，積石臨江，生簫管竹。王褒洞簫賦所稱，即此竹也。其竹圓緻，異於衆處，自伶倫採竹嶰谷，其後惟此幹見珍，故歷代常給樂府，俗呼爲鼓吹山。李善文選注：江圖曰：慈母山，此山竹作簫笛有妙聲。太平府志：慈姥山在當塗縣北四十里，積石俯江，岸壁峻絶，風濤洶湧，估舟嘗依此以避，其山産竹，圓體而疏節，堪爲簫管，聲中音律。

〔蒲柳〕王云：晉書：顧悦之曰：蒲柳常質，望秋先零。蒲柳，今之水楊也，其葉易凋落。

望夫山

顒望臨碧空，怨情感離别。江草不知愁；巖花但争發。雲山萬重隔；音信千里絶。春去秋復來，相思幾時歇？

【校】

〔顒〕兩宋本、繆本俱作寫。英華作寫，注云：集作顒。王本注云：繆本作寫。

【注】

〔望夫山〕太平寰宇記卷一〇五：望夫山在太平州當塗縣北四十七里，昔有人往楚，累歲不還，其妻登此山望夫，乃化爲石。其山臨江，周圍五十里，高一百丈。按：太平御覽卷五二：輿地志曰：南陵縣有女觀山，俗傳云：昔有婦人，夫官於蜀，屢愆秋期，憂思感傷，登此騁望，因化爲石，如人之形，所牽狗亦爲石，今狗形猶存。蓋即一事。

〔顒〕廣韻：顒，望也。

牛渚磯

絶壁臨巨川，連峯勢相向。亂石流洑間，迴波自成浪。但驚群木秀，莫測精靈狀。更聽猿夜啼，憂心醉江上。

【校】

〔洑間〕間，英華作澗。

【注】

〔牛渚〕見本卷夜泊牛渚懷古詩注。

〔洑〕王云：韻會：洑，水洄也。

〔精靈〕王云：異苑：晉温嶠至牛渚磯，聞水底有音樂之聲，水深不可測，傳言其下多怪物。乃燃犀角而照之，須臾見水族覆火，奇形異狀，或乘車馬，著赤衣幘，其夜夢人謂曰：與君幽明道隔，何意相照耶？

靈墟山

丁令辭世人，拂衣向仙路。伏鍊九丹成，方隨五雲去。松蘿蔽幽洞，桃杏深隱處。不知曾化鶴，遼海歸幾度。

【注】

〔靈墟山〕輿地紀勝卷一八：太平州：靈墟山在當塗縣東北三十五里，世傳丁令威得道飛昇之所，山椒有壇址猶存。

〔丁令〕見卷十八送李青歸南華湯川詩注。

〔九丹〕抱朴子金丹篇：第一之丹名曰丹華，第二之丹名曰神符，第三之丹名曰神丹，第四之丹名曰還丹，第五之丹名曰餌丹，第六之丹名曰鍊丹，第七之丹名曰柔丹，第八之丹名曰伏丹，第九之丹名曰寒丹。……凡服九丹，欲昇天則去，欲且止人間亦任意，皆能出入無間，不可得之害矣。

天門山

迥出江上山，雙峯自相對。岸映松色寒，石分浪花碎。參差遠天際，縹緲晴霞外。落日舟去遥，迴首沉青靄。

【校】

〔上山〕蕭本作山上。王本注云：蕭本作山上。

【注】

〔天門〕王云：太平寰宇記：天門山在太平州當塗縣西南三十里，有二山夾大江。東曰博望，西曰天門。按郡國志云：天門山亦名蛾眉山，楚獲吴艅艎於此。按其山相對，時人呼爲東梁山、西梁山，據縣圖爲天門山。輿地志云：博望梁山東西隔江，相對如門，相去數里，謂之天門。宋孝武詔曰：梁山層岫雲峙，流同海岳，天表象魏，以旌國形。仍以二山立闕，故曰天門焉。太平府志：天門山在郡西南三十里，亦稱東梁山，與和州西梁山夾大江對峙，自江中遠望，色如横黛修嫵，静好宛宛，不異蛾眉，故又名蛾眉山。參見卷七横江詞第四首注。

【評箋】

王云：蘇東坡曰：過姑熟亭下，讀李白十詠，疑其淺近。孫邈云：聞之王安國，此乃李赤詩，祕閣下有赤集，此詩在焉。白集中無此，赤見柳子厚集，自比李白，故名赤，其後爲厠鬼所惑而死。今觀其詩只如此，而以比李白，則其人心恙已久，非特厠鬼之罪也。陸放翁入蜀記：李太白集有姑熟十詠，予族伯父彦遠嘗言：東坡自黄州還，過當塗，讀之撫手大笑曰：「贋物敗矣。豈有李太白作此語者？」郭功父争以爲不然。東坡笑曰：「恐是太白後身所作耳。」蓋功父少時詩句俊逸，前輩或許之以爲太白後身。功父亦遂以自負，故東坡因是戲之。或曰：十詠及歸來乎、笑矣乎、僧伽歌、懷素草書歌，太白舊集本無之，宋次道再編時貪多務得之過也。

按：陸游入蜀記卷三：李太白往來江東，此（池）州所賦尤多。如秋浦歌十七首及九華山、清溪、白笴陂、玉鏡潭諸詩是也。秋浦歌云：「秋浦長似秋，蕭條使人愁。」又曰：「兩鬢入秋浦，一朝颯已衰。猿聲催白髮，長短盡成絲。」則池州之風物可見矣。然觀太白此歌高妙乃爾，則知姑熟十詠決爲贋作也。

李白集校注卷二十三

古近體詩四十七首

與元丹丘方城寺談玄作

茫茫大夢中，惟我獨先覺。騰轉風火來，假合作容貌。滅除昏疑盡，領略入精要。澄慮觀此身，因得通寂照。朗悟前後際，始知金仙妙。幸逢禪居人，酌玉坐相召。彼我俱若喪，雲山豈殊調？清風生虛空，明月見談笑。怡然青蓮宫，永願恣遊眺。

【校】

〔題〕兩宋本、繆本題下俱注云：蜀中，一作仙城山寺。

〔方城〕方，王本注云：一作仙。

〔談玄作〕咸本作與道者談玄作。

【注】

〔元丹丘〕按：本卷又有尋高鳳石門山中元丹丘詩。其已見前者：卷七西嶽雲臺歌送丹丘子及元丹丘歌，卷十三聞丹丘子於城北山營石門幽居……，卷十五潁陽别元丹丘之淮陽，卷十九以詩代書答元丹丘及酬岑勛見尋就元丹丘對酒相待……等篇。見後者則卷二十四觀元丹丘坐巫山屏風，卷二十五題元丹丘山居、題元丹丘潁陽山居及題嵩山逸人元丹丘山居等篇，均可參看。

〔大夢〕莊子齊物論篇：且有大覺而後知此其大夢也。

〔假合〕王云：釋家以此身爲地水火風四大假合而成，堅者是地，潤者是水，暖者是火，動者是風。楞嚴經：浄極光通達，寂照含虚空，却求觀世間，猶如夢中事。湛然常定之謂寂，瑩然不昧之謂照。寂其體也，照其用也。體用不離，寂照雙運，即是定慧交修止觀互用之妙諦。維摩詰所説經：法無有人前後際斷。故華嚴經雖知諸法無有前際，而廣説過去，雖知諸法無有後際，而廣説未來，雖知諸法無有中際，而廣説現在。金仙謂佛。釋成時曰：李白詩云：「朗悟前後際，始知金仙妙。」東文人如稻麻竹葦，吐不出此十字。

【評箋】

葛立方云：李白跌宕不羈，鍾情於花酒風月則有矣，而肯自縛於枯禪，則知淡泊之味，賢於啖炙遠矣。白始學於白眉空，得「大地了鏡徹，回旋寄輪風」之旨。中謁太山君，得「冥機發天光，獨照謝世氛」之旨。晚見道崖，則此心豁然，更無疑滯矣。所謂「啓開七窗牖，託宿掣電形」是也。後又有談玄之作云：「茫茫大夢中，惟我獨先覺。騰轉風火來，假合作容貌。問語前後際，始知金僊妙。」則所得於佛氏者益遠矣。（韻語陽秋）

今人詹鍈云：薛仲邕年譜繫此詩於開元六年下，題作仙城山寺道者元丹丘談玄。蓋元演隱仙城山後未久，白與元丹丘又隨往也。

尋高鳳石門山中元丹丘

尋幽無前期，乘興不覺遠。蒼崖渺難涉，白日忽欲晚。未窮三四山，已歷千萬轉。寂寂聞猿愁，行行見雲收。高松來好月，空谷宜清秋。谿深古雪在，石斷寒泉流。峯巒秀中天，登眺不可盡。丹丘遥相呼，顧我忽而哂，遂造窮谷間，始知静者閑。留歡達永夜，清曉方言還。

【校】

〔題〕兩宋本、繆本題下俱注云：楚漢。

〔來好〕來，兩宋本、繆本俱作上。咸本作有。王本注云：一作上。

【注】

〔永夜〕王云：中天，半天也。窮谷，深谷也。永夜，長夜也。

【評箋】

按：卷九有鄴中贈王大勸入高鳳石門山幽居詩，石門似在南陽。此詩云：「留歡達永夜，清曉方言還。」則白所居與元丹丘之居必相去甚近，此白在南陽蹤跡之可考者。又集中涉及元丹丘者約十首，可排比而得二人之關係。卷七有元丹丘歌，卷十五有潁陽别元丹丘之淮陽詩，卷二十五有題元丹丘潁陽山居詩，可知元隱居嵩山，此一時也。但元後此亦嘗出遊，故卷十三聞丹丘子營石門幽居詩云：「疇昔在嵩陽，……僕在雁門關，君爲峨眉客，……相逢洛陽陌。」卷十九有以詩代書答元丹丘一首云：「離居在長安，三見秋草緑。」此又一時也。此卷之尋高鳳石門山中元丹丘，則二人皆在南陽，此又一時也。卷二十五題元丹丘山居詩序云：白久在廬、霍，元公近遊嵩山。則又似非初期之居嵩山，乃白遊廬江之時也。因此又可知白在廬江，爲時亦非甚暫。

安州般若寺水閣納涼喜遇薛員外乂

倏然金園賞，遠近含晴光。樓臺成海氣；草木皆天香。忽逢青雲士；共解丹霞裳。水退池上熱；風生松下涼。吞討破萬象；搴窺臨衆芳。而我遺有漏，與君用無方。心垢都已滅，永言題禪房。

【校】

〔題〕兩宋本、繆本題下俱注云：安州。

【注】

〔安州〕舊唐書地理志：淮南道安州：天寶元年改爲安陸郡。依舊爲都督府，督安、隋、鄂、沔四州，乾元元年復爲安州。

〔般若〕王云：般若，讀若百惹。釋言般若，華言智慧也，寺依此立名。

〔金園〕王云：金園，寺中園圃也，須達長者欲買祇陀太子園爲佛住處，太子戲言：得金布滿地中，即當賣與。須達遂出金餅布地，周滿園中，厚及五寸，廣惟十里，買此園地，奉施如來，起立精舍。後人用金園事本此。

〔有漏〕王云：大般若經：云何有漏法？佛告：善，現世間五蘊十二處十八界四静慮四無量四無色定所有一切墮三界法，是名有漏法。

〔無方〕莊子在宥篇：處乎無響，行乎無方。郭象注：隨物轉化也。

〔心垢〕王云：四十二章經：心垢滅盡，淨無瑕穢。維摩詰所説經：心垢故衆生垢，心淨故衆生淨，妄想是垢，無妄想是淨，顛倒是垢，無顛倒是淨，取我是垢，不取我是淨。

魯中都東樓醉起作

昨日東樓醉，還應倒接䍦。阿誰扶上馬？不省下樓時。

【校】

〔題〕兩宋本、繆本題下俱注云：魯中。

〔樓醉〕兩宋本、繆本、蕭本、王本俱注云：一作城飲。胡本作城飲，注云：一作樓醉。

〔還應〕兩宋本、繆本、蕭本、王本俱注云：一作歸來。胡本作歸來，注云：一作還應。

【注】

〔中都〕舊唐書地理志：河南道鄆州中都：漢平陸縣，天寶元年改爲中都。

〔接䍦〕王云：接䍦，帽也。用山公醉歸事。參見卷五襄陽曲注。

〔阿誰〕王云：三國志龐統傳：向者之論，阿誰爲失？

【評箋】

按：集中詩題言魯中都者，有卷十五之別中都明府兄，卷十九之酬中都小吏攜斗酒雙魚於逆旅見贈及此詩，皆先後作也。

對酒醉題屈突明府廳

陶令八十日，長歌歸去來。故人建昌宰，借問幾時迴。風落吴江雪，紛紛入酒杯。山翁今已醉，舞袖爲君開。

【校】

〔題〕兩宋本、繆本題下俱注云：吴中。

【注】

〔屈突〕王云：按通志氏族略：屈突氏乃代北複姓也，本居玄朔，後徙昌黎。孝文改爲屈氏，至西魏復爲屈突。

〔八十日〕陶潛歸去來辭序：予家貧，耕殖不足以自給，幼稚盈室，瓶無儲粟。親故多勸予爲長吏，家叔以予貧苦，遂見用于小邑。於時風波未静，心憚遠役，彭澤去家百里，公田之利，足以爲酒，故便求之。及少日，眷然有歸與之情，自免去職。仲秋至冬，在官八十餘日，因事順心，命篇曰歸去來辭。

〔建昌〕舊唐書地理志：江南西道洪州建昌：漢海昏縣，……後漢分立建昌縣。

【評箋】

胡云：嚴滄浪云：律詩有徹首尾不對者。皆文從字順，音韻鏗鏘，盛唐諸公有此體而太白爲多。

今人詹鍈云：詩云：「故人建昌宰，借問幾時回。」屈突即爲建昌宰者也。按建昌縣唐屬洪州豫章郡，此蓋太白晚年寓家豫章時作。

月下獨酌四首

花間一壺酒，獨酌無相親。舉杯邀明月，對影成三人。月既不解飲，影徒隨我身。暫伴月將影，行樂須及春。我歌月徘徊，我舞影零亂。醒時同交歡，醉後各分散。永結無情遊，相期邈雲漢。

【校】

〔題〕敦煌殘卷作月下對影獨酌。又合一、二首爲一首，無三、四兩首。兩宋本、繆本題下俱注云：長安。

〔花間〕間，王本注云：一作下，文苑作前。胡本注云：一作下。咸本作下，注云：一作間。

〔舉杯〕舉，咸本注云：一作擎。

〔月將影〕敦煌殘卷作明月影。

〔邈雲漢〕胡本、英華俱注云：一作碧嵓畔。

【評箋】

沈德潛云：脱口而出，純乎天籟。此種詩人不易學。（唐詩別裁）

李家瑞云：李詩「舉杯邀明月，對影成三人」，東坡喜其造句之工，屢用之。予讀南史沈慶之傳，慶之謂人曰：「我每履田園，有人時與馬成三，無人則與馬成二。」李詩殆本此。然慶之語不及李詩之妙耳。（停雲閣詩話）

其二

天若不愛酒，酒星不在天。地若不愛酒，地應無酒泉。天地既愛酒，愛酒不媿天。已聞清比聖，復道濁如賢。賢聖既已飲，何必求神仙？三盃通大道，一斗合自然。但得酒中趣，勿爲醒者傳。

【校】

〔愛酒〕敦煌殘卷作飲酒。

〔酒泉〕酒，英華注云：一作醴。王本注云：文苑作醴。

〔神仙〕此句下咸本注云：一本無此四句。敦煌殘卷無此四句。

〔酒中〕酒，兩宋本、繆本、咸本作醉。王本注云：繆本作醉。

【注】

〔酒星〕三國志魏志崔琰傳注：太祖制酒禁而融書啁之曰：天垂酒旗之星，地列酒泉之郡。晉書天文志：軒轅右角南三星曰酒旗，酒官之旗也，主享宴酒食。

〔酒泉〕漢書地理志：酒泉郡，武帝太初元年開。注：應劭曰：其水若酒，故曰酒泉也。師古曰：舊俗傳云：城下有金泉，泉味如酒。

〔比聖〕三國志魏志徐邈傳：平日醉客謂酒清者爲聖人，濁者爲賢人。

〔酒中趣〕晉書卷九八孟嘉傳：好酣飲，愈多不亂。（桓）温問嘉：「酒有何好而卿嗜之？」嘉曰：「公未得酒中趣耳。」

【評箋】

查慎行云：此種語太庸近，疑非太白作。（初白詩評）

王云：胡震亨曰：此首乃馬子才詩也。胡元瑞云：近舉李墨跡爲證。詩可僞，筆不可僞耶！琦按：馬子才乃宋元祐中人，而文苑英華已載太白此詩，胡説恐誤。

其三

三月咸陽城，千花晝如錦。誰能春獨愁？對此徑須飲。窮通與修短，造化夙所稟。一樽齊死生，萬事固難審。醉後失天地，兀然就孤枕。不知有吾身，此樂最爲甚。

【校】

〔咸陽城〕城，兩宋本、繆本俱作時，注云：一作城。咸本作時。蕭本、王本俱注云：一作時。

〔如錦〕以上二句，兩宋本、繆本、王本俱注云：一作好鳥吟清風，落花散如錦。又作園鳥語成歌，庭花笑如錦。胡本注云：一作好鳥吟清風，落花散如錦。

其四

窮愁千萬端，美酒三百杯。愁多酒雖少，酒傾愁不來。所以知酒聖，酒酣心自開。辭粟臥首陽，屢空飢顏回。當代不樂飲，虛名安用哉？蟹螯即金液，糟丘是蓬萊。且須飲美酒，乘月醉高臺。

【校】

〔千萬〕兩宋本、繆本、胡本、王本俱注云：一作有千。

〔三百〕兩宋本、繆本、胡本、王本俱注云：一作惟數。

〔酒傾〕傾，胡本作醉。

〔酒聖〕兩宋本、繆本、王本俱注云：一作聖賢。

〔卧首陽〕兩宋本、繆本、王本俱注云：一作餓伯夷。胡本首陽下注云：一作伯夷。

〔空飢〕飢，兩宋本、繆本、王本俱注云：一作悲。

【注】

〔蟹螯〕晉書卷四九畢卓傳：卓嘗謂人曰：得酒滿數百斛船，四時甘味置兩頭，右手持酒杯，左手持蟹螯，拍浮酒船中，便足了一生矣。

【評箋】

今人詹鍈云：按文苑英華僅録前二首，題作對酒。第一首題下注云：一作月下獨酌。第二首題下注云：一作月夜獨酌。太平廣記卷二〇一引本事詩云：白才行不羈，放曠坦率，乞歸故山，玄宗亦以非廊廟器，優詔許之。嘗有醉吟詩曰：「天若不愛酒，酒星不在天。……」即月下獨酌第二首也。敦煌寫本唐詩選殘卷録此詩，合一二首爲一首，題作月下對影獨酌，而無三四兩首。是則各本絶無同者，然其決非僞作無疑也。

按：「三月咸陽城，千花晝如錦」一首，與古風第八首意頗相似，疑爲在京感憤時事而作，連章不能無微意存其間，非止頌酒而已。

春歸終南山松龍舊隱

我來南山陽，事事不異昔。却尋溪中水，還望巖下石。薔薇緣東窗，女蘿遶北壁。別來能幾日？草木長數尺。且復命酒樽，獨酌陶永夕。

【校】

〔松龍〕龍，胡本作龕。

【注】

〔終南山〕王云：地理今釋：終南山在今陝西西安府長安縣南五十里，東至藍田縣，西至鳳翔府郿縣，綿亘八百餘里。參見卷五君子有所思行及卷二十下終南山……詩注。

〔松龍〕未詳。

【評箋】

按：集中涉及終南山者，此詩以外，卷十三有望終南山寄紫閣隱者，卷二十有下終南山過斛斯山人宿置酒等篇。此詩云春歸舊隱，則其居終南必非甚暫。黄譜置於天寶二、三年，詹氏意亦同。但斯時白方供奉翰林，不應有舊隱之稱。蓋在其初次入關時，特不能確定爲何年耳。

冬夜醉宿龍門覺起言志

醉來脱寶劍，旅憇高堂眠。中夜忽驚覺，起立明燈前。開軒聊直望，曉雪河冰壯。哀哀歌苦寒，鬱鬱獨惆悵。傅説板築臣，李斯鷹犬人。欻起匡社稷，寧復長艱辛？而我胡爲者？嘆息龍門下。富貴未可期，殷憂向誰寫？去去淚滿襟，舉聲梁甫吟。青雲當自致，何必求知音？

【校】

〔題〕兩宋本、繆本題下俱注云：洛陽。

〔欻起〕欻，兩宋本、繆本俱作飈。王本注云：繆本作飈。

【注】

〔龍門〕王云：通典：河南府河南縣有闕塞山，俗曰龍門。太平寰宇記：闕塞山，左氏傳：晉趙鞅納王，使女寬守闕塞。服虔謂南山伊闕是也。杜預注：洛陽西南伊闕口也，俗名龍門。　參見卷三公無渡河注。

〔苦寒〕王云：古樂府有苦寒行，因行役遇寒而作。

〔殷憂〕王云：阮籍詩：「感物懷殷憂。」李善注：韓詩曰：耿耿不寐，如有殷憂。詩國風：以寫我憂。毛傳：寫，除也。

〔青雲〕史記范雎列傳：不意君能自致於青雲之上。

【評箋】

按：此詩詞意與梁甫吟相近，今人詹鍈疑爲同時所作，是也。但謂爲去朝以後窮愁潦倒之辭，恐非。卷二十七有冬日於龍門送從弟京兆參軍令問之淮南覲省序，卷十三有秋夜宿龍門香山寺奉寄王方城十七丈奉國瑩上人從弟幼成令問詩，自是一時之作，詹氏繫彼於開元二十二年，即不當獨謂此爲去朝以後。傅説、李斯之喻皆在未遇時，既已被徵，雖遭讒而去，亦不當復作富貴未可期之語也。

尋山僧不遇作

石徑入丹壑；松門閉青苔。閑階有鳥跡；禪室無人開。窺窗見白拂，挂壁生塵埃。使我空嘆息，欲去仍徘徊。香雲徧山起；花雨從天來。已有空樂好；況聞青猿哀。了然絶世事，此地方悠哉。

【校】

〔題〕兩宋本、繆本題下俱注云：金陵。

〔偏山〕兩宋本、繆本、咸本俱作隔。王本注云：繆本作隔。
〔青猿〕青，王本注云：當作清。
〔了〕咸本注云：一作子。

【注】
〔香雲〕王云：華嚴經：樂音和悦，香雲照耀。
〔花雨〕王云：楞嚴經：即時天雨百寶蓮花，青黄赤白，間錯紛糅。

過汪氏別業二首

遊山誰可遊？子明與浮丘。疊嶺礙河漢；連峯横斗牛。汪生面北阜，池館清且幽。我來感意氣，搥炰列珍羞。掃石待歸月；開池漲寒流。酒酣益爽氣，爲樂不知秋。

【校】
〔汪氏〕汪，英華作任，注云：集作汪。
〔汪生〕英華作任土，注云：集作汪生。
〔清且〕英華作涵清，注云：集作清且。胡本注云：一作涵清。

〔炰〕英華作庖，注云：集作炰。

〔待歸月〕英華作歸明月，注云：集作待歸月，又作待月歸。

【注】

〔子明〕王云：列仙傳：陵陽子明上黄山採五石脂，沸水而服之。黄山圖經：黄帝與容成子、浮丘公合丹於此山，故有浮丘、容成諸峯。

〔斗牛〕王云：斗牛謂南斗牽牛二星。史記正義：吴地斗牛之分野。

其二

疇昔未識君，知君好賢才。隨山起館宇，鑿石營池臺。星火五月中，景風從南來。數枝石榴發，一丈荷花開。恨不當此時，相過醉金罍。我行值木落，月苦清猿哀。永夜達五更，吴歈送瓊杯。酒酣欲起舞，四座歌相催。日出遠海明，軒車且徘徊。更遊龍潭去，枕石拂莓苔。

【校】

〔星火〕星，兩宋本、繆本、咸本、胡本俱作大。蕭本、王本俱注云：一作大。

〔值木〕值，宋乙本作植，誤。

【注】

〔星火〕書堯典：日永星火，以正仲夏。蔡沈集傳：星火東方蒼龍七宿，火謂大火，夏至昏之中星也。

〔景風〕史記律書：景風居南方，景者言陽氣道竟，故曰景風。

〔吳歈〕太平御覽卷五七三古樂志曰：齊歌曰謳，吳歌曰歈。△歈音于。

〔莓〕音梅。

【評箋】

按：卷十二有贈汪倫詩，當即其人。王本附録四引寧國府志載胡安定先生石壁詩一首，其序曰：余嘗覽李翰林題涇川汪倫別業二章，其詞俊逸，欲屬和之。今十月自新安歷旌德，而仙尉曾公望同遊石壁，蓋勝境也。奇峯對聳，清溪中流，路出半峯，佳秀可愛。……按太白本集詩題祗云過汪氏別業，而此序乃云題涇川汪倫別業。先生非妄言者，又去唐時未遠，當必有據。

待酒不至

玉壺繫青絲，沽酒來何遲？山花向我笑，正好銜杯時。晚酌東窗下，流鶯復在兹。春風與醉客，今日乃相宜。

獨酌

春草如有意，羅生玉堂陰。東風吹愁來，白髮坐相侵。獨酌勸孤影；閑歌面芳林。長松爾何知，蕭瑟爲誰吟？手舞石上月；膝横花間琴。過此一壺外，悠悠非我心。

【校】

〔題〕全首王本注云：一本云：春草遍野緑，新鶯有佳音。落日不盡歡，恐爲愁所侵。獨酌勸孤影，閑歌面芳林。清風尋空來，巖松與共吟。手舞石上月，膝横花下琴。過此一壺外，悠悠非我心。兩宋本、繆本第一句遍作變，第八句巖作碧，餘同王注。王本又注云：繆本第一句作春草變緑野，第七句作碧松爾何知，四字不同。

〔爾何知〕兩宋本、繆本、蕭本、王本俱注云：一作本無情。

【注】

〔羅生〕文選九歌少司命：秋蘭兮蘼蕪，羅生兮堂下。王逸注：環其堂下，羅列而生。

友人會宿

滌蕩千古愁，留連百壺飲。良宵宜清談，皓月未能寢。醉來卧空山，天地即衾枕。

【校】

〔宵〕英華作夜，注云：一作宵。

〔談〕英華作話，注云：一作談。

〔皓月〕月，兩宋本、繆本、王本俱注云：一作然。

〔空山〕空，英華注云：一作青。

春日獨酌二首

東風扇淑氣，水木榮春暉。白日照緑草，落花散且飛。孤雲還空山，衆鳥各已歸。彼物皆有託，吾生獨無依。對此石上月，長醉歌芳菲。

【校】

〔題〕咸本僅有一首，第二首别出在後。

〔醉歌〕兩宋本、繆本、胡本俱作歌醉。王本注云：繆本作歌醉。

【注】

〔彼物〕陶潛詠貧士詩：「萬族各有託，孤雲獨無依。」是此二句所本。

【評箋】

王夫之云：以庚鮑寫陶，彌有神理。吾生獨無依，偶然入感，前後不刻畫求與此句爲因緣，是又神化冥合，非以象取。玉合底蓋之説，不足以立科禁矣。（唐詩評選）

其二

我有紫霞想，緬懷滄洲間。且對一壺酒，澹然萬事閑。橫琴倚高松，把酒望遠山。長空去鳥没，落日孤雲還。但恐光景晚，宿昔成秋顔。

【校】

〔題〕咸本另作春日獨酌一題。

〔且對〕且，蕭本作思。王本注云：蕭本作思。

〔但恐〕恐，兩宋本、繆本俱作悲。王本注云：繆本作悲。

金陵江上遇蓬池隱者

心愛名山遊，身隨名山遠。羅浮麻姑臺，此去或未返。遇君蓬池隱，就我石上飯。空言不成歡，强笑惜日晚。緑水向雁門，黄雲蔽龍山。嘆息兩客鳥，徘徊吴越間。共語一執手，留連夜將久。解我紫綺裘，且换金陵酒。酒來笑復歌，興酣樂事多。水影弄月色，清光奈愁何！明晨掛帆席，離恨滿滄波。

【校】

〔題〕兩宋本、繆本題下俱注云：時於落星石上以紫綺裘换酒爲歡。注上胡本加自注二字，王本加太白自注四字。

〔雁門〕門，兩宋本、繆本、咸本俱作關。王本注云：繆本作關。

〔共語〕共，兩宋本、繆本、咸本、胡本俱作一。王本注云：繆本作一。

【注】

〔蓬池〕王云：地理廣記：開封縣有蓬池，亦曰蓬澤，故衛國之匡地。竹書紀年云：梁惠王發逢忌之藪以賜民，即此。太平寰宇記：蓬池在開封府尉氏縣北五里。按述征記云：大梁西南九十里尉氏縣有蓬池。阮籍詩云：徘徊蓬池上，還顧望大梁。即此也。隱者蓋居於其間，故因以爲號。

〔麻姑臺〕王云：廣東通志：麻姑峯在羅浮山之南，其前有麻姑臺，下有白蓮池，池水注朱明洞。羅浮山志：冲虚觀西南有石峯峭拔，名曰麻姑峯，旁有巖曰麻姑臺，樹石清幽，其上常有彩雲白鶴，仙女集焉。晉、唐以來，人多有見之者。

〔雁門〕王云：景定建康志：雁門山在城東南六十里，周迴二十里，高一百二十五丈。西連彭城山，南連大城山，北連陵山，山勢連綿，類北地雁門，故以爲名。輿地志云：山東北有温泉可以浴，飲之能治冷疾。江南通志：雁門山在江寧府上元縣東南六十里。

〔龍山〕王云：太平寰宇記：巖山在昇州江寧縣南四十五里，其山巖險，故曰巖山，宋孝武改曰龍山。六朝事蹟：雞籠山，寰宇記云：在城西北九里，西接落星澗，北臨栖玄塘。輿地志云：雞籠山在覆舟山之西二百餘步，其狀如雞籠，因以爲名。……宋文帝元嘉中，改爲龍山，以黑龍嘗見真武湖，此山正臨湖上，因以爲名。今去縣六里。又景定建康志：龍山在城西南九十五里，周迴二十四里，高一百二十丈。入太平州當塗縣北有水，以其山似龍形，因以爲名。

〔解我二句〕王云：江南通志：落星岡在應天府西北九里，一名落星墩，又曰落星石。景定建康志：落星岡一名落星墩，在城西北九里，周迴二十六里，高一十二丈。又江寧縣西五十里臨江，亦有落星岡。……李白嘗於落星石以紫綺裘换酒爲歡，此地也。

【評箋】

唐宋詩醇云：白雖徘徊吴越，非忘情國家者，偶然觸發，不覺流露，篇中亦喜得此健句撑拄。

按：末句云：「明晨挂帆席，離恨滿滄波。」疑此蓬池隱者將爲嶺南之遊。又楊注以蓬池爲蓬州所治之蓬池縣，太泥。且據新書地理志，廣德元年始更名，非白所及知也。

月夜聽盧子順彈琴

閑夜坐明月，幽人彈素琴。忽聞悲風調，宛若寒松吟。白雪亂纖手，緑水清虚心。鍾期久已没，世上無知音。

【校】

〔夜坐〕咸本、蕭本俱作坐夜。王本注云：蕭本作坐夜。

【注】

〔悲風〕王云：釋居月琴曲譜録有悲風操、寒松操、白雪操。白帖：陽春、白雪、緑水、悲風、幽蘭、别鶴，並琴曲名。

〔知音〕風俗通卷六：伯子牙方鼓琴，鍾子期聽之而意在高山，子期曰：「善哉乎！巍巍若泰山。」頃之間而意在流水，鍾子又曰：「善哉乎！湯湯若江河。」子期死，伯牙破琴絶絃，終身不復鼓，以世無足爲音者也。

青溪半夜聞笛

羌笛梅花引，吴溪隴水情。寒山秋浦月，腸斷玉關聲。

【校】

〔題〕兩宋本、繆本題下俱注云：秋浦。

〔情〕兩宋本、繆本、蕭本、王本俱注云：一作清。

〔寒山〕此句兩宋本、繆本、王本俱注云：一作空山滿明月。

〔聲〕兩宋本、繆本俱作情，注云：一作聲。胡本、王本俱注云：一作情。

【注】

〔青溪〕王云：青溪當作清溪，在江南池州府城西北五里，其地在唐時爲秋浦縣。

〔梅花〕楊云：馬融笛賦：近世雙笛從羌起。梅花引，曲名。

〔隴水〕王云：古歌：隴頭流水，分離四下，念我行役，飄然曠野。參見卷一愁陽春賦注。

日夕山中忽然有懷

久卧青山雲，遂爲青山客。山深雲更好，賞弄終日夕。月銜樓間峯，泉漱階下石。素心自此得，真趣非外借。鼯啼桂方秋，風滅籟歸寂。緬思洪崖術，欲往滄海隔。雲車來何遲？撫己空嘆息。

【校】

〔題〕兩宋本、繆本題下俱注云：廬山。

〔青山〕青，兩宋本、繆本、咸本俱作名，注云：一作青。下同。蕭本、王本注云：一作名。下同。

〔山深〕深，兩宋本、繆本、王本俱注云：一作春。胡本山深作深山。

〔外借〕借，咸本、蕭本、胡本俱作惜。王本注云：蕭本作惜。

〔滄海〕海，兩宋本、繆本、王本俱注云：一作島。

〔撫己〕己，咸本作几。

【注】

〔借〕按：當作藉，叶韻音籍。

〔洪崖〕文選郭璞遊仙詩：「右拍洪崖肩。」李善注：神仙傳曰：衛叔卿與數人博戲，其子度世曰：「是誰也？」叔卿曰：「洪崖先生。」

夏日山中

嬾摇白羽扇，裸袒青林中。脱巾挂石壁，露頂灑松風。

【校】

〔裸袒〕袒，王本注云：繆本作體。胡本作體。按：繆本作袒，不作體，不知王氏何據。

【注】

〔羽扇〕太平御覽卷七〇二語林曰：諸葛武侯乘素輿，葛巾白羽扇。

山中與幽人對酌

兩人對酌山花開，一杯一杯復一杯。我醉欲眠卿且去，明朝有意抱琴來。

【注】

〔欲眠〕宋書卷九三陶潛傳：貴賤造之者，有酒輒設。潛若先醉，便語客：我醉欲眠卿可去。其真率如此。

【評箋】

王曉堂云：作詩用字，切忌相犯，亦有犯而能巧者。如「一胡蘆酒一篇詩」，殊覺爲贅。太白詩「一杯一杯復一杯」，反不覺相犯。夫太白先有意立，故七字六犯，而語勢益健，讀之不覺其長。如一胡蘆句，方疊用一字，便形萎弱。此中工拙，細心人自能體會，不可以言傳也。（嵎陽詩話）

春日醉起言志

處世若大夢，胡爲勞其生？所以終日醉，頹然卧前楹。覺來盼庭前，一鳥花間鳴。借問此何時，春風語流鶯。感之欲嘆息，對酒還自傾。浩歌待明月，曲盡已忘情。

【校】

〔盼〕兩宋本、繆本、胡本俱作眄。王本注云：繆本作眄。

【評箋】

楊云：太白此詩，擬陶之作也。

胡云：劉云：流麗酣暢，欲勝淵明者，以其尤易也。詩皆如此，何以沉著爲哉？

王云：麓堂詩話：太白天才絶出，真所謂「秋水出芙蓉，天然去彫飾」。今所傳石刻「處世若大夢」一詩，序稱大醉中作，賀生爲我讀之。此等詩皆信手縱筆而就，他可知已。琦嘗見石刻于星鳳樓帖中。「覺來盼庭前」作「攬衣覽庭際」，「一鳥作有鳥，「對酒還自傾」作「未歎酒已傾」，數字不同。賀生不知爲誰，若指知章，恐無此理。疑其出于後人僞託也。

廬山東林寺夜懷

我尋青蓮宇，獨往謝城闕。霜清東林鐘；水白虎溪月。天香生虚空，天樂鳴不歇。宴坐寂不動，大千入毫髮。湛然冥真心，曠刼斷出没。

【校】

〔真心〕真，英華作貞。

【注】

〔東林寺〕王云：江西通志：東林寺在廬山之麓。晉太元九年，慧遠建。此山儀形九疊，峻竦天絶，而寺之所居，尤盡林壑之美。背負爐峯，旁帶瀑布，清流環階，白雲生棟，别營禪室，最居深静，凡在瞻禮，神氣爲之清爽。慎蒙名山記：廬山有東林寺，寺始於晉慧遠法師，謝靈運爲鑿池種蓮，師與隱者十八人同修浄土社，緇素咸在，謂之蓮社。師送客至虎溪而止。

常與陶淵明、陸修静談，不覺過溪，共笑而反。今三門内屋於橋上，水淹塞，云即虎溪，傍稻田中有蓮數本，即蓮池也。出寺有大溪度石橋，或云此爲虎溪。

〔蓮宇〕王云：陳子昂詩：「聞道白雲居，窈窕青蓮宇。」楊齊賢曰：青蓮宇，梵宫也。

〔天香〕唐宋詩醇引法藏碎金曰：静勝境中有自然清氣，名曰天香，自然清意，名曰天樂。

〔宴坐〕王云：維摩詰經：舍利弗言，憶念我昔曾於林中宴坐樹下。釋氏要覽：宴坐又作燕坐。燕，安也，安息貌也。

〔大千〕文選王中頭陀寺碑：棲遑大千。李善注：大千者，謂一三千界下至阿毗地獄上非想天爲一世界，千三界爲小千世界，千小世界爲中千世界，至千中千世界爲大千世界。

〔湛然〕南史卷七八海南諸國傳：（梁武）帝問大僧正慧念曰：「見不可思議事不？」慧念答曰：「法身常住，湛然不動。」

尋雍尊師隱居

羣峭碧摩天，逍遥不記年。撥雲尋古道，倚樹聽流泉。花暖青牛臥，松高白鶴眠。語來江色暮，獨自下寒烟。

【校】

〔撥雲〕撥，蕭本作拔。王本注云：蕭本作拔。

【注】

〔青牛〕楊云：青牛，花葉上青蟲也，有兩角如蝸牛，故云。鶴經曰：鶴，陽鳥，十六年小變，六十年大變，千六百年形定色白。王云：琦按青牛、白鶴不過用道家事耳，不必別作創解。按：沈家本日南隨筆：太白尋雍尊師隱居詩：「花煖青牛卧，松高白鶴眠。」歸愚先生謂：或云青牛花葉上青蟲有角如牛，故名。其説似可從。按青牛衹是活用老子青牛事。又神仙傳：封君達服鍊水銀，年百歲，視之如年三十許，騎青牛，故號青牛道士，切雍尊師説。花葉上青蟲物太微細，與下句不甚稱，亦與隱居景象無涉。説雖新，不必從也。

〔鶴眠〕按：宋長白柳亭詩話云：陳子昂登九華觀詩：「鶴舞千年樹」，李太白尋雍尊師詩：「松高白鶴眠」，或有謂鶴未嘗集於樹者。按抱朴子：千年之鶴能隨時而鳴，登於木上。

與史郎中欽聽黄鶴樓上吹笛

一爲遷客去長沙，西望長安不見家。黄鶴樓中吹玉笛，江城五月落梅花。

【校】

〔題〕兩宋本、繆本題下俱注云：江夏。

〔欽〕兩宋本、繆本、絶句俱作飲。王本注云：繆本作飲。

〔遷〕英華作仙。

【注】

〔史郎中〕按：卷十一有江夏使君叔席上贈史郎中云：「昔放三湘去，今還萬死餘。」語意相合，當即一人。

〔落梅花〕王云：樂府詩集，梅花落本笛中曲也。

【評箋】

謝榛云：作詩有三等語：堂上語、堂下語、階下語，知此三者可以言詩矣。凡上官臨下官動有昂然氣象，開口自別。若李太白「黄鶴樓中吹玉笛，江城五月落梅花」，此堂上語也。（四溟詩話）

按：此當爲流夜郎遇赦復至武昌所作。

對酒

勸君莫拒杯，春風笑人來。桃李如舊識，傾花向我開。流鶯啼碧樹；明月窺金罍。昨日朱顔子，今日白髮催。棘生石虎殿；鹿走姑蘇臺。自古帝王宅，城闕閉黄埃。君若不飲酒，昔人安在哉？

【校】

〔題〕此首，樂府、胡本與本集卷六之對酒行並列，作爲第二首。

〔昨日〕日，兩宋本、繆本、咸本、胡本、樂府俱作來。王本注云：繆本作來。

【注】

〔石虎〕晉書卷九五佛圖澄傳：石季龍大饗羣臣於太武前殿，澄吟曰：殿乎殿乎，棘子成林，將壞人衣。季龍令發殿石，下視之，有棘生焉。按：季龍，石虎字。

〔姑蘇〕漢書卷四五伍被傳：昔子胥諫吴王，吴王不用，迺曰：「臣今見麋鹿遊姑蘇之臺也。」

醉題王漢陽廳

我似鷓鴣鳥，南遷嬾北飛。時尋漢陽令，取醉月中歸。

【評箋】

按：卷十一有贈王漢陽，卷十四有寄王漢陽、自漢陽病酒歸寄王明府、望漢陽柳色寄王宰、早春寄王漢陽等篇，與卷二十泛沔州城南郎官湖序所稱漢陽宰王公爲一人，此詩亦指其人也。南遷之句正謂時方流夜郎。白去時王爲漢陽令，回時猶未離任。

嘲王歷陽不肯飲酒

地白風色寒，雪花大如手。笑殺陶淵明，不飲盃中酒。浪撫一張琴，虚栽五株柳。空負頭上巾，吾於爾何有？

【校】

〔題〕兩宋本、繆本題下俱注云：歷陽。

〔淵明〕淵，兩宋本、繆本俱作泉。王本注云：繆本作泉。按：此當猶是唐人寫本避諱之未經改易者。

【注】

〔一張琴〕王云：陶淵明蓄素琴一張，宅邊有五柳樹。參見卷十戲贈鄭溧陽詩注。

〔頭上巾〕陶潛飲酒詩：「若復不快飲，空負頭上巾。」

【評箋】

按：卷十二有醉後贈王歷陽、對雪醉後贈王歷陽詩，三詩皆點冬令，疑是同時所作。

獨坐敬亭山

衆鳥高飛盡，孤雲獨去閑。相看兩不厭，只有敬亭山。

【校】

〔高飛〕高，咸本作忽，注云：一作高。

〔只有〕有，英華作在，注云：一作有。

【注】

〔敬亭〕王云：江南通志：敬亭山在寧國府城北十里，古名昭亭山，東臨宛溪，南俯城闉，烟市風帆，極目如畫。

自遣

對酒不覺暝，落花盈我衣。醉起步溪月，鳥還人亦稀。

訪戴天山道士不遇

犬吠水聲中，桃花帶露濃。樹深時見鹿；溪午不聞鐘。野竹分青靄；飛泉挂碧峯。無人知所去，愁倚兩三松。

【校】

〔帶露〕露，蕭本作雨。王本注云：蕭本作雨。

【注】

〔戴天山〕王云：西溪叢語：綿州圖經云：戴天山在縣北五十里，有大明寺，開元中李白讀書於此寺，又名大康山，即杜甫所謂「康山讀書處」也。一統志：大匡山在綿州彰明縣北三十里，一名康山，亦名戴天山。

【評箋】

王夫之云：全不添入情事，只拈死不遇二字作，愈死愈活。（唐詩評選）

吴大受云：無一字説道士，無一字説不遇，却句句是不遇，句句是訪道士不遇。何物戴道士，自太白寫來，便覺無煙火氣，此皆不必以切題爲妙者。（詩筏）

王云：唐仲言曰：今人作詩多忌重疊，右丞早朝，妙絶古今，猶未免五用衣冠之議。如此詩水聲飛泉樹松桃竹，語皆犯重。吁！古人於言外求佳，今人於句中求隙，失之遠矣。

今人詹鍈云：東蜀楊天惠彰明遺事云：太白隱居戴天大匡山，往來旁郡，依潼江趙徵君蕤。蕤亦節士，任俠有氣，善爲縱横學，著書號長短經。太白從學歲餘，去遊成都，益州刺史蘇頲見而奇之。則太白之隱居戴天山當在遊成都謁蘇頲之前一年。

秋日與張少府楚城韋公藏書高齋作

日下空亭暮，城荒古跡餘。地形連海盡；天影落江虚。舊賞人雖隔；新知樂未疎。綵雲思作賦；丹壁問藏書。查擁隨流葉；萍開出水魚。夕來秋興滿，回首意何如？

【校】

〔問〕兩宋本、蕭本、繆本俱作間。

【注】

〔綵雲〕王云：綵雲作賦，用宋玉賦朝雲事，是贊其才思之美。

〔查〕即槎字。

〔秋興〕文選有潘岳秋興賦。

【評箋】

今人詹鍈云：按舊唐書地理志：武德五年分溢城置楚城縣。貞觀八年，廢楚城縣入尋陽。今詩中既有「城荒古跡餘」之句，則賦詩之地或即在楚城故址也。

秋夜獨坐懷故山

小隱慕安石；遠遊學子平。天書訪江海；雲卧起咸京。入侍瑶池宴；出陪玉輦行。誇胡新賦作；諫獵短書成。但奉紫霄顧；非邀青史名。莊周空説劍；墨翟恥論兵。拙薄遂疎絶；歸閑事耦耕。顧無蒼生望；空愛紫芝榮。寥落暝霞色；微茫舊壑情。秋山緑蘿月，今夕爲誰明。

【校】

〔題〕兩宋本、繆本、蕭本題下俱注云：去長安後。故，英華作古。

〔小隱〕小，英華作少，注云：集作小。

〔子平〕子，咸本、蕭本俱作屈。王本子下注云：蕭本作屈。胡本注云：作屈平者誤。

〔起咸京〕起，英華作豈，注云：一作起。

〔事耦〕英華作偶事，誤。

〔寥落〕寥，英華作牢，注云：集作寥。

【注】

〔小隱〕文選王康琚反招隱詩：「小隱隱林藪，大隱隱朝市。」

〔遠遊〕王云：楚辭：遠遊者，屈原之所作也，其辭曰：悲時俗之迫阨兮，願輕舉而遠遊。

〔瑶池〕穆天子傳：天子觴西王母於瑶池之上。

〔誇胡〕王云：用揚雄賦長楊事。參見卷一大獵賦注。

〔諫獵〕史記司馬相如列傳：常從上至長楊獵，是時天子方好自擊熊彘，馳逐野獸，相如上疏諫之。

〔説劍〕莊子説劍篇：昔趙文王喜劍，劍士夾門而客三千餘人，日夜相擊於前，死傷者歲百餘人，好之不厭。如是三年，國衰，諸侯謀之。太子悝患之，募左右曰：「孰能説王之意止劍士者，賜之千金。」左右曰：「莊子當能。」太子乃使人以千金奉莊子，莊子弗受。……太子乃與見王。……王曰：「夫子所御杖長短何如？」曰：「……臣有三劍，唯王所用，……有天子劍，有諸侯劍，有庶人劍，……今大王有天子之位，而好庶人之劍，臣竊謂大王薄之。」

〔論兵〕吕氏春秋開春論愛類：公輸般爲高雲梯欲以攻宋。墨子聞之，自魯往，……見荆王曰：「臣北方之鄙人也，聞大王將攻宋，信有之乎？」王曰：「然。」……墨子曰：「……臣以爲宋必不可得。」按：墨子有非攻篇，詩意蓋指之。

〔耦耕〕王云：周禮：二耜爲耦。賈公彦疏：二耜爲耦者，兩人各執一耜，若長沮、桀溺耦而耕也。禮記：命農計耦耕事，修耒耜，具田器。陳澔注：耦謂二人相偶也。

〔紫芝〕王云：四皓歌：莫莫高山，深谷逶迤。曄曄紫芝，可以療飢。宋之問詩：「鏡愁玄髮改，心愛紫芝榮。」

【評箋】

按：此詩似爲將去長安時之作。去長安後四字當是曾鞏所注，亦未必然。

憶崔郎中宗之遊南陽遺吾孔子琴撫之潸然感舊

昔在南陽城，唯餐獨山蕨。憶與崔宗之，白水弄素月。時過菊潭上，縱酒無休歇。泛此黄金花，頹然清歌發。一朝摧玉樹，生死殊飄忽。留我孔子琴，琴存人已没。誰傳廣陵散？但哭邙山骨。泉户何時明？長歸狐兔窟。

【校】

〔長歸〕歸，蕭本作掃。王本注云：蕭本作掃。胡本作掃，注云：一作歸。

【注】

〔崔宗之〕見卷十贈崔郎中宗之詩注。

〔南陽〕見卷二十遊南陽白水登石激作詩注。

〔孔子琴〕王云：文獻通考：琴有一十八樣，究之雅度，不過伏羲、大舜、夫子、靈開、雲和五等而已。夫子樣長三尺六寸四分。説略：古琴惟夫子、列子二樣，皆肩垂而闊，非若今聳而狹也。惟此二樣，乃合古制，或以夫子樣周遍皆作竹節樣，非古制。

〔獨山〕王云：太平寰宇記：獨山在南陽縣西三十里。一統志：豫山在南陽府城東北十五里，孤峯峭立，俗名獨山，下有三十六陂。

〔白水〕王云：白水即淯水也。見卷二十遊南陽白水詩注。

〔菊潭〕王云：通典：南陽郡菊潭縣有菊水，旁水居人飲此水多壽也。太平寰宇記：菊水出南陽縣東石澗山，一名菊溪水。或云水出石馬峯，峯如馬焉。其水重於諸水。盛弘之荆州記云：源旁悉生芳菊，被崖浸潭，澗流滋液，其水極甘香。谷中有三十餘家，不復穿井，仰飲此水，上壽百二十歲，中壽百餘，其七十、八十者猶以爲夭。菊能輕身益氣，令人久壽，於此有徵矣。一統志：菊潭在南陽府内鄉縣西北，源出析谷東石澗山，或曰出石馬峯，水旁生甘菊，水極甘馨，有數十家惟飲此水，壽多至百歲之上。其菊莖短花大，其味甘美，異於他菊，人多收其種傳於四方。

〔廣陵散〕世説雅量篇：嵇中散臨刑東市，神氣不變，索琴彈之，奏廣陵散，曲終曰：「袁孝尼嘗請學此散，吾靳固不與，廣陵散於今絶矣。」

〔邙山〕王云：太平寰宇記：芒山一作邙山，在河南縣北十里，一名平逢山，亦郟山之别名也，都城所枕。楊佺期洛城記云：北山連嶺，修亘四百餘里，實古今東洛九原之地也。又戴延之西征記云：西岸東垣，亘阜相屬，伊尹、蘇秦、張儀、扁鵲、田横、劉寬、楊修、孔融、吴後主、蜀後主、張華、嵇康、石崇、何晏、陸陲、阮籍、羊祜皆有冢在此山。一統志：北邙山在河南府城北十里，山連偃師、鞏、孟津三縣，綿亘四百餘里。東漢諸陵及唐、宋名臣墳多在此。琦按：邙山即崔葬處。

【評箋】

按：卷十有贈崔郎中宗之詩，卷十九有酬崔五郎中詩。語意皆似二人夙同具棲隱之志。詳見卷十九注中。疑皆爲開元中作。又卷十三有月夜江行寄崔員外宗之詩，可參看。

憶東山二首

不向東山久，薔薇幾度花。白雲還自散，明月落誰家。

【校】

〔不向〕嘉泰會稽志引作不到。

〔還〕兩宋本、繆本俱作他。王本注云：繆本作他。

【注】

〔東山〕王云：施宿會稽志：東山在上虞縣西南四十五里，晉太傅謝安所居也，一名謝安山。巍然特出於衆峯間，拱揖虧蔽，如鸞鶴飛舞，其巔有謝公調馬路，白雲、明月二堂遺址。千嶂林立，下視滄海，天水相接，蓋絶景也。下山出微徑爲國慶寺，乃太傅故宅，旁有薔薇洞，俗傳太傅攜妓女游宴之所。參見卷二十一登金陵冶城西北謝安墩詩注。

〔薔薇〕輿地紀勝卷一〇：紹興府：薔薇洞在上虞東山謝安故宅旁。

【評箋】

今人詹鍈云：李陽冰草堂集序：醜正同列，害能成謗。格言不入，帝用疏之。公乃浪跡縱酒以自昏穢。詠歌之際，屢稱東山。此詩蓋遭謗以後將還山時作也。

其二

我今攜謝妓，長嘯絶人羣。欲報東山客，開關掃白雲。

【校】

〔其二〕嘉泰會稽志引此詩絶人羣作謝人羣，後二句作欲報東山去，開關卧白雲。

望月有懷

清泉映疎松，不知幾千古。寒月摇清波，流光入窗户。對此空長吟，思君意何深！無因見安道，興盡愁人心。

【校】

〔清波〕清，兩宋本、繆本、胡本俱作輕。王本注云：繆本作輕。

對酒憶賀監二首 并序

太子賓客賀公於長安紫極宫一見余，呼余爲謫仙人，因解金龜换酒爲樂。悵然有懷，而作是詩。

四明有狂客，風流賀季真。長安一相見，呼我謫仙人。昔好杯中物；今爲松下塵。金龜换酒處，却憶淚沾巾。

【校】

〔賀公〕文粹公作監。

〔紫極宫〕文粹無此三字。

〔悵然〕此上兩宋本、繆本、文粹俱有没後對酒四字。

〔風流〕兩宋本、繆本、王本俱注云：一作霞衣。

〔今爲〕今，兩宋本、繆本、蕭本俱作翻，注云：一作今。咸本作翻。王本注云：一作翻。

【注】

〔賀監〕見卷十七送賀監歸四明應制及送賀賓客歸越詩注。

〔謫仙人〕本事詩：李太白初自蜀至京師，舍於逆旅。賀監知章聞其名，首訪之。既奇其姿，復請所爲文，出蜀道難以示之，讀未竟，稱嘆者數四，號爲謫仙。解金龜換酒，與傾盡醉，期不間日，由是聲譽光赫。

〔金龜〕王云：金龜蓋是所佩雜玩之類，非武后朝内外官所佩之金龜也。楊升菴因杜詩有金魚換酒之句，偶爾相似，遂謂白弱冠遇賀知章在中宗朝，未改武后之制云云。考武后天授元年九月改内外官所佩魚爲龜，中宗神龍元年二月詔文武官五品以上依舊式佩魚袋。當是時，太白年未滿十齡，何能與知章相遇於長安？又知章自開元以前官不過太常博士，品居從七，於例亦未得佩魚。楊氏之説，殆未之考耶！ 按：解金龜换酒不過紀一時狂態，豈有以官儀質賣於酒家之理？楊慎之説固可笑，然唐代之制，服色不從職事官而從散官，王氏云從七品即不得佩魚，亦非定論。

〔四明〕見卷十六送王屋山人魏萬還王屋詩注。

〔季真〕賀知章，字季真，見新唐書卷一九六賀知章傳。

〔杯中物〕陶潛詩：「天運苟如此，且進杯中物。」

【評箋】

陸時雍云：初唐以律行古，局縮不伸，盛唐以古行律，其體遂敗。良馬之妙，在折旋蟻封。豪士之奇，在規矩妙用。若恃一往，非善之善也。對酒憶賀監、宿五松山下荀媪家、宿巫山下、夜泊牛渚懷古，清音秀骨，夫豈不佳？第非律體所宜耳。（唐詩鏡）

其二

狂客歸四明，山陰道士迎。敕賜鏡湖水，爲君臺沼榮。人亡餘故宅，空有荷花生。念此杳如夢，淒然傷我情。

【注】

〔故宅〕新唐書卷一九六賀知章傳：天寶初病，夢遊帝居，數日寤，乃請爲道士還鄉里。詔許之，以宅爲千秋觀而居。又求周宫湖數頃爲放生池。有詔賜鏡湖剡川一曲。既行，帝賜詩，皇太子百官餞送，擢其子僧子爲會稽郡司馬，賜緋魚，使侍養，幼子亦聽爲道士，卒年八十六。王云：施宿會稽志：唐賀祕監宅在會稽縣東北三里八十步，……今天長觀是。琦按：竇臮述書賦注：賀知章天寶二年以年老上表，請入道歸鄉里，特詔許之。知章以羸老乘輿而往，到會稽無幾老終。九年冬十二月，詔曰：故越州千秋觀道士賀知章，神清志逸，學富才雄。挺會稽之美箭，藴崑岡之良玉。故飛名仙省，侍講龍樓。願追二老之奇蹤，克遂四明之狂客。允協初志，脱落朝衣。駕青牛而不還，狎白鷗而長往。舟壑靡息，人琴兩亡。推舊之懷，有深追悼。宜加縟禮，式展哀榮。可贈兵部尚書。據此書及唐書本傳，知章歸後無幾即遷化矣。乃許鼎撰通和祖先生墓志云：賀監得攝生之妙，近數百年不死，荷笈賣藥，如韓康伯，近在天台山升遐，徧於人聽。元和己亥，先生遇之，謂曰：子寛中柔外，可以語至道也。後十歲遇爾於小有。乃授斷穀丹經。徐鉉序云：賀監以天寶二年始得還鄉，既而天下多事，遂與世絶，止於吴越，故老亦不能知其所終，是皆以知章仙去耶！讀此詩所云「今爲松下塵」，又云「人亡餘故宅」，無稽之口，可以杜矣。按：據舊唐書卷一九〇下賀知章傳，乾元元年十一月詔贈禮部尚書。所引述書賦誤。

重憶一首

欲向江東去，定將誰舉杯？稽山無賀老，却棹酒船回。

【注】

〔將〕見卷一大鵬賦注。

〔稽山〕王云：稽山謂會稽山。

【評箋】今人詹鍈云：裴敬翰林學士李公墓碑：予嘗過當塗，訪翰林舊宅。又於浮屠寺化城之僧得翰林自寫訪賀監不遇詩云：「東山無賀老，却棹酒船回。」則重憶一首四字蓋後之編李白詩者所改。意者白之江東以前尚未知賀之亡，乘興往訪，却見賀已物故，故曰訪賀監不遇耳。是此詩之作，猶當在對酒憶賀監之前，並非重憶也。

春滯沅湘有懷山中

沅湘春色還，風暖烟草緑。古之傷心人，於此腸斷續。予非懷沙客，但美採菱曲。所願歸東山，寸心於此足。

【注】

〔沅湘〕王云：史記：浩浩沅湘兮。正義：説文云：沅水出牂牁，東北流入江，湘水出零陵縣海山，北入江。按二水皆經岳州而入大江也，後人以沅湘爲岳州之異稱。按：海山，索隱作海陽山。

〔懷沙〕史記屈原列傳：乃作懷沙之賦，……於是懷石，遂自投汨羅以死。

〔採菱〕見卷八秋浦歌第十三首注。

【評箋】按：此詩「所願歸東山」句，當與本卷憶東山二首參看，雖非一時之作，其以東山泛指歸隱之地則同。

落日憶山中

雨後烟景緑，晴天散餘霞。東風隨春歸，發我枝上花。花落時欲暮，見此令人嗟。願遊名山去，學道飛丹砂。

【注】〔餘霞〕謝脁晚登三山還望京邑詩：「餘霞散成綺。」

憶秋浦桃花舊遊時竄夜郎

桃花春水生，白石今出没。摇蕩女蘿枝，半挂青天月。不知舊行徑，初拳幾枝蕨。三載夜郎還，於兹鍊金骨。

【校】〔挂〕蕭本、胡本俱作摇。王本注云：蕭本作摇。

【注】

〔夜郎〕見卷十一流夜郎贈辛判官詩注。

〔蕨〕王云：埤雅：蕨初生無葉可食，狀如大雀拳足，又如其足之蹶也，故謂之蕨。爾雅翼：蕨初生如小兒拳，紫色而肥。楊升菴曰：黄山谷詩：「蕨芽初長小兒拳」，以爲奇句。然太白已有「不知行徑下，初拳幾枝蕨」之句。山谷落第二義矣。

李白集校注卷二十四

古近體詩六十五首

越中秋懷

越水遶碧山，周迴數千里。乃是天鏡中，分明畫相似。愛此從冥搜，永懷臨湍遊。一爲滄波客，十見紅蕖秋。觀濤壯天險；望海令人愁。路遐迫西照；歲晚悲東流。何必探禹穴？逝將歸蓬丘。不然五湖上，亦可乘扁舟。

【校】

〔畫〕蕭本作畵。王本注云：蕭本作畵。

〔相似〕兩宋本、繆本、蕭本、胡本、王本此下俱注云：一本首四句云：蹈海思仲連，遊山慕康樂。攀雲窮千峯，弄水涉萬壑。下同。

〔逝將〕逝，兩宋本、繆本俱作誓。王本注云：繆本作誓。

〔臨湍遊〕兩宋本、繆本、胡本、王本俱注云：一作林湍幽。

【注】

〔冥搜〕文選孫綽天台山賦序：遠寄冥搜。李善注：搜訪幽冥也。

〔觀濤〕王云：越地左繞浙江，江有濤水，晝夜再上。枚乘七發曰：觀濤於廣陵之曲江，正謂此江也。

〔禹穴〕王云：漢書司馬遷傳：上會稽，探禹穴。張晏曰：禹巡狩至會稽而崩，因葬焉。上有孔穴，民間云禹入此穴。水經注：會稽山東有硎，去廟七里，深不見底，謂之禹井云。東遊者多探其穴也。參見卷十七送紀秀才遊越詩注。

〔逝將〕詩魏風碩鼠：逝將去女，適彼樂土。

〔五湖〕吴郡圖經續記：舊傳五湖之名各不同，圖經以謂一曰貢湖，二曰遊湖，三曰胥湖，四曰梅梁湖，五曰金鼎湖，又曰菱湖。酈善長以謂長塘湖、貴湖、上湖、滆湖，與太湖而五。韋昭云：胥湖、蠡湖、洮湖、滆湖，與太湖而五。虞仲翔云：太湖東通長洲松江水，南通烏程霅溪水，西通義興荆溪水，北通晉陵滆湖水，東連嘉興韭溪水，凡五道，謂之五湖。

【評箋】

今人詹鍈云：詩云：「一爲滄波客，十見紅蕖秋。」乃謂去朝已十年也。當是至德元載秋遊剡中時作。

效古二首

朝入天苑中，謁帝蓬萊宫。青山映輦道；碧樹摇烟空。謬題金閨籍；得與銀臺通。待詔奉明主；抽毫頌清風。歸時落日晚，蹀躞浮雲驄。人馬本無意，飛馳自豪雄。入門紫鴛鴦；金井雙梧桐。清歌絃古曲；美酒沽新豐。快意且爲樂，列筵坐羣公。光景不可留，生世如轉蓬。早達勝晚遇，羞比垂釣翁。

【校】

〔烟空〕烟，咸本作蒼，注云：一作烟。

〔落日〕日，胡本作花。王本注云：胡本作花。

〔入門〕敦煌殘卷入門紫鴛鴦下四句作金井花□桐，佳人出繡户，含笑嬌□□。清歌絃古曲，美酒沽新豐。

【注】

〔蓬萊宫〕王云：唐書：大明宫在禁苑東南，西接宫城之東北隅，長千八百步，廣千八十步，曰東内。本永安宫，貞觀八年置，九年曰大明宫，以備太上皇清暑，百官獻貲以助役。高宗以風痺，厭西内湫濕，龍朔三年始大興葺，曰蓬萊宫。咸亨元年曰含元宫，長安元年復曰大明宫。

〔待詔〕通鑑卷二一七：（玄宗）即位，始置翰林院，密邇禁廷。延文章之士，下至僧道書畫琴棋數術之工皆處之，謂之待詔。胡三省注：唐天子在大明宫，翰林院在右銀臺門内，在興慶宫，院在金明門内。若在西内，院在顯福門内。若在東都及華清宫，皆有待詔之所。其待詔者有詞學、經術、合鍊、僧道、卜祝、術藝、書弈，各别院以廩之，日晚而退，其所重者詞學。參見卷十九答杜秀才五松見贈詩注。

〔蹀躞〕王云：韻會：蹀躞，行貌。△蹀躞音疊燮。

其二

自古有秀色，西施與東鄰。蛾眉不可妬，況乃效其矉。所以尹婕妤，羞見邢夫人。低頭不出氣，塞默少精神。寄語無鹽子，如君何足珍。

【注】

〔邢夫人〕史記外戚世家褚先生補：武帝時幸夫人尹婕妤。……尹夫人與邢夫人同時幸，有詔不得相見。尹夫人自請武帝願望見邢夫人。帝許之，即令他夫人飾從御者數十人，爲邢夫人來前，尹夫人前見之曰：「此非邢夫人身也。」帝曰：「何以言之？」對曰：「視其身貌形狀不足以當人主矣。」於是帝乃詔使邢夫人衣故衣獨身來前，尹夫人望見之曰：「此真是也。」於是乃低頭俛而泣，自痛其不如也。諺曰：美女入室，惡女之仇。△婕音接，妤音于。

〔塞默〕顏氏家訓勉學篇：公私宴集，談古賦詩，塞默低頭，欠伸而已。

〔無鹽〕見卷四于闐採花注。

【評箋】

唐宋詩醇云：凡效古擬古之作，皆非空言，必中有所感藉以寄意。故質言之不得，則以寓言明之；正言之不得，則反其辭意以見意。白之高曠，豈沾沾以早達自喜，誇蛾眉而嗤醜女者哉！刺之深，諷之微也；真得古樂府之遺。讀者以意逆志，得其言外之旨可也。

按：二詩蓋在長安時有感於遇合之艱而作，前一首尤當與本卷之翰林讀書言懷合看。證以古風中之以揚雄、嚴遵自比，益爲明顯。唐宋詩醇云：沾沾以早達自喜，殊誤會。其實詩意正以早達指當時之貴倖，而以晚遇指本人也。

擬古十二首

青天何歷歷！明星如白石。黄姑與織女，相去不盈尺。銀河無鵲橋，非時將安適？閨人理紈素，遊子悲行役。瓶冰知冬寒，霜露欺遠客。客似秋葉飛，飄颻不言歸。別後羅帶長，愁寬去時衣。乘月託宵夢，因之寄金徽。

【校】

〔題〕咸本作擬古十三首，多君爲女蘿草一首，在高樓入青天一首之後，即卷八之古意。

〔如白石〕兩宋本、繆本、咸本俱作白如石。王本注云：繆本作白如石。

〔金徽〕徽，王本注云：當作徽。

【注】

〔擬古〕蕭云：擬古者擬古詩也。古人多有此體，至於句意亦不大相遠焉。

〔黄姑〕王云：太平御覽：爾雅云：河鼓謂之牽牛，又古歌云：「東飛伯勞西飛燕，黄姑織女時相見。」黄姑者，即河鼓也，爲吴音訛而然。錦繡萬花谷：牽牛謂之河鼓，聲轉而爲黄姑也。

〔鵲橋〕王云：初學記：天河亦曰銀河。白帖：淮南子：烏鵲填河以成橋而渡織女。中華古今注：鵲一名神女，俗云七日填河成橋。

〔金徽〕王云：舊唐書：貞觀二十二年，契苾、迴紇等十餘部落相繼歸國，太宗各因其地土，擇其部落，置爲州府。以迴紇部爲瀚海都督府，僕骨爲金微都督府云云：新唐書：金微都督府以僕固部置，隸安北都護府。按：王注刊本作金徽，而注云當作微，以金微爲解，詳詩意似作金徽未爲不是。金徽指琴，李商隱詩云：「金徽自是無情物，不許文君憶故夫」是也。

【評箋】

蕭云：此篇傷窮兵黷武，行役無期，男女怨曠，不得遂其室家之情，感時而悲者焉。哀而不傷，怨而不誹，真有國風之體，此晦庵之所謂聖於詩者與！

其二

高樓入青天，下有白玉堂。明月看欲墮，當窗懸清光。遥夜一美人，羅衣霑秋霜。含情弄柔瑟，彈作陌上桑。絃聲何激烈！風卷繞飛梁。行人皆躑躅，棲鳥去迴翔。但寫妾意苦，莫辭此曲傷。願逢同心者，飛作紫鴛鴦。

【注】

〔陌上桑〕見卷六子夜吴歌注。

〔繞飛梁〕見卷十一經亂離後天恩流夜郎……詩注。

〔躑躅〕王云：韻會：躑躅，住足也。△躑躅音擲逐。

【評箋】

王夫之云：十全古詩一無纇迹。「明月看欲墮」二句，從高樓玉堂生出，雖轉勢趨下而相承不更作意。少陵從中生語，便有拖帶，杜得古韻，李得古神，神韻之分亦李杜之品次也。一收直溯，觀上勢固不得不以直領之。（唐詩評選）

其三

長繩難繫日，自古共悲辛。黄金高北斗，不惜買陽春。石火無留光，還如世中人。即事已如夢，後來我誰身。提壺莫辭貧，取酒會四鄰。仙人殊恍惚，未若醉中真。

【注】

〔繫日〕傅玄九曲歌：歲暮景邁羣光絶，安得長繩繫白日？

〔北斗〕王云：唐書尉遲敬德傳：王曰：「公之心如山岳然，雖積金至斗豈能移之？」又唐人詩：「身後堆金柱北斗。」疑當時俚語有此。

〔石火〕王云：劉勰新論：人之短生，猶如石火，炯然以過。法苑珠林：石火無恒焱，電光非久停。

其四

清都緑玉樹，灼爍瑶臺春。攀花弄秀色，遠贈天仙人。香風送紫蕊，直到扶桑津。恥掇世上豔，所貴心之珍。相思傳一笑，聊欲示情親。

【校】

〔緑玉〕緑，咸本作緣，注云：一作緑。

〔恥掇〕恥，兩宋本、咸本、蕭本俱作取。王本注云：蕭本作取。

【注】

〔清都〕王云：楚辭：造旬始而觀清都。朱子注：清都，列子以爲帝之所居也。

〔瑶臺〕楚辭離騷：望瑶臺之偃蹇兮，見有娀之佚女。

〔天仙〕抱朴子論仙篇：按仙經云：上士舉形昇虚，謂之天仙。

〔扶桑津〕文選木華海賦：翔陽逸駭於扶桑之津，吕延濟注：扶桑之津，日出之處。

其五

今日風日好，明日恐不如。春風笑於人，何乃愁自居？吹簫舞彩鳳，酌醴鱠神魚。千金買一醉，取樂不求餘。達士遺天地，東門有二疏。愚夫同瓦石，有才知卷舒。無事坐悲苦，塊然涸轍鮒。

【校】

〔卷舒〕舒，王刻誤作施，今依各本改。

〔鮒〕鮒，兩宋本、胡本、繆本俱作魚。按魚字韻重，必非。

【注】

〔二疏〕漢書卷七一疏廣傳：廣徙爲太傅，廣兄子受，……爲少傅。太子每朝，因進見，太傅在前，少傅在後，父子並爲師傅，朝廷以爲榮。在位五歲，……廣謂受曰：「吾聞知足不辱，知止不殆，功遂身退，天之道也。今仕宦至二千石，宦成名立，如此不去，懼有後悔，豈如父子相隨出關，歸老故鄉以壽命終，不亦善乎！」受叩頭曰：「從大人議。」即日父子俱移病，滿三月賜告，廣遂稱篤，上疏乞骸骨。上以其年篤老，皆許之。加賜黃金二十斤，皇太子贈以五十斤。公卿大夫故人邑子設祖道，供帳東都門外，送者車數百兩，辭決而去。及道路觀者，皆曰：賢哉二大夫！或歎息爲之下泣。廣既歸鄉里，日令家共具，設酒食，請族人故舊賓客，與相娛樂。

〔轍鮒〕莊子外物篇：周顧視車轍中有鮒魚焉。周問之，曰：「鮒魚來，子何爲者耶？」對曰：「我東海之波臣也，君豈有升斗之水而活我哉？」

其六

運速天地閉，胡風結飛霜。百草死冬月，六龍頹西荒。太白出東方，彗星揚精光。鴛鴦非越鳥，何爲眷南翔？惟昔鷹將犬，今爲侯與王。得水成蛟龍，争池奪鳳凰。北斗不酌酒，南箕空簸揚。

【校】

〔運速〕速，胡本作肅。

【注】

〔天地閉〕王云：周易：天地閉，賢人隱。月令：孟冬之月，天氣上騰，地氣下降，天地不通，閉塞而成冬。

〔太白〕王云：漢書：太白出西方失其行，夷狄敗，出東方失其行，中國敗。宋書：太白出東方，利用兵，西方不利。

〔彗星〕王云：晉書：彗星所謂掃星，本類星，末類彗，小者數寸，長或竟天，見則兵起大水，主掃除，除舊布新，有五色，各依五行本精所主。史臣按：彗本無光，傅日而爲光，故夕見則東指，晨見則西指，在日南北皆隨日光而指，頓挫其芒，或長或短，光芒所及則爲災。唐書：乾元三年四月丁巳，有彗星見於東方，在婁、胃間，色白，長四尺，東方疾行，歷昴畢觜觽参東井輿鬼柳軒轅，至右執法西，凡五旬餘不見。閏四月辛酉朔，有彗星出於西方，長數丈，至五月乃滅，婁爲魯，胃昴畢爲趙，觜觽参爲唐，東井輿鬼爲京師分，柳其半爲周分，二彗仍見者，薦禍也。

〔得水〕魏書卷七三楊大眼傳：時高祖自代將南伐，令李冲典選征官，……遂用爲軍主。大眼顧謂同僚曰：「吾之今日所謂蛟龍得水之秋，自此一舉終不復與諸君齊列矣。」

〔北斗〕詩小雅大東：惟南有箕，不可以簸揚。惟北有斗，不可以挹酒漿。

【評箋】

王云：「運速天地閉」，喻國家否運之至，如四運將終之時，天地之氣亦爲之閉塞不通。「胡風結飛霜」，喻禄山起兵爲害。「百草死冬月」，喻人民遭亂而死。「六龍頹西荒」，喻明皇西幸蜀中。「太白出東方，彗星揚精光」，謂仰觀天象，昭昭可察，災害不知何日可除。「鴛鴦非越鳥，何爲眷南翔」，謂己非南人，而向南奔走。疑太白於此時偕婦同行，故用鴛鴦爲喻。此詩其作於流夜郎之前耶！「惟昔鷹將犬，今爲侯與王」，謂出身微劣，不過效鷹犬之用，而能得尺寸之功以致身高位者多也。「得水成蛟龍」，謂將帥郭子儀、李光弼一流，「争池奪鳳凰」，謂宰相房琯、張鎬一流。「北斗不酌酒，南箕空簸揚」，傷己無人薦達，如彼天星之中，北斗雖有斗名，而不可用之以酌酒，南箕雖有箕名，而不可用之以簸揚米穀。徒有高才不爲人用，其自悲之意深矣。蕭氏以爲太白從永王時作詩諷其勤王而王不從，故作是詩者，非也。

今人詹鍈云：……據此當是太白流夜郎以前所作。但王譜繫此詩上元元年下，並注云：詩有「胡風結飛霜，六龍頽西荒」句，謂禄山背叛，玄宗西狩也。有「鴛鴦非越鳥，何爲眷南翔」句，謂南遷夜郎也。有「太白出東方，彗星揚精光」句，按唐書，乾元三年（即上元元年）四月丁巳，有彗星見於東方，凡五旬餘，閏四月滅，正是時事。此詩爲是年之作。則竟在流夜郎之後矣。前後矛盾，足證其疏。……按詩言太白出東方，與王譜引唐書所云彗星見於東方者不合。且詩中又云：「百草死冬月，六龍頽西荒。」明是玄宗西幸未返以前之冬月所作，與乾元三年五月間見彗星之季節亦不合。且屆乾元三年，玄宗返西京即將三載，太白亦斷不至無所聞也。按新唐書天文志：至德二載七月己酉，太白晝見經天，至於十一月戊午不見，歷秦周楚鄭宋燕之分。所謂「太白出東方」者指此。又：至德二載十一月壬戌，有流星大如斗，東北流，長數丈，蛇行屈曲，有碎光迸出。此即所謂「彗星揚精光」也。此詩之作當在至德二載十一月頃。

其七

世路今太行，迴車竟何託？萬族皆凋枯，遂無少可樂。曠野多白骨，幽魂共銷鑠。榮貴當及時，春華宜照灼。人非崑山玉，安得長璀錯？身没期不朽，榮名在麟閣。

【注】

〔太行〕文選劉孝標廣絶交論：世路嶮巇，一至於此！太行、孟門，豈云嶄絶？

〔萬族〕陶潛詠貧士詩：「萬族各有託，孤雲獨無依。」

〔崑山〕韓詩外傳卷六：玉出于崑山。

〔璀錯〕王云：説文：璀，玉光也。魯靈光殿賦：下岪蔚以璀錯。△璀音催上聲。

其八

月色不可掃，客愁不可道。玉露生秋衣，流螢飛百草。日月終銷毁；天地同枯槁。蟪蛄啼青松，安見此樹老？金丹寧誤俗，昧者難精討。爾非千歲翁，多恨去世早。飲酒入玉壺，藏身以爲寶。

【校】

〔其八〕按：劍合齋帖董其昌臨李白詩，異文如下：流螢作嚴霜，銷毀作銷盡，誤俗作誤人。（據文物一九六一年八期：啓功碑帖中的文學史資料一文所引。）

【注】

〔蟪蛄〕見卷五來日大難注。

〔金丹〕抱朴子金丹篇：余考覽養性之書，鳩集久視之方，莫不以還丹金液爲大要者焉。然則此二事蓋仙道之極也。服此而不仙，則古來無仙矣。

〔玉壺〕見卷九贈盧徵君昆弟詩注。

其九

生者爲過客，死者爲歸人。天地一逆旅，同悲萬古塵。月兔空擣藥，扶桑已成薪。白骨寂無言，青松豈知春。前後更嘆息，浮榮何足珍？

【校】

〔爲過客〕爲，英華作如，注云：一作爲。下文爲歸人同。

〔已成〕兩宋本、繆本、王本俱注云：一作以爲。

〔無言〕英華作語，注云一作言。

〔浮榮〕榮，英華作雲。

【注】

〔歸人〕列子天瑞篇：古者謂死人爲歸人。夫言死人爲歸人，則生人爲行人矣。

〔逆旅〕左傳僖二年：保於逆旅。杜預注：逆旅，客舍也。孔穎達正義：逆，迎也。旅，客也，迎止賓客之處也。莊子：悲夫，世人直爲物逆旅耳。

〔月兔〕見卷二十把酒問月詩注。

〔扶桑〕見卷一大鵬賦注。

其十

仙人騎彩鳳，昨下閬風岑。海水三清淺，桃源一見尋。遺我緑玉盃；兼之紫瓊琴。盃以傾美酒；琴以閑素心。二物非世有，何論珠與金？琴彈松裏風；盃勸天上月。風月長相知，世人何倏忽？

【校】

〔三清〕三，胡本作川。

【注】

〔閬風〕水經注河水：崑崙之山三級：下曰樊洞，一名板洞；二曰玄圃，一名閬風；上曰層城，一名天庭。

〔海水〕神仙傳，麻姑云：接待以來，見東海三爲桑田，向到蓬萊，水又淺于往日。

其十一

涉江弄秋水，愛此荷花鮮。攀荷弄其珠，蕩漾不成圓。佳期綵雲重，欲贈隔遠天。相思無由見，悵望涼風前。

【校】

〔其十一〕按：劍合齋帖董其昌臨書李白此詩微有異同，秋水作秋草，弄作折。又卷二十五折荷有贈即此首之複見，可參看。

其十二

去去復去去，辭君還憶君。漢水既殊流，楚山亦此分。人生難稱意，豈得長爲羣？越燕喜海日，燕鴻思朔雲。別久容華晚，琅玕不能飯。日落知天昏；夢長覺道遠。望夫登高山，化石竟不返。

【注】

〔稱意〕王云：鮑照詩：「人生不得常稱意。」

〔越燕〕王云：酉陽雜俎：紫胸輕小者是越燕。爾雅翼：越燕小而多聲，頷下紫，巢于門楣上，謂之紫燕，亦謂之漢燕。按：此似指越地之燕，與燕鴻相對，即越禽代馬之意。

〔琅玕〕文選張衡南都賦：珍羞琅玕，充溢圓方。李周翰注：琅玕玉名，飲食比之，所以爲美。

〔望夫〕太平御覽卷五二世説曰：武昌陽新縣北山上有望夫石，狀若人立者，傳云昔有貞婦，其夫從役，遠赴國難，攜弱子餞送此山，立望而化爲石。按：水經注濁漳水：又東北歷望夫山，山之南有石人竚于山上，狀有懷于雲表，因以名焉。望夫之名固非可泥執一處矣。參見卷四長干行注及卷二十二望夫山詩注。

【評箋】

蕭云：此其太白去國之時所作乎！身在江湖，心居魏闕，懷君憂國之意藹然見於言表。末言雖隔絶遠方，而愛君之心猶石之堅也。悲夫！

唐宋詩醇云：漢代五言雖辭多質直，然如十九首之類，各具機杼，變化不測，非盡無作用者也。陸機、江淹擬古善矣。論者謂如搏猛虎、捉生龍，急與之較而力不暇，誠爲氣格悉敵。白之諸作，體雖仿古，意乃自運，其才無所不有，故辭意出入魏晉，而大致直媲西京，正不必拘拘句比字擬以求之。又其辭多有寄託，當以意會，正不必處處牽合，如舊注所云也。

感興八首

瑤姬天帝女，精彩化朝雲。宛轉入夢宵，無心向楚君。錦衾抱秋月；綺席空蘭芬。茫昧竟誰測，虚傳宋玉文。

【校】

〔題〕胡本注云：集本八首，内二首與古風大同，前已附注，不重録。按：二首指第四第六，詳見下。

【注】

〔瑶姬〕見卷一惜餘春賦注。

〔宋玉〕見卷二古風第五十八首注。

其二

洛浦有宓妃，飄颻雪争飛。輕雲拂素月，了可見清輝。解珮欲西去，含情詎相違。香塵動羅襪，渌水不沾衣。陳王徒作賦，神女豈同歸？好色傷大雅，多爲世所譏。

【校】

〔西去〕兩宋本、繆本俱作走。王本注云：繆本作走。

【注】

〔宓妃〕王云：楚辭九歎：迎宓妃於伊雒。王逸注：宓妃，神女，蓋伊洛水之精也。史記索隱：如淳曰：宓妃伏羲女，溺死洛水，遂爲洛水之神。曹植洛神賦序：黄初三年，余朝京師，還濟洛川。古人有言：斯水之神，名曰宓妃。感宋玉對楚王説神女之事，遂作斯賦。髣髴兮若輕雲之蔽月，飄飖兮若流風之回雪。願誠信之先達，解玉佩以要之。淩波微步，羅襪生塵。皆賦中語也。△王云：宓當作虙，即古伏字，後人有作宓者，誤也。或作密音讀，更非。

〔陳王〕王云：陳王即曹植，植以太和六年封陳王。

【評箋】

蕭云：高唐、神女二賦乃宋玉寓言以成其文章。洛神賦則子建擬之而作。後世之人如癡子聽人説夢，以爲誠有其事。惟太白知其託詞而譏其傷大雅，可謂識見高遠者矣。

其三

裂素持作書，將寄萬里懷。眷眷待遠信，竟歲無人來。征鴻務隨陽，又不爲我棲。委之在深篋，蠹魚壞其題。何如投水中，流落他人開。不惜他人開，但恐生是非。

【校】

〔隨陽〕兩宋本、繆本俱作從。王本注云：繆本作從。

〔蠹魚〕蠹，兩宋本、繆本俱作塵。王本注云：繆本作塵。

〔水中〕水，兩宋本、繆本俱作火。王本注云：繆本作火。

【注】

〔裂素〕王云：後漢書范式傳：裂素爲書以遺巨卿。李善文選注：纂文曰：書縑曰素。

〔遠信〕王云：東觀餘論：古者謂使爲信，故逸少帖云：信遂不取答。真誥云：公至山下，又遣一信見告。謝宣城傳云：荆州信去倚待。陶隱居帖云：明旦信還，仍過取反。凡言信者，皆謂使人也。近世猶有此語。故虞永興帖云：事已信人口具。而今之流俗遂以遺書餽物爲信，故謂之書信，而謂前人之語亦然，不復知魏晉以還所謂信者乃使之别名耳。

〔隨陽〕王云：鄭康成毛詩箋：雁者隨陽而處。孔安國尚書傳：隨陽之鳥鴻雁之屬。孔穎達正義：日之行也，夏至漸南，冬至漸北，鴻雁之屬，九月而南，正月而北。左思蜀都賦所云木落南翔，冰泮北徂，是也。日，陽也，此鳥南北與日進退，隨陽之鳥，故稱陽鳥。

〔題〕王云：古人謂書籤爲題，傳所云隋唐藏書皆金題玉躞是矣。此所云題者，乃書札面上手筆封題之處。

〔水中〕世説任誕篇：殷洪喬作豫章郡，臨去，都下人因附百許函書，既至石頭，悉擲水中。因祝曰：沉者自沉，浮者自浮，殷洪喬不能作致書郵。

其四

芙蓉嬌緑波，桃李誇白日。偶蒙春風榮，生此豔陽質。豈無佳人色？但恐花不實。宛轉龍火飛，零落互相失。詎知淩寒松，千載長守一？

【評箋】蕭云：按此篇已見二卷古詩四十七首，必是當時傳寫之殊。編詩者不能别，姑存於此卷。觀者試以首句比並而論，美惡顯然，識者自見之矣。

其五

十五遊神仙，仙遊未曾歇。吹笙吟松風，汎瑟窺海月。西山玉童子，使我鍊金骨。欲逐黄鶴飛，相呼向蓬闕。

【注】

〔汎瑟〕文選江淹雜體詩：「汎瑟卧遥帷。」張銑注：汎瑟，撫瑟也。

〔西山〕魏文帝詩：「西山一何高？高高殊無極。上有兩仙童，不飲亦不食。」

〔蓬闕〕按：即蓬萊宫闕。

其六

西國有美女，結樓青雲端。蛾眉豔曉月，一笑傾城歡。高節不可奪，炯心如凝丹。常恐彩色晚，不爲人所觀。安得配君子，共乘雙飛鸞。

【校】

〔西國〕國，胡本作北。王本注云：胡本作北。

〔不可奪〕兩宋本、繆本俱作奪明主。王本注云：繆本作奪明主。

〔共乘〕乘，兩宋本、繆本俱作成。王本注云：繆本作成。

【評箋】

蕭云：此篇喻賢者有所抱負，審所去就，不肯輕以身許人，惟恐老之將至，功業未建，於時無聞，思見君子，盡心以事之，與共禄位也。

王云：琦按：此篇與二卷中古詩之二十七首互有同異，想亦是其初藁，編詩者不審，遂重列於此耳。

其七

碣來荆山客，誰爲珉玉分？良寶絶見棄，虚持三獻君。直木忌先伐；芬蘭哀自焚。盈滿天所損，沉冥道所羣。東海有碧水；西山多白雲。魯連及夷齊，可以躡清芬。

【注】

〔碣來〕張相詩詞曲語辭匯釋云：李白感興詩：「碣來荆山客，誰爲岷玉分？良寶絶見棄，虚持三見君。」此可以適從何來之義釋之。言玉石不分之世，何來此獻璞之荆山客也？並參見卷十三禪房懷友人岑倫詩注。

〔珉玉〕王云：説文：珉，石之美者。鮑照詩：「涇渭不可雜，珉玉當早分。」

【評箋】

蕭云：此篇已見二卷古風，但有數語之異，是亦當時初本傳寫之殊，編詩者不忍棄，兩存之耳。

其八

嘉穀隱豐草，草深苗且稀。農夫既不異，孤穗將安歸？常恐委疇隴，忽與秋蓬飛。烏得薦宗廟，爲君生光輝？

【校】

〔不異〕異，胡本作易。王本注云：胡本作易。

【注】

〔嘉穀〕王云：書呂刑：農殖嘉穀。説文：禾，嘉穀也。二月始生，八月而熟，得時之中，故謂之禾。

【評箋】

蕭云：此篇比興之詩，刺時賢不能引類拔萃，以爲國用者與！「嘉穀隱豐草，草深苗且稀」，喻賢人在野混於常人之中。「農夫既不異，孤穗將安歸」，農夫見穀之在草而不别異之，猶賢者見賢之在野而不薦引之也。「常恐委疇隴，忽與秋蓬飛」，喻在野之賢唯恐老之將至，與草木俱腐也。「烏得薦宗廟，爲君生光輝」，在野之賢冀在位之賢引而進之，以羽儀朝廷也。嗟乎！士懷才而不遇，千載讀之猶有感激。

寓言三首

周公負斧扆，成王何夔夔！武王昔不豫，剪爪投河湄。賢聖遇讒慝，不免人君疑。天風拔大木，禾黍咸傷萎。管蔡扇蒼蠅，公賦鴟鴞詩。金縢若不啓，忠信誰明之？

【校】

〔咸傷〕咸，咸本作感。

【注】

〔斧扆〕禮記明堂位：昔者周公朝諸侯於明堂之位。天子負斧依，南鄉而立。鄭注：負之言背也，斧依，爲斧文屏風於户牖之間，周公於前立焉。正義云：斧依，爲斧文屏風於户牖之間者。釋宫云：牖户之間謂之扆，今云斧依，故知爲斧文屏風於户牖間。△扆音衣上聲。

〔夔夔〕書舜典：夔夔齋栗。孔安國傳：夔夔，悚懼貌。

〔金縢〕王云：尚書：既克商二年，王有疾，弗豫。二公曰：「我其爲王穆卜！」周公曰：「未可以戚我先王。」公乃自以爲功，爲三壇同墠，爲壇於南方北面。周公立焉，植璧秉珪，乃告太王、王季、文王，公歸，納册於金縢之匱中。王翼日乃瘳。武王既喪，管叔及其羣弟流言於國曰：「公將不利於孺子。」周公乃告二公曰：「我之弗辟，我無以告我先王。」周公居東二年，則罪人斯得。於後公乃爲詩以貽王，名之曰鴟鴞。王亦未敢誚公。秋大熟未獲，天大雷電以風，禾盡偃，大木斯拔，邦人大恐，王與大夫盡弁，以啓金縢之書，得周公所自以爲功代武王之説。王執書以泣曰：「昔公勤勞王家，惟余沖人勿及知，今天動威以彰周公之德，唯朕小子其親逆，我國家禮亦宜之。」王出郊，天乃雨，反風，禾則盡起，歲則大熟。史記蒙恬列傳：昔周成王初立，未離襁褓，周公旦負王以朝，卒定天下。及成王有病甚殆，周公旦自揃其爪以沉於河，曰：「王未有識，是旦執事有罪殃，旦受其不祥。」乃書而藏之記府。及王能治國，有賊臣言周公旦欲爲亂久矣，王若不備，必有大事。王乃大怒，周公旦走而奔於楚。成王觀於記府，得周公旦沈書，乃流涕曰：「孰謂周公旦欲爲亂乎！」殺言之者而反周公旦。魯世家亦載此事。太白此詩蓋合二事而互言之。

【評箋】

蕭云：此詩懼讒也，隱括金縢之事以申其意耳。

其二

遥裔雙綵鳳，婉孌三青禽。往還瑶臺裏，鳴舞玉山岑。以歡秦娥意，復得王母心。區區精衛鳥，銜木空哀吟。

【校】

〔區區〕兩宋本、繆本俱作驅驅。王本注云：繆本作驅驅。

【注】

〔遥裔〕王云：盧思道詩：「丰茸雞樹密，遥裔鶴烟稠。」按：遥裔猶迢遥。△裔音曳。

〔婉孌〕王云：毛萇詩傳：婉孌，少好貌。

〔瑶臺〕王云：瑶臺、玉山皆西王母之居。

〔秦娥〕王云：秦娥謂秦穆公女弄玉也。

〔區區〕張相詩詞曲語辭匯釋云：區區，辛苦之義。杜甫贈王二十四侍御契詩：「區區甘累趼，稍稍息勞筋。」又杜鵑行：「其聲哀痛苦流血，所訴何事常區區。」李白寓言詩：「區區精衛鳥，銜木空哀吟。」李商隱贈送前劉五經映詩：「草草臨盟誓，區區務富強。」此與草草互文，草草原本詩巷伯：勞人草草義，亦辛苦義也。

【評箋】

蕭云：此篇比興之詩。綵鳳青禽以比佞幸之人。瑶臺玉山以比宮掖。秦娥以比公主。王母以比后妃。蓋以諷刺當時出入宮掖取媚后妃公主以求爵位者。精衛銜木石，以比小臣懷區區報國之心，盡忠竭力而不見知者，其意微而顯矣。

其三

長安春色歸，先入青門道。緑楊不自持，從風欲傾倒。海燕還秦宮，雙飛入簾櫳。相思不相見，託夢遼城東。

【校】

〔不相見〕相，兩宋本、繆本俱作可。王本注云：繆本作可。

【注】

〔青門〕見卷二古風第九首注。

〔遼城〕王云：秦置遼西、遼東二郡，因在遼水之西東而名。在唐時遼西爲柳城郡及北平郡之東境，遼東爲安東都護府之地。

【評箋】

蕭云：此篇閨思詩也。良人從軍，滔滔不歸。感時觸物，而動懷春之思者歟！綠楊海燕，以起興也。婉然國風之體，所謂聖於詩者此哉！

按：三首似皆指當時朝中實事。第一首託意甚明。第三首若但視爲閨思詩，未免太淺，果爾則亦不致入寓言三首之内也。梅鼎祚李詩評卷二云：當是微刺楊妃。其説殊有見地。第二首或已有感於楊妃之得幸乎！三首似不倫，恐編次猶是白所自定，非後人所能爲也。

秋夕旅懷

涼風度秋海，吹我鄉思飛。連山去無際，流水何時歸？目極浮雲色，心斷明月暉。芳草歇柔豔，白露催寒衣。夢長銀漢落，覺罷天星稀。含悲想舊國，泣下誰能揮？

【校】

〔目極〕兩宋本、繆本俱作日夕。王本注云：繆本作日夕。

〔含悲〕悲，兩宋本、繆本俱作嘆。王本注云：繆本作嘆。

【評箋】

蕭云：此詩太白作於竄逐之後乎！身在遐方，心懷舊國，詞意悲惋，哀哉！

感遇四首

吾愛王子晉，得道伊洛濱。金骨既不毀，玉顏長自春。可憐浮丘公，猗靡與情親。舉手白日間，分明謝時人。二仙去已遠，夢想空殷勤。

【注】

〔子晉〕〔浮丘〕均見卷五鳳笙篇注。

〔猗靡〕王云：子虛賦：扶輿猗靡。張銑注：猗靡，相隨貌。阮籍詩：猗靡情歡愛。

【評箋】

蕭云：此詩蓋有所懷，託二仙而言也。

其二

可嘆東籬菊，莖疎葉且微。雖言異蘭蕙，亦自有芳菲。未泛盈樽酒，徒沾清露輝。當榮君不採，飄落欲何依？

【校】

〔且微〕微，胡本作肥。王本注云：胡本作肥。

【評箋】

蕭云：此篇喻賢者蒙朝廷養育之恩，有才而不見用，空受此恩也。當可用之時而君不采之，惟有飄零老死而已，將安所依乎！

其三

昔余聞姮娥，竊藥駐雲髮。不自嬌玉顔；方希鍊金骨。飛去身莫返，含笑坐明月。紫宫誇蛾眉，隨手會凋歇。

【校】

〔姮娥〕姮，兩宋本、繆本俱作常。王本注云：繆本作常。

【注】

〔姮娥〕淮南子覽冥訓：羿請不死之藥於西王母，恒娥竊以奔月。高誘注：恒娥羿妻，羿請不死藥於西王母，未及服之，恒娥盜食之，得仙，奔入月中爲月精。莊逵吉校云：姮娥諸本皆作恒，惟意林作姮，文選注引此作常。淮南王當諱恒，不應作恒，疑意林是也。

〔紫宫〕文選左思遊仙詩：「列宅紫宮裏。」李周翰注：紫宮天子所居處。

【評箋】

蕭云：此篇遊仙體也，末句諷以色事人，色衰愛弛者。

按：此四首蕭氏皆知其有寓意，何獨於此首云諷以色事人者？既以感遇爲題，則所謂蛾眉當指朝端之小人無疑。

其四

宋玉事楚王，立身本高潔。巫山賦綵雲，郢路歌白雪。舉國莫能和，巴人皆卷舌。一惑登徒言，恩情遂中絶。

【校】

〔能和〕和，胡本作知。

〔一惑〕惑，蕭本作感。王本注云：蕭本作感。

【注】

〔宋玉〕王云：宋玉登徒賦言巫山綵雲，及對楚王問言客有歌于郢中，爲陽春、白雪，其曲彌高，其和彌寡。

〔登徒〕文選宋玉登徒子好色賦：大夫登徒子侍於楚王，短宋玉曰：「玉爲人體貌閑麗，口多微辭，又性好色，願王勿與出入後宮。」王以登徒子之言問宋玉，玉曰：「體貌閑麗，所受於天也。口多微詞，所學於師也。至於好色，臣無有也。」王曰：「子不好色，亦有説乎！有説則止，無説則退。」

【評箋】

蕭云：此篇太白特借宋玉事以申己之意耳。如後篇詠壁上鸚鵡，亦此意也。

翰林讀書言懷呈集賢諸學士

晨趨紫禁中，夕待金門詔。觀書散遺帙，探古窮至妙。片言苟會心，掩卷忽而笑。青蠅易相點，白雪難同調。本是疎散人，屢貽褊促誚。雲天屬清朗，林壑憶遊眺。或時清風來，閒倚欄下嘯。嚴光桐廬溪，謝客臨海嶠。功成謝人間，從此一投釣。

【校】

〔題〕兩宋本、繆本題下俱注云：長安。

〔集賢〕此下兩宋本、繆本俱多院内二字。

〔忽而〕英華作而忽。

〔欄下〕欄，兩宋本、繆本、蕭本、王本俱注云：一作簷。英華作門。胡本作簷，注云：一作欄。

〔人間〕間，兩宋本、繆本、蕭本俱作君，注云一作間。胡本、王本俱注云：一作君。

〔一投〕一，英華作亦。

【注】

〔翰林〕王云：新唐書百官志：開元十三年，改麗正修書院爲集賢殿書院，五品以上爲學士，六品以下爲直學士，宰相一人爲學士知院事，常侍一人爲副知院事，又置判院一人，押院中使一人。玄宗常選耆儒日一人侍讀，以質史籍疑義。至是置集賢院侍讀學士、侍講直學士，其後又增置修撰官、校理官、待制官、留院官知校討官文學直之員。又云：學士之職，本以文學言語被顧問，出入侍從，因得參謀議，納諫諍，其禮尤寵。而翰林院者，待詔之所也。唐制，乘輿所在必有文詞經學之士，下至卜醫伎術之流，皆直於别院，以備宴見，而文書詔令則中書舍人掌之。自太宗時，名儒學士時時召以草制，然猶未有名號。乾封以後，始號北門學士。玄宗初，置翰林待詔，以張説、陸堅、張九齡等爲之，掌四方表疏批答應和文章。既而又以中書務劇，文書多壅滯，乃選文學之士號翰林供奉，與集賢院學士分掌制詔書勅。開元二十六年，又改翰林供奉爲學士，别置學士院，專掌内命。凡拜免將相號令征伐，皆用白麻。其後選用益重而禮遇益親，至號爲内相。又以爲天子私人，凡充其職者無定員，自諸曹尚書下至校書郎皆得預選。參見卷十一贈從弟南平太守之遥詩第一首注。

〔紫禁〕文選謝莊宋孝武宣貴妃誄：收華紫禁。李善注：王者之宫以象紫微，故謂宫中爲紫禁。吕延濟注：紫禁即紫宫，天子所居也。

〔遺帙〕王云：説文：帙，書衣也。謝靈運詩：「散帙問所知。」散帙者，解散其書外所裹之帙而翻閲之也。

〔青蠅〕王云：陳子昂詩：「青蠅一相點，白璧遂成冤。」蓋青蠅遺糞白玉之上，致成點汙，以比讒譖之言能使修潔之士致招罪尤也。參見卷九雪讒詩注。

〔謝客〕王云：謝客即謝靈運，客是其小名。

〔臨海〕文選謝靈運有登臨海嶠詩，張銑注：臨海郡名。嶠，山頂也。

【評箋】

蕭云：此太白寫心之作，觀此，則前效古一首概可見矣。

尋陽紫極宫感秋作

何處聞秋聲？翛翛北窗竹。迴薄萬古心，攬之不盈掬。静坐觀衆妙，浩然媚幽獨。白雲南山來，就我簷下宿。嬾從唐生決；羞訪季主卜。四十九年非，一往不可復。野情轉蕭散；世道有翻覆。陶令歸去來，田家酒應熟。

【校】

〔就我〕胡本作我就。

【注】

〔紫極宫〕王云：舊唐書：開元二十九年正月，制兩京諸州各置玄元皇帝廟。天寶二年三月，改西京玄元廟爲太清宫，東京爲太微宫，天下諸郡爲紫極宫。方輿勝覽：江州紫極宫去州二里，即今天慶觀。蘇東坡曰：李太白有潯陽紫極宫感秋詩，紫極宫今天慶觀也。道士胡洞微以石本示予，蓋其師卓玘之所爲。

〔倏〕音宵。

〔唐生〕王云：用唐舉相蔡澤事。參見卷十七送蔡山人詩注。

〔季主〕史記日者列傳：司馬季主者，楚人也，卜於長安東市。

〔四十九年〕淮南子原道訓：蘧伯玉年五十而有四十九年非。高誘注：伯玉，衛大夫蘧瑗也，今年所行是，則還顧知去年之所行非也。歲歲悔之，以至于死，故有四十九年非，所謂月悔朔，日悔昨也。

〔陶令〕陶潛問來使詩：「歸去來山中，山中酒應熟。」

【評箋】

今人詹鍈云：王譜：天寶三載（按應作天寶二載）三月，改天下諸郡玄元廟爲紫極宮，白有尋陽紫極宮感秋詩，是時以後之作。按本年（天寶九載）太白五十歲，故詩中有四十九年非之語。薛仲邕譜繫此詩天寶六載，蓋以爲太白生於聖曆二年，而又誤認此詩爲四十九歲作也。唐詩紀事於本詩下注云：是時自有歸山之意矣。

按：卷十八有尋陽送弟昌峒鄱陽司馬詩云：「與爾期此亭，期在秋月滿。」當爲前後之作。

江上秋懷

餐霞卧舊壑，散髮謝遠遊。山蟬號枯桑，始復知天秋。朔雁别海裔，越燕辭江樓。颯颯風卷沙，茫茫霧縈洲。黄雲結暮色，白水揚寒流。惻愴心自悲，潺湲淚難收。蘅蘭方蕭瑟，長嘆令人愁。

【校】

〔題〕咸本卷十五有淮海書情一首在此首之次，即本卷第一首之越中秋懷也。

〔惻愴心自悲〕敦煌殘卷此句作感激心自傷。

【注】

〔餐霞〕王云：餐霞，吞食霞氣，仙家修鍊之法。

〔海裔〕淮南子原道訓：故雖遊於江潯海裔。高誘注：裔，邊也。

〔蘅〕王云：郭璞爾雅注：杜蘅似葵而香。邢昺疏：本草唐本注云：杜蘅葉似葵，形如馬蹄，故俗云馬蹄香。生山之陰，水澤下濕地，根似細辛白前等。山海經云：天帝山有草，其狀如葵，其臭如蘪蕪，名曰杜衡，可以走馬，食之已癭，是也。

【評箋】

蕭云：此太白傷己之作也。不惟傷己，而復爲同類者傷之，悲夫！

秋夕書懷

北風吹海雁，南渡落寒聲。感此瀟湘客，悽其流浪情。海懷結滄洲，霞想遊赤城。始探蓬壺事，旋覺天地輕。澹然吟高秋，閑卧瞻太清。蘿月掩空幕，松霜結前楹。滅見息羣動，獵微窮至精。桃花有源水，可以保吾生。

【校】

〔題〕兩宋本、繆本、蕭本俱注云：一作秋夕南遊書懷。

〔海懷〕此句兩宋本、繆本、蕭本、王本俱注云：一作遠心飛蒼梧。

〔霞想〕霞，兩宋本、繆本、蕭本、王本俱注云：一作遐。

〔遊赤城〕遊，兩宋本、繆本、咸本俱作遥，注云：一作游。王本注云：繆本作遥。

〔始探〕此句兩宋本、繆本、王本俱注云：一作始採蓬壺術。蕭本、胡本事下俱注云：一作術。

〔吟高秋〕吟，兩宋本、繆本、蕭本、王本俱注云：一作思。胡本吟高作高吟。

〔掩空幕〕掩，兩宋本、繆本、蕭本、王本俱注云：一作隱。胡本作隱，注云：一作掩。

〔霜結〕兩宋本、繆本俱作霜皓，注云：一作雲散。咸本亦作霜皓。蕭本注云：一作雲散。胡本皓下注云：一作結。王本注云：繆本作霜皓，一作雲散。

【注】

〔赤城〕王云：初學記：名山略記云：赤城山一名燒山，東卿司命君所居，洞周圍三百里，上有上玉清平天。參見卷七同族弟金城尉叔卿燭照山水壁畫歌及卷十五夢遊天姥吟注。

〔羣動〕陶潛飲酒詩：「日入羣動息。」

【評箋】

蕭云：太白當謫逐之時，乃能以仙遊自解，可謂善處患難者矣。

梅鼎祚云：按白此詩托意仙遊，楊齊賢引淮南子太清之治，未是。（李詩鈔）

王夫之云：杜贈李詩云：「李侯有佳句，往往似陰鏗」，正謂此等。宋人不知，横生異同。

陰鏗豈易似耶？（唐詩評選）

避地司空原言懷

南風昔不競，豪聖思經綸。劉琨與祖逖，起舞雞鳴晨。雖有匡濟心；終爲樂禍人。我則異於是，潛光皖水濱。卜築司空原，北將天柱鄰。雪霽萬里月；雲開九江春。俟乎太階平，然後託微身。傾家事金鼎，年貌可長新。所願得此道；終然保清真。弄景奔日馭；攀星戲河津。一隨王喬去，長年玉天賓。

【校】

〔題〕兩宋本、繆本題下俱注云：舒州。

〔可長〕可，兩宋本、繆本俱作何。王本注云：繆本作何。

【注】

〔司空原〕王云：一統志：司空山在安慶府太湖縣西北一百六十里。山極高峻，山半有洗馬池，即古司空原。李白嘗避地於此。太平寰宇記：司空山在舒州太湖縣東北一百三十里。江南通志：太白書堂在太湖縣司空山。李白避地於此，有卜築司空原之句。

〔南風〕王云：左傳：晉人聞有楚師，師曠曰：「不害，吾驟歌北風，又歌南風，南風不競，多死聲，楚必無功。」杜預注：歌者吹律以詠八風，南風音微，故曰不競也。太白借用作晉朝南渡兵力不競解。

〔樂禍〕王云：晉書：祖逖與劉琨俱爲司州主簿。情好綢繆，共被同寢。中夜聞荒鷄鳴，蹴琨覺曰：「此非惡聲也。」因起舞。論曰：祖逖散穀周貧，聞雞暗舞，思中原之燎火，幸天步之多艱。原其素懷，抑爲貪亂者矣。太白樂禍之論蓋本於此。△逖音剔。

〔皖水〕王云：太平寰宇記：皖水在舒州懷寧縣西北，自壽州霍山縣南流入，經縣北二里，又東南流二百四十里，入大江，謂之皖口。一統志：皖水在潛山縣北，下流會潛水，經府城西達大江。

〔天柱〕王云：唐六典注：霍山一名天柱，在舒州懷寧縣，自漢以來爲南岳。通典：舒州懷寧縣有灊山，一名天柱山。方輿勝覽：天柱峯在皖，山高三千七百丈，周三百五十里。山東有瀑布，漢武帝嘗登此山，即司元洞府，九天司命真君所主也。江南通志：天柱山在安慶府潛山縣，與潛山連，其峯最高，突出衆山之上，峭拔如柱，屹然爲尊，道書謂之司元洞天。漢武帝嘗登封於此以代南岳山，有魏左慈煉丹故跡。

〔太階〕見卷一明堂賦注。

〔王喬〕王云：王喬有三：一是上古之仙人，或稱王子喬，或稱王喬，楚辭中累引之。一是周靈王之太子晉，亦稱王子喬。一是後漢時河東人爲葉縣令者。參見卷五鳳笙篇、卷十一贈王漢陽、卷十二贈別舍人弟臺卿之江南等詩注。

〔玉天〕王云：玉天，道家所謂玉清境之天，天寶君所治，即清微天也。又王績詩：「三山銀作地，八洞玉爲天。」

【評箋】

今人詹鍈云：司空原去宿松不遠，太白所以避地該處者，蓋亦爲永王事所累，其後則終不免於長流夜郎耳。

按：此詩以祖逖樂禍喻己之參永王軍事，仍有自抒抱負之意。

上崔相百憂章

共工赫怒，天維中摧。鯤鯨噴蕩，揚濤起雷。魚龍陷人，成此禍胎。火焚崑山，玉石相磓。仰希霖雨，灑寶炎煨。箭發石開，戈揮日迴。鄒衍慟哭，燕霜颯來。微誠不感，猶縶夏臺。蒼鷹搏攫，丹棘崔嵬。豪聖凋枯，王風傷哀。斯文未喪，東岳豈頽？穆逃楚難，鄒脱吴災。見機苦遲，二公所咍。驥不驟進，麟何來哉？星離一門，草擲二孩。萬憤結緝，憂從中催。金瑟玉壺，盡爲愁媒。舉酒太息，泣血盈杯。台星再朗，天網重恢。屈法申恩，棄瑕取材。冶長非罪，尼父無猜。覆盆儻舉，應照寒灰。

【校】

〔題〕兩宋本、繆本題下俱注云：四言，時在尋陽獄。蕭本無四言二字，王本注上加原注二字。

〔陷人〕咸本作入，注云：一作人。

〔崑〕兩宋本、繆本俱作昆。王本注云：繆本作昆。

〔縶〕兩宋本、繆本、王本俱作贄，注云：一作縶。

〔豈顇〕豈，咸本注云：一作起。

〔所哈〕此句下，咸本注云：一本無此二句。

〔二孩〕此句下，咸本注云：一本無此二句。

〔結緝〕緝，兩宋本、繆本俱注云：一作緝。咸本、蕭本俱作習。王本注云：蕭本作習，一作緝。

【注】

〔崔相〕王云：崔相即崔渙。按太白爲宋中丞自薦表云：避地廬山，遇永王東巡，脅行，中道奔走，却至彭澤，具已陳首，前後經宣慰大使崔渙及臣推覆清雪，尋經奏聞。此詩及萬憤詞皆作於是時。按：卷十一有獄中上崔相渙及繫尋陽上崔相渙，卷三十有送史司馬赴崔相公幕各詩，可參證。

〔共工〕淮南子天文訓：共工氏與顓頊争爲帝，怒而觸不周之山，天柱折，地維絶。

〔天維〕宋玉大言賦：壯士憤兮絶天維。

〔禍胎〕漢書卷五一枚乘傳：福生有基，禍生有胎。

〔崑山〕書胤征：火炎崑岡，玉石俱焚。

〔磓〕廣韻：磓，落也。△磓音堆。

〔煨〕韻會：煨，燼也。△煨音威。

〔石開〕王云：西京雜記：李廣獵於冥山之陽，見卧虎射之，没矢飲羽，進而視之，乃石也，其形類虎。退而更射，鏃破幹折而石不傷。予嘗以問揚子雲，子雲曰：「至誠則金石爲開。」班固幽通賦：李虎發而石開。

〔鄒衍〕文選江淹詣建平王上書：李善注：淮南子曰：鄒衍盡忠於燕惠王，惠王信譖而繫之。鄒子仰天而哭，正夏而天爲之降霜。

〔夏臺〕史記夏本紀：夏桀不務德而武傷百姓，百姓弗堪，迺召湯而囚之夏臺，已而釋之。索隱：夏臺，獄名。

〔蒼鷹〕漢書卷九一郅都傳：都遷爲中尉，……是時民樸，畏罪自重，而都獨先嚴酷，致行法不避貴戚。列侯宗室見都側目而視，號曰蒼鷹。顔師古注：言其鷙擊之甚。

〔丹棘〕易坎卦：寘于叢棘。正義：謂囚執之處以棘叢而禁之也。太平御覽卷九五九春秋元命苞曰：樹棘聽訟其下者，棘赤心有刺，言治人者原心不失其赤實也。

〔東岳〕禮記檀弓：孔子蚤作，負手曳杖，消摇於門，歌曰：「泰山其頹乎！梁木其壞乎！哲人其萎乎！……」子貢聞之曰：「泰山其頹，則吾將安仰？梁木其壞，哲人其萎，則吾將安放？夫子殆將病也。……」蓋寢疾七日而没。按：「東岳」以上四句皆暗用此事。

〔楚難〕漢書卷三六楚元王傳：初，元王敬禮申公等。穆生不嗜酒，元王每置酒常爲穆生設醴。及王戊即位，常設，後忘設焉。穆生退曰：「可以逝矣，醴酒不設，王之意怠。不去，楚人將鉗我於市。」稱疾卧。申公、白生强起之曰：「獨不念先王之德歟！今王一旦失小禮，何足至此？」穆生曰：「易稱：知幾其神乎！幾者動之微，吉凶之先見者也。君子見幾而作，不俟終日。先王之所以禮吾三人者，爲道之存故也。今而忽之，是忘道也。忘道之人，胡可以久處？豈爲區區之禮哉？」遂謝病去。申公、白生獨留。王戊稍淫暴，……乃與吴通謀，二人諫不聽，胥靡之，衣之赭衣，使杵臼雅舂於市。

〔吴災〕漢書卷五一鄒陽傳：鄒陽，齊人也。……陽與吴嚴忌枚乘等俱仕吴，皆以文辯著名。久之，吴王以太子事怨望，稱疾不朝，陰有邪謀。陽奏書諫，……吴王不内其言，……於是鄒陽、枚乘、嚴忌知吴不可説，皆去之梁，從孝王游。

〔咍〕廣韻：咍，笑也。△咍音海平聲。

〔驟進〕宋玉九辯：驥不驟進而求服兮。

〔來哉〕家語辯物篇：叔孫氏之車士曰子鉏商採薪於大野，獲麟焉，折其前左足，載以歸。叔孫以爲不祥，棄之於郭外。使人告孔子曰：「有麕而角者何也？」孔子往觀之曰：「麟也，胡爲來哉！胡爲來哉！」反袂拭面，涕泣沾襟。叔孫聞之，然後取之。子貢問曰：「夫子何泣爾！」孔子曰：「麟之至爲明王也，出非其時而見害，吾是以傷焉。」

〔結緝〕王云：楚辭九思：心結緝兮折摧。博雅：結緝，不解也。

〔重恢〕王云：老子：天網恢恢，疎而不失。説文：恢，大也。△恢音魁。

〔冶長〕論語公冶長：子謂公冶長可妻也，雖在縲絏之中，非其罪也。以其子妻之。

〔覆盆〕見卷十一獄中上崔相涣詩注。

萬憤詞投魏郎中

海水渤潏，人罹鯨鯢。蓊胡沙而四塞，始滔天於燕齊。何六龍之浩蕩，遷白日於秦西。九土星分，嗷嗷悽悽。南冠君子，呼天而啼。戀高堂而掩泣，淚血地而成泥。獄户春而不草，獨幽怨而沉迷。兄九江兮弟三峽，悲羽化之難齊。穆陵關北愁愛子，豫章天南隔老妻。一門骨肉散百草，遇難不復相提攜。樹榛拔桂，囚鸞寵雞。舜昔授禹，伯成耕犁。德自此衰，吾將安栖？好我者恤我，不好我者何忍臨危而相擠？子胥鴟夷，彭越醢醢。自古豪烈，胡爲此繄？蒼蒼之天，高乎視低。如其聽卑，脱我牢狴。儻辨美玉，君收白珪。

【校】

〔渤〕王本注云：當作渟。

〔人罹〕罹，王刻誤作羅，今依各本改。

〔悽悽〕蕭本、胡本俱作栖栖。王本注云：蕭本作栖栖，下韻重出，恐誤。

〔成泥〕此句下咸本注云：一本作皓首泣血，黄沙成泥。在沉迷句下。

〔獄户〕王本注云：霏玉本作時當。

〔提攜〕此句下咸本注云：一本無此六句。

【注】

〔渤潏〕文選木華海賦：天綱渟潏。李善注：渟潏，沸湧貌。△潏音聿。

〔南冠〕見卷十三淮南卧病……詩注。

〔高堂〕王云：蕭士贇曰：高堂喻朝廷也。琦按：世之稱父母多曰高堂。太白詩中絶無思親之句，疑其遷化久矣。考漢書賈誼傳曰：人主之尊譬如堂，羣臣如陛，衆庶如地，故陛九級上，廉遠地則堂高。陛亡級，廉近地則堂卑。高者難攀，卑者易陵，理勢然也。蕭氏以高堂爲喻朝廷，其説近是。按：高堂喻朝廷，於古無徵。且據前後文義亦不宜指朝廷，蕭、王説疑非。詩意或謂思念已故之父母耳。

〔穆陵〕王云：唐書地理志：沂州沂水縣北有穆陵關。山東通志：穆陵關在沂水縣北一百二十里，古齊關也。一統志：穆陵關在青州大峴山上。左傳：齊桓公曰：賜我先君履，南至於穆陵，即此。又元和郡縣志：穆陵關在黄州麻城縣西八十八里，在穆陵山上。是穆陵關有二處，而太白所稱者則齊地之穆陵關也。蓋是時伯禽尚在東魯未歸耳。

〔豫章〕王云：豫章郡名，唐時屬江南西道，又謂之洪州。在潯陽郡之南，疑太白卧廬山時，家室寓此。流夜郎寄内詩曰：「南來不得豫章書」，可見。

〔伯成〕莊子天地篇：堯治天下，伯成子高立爲諸侯。堯授舜，舜授禹，伯成子高辭爲諸侯而耕。禹往見之，則耕在野。禹趨就下風，立而問焉，曰：「昔堯治天下，吾子立爲諸侯，堯授舜，舜授予，而吾子辭爲諸侯而耕，敢問其故何也？」子高曰：「昔堯治天下，不賞而民勸，不罰而民畏，今子賞罰而民且不仁，德自此衰，刑自此立，後世之亂，自此始矣。夫子闔行耶！無落吾事。」俋俋乎耕而不顧。

〔鴟夷〕王云：説苑：吴王賜子胥屬鏤之劍曰，子以此死。子胥乃自刺殺。吴王取子胥尸，盛以鴟夷，浮之江中。漢書：比干剖心，子胥鴟夷。應劭曰：吴王取馬革爲鴟夷，盛子胥而沉之江。鴟夷榼形。顔師古曰：鴟夷，即今之盛酒鴟夷幐。高誘吕覽注：革囊之大者爲鴟夷。史記索隱：韋昭云：以皮作鴟鳥形，名曰鴟夷。鴟夷皮榼也。服虔云：用馬革作囊以裹尸，投之於江。

〔彭越〕史記黥布列傳：漢誅彭越醢之，盛其醢徧賜諸侯。

〔牢狴〕家語卷一：孔子爲魯大司寇，有父子訟者，夫子同狴執之。王肅注：狴，獄牢也。△狴音篦，又音批。

〔白珪〕詩大雅抑：白圭之玷，尚可磨也。斯言之玷，不可爲也。

【評箋】

王云：琦按太白集中稱其兄者五人：新平長史粲也，襄陽少府皓也，虞城宰錫也，中都明府某也，徐王延年也。稱其弟者十七人：金城尉叔卿也，臨洺令皓也，舍人臺卿也，南平太守之遥也，宣州長史昭也，單父主簿凝也，鄱陽司馬昌峘也，溧陽尉濟也，京兆參軍令問也，不言職位者，延陵也，冽也，幼成也，況也，襄也，綰也，錞也，浮屠談皓也。大抵皆從兄弟也。此詩所云「兄九江兮弟三峽」，與下文愛子老妻並言，似指其親兄弟而言。上有兄下有弟，則太白乃其仲歟！然兄弟之名則無可據，姑表出之，以俟淹博者之詳考。

按：卷十八尚有送舍弟詩，王氏未舉，此所云弟三峽者或即其人。至所謂戀高堂而掩泣，倘司馬遷所謂疾痛則呼父母，追思而已，非真謂父母尚在也。

荆州賊亂臨洞庭言懷作

修蛇横洞庭，吞象臨江島。積骨成巴陵，遺言聞楚老。水窮三苗國，地窄三湘道。歲晏天崢嶸，時危人枯槁。思歸阻喪亂，去國傷懷抱。郢路方丘墟，章華亦傾倒。風悲猿嘯苦，木落鴻飛早。日隱西赤沙，月明東城草。關河望已絶，氛霧行當掃。長叫天可聞，吾將問蒼昊。

【校】

〔賊亂〕亂，蕭本、胡本俱作平。王本注云：蕭本作平。

【注】

〔荆州〕通鑑卷二二一：乾元二年八月，襄州將康楚元、張嘉延據州作亂，刺史王政奔荆州，楚元自稱南楚霸王。九月甲午，張嘉延襲破荆州，荆南節度使杜鴻漸棄城走，澧、朗、郢、峽、歸等州官吏聞之，争潛竄山谷。十一月，康楚元等衆至萬餘人，商州刺史充荆襄等道租庸使韋倫發兵討之，駐於鄧之境，招諭降者厚撫之，伺其稍怠，進軍擊之，生擒楚元，其衆遂潰。得其所掠租庸二百萬緡，荆襄皆平。

〔修蛇〕王云：淮南子：堯乃使羿斷修蛇於洞庭。高誘注：修蛇，大蛇吞象三年而出其骨之類。

元和郡縣志：昔羿屠巴蛇於洞庭，其骨若陵，故曰巴陵。

〔三苗〕王云：孔安國尚書傳：三苗之國，左洞庭，右彭蠡，在荒服之例，去京師二千五百里。通典：岳州古蒼梧之野，亦三苗國之地。青草洞庭湖在焉。二湖相連，青草在南，洞庭在北。注云：凡今長沙衡陽諸郡皆古三苗之地。

〔峥嶸〕文選鮑照舞鶴賦：歲峥嶸而愁暮。李善注：廣雅曰：峥嶸，高貌，歲之將盡，猶物之高也。

〔郢路〕王云：通典：江陵郡今之荆州，春秋以來楚國之都，謂之郢都。西通巫、巴，東接雲夢，亦一都會也。楚辭：惟郢路之遼遠。左思魏都賦：臨淄牢落，鄢郢丘墟。吕延濟注：丘墟謂居人少也。

〔章華〕見卷一明堂賦注。

〔赤沙〕王云：方輿勝覽：洞庭湖在巴陵縣西，西吞赤沙，南連青草，横亘七八百里。岳陽風土記：赤沙湖在華容縣南，夏秋水泛，與洞庭湖通。杜甫道林岳麓詩所謂「殿角插入赤沙湖」也。一統志：赤沙湖在洞庭湖西，夏秋水泛，與洞庭爲一，涸時惟見赤沙。舊記云：洞庭南連青草，西亘赤沙，七八百里，又謂之三湖。初學記：盛弘之荆州記云：巴陵南有青草湖，周迴數百里，湖南有青草山，因以爲名。一統志：青草湖一名巴丘湖，北連洞庭，南接瀟湘，東納汨羅之水，每夏秋水泛，與洞庭爲一，水涸則此湖先乾，青草生焉。琦按城草恐是青草之訛，然青草在南而詩云東青草，則又未敢定也。

〔蒼昊〕文選王延壽魯靈光殿賦：承蒼昊之純殷。張載注：蒼昊，皆天之稱也。春爲蒼天，夏爲昊天。

【評箋】今人詹鍈云：蕭本亂字作平，王譜繫乾元二年下，亦作平。按通鑑……十一月，……生擒楚元，其衆遂潰，……荆襄皆平。此詩云：「風悲猿嘯苦，木落鴻飛早」，其時方當秋季。又云：「郢路方丘墟，章華亦傾倒。」則賊尚未平也。作亂字爲是。

按：詩有「氛霧行當掃」句，明是亂尚未定。與卷四之司馬將軍歌，卷二十一之九日登巴陵置酒望洞庭水軍當是同時之作。

覽鏡書懷

得道無古今，失道還衰老。自笑鏡中人，白髮如霜草。捫心空嘆息；問影何枯槁？桃李竟何言？終成南山皓。

【評箋】按：此詩當是流放赦還以後之作。

田園言懷

賈誼三年謫，班超萬里侯。何如牽白犢，飲水對清流？

【注】

〔班超〕後漢書卷七七班超傳：其後行詣相者，曰：「祭酒布衣諸生耳，而當封侯萬里之外。」超問其狀，相者指曰：「生燕頷虎頭，飛而食肉，此萬里侯相也。」

〔白犢〕王云：淮南子：宋人好善者，家無故黑牛生白犢。高士傳：許由，堯召爲九州長，由不欲聞之，洗耳於潁濱。時其友巢父牽犢欲飲之，見由洗耳，問其故。對曰：「堯欲召我爲九州長，惡聞其聲，是故洗耳。」巢父曰：「子若處高岸深谷，人道不通，誰能見子？子故浮游，欲聞求其名譽，污吾犢口。」牽犢上流飲之。

【評箋】

王云：詩意謂仕宦而不得志如賈誼一流，得志如班超一流，皆羈旅異方，不如巢許隱居獨樂，安步田園之爲善也，其旨深矣。

江南春懷

青春幾何時？黄鳥鳴不歇。天涯失鄉路，江外老華髮。心飛秦塞雲，影滯楚關月。身世殊爛漫；田園久蕪没。歲晏何所從？長歌謝金闕。

【校】

〔鄉路〕鄉，兩宋本、繆本、蕭本、王本俱注云：一作歸。

【注】

〔黄鳥〕王云：埤雅：黄鳥亦名黎黄，其色黎黑而黄也，鳴則蠶生。韓子曰：以鳥鳴春。若黄鳥之類，其善鳴者也。

【評箋】

蕭云：此太白流離湘楚之詩乎！食息不忘君，其志亦可哀也已。

今人詹鍈云：當是晚年潦倒江南時作。

聽蜀僧濬彈琴

蜀僧抱緑綺，西下峨眉峯。爲我一揮手，如聽萬壑松。客心洗流水；遺響入霜鐘。不覺碧山暮，秋雲暗幾重。

【校】

〔題〕兩宋本、繆本題下俱注云：蜀中。

〔西下〕下，文粹作上。

〔遺響〕遺，蕭本、胡本俱作餘。

【注】

〔蜀僧濬〕按：卷十二有贈宣州靈源寺仲濬公詩，自即其人，詩亦當作於宣城。

〔緑綺〕見卷二十遊太山詩第六首注。

〔流水〕列子湯問篇：伯牙善鼓琴，鍾子期善聽。伯牙鼓琴，志在登高山，鍾子期曰：「善哉，峨峨兮若泰山。」志在流水，鍾子期曰：「善哉，洋洋兮若江河。」

〔霜鐘〕山海經中山經：豐山……有九鐘焉，是知霜鳴。郭璞注：霜降則鐘鳴，故言知也。

【評箋】

高步瀛云：一氣揮洒，中有凝鍊之筆，便不流入輕滑。（唐宋詩舉要）

今人詹鍈云：既言蜀僧，則必非作於蜀中。按蜀僧濬與仲濬公蓋是一人。

魯東門觀刈蒲

魯國寒事早，初霜刈渚蒲。揮鐮若轉月，拂水生連珠。此草最可珍，何必貴龍鬚？織作玉牀席，欣承清夜娱。羅衣能再拂，不畏素塵蕪。

【校】

〔題〕兩宋本、繆本題下俱注云：魯中。

【注】

〔蒲〕王云：埤雅：蒲，水草也，似莞而褊有脊，生於水涯，柔滑而温，可以爲席。

〔鎌〕王云：方言：刈鉤自關而西或謂之鉤，或謂之鎌。顔師古急就篇注：鉤即鎌也，形曲如鉤，因以名云。△鎌音廉。

〔龍鬚〕王云：蜀本草：龍芻叢生莖如綖，所在有之，俗名龍鬚草，可爲席。參見卷四白頭吟注。

【評箋】

蕭云：此詩借蒲起興，以自比也，其有望君再用之意乎？

今人詹鍈云：按此詩直是寫蒲，别無寓意，蕭説失之鑿。

詠鄰女東窗海石榴

魯女東窗下，海榴世所稀。珊瑚映緑水，未足比光輝。清香隨風發，落日好鳥歸。願爲東南枝，低舉拂羅衣。無由一攀折，引領望金扉。

【校】

〔一〕蕭本、胡本俱作共。王本注云：蕭本作共。

【注】

〔石榴〕王云：太平廣記：新羅多海紅並海石榴。唐贊皇李德裕言花名中帶海者，悉從海東來。

【評箋】

〔珊瑚〕潘岳安石榴賦：似長離之棲鄧林，若珊瑚之映緑水。

蕭云：此君子在野，思見君子盡心事之之意。

今人詹鍈云：按此詩自是詠物，並無寄託。

南軒松

南軒有孤松，柯葉自綿冪。清風無閑時，蕭灑終日夕。陰生古苔緑；色染秋烟碧。何當淩雲霄，直上數千尺！

【注】

〔綿冪〕王云：綿冪，枝葉稠密而相覆之意。△冪音密。

詠山樽二首

蟠木不彫飾，且將斤斧疎。樽成山岳勢；材是棟梁餘。外與金罍並；中涵玉醴虛。慙君垂拂拭，遂忝玳筵居。

【校】

〔題〕兩宋本、繆本、王本俱注云：前一首一作詠柳少府山癭木樽。胡本與一作同。

〔斤斧〕兩宋本、繆本俱作斧斤。王本注云：繆本作斧斤。

【注】

〔蟠木〕漢書卷五一鄒陽傳：蟠木根柢，輪囷離奇。顏師古注：蟠木，屈曲之木也。

〔玉醴〕王云：張衡思玄賦：嚼青岑之玉醴兮。吕向注：玉醴，玉泉也。嵇康琴賦：玉醴湧其前。吕延濟注：玉醴，玉漿也，味如酒。此詩之意，則以玉醴爲酒也。

【評箋】

按：卷十有贈秋浦柳少府詩，卷十一有贈柳圓詩，詩中有秋浦字，則此詩題之柳少府蓋即其人，亦爲在秋浦時作。

其二

擁腫寒山木，嵌空成酒樽。愧無江海量，偃蹇在君門。

【注】

〔擁腫〕莊子逍遥遊篇：惠子曰：吾有大樹，人謂之樗，其大本擁腫而不中繩墨。

〔嵌空〕漢書卷八七揚雄傳：嵌巖巖其龍鱗。顔師古注：嵌，開張貌。

初出金門尋王侍御不遇詠壁上鸚鵡

落羽辭金殿；孤鳴託繡衣。能言終見棄，還向隴西飛。

【校】

〔題〕兩宋本、繆本題下俱注云：一作勑放歸山留別陸侍御不遇詠鸚鵡。

〔金殿〕咸本、絶句俱作金闕。

〔託〕蕭本作咤。胡本注云：一作咤。王本注云：蕭本作吒。

〔隴西〕西，兩宋本、繆本、胡本俱作山。王本注云：繆本作山。

【注】

〔繡衣〕見卷十一在水軍宴贈幕府諸侍御詩注。

〔隴西〕王云：張華禽經注：鸚鵡出隴西，能言鳥也。

【評箋】

今人詹鍈云：按太白斯時或有遊隴西之意，此句蓋雙關之詞。按：隴西爲李氏郡望，非所宜言。禰衡鸚鵡賦有惟西域之靈鳥句，李善云：西域謂隴坻出此鳥。以作隴山爲是。

紫藤樹

紫藤挂雲木，花蔓宜陽春。密葉隱歌鳥，香風留美人。

【校】

〔留〕蕭本作流。王本注云：蕭本作流。

【注】

〔紫藤〕王云：筆談：黄環即今之朱藤也。葉如槐，其花穗懸紫色如葛花，可作菜食，火不熟亦有小毒。京師人家園圃中作大架種之，謂之紫藤花者是也。實如皂莢。蜀都賦所謂青珠黄環者，黄環即此藤之根。古今皆種以爲庭檻之飾。

觀放白鷹二首

八月邊風高，胡鷹白錦毛。孤飛一片雪，百里見秋毫。

其二

寒冬十二月，蒼鷹八九毛。寄言燕雀莫相啅，自有雲霄萬里高。

【校】

〔其二〕英華題作見人臂蒼鷹。

〔寒冬〕冬，英華注云：集作楚。二字咸本作冬名。

【注】

〔蒼鷹〕王云：蘇武詩：「寒冬十二月，晨起距嚴霜。」鷹一歲色黄，二歲色變次赤，三歲而色始蒼矣。故謂之蒼鷹。八九毛者，是始獲之鷹，剪其勁翮，令不能遠舉颺去。啅，衆口貌，太白借用作嘲誚意。

【評箋】

王云：此詩河嶽英靈集以爲高適之作，題云，見薛大臂鷹作，適集亦載此詩。

今人詹鍈云：觀放白鷹僅有一首，此首本屬高適詩，以與太白觀放白鷹詩同詠禽鳥，後人選録，因先後相次，編太白集者未曾詳察，並以爲白作，乃有斯誤。

觀博平王志安少府山水粉圖

粉壁爲空天，丹青狀江海。游雲不知歸，日見白鷗在。博平真人王志安，沉吟至此願挂冠。松溪石磴帶秋色，愁客思歸坐曉寒。

【校】

〔磴〕兩宋本、繆本俱作嶝。

〔坐〕兩宋本、繆本俱作生。王本注云：繆本作生。

【注】

〔博平〕舊唐書地理志：河北道博州博平：漢縣。貞觀十七年，省博平入聊城。天授二年，析聊城復置。

〔粉圖〕按：集中屢見粉圖二字，如卷八有當塗趙少府粉圖山水歌。卷七同族弟金城尉叔卿燭照山水壁畫歌，有「高堂粉壁圖蓬瀛」句。卷二十八有金陵名僧頵公粉圖慈親讚。參之此詩「粉壁爲空天」句，似粉圖即畫於粉壁上者。

〔挂冠〕王云：南史：蕭眎素爲諸暨令，到縣十餘日，挂衣冠於縣門而去。釋常談：休官謂之挂冠。西漢逢萌見王莽簒逆，乃曰：「不去禍將及身。」遂解冠挂于城東門而去。

【評箋】

今人詹鍈云：詩稱「博平真人王志安，沉吟至此願挂冠」，則志安博平人，非爲博平少府者。按：王志安若非爲博平少府者，則挂冠之語無根。唐人習慣不甚稱人之縣籍，凡云某處某姓名某官，必即其地之官，且少府爲縣尉，例得喻作仙人，真人即仙人也。詹氏疑此即卷九之瑕丘王少府，殊爲無據。

題雍丘崔明府丹竈

美人爲政本忘機，服藥求仙事不違。葉縣已泥丹竈畢；瀛洲當伴赤松歸。先師有訣神將助；大聖無心火自飛。九轉但能生羽翼，雙鳧忽去定何依？

【注】

〔雍丘〕舊唐書地理志：河南道汴州雍丘：隋縣。貞觀六年，……屬汴州。

〔美人〕按：唐人稱友人爲美人、佳人、情人爲常例。説見卷十一贈漢陽輔録事詩注。

〔九轉〕抱朴子金丹篇：……然而俗人終不肯信，謂爲虚文，若是虚文者，安得九轉九變，日數所成皆如方邪？又云：一轉之丹服之三年得仙，二轉之丹服之二年得仙，三轉之丹服之一年得仙，四轉之丹服之半年得仙，五轉之丹服之百日得仙，六轉之丹服之四十日得仙，七轉之丹服之三十日得仙，八轉之丹服之十日得仙，九轉之丹服之三日得仙。

觀元丹丘坐巫山屏風

昔遊三峽見巫山，見畫巫山宛相似。疑是天邊十二峯，飛入君家綵屏裏。寒松蕭颯如有聲，陽臺微茫如有情。錦衾瑶席何寂寂；楚王神女徒盈盈。高咫尺，如千里，翠屏丹崖粲如綺。蒼蒼遠樹圍荆門；歷歷行舟泛巴水。水石潺湲萬壑分，烟光草色俱氤氛。溪花笑日何年發？江客聽猿幾歲聞？使人對此心緬邈，疑入高丘夢綵雲。

【校】

〔高丘〕高，兩宋本、蕭本俱作嵩。王本注云：蕭本作嵩，誤。

【注】

〔元丹丘〕按：集中涉及元丹丘之居處者有卷十三聞丹丘子於城北山營石門幽居……，卷二十三尋高鳳石門山中元丹丘，卷二十五題元丹丘山居、題元丹丘潁陽山居、題嵩山逸人元丹丘山居等篇。其他如卷七西嶽雲臺歌送丹丘子及元丹丘歌，卷十五潁陽別元丹丘之淮陽，卷十九以詩代書答元丹丘及酬岑勛見尋就元丹丘對酒相待，卷二十三與元丹丘方城寺談玄作等篇，亦可參看。

〔十二峯〕〔陽臺〕王云：太平寰宇記：巫山縣有巫山。盛弘之荆州記云：沿峽二十里有新崩灘，至巫峽，因而名也。首尾一百六十里。舊云自三峽取蜀數千里恒是一山，此蓋好大之言也。惟三峽七百里，兩岸連山，略無缺處，重巖疊嶂，隱天蔽日，自非亭午夜分不見日月，所謂高山尋雲，怒湍流水，絶非人境，神女廟在峽之岸。四川省志：巫山在夔州巫山縣東三十里，形如巫字。有峯十二：曰望霞、翠屏、朝雲、松巒、集仙、聚鶴、浄壇、上昇、起雲、棲鳳、登龍、望聖也。此十二峯者，不聚一面，乃江繞此山周遭有十二峯，繪者不得不彙爲一圖耳。陽臺山在巫山縣治西北，高丘山亦在其間。高唐賦載巫山神女與楚王夢遇，自言妾在巫山之陽，高丘之岨，旦爲朝雲，暮爲行雨，朝朝暮暮，陽臺之下，是也。後人立神女廟於山下，今謂妙用真人祠。

〔巴水〕王云：水經注：巴水出晉昌郡宣漢縣巴嶺山，西南流歷巴中，經巴城故城南，李嚴所築大城北，西南入江。四川通志：巴江在重慶府巴縣東北，閬水與白水合流，曲折三回如巴字，因名巴江。琦謂詩中所云巴水，似指巴地所經之水而言，不專謂曲折三回之巴江也。

〔氳氛〕按：文選謝惠連雪賦：氛氳蕭索。氛氳爲詞人所常用，此恐誤倒。

求崔山人百丈崖瀑布圖

百丈素崖裂，四山丹壁開。龍潭中噴射，晝夜生風雷。但見瀑泉落，如潀雲漢來。聞君寫真圖，島嶼備縈迴。石黛刷幽草，曾青澤古苔。幽緘儻相傳，何必向天台？

【注】

〔百丈崖〕王云：天台山志：百丈巖在天台縣西北二十五里，崇道觀西北，與瓊臺相望。峭險東隘，四山牆立，下爲龍湫，翠蔓蒙絡，水流聲潀然，盤澗繞麓，入爲靈溪。由高視下，凄神寒骨。按：輿地紀勝卷一二台州：百丈巖在天台縣瀑布寺之側，巖下有溪名虛溪，寺今廢。

〔曾青〕荀子王制篇：南海則有羽翮齒革曾青丹干焉。楊倞注：曾青，銅之精，可繪畫及化黄金者，出蜀山越崖。又正論篇：加之以丹矸，重之以曾青。楊倞注：曾青銅之精，形如珠者，其色極青，故謂之曾青。

〔幽緘〕文選謝惠連擣衣詩：「盈篋自予手，幽緘候君開。」呂延濟注：幽密緘封。

見野草中有名白頭翁者

醉入田家去，行歌荒野中。如何青草裏，亦有白頭翁？折取對明鏡，宛將衰鬢同。微芳似相誚，留恨向東風。

【校】

〔有名〕名，蕭本作曰。王本注云：蕭本作曰。

〔荒野〕野，咸本注云：一作草。

〔留恨〕留，兩宋本、繆本、咸本俱作流。

【注】

〔白頭翁〕王云：名醫别録：白頭翁處處有之，近根處有白茸，狀似白頭老翁，故以爲名。唐本草：白頭翁其葉似芍藥而大，抽一莖，莖頭一花紫色，似木槿花，實大者如雞子，白毛寸餘皆披下如纛頭，正似白頭老翁，故名焉。陶言近根有白茸，似不識也。

流夜郎題葵葉

慙君能衛足，嘆我遠移根。白日如分照，還歸守故園。

【校】

〔嘆〕咸本注云：一作欲。

【注】

〔衛足〕左傳成十七年：鮑莊子之智不如葵，葵猶能衛其足。杜預注：葵傾葉向日，以蔽其根。

瑩禪師房觀山海圖

真僧閉精宇，滅跡含達觀。列障圖雲山，攢峯入霄漢。丹崖森在目，清晝疑卷幔。蓬壺來軒窗，瀛海入几案。烟濤争噴薄，島嶼相凌亂。征帆飄空中，瀑水灑天半。峥嶸若可陟，想像徒盈嘆。杳與真心冥，遂諧静者翫。如登赤城裏，揭涉滄洲畔。即事能娱人，從兹得蕭散。

【校】

〔障〕兩宋本、繆本俱作嶂。王本注云：繆本作嶂。

〔涉〕兩宋本、繆本、咸本、胡本俱作步。王本注云：繆本作步。

〔蕭〕蕭本作消。王本注云：蕭本作消。

【注】

〔瑩禪師〕按：卷十三有秋夜宿龍門香山寺奉寄王方城十七丈奉國瑩上人……詩，疑與此爲一人。

〔障〕王云：韻會：障，步障也。

〔揭涉〕詩邶風匏有苦葉：深則厲，淺則揭。爾雅釋水：揭者揭衣也，……繇膝以下爲揭。

白鷺鷥

白鷺下秋水，孤飛如墜霜。心閑且未去，獨立沙洲旁。

詠槿二首

園花笑芳年；池草豔春色。猶不如槿花，嬋娟玉堦側。芬榮何夭促？零落在瞬息。豈若瓊樹枝？終歲長翕赩。

【校】

〔詠槿〕兩宋本、繆本作詠桂。

〔嬋〕兩宋本、繆本俱作嬋。王本注云：繆本作嬋。

〔芬榮〕芬，英華作芳，注云：集作芬。

【注】

〔槿〕王云：本草衍義：木槿花如小葵，淡紅色，五葉成一花，朝開暮斂。湖南北人家多種植之，以爲籬障。韻會：槿，木名。爾雅：櫬也，其花朝生暮落，一名日及，一名蕣華，蓋取一瞬之義。

其二

世人種桃李，多在金張門。攀折争捷徑，及此春風暄。一朝天霜下，榮耀難久存。安知南山桂，緑葉垂芳根？清陰亦可託，何惜樹君園？

【校】

〔多在〕多，蕭本、胡本俱作皆。王本注云：蕭本作皆。

【注】

〔金張〕漢書卷七七蓋寬饒傳：上無許、史之屬，下無金、張之託。顏師古注：許氏、史氏有外屬之恩，金氏、張氏自託在於近狎也。參見卷九玉真公主別館……詩注。

【評箋】

王云：琦按：察詩辭，前首是詠槿，次首乃詠桂也。二本各有誤處，識者定之。

按：胡本此首作詠桂。

白胡桃

紅羅袖裏分明見，白玉盤中看却無。疑是老僧休念誦，腕前推下水精珠。

【注】

〔水精珠〕初學記卷二七：沈懷遠南越志云：海中有火珠、明月珠、水精珠。（按明刊本火珠作大珠，似誤，今從王本引。）

巫山枕障

巫山枕障畫高丘，白帝城邊樹色秋。朝雲夜入無行處，巴水橫天更不流。

【校】

〔晝〕絶句作盡。

南奔書懷

遥夜何漫漫！空歌白石爛。甯戚未匡齊；陳平終佐漢。欃槍掃河洛，直割鴻溝半。曆數方未遷；雲雷屢多難。天人秉旄鉞；虎竹光藩翰。侍筆黄金臺；傳觴青玉案。不因秋風起，自有思歸嘆。主將動讒疑；王師忽離叛。自來白沙上；鼓噪丹陽岸。賓御如浮雲，從風各消散。舟中指可掬；城上骸争爨。草草出近關；行行昧前筭。南奔劇星火；北寇無涯畔。顧乏七寶鞭，留連道旁翫。太白夜食昴；長虹日中貫。秦趙興天兵，茫茫九州亂。感遇明主恩；頗高祖逖言。過江誓流水，志在清中原。拔劍擊前柱，悲歌難重論。

【校】

〔題〕兩宋本、繆本題下俱注云：自丹陽南奔道中作。胡本、王本俱注云：一作自丹陽南奔道中作。

〔漫漫〕兩宋本、繆本、胡本、王本俱注云：一作時旦。

〔屢〕兩宋本、繆本、王本俱注云：一作起。
〔自來〕此句兩宋本、繆本、蕭本、胡本、王本俱注云：一作兵羅滄海上。
〔道旁〕旁，兩宋本、繆本、咸本俱作邊。王本注云：繆本作邊。此句下，咸本注云：一本無此四句。
〔感遇〕遇，兩宋本、繆本、王本俱注云：一作結。

【注】

〔白石〕楚辭離騷：甯戚之謳歌兮，齊桓聞以該輔。王逸注：甯戚修德不用，退而商賈，宿齊東門外，桓公夜出，甯戚方飯牛叩角而商歌。桓公聞之，知其賢，舉用爲客卿，備輔佐也。洪興祖補注：淮南子云：甯戚欲干齊桓公，困窮無以自達，於是爲商旅將任車以商於齊。暮宿於郭門之外，飯牛車下，望見桓公，乃擊牛角而商歌。桓公聞之曰：「異哉歌者非常人也。」命後車載之。三齊記載其歌曰：「南山粲，白石爛，生不遭堯與舜禪，短布單衣適至骭。從昏飯牛薄夜半，長夜漫漫何時旦？」桓公召與語悦之，以爲大夫。按：今本淮南子道應訓作甯越，洪氏所引蓋不誤。
〔陳平〕史記陳丞相世家：平曰：「臣事魏王，魏王不能用臣説，故去事項王，項王不能信人，其所任愛非諸項即妻之昆弟，雖有奇士不能用。平乃去楚，聞漢王之能用人，故歸大王。」
〔欃槍〕爾雅釋天：彗星爲欃槍。

〔鴻溝〕見卷十一贈王判官……詩注。

〔雲雷〕王云：雲雷用周易屯卦義。其卦以震遇坎，故取象雲雷，其義以乾坤始交而遇險難，故名屯。屯難也。

〔虎竹〕王云：虎竹，銅虎符、竹使符也。

〔白沙〕王云：文獻通考：真州本唐揚州揚子縣之白沙鎮。胡三省通鑑注：今真州治所，唐之白沙鎮也。時屬廣陵郡。揚州府志：白沙洲在儀真縣城外濱江，地多白沙，故名。按南史，南齊於白沙置一軍，即此。

〔丹陽〕見卷九贈丹陽横山周處士惟長詩注。

〔舟中〕左傳宣十二年：遂疾進師，車馳卒奔，乘晉軍。桓子不知所爲，鼓於軍中曰：先濟者有賞。中軍下軍争舟，舟中之指可掬也。

〔城上〕左傳宣十五年：華元夜入楚師，登子反之牀起之曰：「寡君使元以病告，曰：敝邑易子而食，析骸以爨。」杜預注：爨，炊也。

〔近關〕左傳襄二十六年：蘧伯玉……遂行，從近關出。

〔前筭〕謝惠連詩：「倚伏昧前筭。」

〔寶鞭〕晉書明帝紀：（王）敦將舉兵内向，帝密知之，乃乘巴滇駿馬微行，至于湖，陰察敦營壘而出。有軍士疑帝非常人，又郭方晝寢，夢日環其城，驚起曰：「此必黄鬚鮮卑奴來也。」於是使五騎物色追帝。帝亦馳去，馬有遺糞輒以水灌之。見逆旅賣食嫗，以七寶鞭與之，曰：「後有騎來，可以此示也。」俄而追者至，問嫗。嫗曰：「去已遠矣。」因以鞭示之。五騎傳玩，稽留遂久。又見馬糞冷，以爲信遠而止不追。

〔太白〕漢書卷五一鄒陽傳：荆軻慕燕丹之義，白虹貫日，太子畏之。衛先生爲秦畫長平之事，太白食昴。昭王疑之。注：應劭曰：燕太子丹質於秦，始皇遇之無禮，丹亡去，厚養荆軻，令西刺秦王，精誠感天，白虹爲之貫日也。蘇林曰：白起爲秦伐趙，破長平軍，欲遂滅趙，遣衛先生説昭王，益兵糧，爲應侯所害，事用不成。其精誠上達於天，故太白爲之食昴。昴，趙分也，將有兵，故太白食昴，食者干歷之也。如淳曰：太白，天之將軍。

〔過江〕晉書卷六二祖逖傳：帝乃以逖爲奮威將軍、豫州刺史……，渡江中流擊楫而誓曰：「祖逖不能清中原而復濟者，有如大江。」

【評箋】

王云：琦按此篇首引甯戚陳平，蓋以自況思得見用於世之意。「欃槍掃河洛，直割鴻溝半」，謂禄山反逆覆陷兩京，河北河南半爲割據。天人謂永王璘，至德元載七月，上皇制：以永王璘充山南東路、嶺南、黔中、江南西路四道節度使，江陵大都督，出鎮江陵。所謂「天人秉旄鉞，虎竹光藩翰」也。「侍筆黃金臺，傳觴青玉案。不因秋風起，自有思歸歎」，謂在永王軍中，雖蒙禮遇，而早動思歸之志。當是察其已有逆謀，不可安處矣。太白之於永王璘與張翰之於齊王冏，事略相類，故引以爲喻。惜乎其不能如翰之勇決，潔身早去，致遭污累也。璘以季廣琛、渾惟明、馮季康爲將，及淮南採訪使李成式與河北招討判官李銑合兵討璘，季廣琛召諸將謂曰：「吾屬從王至此，天命未集，人謀已墮，不如及兵鋒未交，早圖去就。死於鋒鏑，永爲逆臣矣。」諸將皆然之，於是季廣琛以麾下奔廣陵，渾惟明奔江寧，馮季康奔白沙，所謂「主將動讒疑，王師忽離畔」也。「自來白沙上，鼓譟丹陽岸。賓御如浮雲，從風各消散」，言軍中擾亂賓幕奔逃之狀。璘與成式將趙侃戰新豐而敗，非水戰也。璘至鄱陽，郡司馬陶備閉城拒之。璘怒，命焚其城，非久攻也。其曰「舟中指可掬，城上骸争爨」，甚言其撓敗之形，有若此耳。「草草出近關，行行昧前筭。南奔劇星火，北寇無涯畔。顧乏七寶鞭，留連道傍翫」，自言奔走匆遽之狀。「太白夜食昴，長虹日中貫」，喻己爲國之精誠，可以上干天象。「秦趙興天兵，茫茫九州亂。感遇明主恩，頗高祖逖言。過江誓流水，志在清中原」，明己之所以從璘者，實因天下亂離，四方雲擾，欲得一試其用，以擴清中原，如祖逖耳，非敢有逆志也。「拔劍擊前柱，悲歌難重論」，自傷其志之不能遂，而反有從王爲亂之名，身敗名裂，更向何人一爲申論？拔劍擊柱，慷慨悲歌，出處之難，太白蓋自嗟其不幸矣。蕭士贇曰：此篇用事偏枯，句意倒雜，決非太白之作，果真灼見其爲非太白之詩耶！抑爲太白諱而故爲此言耳。

今人詹鍈云：新唐書劉晏傳云：永王璘反，晏與採訪使李希言謀拒之。……會王敗，欲轉略州縣，聞晏有備，遂自晉陵（唐時常州晉陵郡有晉陵縣）西走。通鑑，至德二載二月下考異亦云：璘自當塗進兵，擊斬丹陽太守閻敬之，遂據丹陽城。……及其敗也，自丹陽南奔晉陵以趣鄱陽，其道里節次可驗。此詩蓋太白自丹陽南奔晉陵途中作也。

按：此詩直叙永王興兵之初意及中途喪敗之原因，明言本欲北上清中原，而爲北方諸將所拒，加以部將有貳心，突生倒戈之變。所謂「王師忽離叛」，指永王之師也。後人但據唐之國史爲言，而不知李詩初不爲永王諱也。蕭氏陋説不值一駁，王亦猶作調停兩可之詞。

李白集校注卷二十五

古近體詩九十首

題隨州紫陽先生壁

神農好長生，風俗久已成。復聞紫陽客，早署丹臺名。喘息餐妙氣，步虛吟真聲。道與古仙合，心將元化并。樓疑出蓬海，鶴似飛玉京。松雪窗外曉，池水堦下明。忽耽笙歌樂，頗失軒冕情。終願惠金液，提攜凌太清。

【注】

〔隨州〕見卷十三憶舊遊寄譙郡元參軍詩注。

〔神農〕史記五帝本紀：神農氏世衰。正義：括地志云：厲山在隨州隨縣北百里。山東有石穴，曰神農生於厲鄉，所謂列山氏也，春秋時爲厲國。

〔紫陽〕藝文類聚卷七八真人周君傳曰：紫陽真人周義山，字委通，汝陰人也。……入蒙山，遇羨門子，乘白鹿，執羽蓋，仗青毛之節，侍從十餘玉女。君乃再拜叩頭乞長生要訣，羨門子曰：子名在丹臺玉室之中，何憂不仙？按：卷二十八有冬夜於隨州紫陽先生餐霞樓送烟子元演隱仙城山序，卷三十有漢東紫陽先生碑銘，又卷二十七有江夏送倩公歸漢東序中有「有唐中興始生紫陽先生」之語。其人與李白同時相師友，故碑銘云：予與紫陽神交，飽餐素論，十得其九。潁陽別元丹丘之淮陽云：「當餐黃金藥，去爲紫陽賓。」而卷十三憶舊遊寄譙郡元參軍云：「紫陽之真人，邀我吹玉笙。餐霞樓上動仙樂，嘈然宛似鸞鳳鳴。」與此詩中「忽耽笙歌樂，頗失軒冕情」尤相合。又碑銘云：陶隱居傳昇元子，昇元子傳體元，體元傳貞一先生，貞一先生傳天師李含光，李含光合契乎紫陽。據顏真卿元靜先生李君碑，知李含光於開元十七年從司馬承禎於王屋山傳法，則李白年輩約與紫陽相當，元丹丘雖與李白爲友，而於紫陽則在弟子之列。

〔步虚〕樂府解題：步虚詞，道家曲也。備言衆仙縹緲輕舉之美。

〔玉京〕王云：一統志：玉京洞在赤城山，道書十大洞天之第六。晉許邁嘗居此，與王羲之書云：自山陰至臨海，多有金庭玉堂，仙人芝草，謂此。庾信詩：「玉京傳相鶴，太乙授飛龜。」參見卷五鳳笙篇注。

題元丹丘山居

故人棲東山，自愛丘壑美。青春卧空林，白日猶不起。松風清襟袖；石潭洗心耳。羨君無紛喧，高枕碧霞裏。

【注】

〔東山〕今人詹鍈云：按贈嵩山焦鍊師詩謂焦「還歸東山上，獨拂秋霞眠」，似東山即指嵩山也。

【評箋】

按：此詩與下一首當即一地之作，而此詩略在後。又集中詩題涉元丹丘者，此外卷七有西嶽雲臺歌送丹丘子及元丹丘歌，卷十三有聞丹丘子營石門幽居……，卷十五有潁陽別元丹丘之淮陽，卷十九有以詩代書答元丹丘及酬岑勛見尋就元丹丘對酒相待，卷二十三有與元丹丘方城寺談玄作、尋高鳳石門山中元丹丘，卷二十四有觀元丹丘坐巫山屏風。本卷尚有題元丹丘潁陽山居及題嵩山逸人元丹丘山居等篇，此二首尤與元丹丘歌及潁陽別元丹丘二首有關。

題元丹丘潁陽山居 并序

丹丘家於潁陽，新卜別業，其地北倚馬嶺，連峯嵩丘，南瞻鹿臺，極目汝海。雲巖映鬱，有佳致焉。白從之遊，故有此作。

仙遊渡潁水，訪隱同元君。忽遺蒼生望，獨與洪崖羣。卜地初晦跡，興言且成文。却顧北山斷，前瞻南嶺分。遥通汝海月，不隔嵩丘雲。之子合逸趣，而我欽清芬。舉跡倚松石，談笑迷朝曛。益願狎青鳥，拂衣棲江濆。

【校】

〔益願〕益，兩宋本、繆本、胡本俱作終。王本注云：繆本作終。

【注】

〔潁陽〕見卷十五潁陽别元丹丘之淮陽詩注。

〔馬嶺〕元和郡縣志卷五：馬嶺山在（河南府密）縣南十五里，洧水所出。

〔鹿臺〕王云：一統志：鹿臺山在南陽府汝州北二十里，有臺狀若蹲鹿。

〔汝海〕王云：枚乘七發：南望荆山，北望汝海。李善注：汝稱海，大言之也。一統志：汝水源出嵩縣分水嶺，經流郟縣，合扈澗、長橋等水，戴液、團造等溪，東流入淮。參見卷十三秋夜宿龍門香山寺……詩注。

〔青鳥〕王云：江淹詩：「青鳥海上遊。」李善注：吕氏春秋曰：海上有人好青者，朝至海上而從青遊，青至者前後數百。其父曰：「聞汝從青遊，盍取來？吾欲觀之。」其子明旦至海上，羣青翔而不下。劉良注：青鳥，海鳥也。琦按此詩所謂青鳥，當是用此事。然考今呂氏春秋本青作蜻，而注以爲蜻蜻小蟲，與李氏所引不同，疑今本之訛也。詩意謂潁陽別業固盡丘壑之美，而己之所好更在江湖，是以欲與青鳥相狎而棲息江濆。范傳正稱太白偶乘扁舟，一日千里，或遇勝境，終年不移。逸情所寄，不即此可見歟！

【評箋】

按：此詩云：「卜地初晦跡」，又有「忽遺蒼生望」之句，則元亦不得志於時者之流。李集中與元往復各詩皆言棲隱學道之事，則此詩或二人偕隱之開端。

題瓜洲新河餞族叔舍人賁

齊公鑿新河，萬古流不絕。豐功利生人，天地同朽滅。兩橋對雙閣，芳樹有行列。愛此如甘棠，誰云敢攀折？吴關倚此固，天險自茲設。海水落斗門，潮平見沙汭。我行送季父，弭棹徒流悅。楊花滿江來，疑是龍山雪。惜此林下興，愴爲山陽別。瞻望清路塵，歸來空寂蔑。

【校】

〔吴關〕吴，蕭本作美，誤。王本注云：蕭本作美。

〔此固〕此，胡本作北。

〔潮平〕潮，蕭本、咸本俱作湖。王本注云：蕭本作湖。

〔汭〕兩宋本、繆本俱作沉。王本注云：繆本作沉。

〔路〕英華作露。

〔蔑〕咸本作滅，注云：一本作蔑。王本注云：蕭本作滅，複第二韻恐誤。

【注】

〔瓜洲〕王云：胡三省通鑑注：揚州江都縣南三十里有瓜洲鎮，正對京口北固山，所謂新河，即今之瓜洲運河是也。

〔舍人賁〕按：新書世系表，高宗子許王素節之孫名賁，未知即其人否。

〔齊公〕舊唐書玄宗紀：開元二十六年，潤州刺史齊澣開伊婁河於揚州南瓜洲浦。又卷一九〇齊澣傳：開元二十五年，遷潤州刺史，……潤州北界隔大江，至瓜步，沙尾紆匯六十里，船繞瓜步，多爲風濤所漂損。澣乃移其漕路於京口埭下，直渡江二十里。又開伊婁河二十五里，即達楊子縣。自是免漂損之患，歲減脚錢數十萬。

〔甘棠〕詩甘棠傳：召伯聽男女之訟，不重煩勞百姓，止舍小棠之下而聽斷焉。國人被其德，説其化，思其人，敬其樹。

〔斗門〕舊唐書職官志：水中斗門灌溉。新唐書食貨志：江南送租庸調物以歲二月至揚州，入斗門。按：斗門爲蓄洩水流之牐門。

〔沙汭〕王云：木華海賦：雲錦散文於沙汭之際。李善注：毛萇詩傳曰：芮，崖也，芮與汭通。左傳集解：水之隈曲曰汭。説文：汭，水相入也，泬，水從孔穴疾出也。或疑廣韻、韻會諸書屑薛韻中無汭字，當以泬爲是者，琦按江淹擬古詩「赤玉隱瑶溪，雲錦被沙汭」，「昨發赤亭渚，今宿浦陽汭」，皆作爇音讀，與設絶滅雪别字相叶，何疑於此詩耶？按：去聲字叶入聲，在六朝詩常見，如何遜日夕望江山贈魚司馬詩洛汭亦押入聲，不獨江淹詩也。

△汭音爇，泬音血。

〔龍山〕鮑照詩：「胡風吹朔雪，千里度龍山。」

洗脚亭

白道向姑熟，洪亭臨道旁。前有吴時井，下有五丈牀。樵女洗素足，行人歇金裝。西望白鷺洲，蘆花似朝霜。送君此時去，回首淚成行。

【校】

〔吴時〕吴，蕭本、咸本、胡本俱作昔。王本注云：蕭本作昔。

〔鷺〕兩宋本、繆本俱作烏。王本注云：繆本作烏。

〔行〕王本注云：一作雙。

【注】

〔白道〕王云：白道，大路也，人行跡多，草不能生，遥望白色，故曰白道。唐詩多用之。鄭谷：「白道曉霜迷」，韋莊：「白道向村斜」，是也。按：本卷寄遠之七：「百里望花光，往來成白道」，即其證。

〔姑熟〕王云：通典：宣州當塗縣城，即晉姑熟城也。胡三省通鑑注：姑熟，前漢丹陽春穀縣地，今太平州當塗縣即姑熟之地。縣南二里有姑熟溪，西入大江。陸游曰：姑熟城在當塗北。

〔金裝〕王云：傅玄秋胡行：「遂下黄金裝。」梁簡文登山馬詩：「間樹識金裝。」

〔白鷺洲〕見卷十三宿白鷺洲寄楊江寧、卷十七送殷淑第二首及卷二十一登金陵鳳凰臺詩注。

【評箋】

胡云：此疑送行詩，題有逸字。

王云：詩乃送行之作，題内似有缺文。

勞勞亭

天下傷心處，勞勞送客亭。春風知别苦，不遣柳條青。

【注】

〔勞勞亭〕楊云：輿地志：秣陵縣新亭隴有望遠樓，又名勞勞樓，宋改爲臨滄觀，行人分別之所。王云：景定建康志：勞勞亭在城南十五里，古送別之所，吴置亭在勞勞山上，今顧家寨大路東即其所。江南通志：勞勞亭在江寧府治西南。參見卷七勞勞亭歌注。

題金陵王處士水亭

王子躭玄言，賢豪多在門。好鵝尋道士；愛竹嘯名園。樹色老荒苑；池光蕩華軒。北堂見明月，更憶陸平原。掃拭青玉簟，爲余置金尊。醉罷欲歸去，花枝宿鳥喧。何時復來此，再得洗囂煩？

【校】

〔題〕兩宋本、繆本、蕭本、胡本題下俱注云：此亭蓋齊朝南苑，又是陸機故宅。王本注上加原注二字。

〔老〕兩宋本、繆本、蕭本、王本俱注云：一作秀。

〔北〕兩宋本、繆本俱作此。王本注云：諸本皆作此，今校從文苑英華本。

〔拭〕兩宋本、繆本俱作地。王本注云：諸本皆作地，今校從文苑英華本。

〔罷〕兩宋本、繆本、蕭本、王本俱注云：一作後。

〔再〕兩宋本、繆本、王本俱注云：一作更。英華作更，注云：集作再。

【注】

〔王處士水亭〕景定建康志卷二二：水亭有二：一在臺城寺，即今之法寶寺。一在齊南苑中，是陸機故宅，乃王處士故宅，今鳳臺山南傍秦淮是其處。

〔好鵝〕見卷十七送賀賓客歸越詩注。

〔愛竹〕世説簡傲篇：王子猷嘗行過吴中，見一士大夫家，極有好竹，主已知子猷當往，乃灑掃施設，在聽事坐相待。王肩輿徑造竹下，諷嘯良久。

〔荒苑〕王云：江南通志：南苑在江寧府城外瓦棺寺東北。方輿勝覽：陸機宅，圖經云：在上元縣南五里秦淮之側，有二陸讀書堂在焉。按：下文陸平原即指陸機。

〔陸平原〕晉書卷五四陸機傳：（成都王）穎以機參大將軍軍事，表爲平原内史。

題嵩山逸人元丹丘山居　并序

白久在廬霍，元公近遊嵩山，故交深情，出處無間。嵒信頻及，許爲主人。欣然適會本意，當冀長往不返，欲便舉家就之，兼書共遊，因有此贈。

家本紫雲山，道風未淪落。沉懷丹丘志，沖賞歸寂寞。朅來遊閩荒，捫涉窮禹鑿。夤緣泛潮海，偃蹇陟廬霍。憑雷躡天窗，弄景憩霞閣。且欣登眺美，頗愜隱淪諾。三山曠幽期，四岳聊所託。故人契嵩潁，高義炳丹雘。滅跡遺紛囂，終言本峯壑。自矜林湍好，不羨市朝樂。偶與真意并，頓覺世情薄。爾能折芳桂，吾亦採蘭若。拙妻好乘鸞，嬌女愛飛鶴。提攜訪神仙，從此鍊金藥。

【校】

〔沉懷〕沉，兩宋本、繆本俱作況。王本注云：繆本作況。

【注】

〔紫雲山〕王云：紫雲山在綿州彰明縣西南四十里，峯巒環秀，古木樛翠。地里書謂常有紫雲結其上，故名。岡來自北爲天倉，爲龍洞，其東爲風洞，爲仙人青龍洞，爲露香臺，其西爲蘽頤，爲白雲洞，其南爲天台，爲帝舜洞，爲桃溪源，爲天生橋，有道宮建其中，名崇仙觀。觀中有黄籙寶宮，世傳爲唐開元二十四年神人由他山徙置于此。宮之三十六柱皆檀木，鐵繩隱跡在焉。此山地誌不載，宋魏鶴山作記載集中，太白生于綿州，所謂「家本紫雲山」者，蓋謂是山歟！

〔閩荒〕王云：閩今福建地，在唐時爲建州、福州、泉州、漳州、汀州五郡之地。東甌與閩地相連接，在唐時爲温州、台州、處州三郡之地。秦時立閩中郡，合東甌在内，至漢始分東甌以立東海王。太白生平未嘗入閩，而温、台、處三州則遊歷多見於詩歌，疑此詩所謂閩荒者，指東甌之地而言也。

〔三山〕王云：三山謂海中三神山。

〔四岳〕王云：左傳：四岳三塗。杜預注：四岳：東岳岱，西岳華，南岳衡，北岳恒。蓋古稱四岳，不兼中岳在内，後世兼中岳而言，故稱五岳也。

〔丹雘〕王云：書梓材：惟其塗丹雘。孔穎達正義：雘是采色之名，有青色者，有朱色者。炳丹雘即炳若丹青之義。△雘，屋角切。

【評箋】

按：集中與元丹丘往復諸詩甚多，當以此首爲最在後。蓋序中有久在廬霍之句，不似早年時事，而詩中云：「拙妻好乘鸞」，與本卷送内尋廬山女道士李騰空之詩意亦有關。詹氏繫此詩於天寶九載，近是，惟謂太白此時方居廬山，乃誤會廬霍一語，廬霍不指廬山也。（王云：廬山在今江西九江、南康二府界内，霍山在今江南廬州界内，語亦牽強。）其在遊越以後，尤可推知。惟元既於嵩山有山居，而云近遊嵩山，語意似不合。或以元亦一度離嵩山然後復遊其地耳。

又按：韓門綴學續編辨南岳恒霍二名略云：漢書諸侯王表：北界淮瀕，略廬衡爲淮南。顔師古注曰：廬、衡，二山名也。白虎通巡狩篇釋五岳亦云霍山，而風俗通義載之尤明，曰南方衡山一名霍，……此皆霍山名衡之證也。此詩所云廬霍，蓋指廬江、宿松等地。

題江夏修静寺

我家北海宅，作寺南江濱。空庭無玉樹，高殿坐幽人。書帶留青草，琴堂冪素塵。平生種桃李，寂滅不成春。

【校】

〔題〕兩宋本、繆本、蕭本、胡本、王本題下俱注云：此寺是李北海舊宅。胡本多自注二字，王本多原注二字。

〔琴堂〕堂，兩宋本、繆本、蕭本、胡本、王本俱注云：一作臺。

【注】

〔北海〕王云：李邕爲北海太守，以文字名天下，時人稱爲李北海。詳卷九上李邕、卷十九答王十二寒夜獨酌有懷詩注。

〔書帶〕太平御覽卷九九四：三齊略記曰：不其城東有鄭玄教授山，山下生草如薤，長尺餘，堅韌異常，土人名作康成書帶。

【評箋】

今人詹鍈云：王譜於天寶六載下附考云：是年正月，杖殺北海太守李邕、淄川太守裴敦復，白……有題江夏修静寺詩，蓋傷邕也。係是時以後所作。按自天寶六載以後，太白惟本年（乾元元年）逗留江夏較久，疑是流夜郎至江夏時作。

改九子山爲九華山聯句 并序

青陽縣南有九子山，山高數千丈，上有九峯如蓮華。按圖徵名，無所依據。太史公南遊，略而不書，事絶古老之口，復闕名賢之紀。雖靈仙往復，而賦詠罕聞。予乃削其舊號，加以九華之目。時訪道江漢，憩於夏侯迴之堂，開簷岸幘，坐眺松雪，因與二三子聯句，傳之將來。

妙有分二氣，靈山開九華。李白　層標遏遲日，半壁明朝霞。高霽　積雪曜陰壑，飛流歕陽崖。韋權輿　青熒玉樹色，縹緲羽人家。李白

【校】

〔數千〕千，宋乙本作十。

〔事絶〕絶，蕭本作出。王本注云：許本作出。

〔歕〕蕭本作歕。

〔權輿〕兩宋本、蕭本、王本俱注云：權一作瓘。按：以上四人，胡本俱有名無姓。

【注】

〔九子山〕太平御覽卷四六九華山録曰：此山奇秀，高出雲表，峯巒異狀，其數有九，故號九子山焉。李白因遊江漢，覩其山秀異，遂更號曰九華。又曰：山之上有池塘數畝，水田千石，其池有魚，長者半尋，頒首頳尾，朱鬐丹腹，人欲觀之，叩木魚即躍，以可食之物散於池中，食訖而藏焉，其水流洩爲龍池，溢爲暴泉，入龍潭溪。

〔青陽縣〕舊唐書地理志：江南西道池州青陽：天寶元年分涇、南陵、秋浦三縣置。

〔太史公〕史記太史公自序：二十而南遊江淮。

〔夏侯迴〕按：當是宣宗時宰相夏侯孜之先代，惟新書世系表不載，迴疑當作迴。

〔妙有〕文選孫綽天台山賦：太虛遼廓而無閡，運自然之妙有。融而爲川瀆，結而爲山阜。李善注：妙有謂一也，言大道運彼自然之妙，一而生萬物也。……老子曰：道生一。王弼曰：一，數之始而物之極也。謂之爲妙有者，欲言有，不見其形，則非有，故謂之妙。欲言其無，物由之以生，則非無，故謂之有。斯乃無中之有，謂之妙有也。

〔青熒〕漢書卷八七揚雄傳：玉石嶜崟，眩耀青熒。顔師古注：青熒，言其色青而有光熒也。文選李善注：青熒，光明貌。△熒音螢。

【評箋】

今人詹鍈云：王譜於天寶元年下附考云：是年析涇縣、南陵、秋浦三縣置青陽縣，白有改九子山爲九華山與高霽韋權輿聯句詩，又有望九華山贈青陽韋仲堪詩，皆是時以後所作。按序中有開簷岸幘，坐眺松雪之語，當是嚴冬所作。

題宛溪館

吾憐宛溪好，百尺照心明。何謝新安水？千尋見底清。白沙留月色；緑竹助秋聲。却笑嚴湍上，於今獨擅名。

【校】

〔百尺〕尺，英華作丈，注云集作尺。

〔照心〕心，英華作山，注云集作心。

〔心明〕以上全句兩宋本、繆本、蕭本、王本俱注云：一作久照心益明。

〔何謝〕何，蕭本作可。胡本作可，注云：一作何。王本注云：蕭本作可。

【注】

〔宛溪〕王云：江南通志：宛溪在寧國府東，水至清澈。新安江在徽州府，其源有四：一出歙之黟山，一出休寧之率山，一出績溪之大鄣山，一出婺源之浙嶺。四水皆達歙浦，會流至嚴州，合金華水入浙江，爲灘凡三百六十。水至清，深淺皆見底。參見卷十二贈宣城宇文太守兼呈崔侍御及卷十八宣城送劉副使入秦詩注。

〔何謝〕張相詩詞曲語辭匯釋云：謝，猶讓也。李白題宛溪館詩：「何謝新安水，千尋見底清。」何謝猶云何讓也。言宛溪之清不讓新安水也。又上皇西巡南京歌：「萬國同風共一時，錦江何謝曲江池。」義同上。又勞勞亭歌：「昔聞牛渚吟五章，今來何謝袁家郎。」今來猶云如今，義亦同上。

【評箋】

魏慶之云：李白題宛溪館：「白沙留月色，緑竹助秋聲。」眼用活字。（詩人玉屑）

題東谿公幽居

杜陵賢人清且廉，東谿卜築歲將淹。宅近青山同謝朓；門垂碧柳似陶潛。好鳥迎春歌後院；飛花送酒舞前簷。客到但知留一醉，盤中祇有水精鹽。

【注】

〔東谿〕今人詹鍈云：雍録：杜陵在長安東南二十里。東谿蓋即在杜陵。按：杜陵指其人之姓，東谿指其地。若真爲杜陵之人，居杜陵之地，則不得云歲將淹矣。東谿疑仍是宣城附近之地，故云宅近青山。若在長安，即不得用此典。

〔青山〕方輿勝覽卷一五：青山在當塗縣東南三十里。齊宣城太守謝朓築室於山南，遺趾猶存，絶頂有謝公池。唐天寶間改爲謝公山，山下有青草市，一名謝家市。

〔水精鹽〕王云：梁書：中天竺國有真鹽，色正白如水精。魏書：太宗賜崔浩御縹醪酒十斛，水精戎鹽一兩。金樓子：胡中白鹽産于山崖，映日光明如水精，胡人以供國廚，名君王鹽，亦名玉華鹽。按：胡侍真珠船云：酉陽雜俎云：白鹽崖有鹽如水精，名爲君王鹽。段公路北户録云：鹽有如水精狀者。一統志：撒馬兒罕土産水晶鹽，堅明如水精，琢爲盤，以水溼之，可和肉食。

嘲魯儒

魯叟談五經，白髮死章句。問以經濟策，茫如墜烟霧。足著遠遊履，首戴方山巾。緩步從直道，未行先起塵。秦家丞相府，不重褒衣人。君非叔孫通，與我本殊倫。時事且未達，歸耕汶水濱。

【校】

〔方山〕山，兩宋本、繆本俱作頭。咸本作頂，注云：一作頭。王本注云：繆本作頭。

【注】

〔方山〕王云：莊子：宋鈃、尹文作華山之冠以自表。注云：華山上下均平，作冠象之，表己心均平也。後人所謂方山冠蓋出於此。按：莊子文見天下篇。似亦非方山巾所出。後漢書輿服志有方山冠。方山之意，蓋取其端重，藉以形容儒者之迂闊。

〔褒衣〕漢書卷七一雋不疑傳：褒衣博帶，盛服至門上謁。顔師古注：褒，大裾也，言著褒大之衣，廣博之帶，而説者乃以爲朝服垂褒之衣，非也。△褒音包。

〔叔孫通〕史記叔孫通列傳：説上曰：……臣願徵魯諸生與臣弟子共起朝儀。……於是叔孫通使徵魯諸生三十餘人，魯有兩生不肯行，曰：「公所事者且十主，皆面諛以得親貴，今天下初定，死者未葬，傷者未起，又欲起禮樂。禮樂所由起，積德百年而後可興也。吾不忍爲公所爲，公所爲不合古，吾不行。公往矣，無汙我。」叔孫通笑曰：「若真鄙儒也，不知時變。」遂與所徵三十人西。

〔汶水〕見卷十三沙丘城下寄杜甫詩注。

懼讒

二桃殺三士，詎假劍如霜？衆女妬蛾眉，雙花競春芳。魏姝信鄭袖，掩袂對懷王。一惑巧言子，朱顔成死傷。行將泣團扇，戚戚愁人腸。

【校】

〔競〕蕭本作竟。

〔袖〕王本注云：蕭本作褎，古字同。

〔死〕兩宋本、繆本、蕭本、王本俱注云：一作損。胡本作損。

【注】

〔二桃〕見卷三梁甫吟注。

〔掩袂〕戰國策楚策：魏王遺楚王美人，楚王悦之。夫人鄭袖知王之悦新人也，甚愛新人，衣服玩好擇其所喜而爲之，宫室卧具擇其所善而爲之，愛之甚於王。王曰：「……鄭袖知寡人之悦新人也，其愛之甚於寡人，此孝子之所以事親，忠臣之所以事君也。」鄭袖知王以己爲不妬也，因謂新人曰：「王愛子美矣，然惡子之鼻。子見王則必掩鼻。」新人見王，因掩其鼻，王謂鄭袖曰：「新人見寡人則掩其鼻，何也？」鄭袖曰：「妾不知也。」王曰：「雖惡必言之。」鄭袖曰：「其似惡聞王之臭也。」王曰：「悍哉！」令劓之無使逆命。

〔團扇〕文選班婕妤怨歌行：「新裂齊紈素，皎潔如霜雪。裁爲合歡扇，團團似明月。出入君懷袖，動摇微風發。常恐秋節至，涼風奪炎熱。棄捐篋笥中，恩情中道絶。」

觀獵

太守耀清威，乘閒弄晚輝。江沙横獵騎；山火繞行圍。箭逐雲鴻落；鷹隨月兔飛。不知白日暮，歡賞夜方歸。

【校】

〔月兔〕月，胡本作玉。

【注】

〔山火〕王云：庾信詩：「山火即時燃。」山火，獵者燒草以驅逼禽獸之火也。

觀胡人吹笛

胡人吹玉笛，一半是秦聲。十月吴山曉，梅花落敬亭。愁聞出塞曲；淚滿逐臣纓。却望長安道，空懷戀主情。

【校】

〔題〕胡本作聽胡人吹笛。

【注】

〔秦聲〕漢書卷六六楊惲傳：家本秦也，能爲秦聲。

〔敬亭〕輿地廣記卷二四：宣州宣城縣有敬亭山。

〔出塞曲〕王云：古今注：横吹，胡樂也。張博望入西域，傳其法於西京，唯得摩訶、兜勒二曲。李延年因胡曲更造新聲二十八解。魏、晉以來二十八解不復具存，世用者黄鶴、隴頭、出關、入關、出塞、入塞、折楊柳、黄覃子、赤之陽、望行人十曲。

【評箋】

蕭云：太白放逐之餘，睠戀宗國之意隨寓而發，觀此詩末二句，概可見矣。

按：末句顯爲出長安後居宣城之作。李詩中屢言胡姬胡樂，蓋當時爲聲樂者多屬胡人，此詩之胡人吹玉笛，與卷二十九日登山之「胡人叫玉笛」，皆非别有寓意。

軍行

騮馬新跨白玉鞍，戰罷沙場月色寒。城頭鐵鼓聲猶震，匣裏金刀血未乾。

【校】

〔題〕胡本作從軍行，與百戰沙場一首共爲一題。

〔跨〕兩宋本、繆本、蕭本、王本俱注云：一作誇。

【注】

〔騮馬〕王云：史記集解：徐廣曰：赤馬黑髦曰騮。

〔沙場〕王云：胡三省通鑑注：唐人謂沙漠之地爲沙場。

【評箋】

嚴羽云：太白塞上曲：「騮馬新跨白玉鞍」，乃王昌齡之詩，亦誤入。昌齡本有二篇，前篇乃「秦時明月漢時關」也。（滄浪詩話）

今人詹鍈云：文苑英華亦録此詩，爲王昌齡塞上曲第二首，與嚴羽所見無二。李太白集此詩下復有從軍行，同題似不當重出，據此亦可證爲昌齡詩也。

按：詩人玉屑卷十一考證亦有此條。

從軍行

百戰沙場碎鐵衣，城南已合數重圍。突營射殺呼延將，獨領殘兵千騎歸。

【校】

〔題〕按樂府載從軍行二首，其一首在卷六。

【注】

〔呼延〕楊云：薛收元經傳曰：匈奴署各種爲長，有王號者十六等，曰左右賢王太子爲元，餘四姓曰呼延氏、十氏、蘭氏、喬氏。呼延號日逐，世爲輔相。通志氏族略：匈奴有呼衍氏，入中國改爲呼延氏。

平虜將軍妻

平虜將軍婦，入門二十年。君心自不悦，妾寵豈能專？出解牀前帳，行吟道上篇。古人不吐井，莫忘昔纏綿。

【校】

〔吐〕兩宋本、繆本、胡本俱作唾。按：程大昌演繁露引作唾。

【注】

〔吐井〕王云：古樂府：王宋者，平虜將軍劉勳妻也。入門二十餘年，後勳悦山陽司馬氏女，以宋無子出還，於道中作詩二首曰：「翩翩牀前帳，張以蔽光輝。昔將爾同去，今將爾同歸。緘藏篋笥裏，當復何時披？」又曰：「誰言去婦薄，去婦情更重。千里不吐井，況乃昔所奉。遠望未爲遥，踟蹰不得並。」程大昌曰：「千里不吐井，況乃昔所奉。」謂嘗飲此井，雖舍而去之千里，知不復飲矣，然猶以嘗飲乎此而不忍吐也。況昔所嘗奉以爲君子者乎？按：姚寬西溪叢語云：李太白平虜將軍妻詩云：「古人不唾井，莫忘昔纏綿。」李濟翁資暇録云：諺有曰：千里井，不反唾，或云剉。言昔人經驛舍，反馬餘剉於井，後經此井汲水，爲剉所哽。

春夜洛城聞笛

誰家玉笛暗飛聲？散入春風滿洛城。此夜曲中聞折柳，何人不起故園情？

【注】

〔折柳〕楊云：李延年横吹二十八解中有折楊柳一曲。

嵩山採菖蒲者

神人多古貌，雙耳下垂肩。嵩岳逢漢武，疑是九疑仙。我來採菖蒲，服食可延年。言終忽不見，滅影入雲烟。喻帝竟莫悟，終歸茂陵田。

【校】

〔神人〕人，蕭本作仙。王本注云：蕭本作仙。

【注】

〔菖蒲〕神仙傳：漢武上嵩山，登大愚石室，起道宫，使董仲舒、東方朔等齋潔思神。至夜，忽見有仙人長二丈，耳出頭顛，垂下至肩，武帝禮而問之。仙人曰：「吾九疑之人也。聞中岳石上菖蒲一寸九節，可以服之長生，故來採耳。」忽然失神人所在。帝顧侍臣曰：「彼非復學道服食者，必中岳之神以喻朕耳。」爲之採菖蒲，服之，經二年，帝覺悶不快，遂止。時從官多服，然莫能持久。唯王興聞仙人教武帝服菖蒲，乃採服之不息，遂得長生。鄰里老少皆云，世世見之，竟不知所之。　參見卷十七送祝八之江東……詩注。

〔茂陵〕漢書武帝紀：後元二年二月丁卯，帝崩於五柞宫。三月甲申，葬茂陵。注：臣瓚曰：茂陵在長安西北八十里。

金陵聽韓侍御吹笛

韓公吹玉笛，倜儻流英音。風吹繞鍾山，萬壑皆龍吟。王子停鳳管；師襄掩瑶琴。餘韻渡江去，天涯安可尋？

【校】

〔英音〕英，文粹作玉。

〔餘韻〕韻，兩宋本、繆本、咸本、文粹俱作響。王本注云：蕭本作響。按：蕭本作韻，王注誤。

【注】

〔韓侍御〕按：卷十八送韓侍御之廣德、卷十九至陵陽山登天柱石酬韓侍御見招隱黄山詩，當即其人。

〔倜儻〕廣韻：倜儻，不羈也。△倜音惕。

〔龍吟〕文選馬融長笛賦：近世雙笛從羌起，羌人伐竹未及已。龍吟水中不見已，截竹吹之聲相似。

〔師襄〕家語卷八：孔子學琴於師襄子，襄子曰：「吾雖以擊磬爲官，而能於琴。」

【評箋】

今人詹鍈云：王琦謂韓侍御即太白武昌宰韓君去思頌碑中所稱之韓雲卿，見至陵陽山登天柱石酬韓侍御見招隱黄山詩注。又武昌宰韓君去思頌碑王注：昌黎集注：韓雲卿上元辛丑特進試鴻臚卿兼御史中丞，仕終禮部侍郎。果爾則此詩之作當在上元二年以前。但鍈按東雅堂本韓昌黎集科斗書後記篇注云：上元辛丑，特進試鴻臚卿兼御史中丞田神功平劉展於淮西，雲卿爲平淮碑。知特進試鴻臚卿兼御史中丞者乃田神功，非韓雲卿也。王琦失其句讀，遂致巨誤。

流夜郎聞酺不預

北闕聖人歌太康，南冠君子竄遐荒。漢酺聞奏鈞天樂，願得風吹到夜郎。

【注】

〔聞酺〕王云：漢書文帝紀：賜酺五日。服虔曰：酺音蒲。文穎注：酺音步。漢律：三人以上無故羣飲酒罰金四兩。今詔橫賜得令聚會飲食五日也。顏師古注：酺之爲言布也，王德布於天下而合聚飲食爲酺，服音是也。唐時無三人羣飲之禁，所謂賜酺者，蓋聚作伎樂年高者得賜酒食耳。唐書至德二載十二月，賜民酺五日。此詩當是至德二載所作。

〔太康〕王云：詩國風：無已太康。毛傳曰：康，樂也。魏明帝野田黄雀行：百姓謳吟詠太康。

〔南冠〕王云：南冠君子用左傳鍾儀事。參見卷二十四萬憤詞投魏郎中詩注。

〔鈞天〕王云：鈞天樂用趙簡子事。參見卷一明堂賦注。

【評箋】

今人詹鍈云：新唐書肅宗紀：至德二載十二月，賜民酺五日。按至德二載白尚未流夜郎，此詩蓋乾元元年春間所作。蓋至是時賜酺之事始聞於江南也。王注謂是至德二載所作，非也。

放後遇恩不霑

天作雲與雷，霈然德澤開。東風日本至，白雉越裳來。獨棄長沙國，三年未許回。何時入宣室，更問洛陽才？

【注】

〔天作〕王云：首二句暗用周易：雷雨作解，君子以赦過宥罪意。

〔長沙國〕史記屈原賈生列傳：賈生名誼，洛陽人也。……爲長沙王太傅三年，有鵩飛入賈生舍，止於座隅。楚人命鵩曰服，賈生既以謫居長沙，長沙卑濕，自以爲壽不得長，傷悼之，乃爲賦以自廣。……後歲餘賈生徵見，孝文帝方受釐坐宣室，因感鬼神事而問鬼神之本。賈生具道所以然之狀。至夜半，文帝前席。既罷曰：「吾久不見賈生，自以爲過之，今不及也。」

〔宣室〕三輔黃圖：宣室，未央前殿正室也。

【評箋】

今人詹鍈云：新唐書肅宗紀：乾元元年：十月甲辰，大赦。通鑑：乾元元年：十月甲辰冊太子下考異引實録云：可大赦天下。……其天下見禁囚徒以下罪一切放免。遇恩不霑者，疑指此次大赦而言。

宣城見杜鵑花

蜀國曾聞子規鳥，宣城還見杜鵑花。一叫一回腸一斷，三春三月憶三巴。

【注】

〔子規〕王云：子規一名杜鵑，蜀中最多。春暮則鳴，聞者悽惻。杜鵑花處處有之，即今之映山紅也。以二三月中杜鵑鳴時盛開，故名。三巴，巴郡、巴西、巴東也。太白本蜀地綿州人。綿州在唐時亦謂之巴西郡，因在異鄉見杜鵑花開，想蜀地此時杜鵑應已鳴矣，不覺有感而動故國之思。楊升菴引此詩以爲太白是蜀人非山東人之一證，或以此詩爲杜牧所作子規詩，非也。

白田馬上聞鶯

黄鸝啄紫椹，五月鳴桑枝。我行不記日，誤作陽春時。蠶老客未歸，白田已繅絲。驅馬又前去，捫心空自悲。

【校】

〔白田已繰絲〕此句兩宋本、繆本、王本俱注云：一作吴人欲蚕絲。

〔自悲〕悲，兩宋本、繆本、王本俱注云：一作嗤，咸本作嗤。

【注】

〔白田〕王云：白田，地名，今江南寶應縣有白田渡，當是其處。

〔黄鸝〕王云：陸璣詩疏：黄鳥，黄鸝留也，或謂之黄栗留，幽州人謂之黄鶯。一名倉庚，一名商庚，一名鵹黄，一名楚雀。齊人謂之搏黍，關西謂之黄鳥。一云：鸝黄當椹熟時來在桑間，故里語曰：「黄栗留，看我麥黄椹熟不！」亦是應節趨時之鳥也。椹本作葚，桑實也。生青，熟則紫色。

【評箋】

按：李嘉祐有送皇甫冉往安宜詩云：「君向白田何日歸。」又有白田西憶楚州使君弟詩。可證白田屬楚州安宜縣。本集卷九有贈徐安宜詩亦云：「白田見楚老，歌詠徐安宜」，蓋一時所作。

又按：程侍郎（恩澤）遺集卷六白田懷古詩注：李供奉聽鶯處。詩略云：「夜郎富黄鸝，其聲争管弦。衆耳寂不聞，馬上驚飛仙。偶然題一詩，石破蒼苔鐫。吟聲與鶯聲，萬口天下傳。白田及烏江，亦以詩千年。……却顧鳳巢闕，想像鯨魚旋。」又重經白田四律注：後人辨匡山，辨夜郎，皆徒然耳，不足當公一吷。皆似以白田聽鶯爲在貴州。（程作此詩時，方爲貴州學政。）乃沿俗説之誤。

又按：今人詹鍈云：張澍養素堂集卷十二李白未至夜郎辨：夜郎，漢屬牂柯郡，牂柯本屬且蘭國，今在遵義界，唐屬珍州，在今歌羅寨。舊志云：李白曾貶竄於此，今桐梓驛西二十里有夜郎城，道卧古碑，字已漫滅。縣治内白故宅舊井跡存焉。余攝篆遵義之日，暇遊桃源洞。洞前贔屭屹然，鐫曰：李白聽鶯處，謂「清浮蟻酒醅初緑，暖入鶯簧舌漸調」，乃流謫時所詠也。近人遂謂白流夜郎實已至其地。……俗説尤可笑。考李白行蹤者亦不可不知也。

又按：張澍續黔書（粤雅堂叢書本）李白至夜郎辨云：近人謂白流夜郎，實未至其地。據贈江夏韋太守良宰詩云：「傳聞赦書至，却放夜郎回。」又據詩云：「昔去三湘遠，今來萬里餘。」謂白泝三湘將至夜郎，即聞赦命而還，其説疏甚。夫白之在夜郎也，蓋久而後奉金雞矣。其秋浦桃花憶舊遊詩所云「三載夜郎還，於兹鍊金骨」也。又烏江留别宗十六璟詩曰：「拙妻莫邪劍，反比二龍隨。」蓋白攜妻子就貶所，而宗璟從至夜郎，仍旋鄉里，白送之於烏江也。烏江在今遵義府南八十里，源出黔西，經縣之湘、洪、仁三江，由南思北流入蜀之涪江，與詩所謂「白帝晚猿斷，黄牛過客遲」者亦符，又不止題葵葉、贈辛判官、聞酺不與、武陵木瓜山諸詩之可徵也。其説與前説適相反。姑附載於此。

三五七言

秋風清，秋月明。落葉聚還散；寒鴉棲復驚。相思相見知何日；此時此夜難爲情。

【校】

〔寒鴉〕鴉，兩宋本、繆本俱作烏。王本注云：繆本作烏。

【評箋】

胡云：其體始鄭世翼，白仿之。

王云：楊云：古無此體，自太白始。滄浪詩話以此詩爲隋鄭世翼之詩。臞仙詩譜以此篇爲無名氏作，俱誤。

雜詩

白日與明月，晝夜尚不閑。况爾悠悠人，安得久世間？傳聞海水上，乃有蓬萊山。玉樹生緑葉，靈仙每登攀。一食駐玄髮，再食留紅顔。吾欲從此去，去之無時還。

【校】

〔尚不〕尚，兩宋本、繆本、蕭本、王本俱注云：一作常。

〔去之〕胡本作去去。

【注】

〔蓬萊〕列子湯問篇：……其中有五山焉：一曰岱輿，二曰員嶠，三曰方壺，四曰瀛洲，五曰蓬萊。其山高下周旋三萬里，其頂平處九千里，山之中間相去七萬里，以爲鄰居焉。其上臺觀皆金玉，其上禽獸皆純縞，珠玕之樹皆叢生，華實皆有滋味，食之皆不老不死。……

寄遠十二首

三鳥別王母，銜書來見過。腸斷若剪絃，其如愁思何！遥知玉窗裏，纖手弄雲和。奏曲有深意，青松交女蘿。寫水山井中，同泉豈殊波？秦心與楚恨，皎皎爲誰多？

【校】

〔來見〕見，咸本作相，注云：一作見。

〔思何〕此句下咸本注云：一本無此二句。

〔山井〕山，兩宋本、繆本、咸本、胡本俱作落。王本注云：繆本作落。

【注】

〔三鳥〕王云：三鳥，三青鳥，西王母使也。

〔雲和〕王云：舊唐書：如箏稍小曰雲和。文獻通考：雲和琵琶如箏，用十三絃，施柱彈之，足黄鐘一均而倍六聲，其首爲雲象，因以名之，非周官雲和琴瑟之制也。又唐清樂部有雲和箏，蓋其首象雲，與雲和琴瑟之制同矣。

其二

青樓何所在？乃在碧雲中。寶鏡挂秋水，羅衣輕春風。新妝坐落日，悵望金屏空。念此送短書，願因雙飛鴻。

【校】

〔秋水〕水，兩宋本、繆本、蕭本、胡本、王本俱注云：一作月。

〔金屏〕金，兩宋本、繆本、蕭本、王本俱注云：一作錦。

〔念此〕兩宋本、繆本、蕭本、王本俱注云：一作剪綵。

〔願因〕因，兩宋本、繆本、王本俱注云：一作同。

【注】

〔短書〕文選江淹雜體詩：「袖中有短書，願寄雙飛燕。」李周翰注：短書，小書也。

其三

本作一行書，殷勤道相憶。一行復一行，滿紙情何極？瑶臺有黄鶴，爲報青樓人。朱顔凋落盡，白髪一何新！自知未應還，離居經三春。桃李今若爲，當窗發光彩。莫使香風飄，留與紅芳待。

【校】

〔其三〕遠憶巫山陽一首，咸本在此。

〔道〕咸本作坐，注云：一作道。

〔未應還〕還，兩宋本、繆本、王本俱注云：一作老。咸本注云：一作未因老。

〔居〕兩宋本、繆本、蕭本、王本俱注云：一作君。

〔與〕兩宋本、繆本、王本俱注云：一作取。

其四

玉筯落春鏡，坐愁湖陽水。聞與陰麗華，風烟接鄰里。青春已復過；白日忽相催。但恐荷花晚，令人意已摧。相思不惜夢，日夜向陽臺。

【校】

〔春鏡〕春，兩宋本、繆本、王本俱注云：一作清。

〔聞與〕聞，兩宋本、繆本、王本俱注云：一作且。

〔荷花〕荷，兩宋本、繆本、王本俱注云：一作飛。胡本作飛。

【注】

〔湖陽〕舊唐書地理志：山南東道唐州湖陽：漢縣，……武德四年，於縣置湖州，……貞觀元年，……以湖陽屬唐州。

〔麗華〕王云：陰麗華，漢光武帝之后，南陽新野人。自新野至湖陽，道里遠近，不及百里，所謂風烟接鄰里也。參見卷七南都行注。

其五

遠憶巫山陽，花明渌江暖。躊躇未得往，淚向南雲滿，春風復無情，吹我夢魂斷。不見眼中人，天長音信短。

【注】

〔南雲〕楊慎丹鉛總録卷二〇云：詩人多用南雲字，不知所出，或以江總「心逐南雲去，身隨北雁來」爲始，非也。陸機思親賦云：指南雲以寄欽，望歸風而效誠。陸雲九愍云：眷南雲以興悲，蒙東雨而涕零。蓋又先乎江總矣。

【評箋】

王云：此詩與樂府大堤曲相同，惟首三句異耳，編者重入。

其六

陽臺隔楚水，春草生黄河。相思無日夜，浩蕩若流波。流波向海去，欲見終無因。遥將一點淚，遠寄如花人。

【校】

〔陽臺〕以下二句，兩宋本、繆本俱注云：一作陰雲滿楚水，轉蓬落渭河。蕭本、王本注同，滿作隔。

〔流波〕流，咸本注云：一作深，下同。

〔欲見〕此句兩宋本、繆本、蕭本、王本俱注云：一作定繞珠江濱。

〔遥將〕將，咸本注云：一作持。

其七

妾在春陵東，君居漢江島。百里望花光，往來成白道。一爲雲雨別，此地生秋草。秋草秋蛾飛，相思愁落暉。何由一相見，滅燭解羅衣？

【校】

〔妾〕兩宋本、繆本俱作昔，注云：一作妾。王本注云：一作昔。

〔百里〕蕭本作一日。此二句兩宋本、繆本、蕭本、王本俱注云：一作日日採蘼蕪，上山成白道。王本又注云：又百里蕭本作一日。胡本作日日采蘼蕪，上山成白道。

〔落暉〕兩宋本、繆本此下俱注云：一本暉下多昔時攜手去，今時流淚歸，遥知不得意，玉筯點羅衣。胡本注云：一本無此二句，落暉下有昔時攜手去，今日流淚歸。遥知不得意，玉筯點羅衣四句。

【注】

〔春陵〕通典卷一七七：隨州棗陽：又有漢春陵故城，在縣東。

〔蘼蕪〕王云：本草别録云：芎藭葉名蘼蕪。蘇頌曰：四五月生葉似水芹、胡荽、蛇床輩，作叢而莖細，其葉倍香。江東蜀人採以作飲，七八月開碎白花。古詩：「上山採蘼蕪，下山逢故夫。」

其八

憶昨東園桃李紅碧枝，與君此時初别離。金瓶落井無消息，令人行嘆復坐思。坐思行歎成楚越，春風玉顔畏銷歇。碧窗紛紛下落花；青樓寂寂空明月。兩不見，但相思。空留錦字表心素，至今緘愁不忍窺。

【校】

〔紅〕咸本作花。注云：一作紅。

〔坐思〕咸本注云：一本無下坐思二字。

〔春風玉顔畏銷歇〕咸本注云：一本作楚越春風畏銷歇。

〔表心〕表，蕭本作素，誤。

【注】

〔東園〕阮籍詠懷詩：「嘉樹下成蹊，東園桃與李。」

〔金瓶〕楊云：古樂府：「金瓶素綆汲寒漿。」按：唐覲延州筆記卷二云：李太白寄遠詩，其八曰「金瓶落井無消息」，注引古樂府「金瓶素綆汲寒漿」未是。按玉臺新詠估客詞曰：「有客數寄書，無信心相憶。莫非瓶落井，一去無消息。」

其九

長短春草緑，緣階如有情。卷葹心獨苦，抽却死還生。覩物知妾意，希君種後庭。閑時當採掇，念此莫相輕。

【校】

〔緣階〕階，兩宋本、繆本俱作門。王本注云：繆本作門。

【注】

〔卷葹〕王云：藝文類聚：南越志曰：寧鄉縣草多卷葹，拔心不死。江淮間謂之宿莽。

其十

魯縞如玉霜，筆題月支書。寄書白鸚鵡，西海慰離居。行數雖不多，字字有委曲。天末如見之，開緘淚相續。淚盡恨轉深，千里同此心。相思千萬里，一書直千金。

【校】

〔筆題〕筆，兩宋本、繆本、王本俱注云：一作剪。

〔月支〕支，蕭本、胡本俱作氏。王本注云：蕭本作氏。

〔慰〕兩宋本、繆本俱作畏。王本注云：繆本作畏。

〔淚盡〕此下二句兩宋本、繆本俱作千里若在眼，萬里若在心。胡本作千里若在眼，萬里若在心，注云：今本作淚盡恨轉深，千里同此心。王本注云：繆本作千里若在眼，萬里若在心。

【注】

〔魯縞〕見卷十七送魯郡劉長史遷弘農長史詩注。

〔月支〕王云：漢時西域國名。史記漢書皆作月氏。史記正義：氏音支。涼、甘、肅、瓜、沙等州本月氏國之地。漢書云：本居敦煌祁連間是也。後人皆作月支。

〔鸚鵡〕王云：初學記：南方異物志曰：鸚鵡有三種，青者大如烏臼，一種白，大如鴟鴞，一種五色，大於青者，交州巴南皆有之。桂海虞衡志：白鸚鵡大如小鵝，亦能言，羽毛玉雪，以手撫之，有粉黏著指掌，如蛺蝶翅。用白鸚鵡寄書，事奇而未詳所本。

其十一

美人在時花滿堂，美人去後餘空牀。牀中繡被卷不寢，至今三載聞餘香。香亦竟不滅，人亦竟不來。相思黃葉落，白露濕青苔。

【校】

〔題〕胡本列爲長相思三首之末一首，注云：此首亦作寄遠。

〔其十一〕王本注云：此首一作贈遠。又玄集題作長相思。

〔卷不寢〕兩宋本、繆本、蕭本、王本俱注云：一作更不卷。胡本作更不卷，注云：一作卷不寢。

〔聞餘香〕兩宋本、繆本、蕭本、王本俱注云：一作猶聞香。樂府與一作同。

〔葉落〕落，兩宋本、繆本俱作盡，注云：一作落。咸本作盡。胡本、王本俱注云：一作盡。

〔露濕〕濕，兩宋本、繆本、王本俱注云：一作點。

其十二

愛君芙蓉嬋娟之豔色，若可餐兮難再得。憐君冰玉清迴之明心，情不極兮意已深。朝共琅玕之綺食；夜同鴛鴦之錦衾。恩情婉孌忽爲别，使人莫錯亂愁心。亂愁心，涕如雪。寒燈厭夢魂欲絶，覺來相思生白髮。盈盈漢水若可越，可惜淩波步羅襪。美人美人兮歸去來，莫作朝雲暮雨兮飛陽臺。

【校】

〔若可〕若，蕭本作色。王本注云：蕭本作色。

〔婉孌〕咸本注云：一本無此二字。

〔暮雨兮〕兩宋本、繆本俱無此三字。王本注云：繆本缺暮雨兮三字。

長信宫

月皎昭陽殿；霜清長信宫。天行乘玉輦，飛燕與君同。更有歡娱處，承恩樂未窮。誰憐團扇妾，獨坐怨秋風？

【校】

〔題〕樂府作長信怨。

〔更有〕此句兩宋本、繆本、蕭本、王本俱注云：一作別有留情處。樂府歡娛作留情。

〔妾〕胡本作女。

【注】

〔昭陽殿〕見卷五宮中行樂詞第二首注。

〔長信宮〕王云：漢書：趙飛燕姊弟從自微賤興，踰越禮制，寖盛於前。班倢伃失寵，稀復進見，趙氏姊弟驕妒，倢伃恐久見危，求供養太后長信宮，上許焉。三輔黄圖：長信宮，漢太后常居之。按通靈記：太后，成帝母也，后宮在西，秋之象也，秋主信，故宮殿以長信爲名。

〔團扇〕見本卷懼讒詩注。

【評箋】

王云：按漢書：成帝遊於後庭，嘗欲與班倢伃同輦載。倢伃辭曰：「觀古圖畫，聖賢之君，皆有名臣在側，三代末主，乃有嬖女。今欲同輦，得無近似乎！」上善其言而止。太白翻其事而用之，言飛燕與君同輦而行，化實爲虚，畦徑都別。

長門怨二首

天回北斗挂西樓，金屋無人螢火流。月光欲到長門殿，别作深宫一段愁。

【校】

〔深宫〕咸本作深深，注云：一作深宫。絶句作深宫。

【注】

〔長門怨〕樂府古題要解：長門怨爲漢武帝陳皇后作也。后，長公主嫖女，字阿嬌。及衛子夫得幸，后退居長門宫，愁悶悲思，聞司馬相如工文章，奉黄金百斤，令爲解愁之詞。相如作長門賦，帝見而傷之，復得親幸者數年。後人因其賦爲長門怨焉。

其二

桂殿長愁不記春，黄金四屋起秋塵。夜懸明鏡青天上，獨照長門宫裏人。

【評箋】

蕭云：此詩皆隱括漢武陳皇后事，以比玄宗皇后，其意微而婉矣。

梅鼎祚云：二首蕭注以感明皇廢王后作，然此或自況耳。古宮怨詩大都自況。（李詩鈔）

按：蕭説不合古人詩旨。古人宮怨之作多别有寓意。即如本卷怨情一首云：「請看陳后黄金屋，寂寂珠簾生網絲。」蕭氏又必以爲直比玄宗皇后矣。誤何待辨？梅説較是。

春怨

白馬金羈遼海東，羅帷繡被卧春風。落月低軒窺燭盡；飛花入户笑牀空。

【校】

〔題〕絶句作春怨情。

代贈遠

妾本洛陽人狂夫幽燕客。渴飲易水波，由來多感激。胡馬西北馳，香騣摇緑絲。鳴鞭從此去，逐虜蕩邊陲。昔去有好言，不言久離别。燕支多美女，走馬輕風雪。見此不記人，恩情雲雨絶。啼流玉筯盡；坐恨金閨切。織錦作短書，腸隨回文結。相思欲有寄，恐君不見察。焚之揚其灰，手跡自此滅。

【校】

〔題〕兩宋本、繆本、王本俱注云：一作寄遠。

〔幽燕〕幽，咸本作陰，注云：一作幽。

〔駿〕咸本作髮，注云：一作駿。

〔離別〕胡本作別離。

【注】

〔易水〕元和郡縣志卷一八：河北道易州易縣有易水，一名故安河，出縣西寬中谷。周官曰：并州，其浸淶、易。燕太子丹送荆軻易水之上，即此水也。

〔織錦〕王云：武后璇璣圖序：苻堅時，秦州刺史扶風竇滔妻蘇氏，名蕙，字若蘭，知識精明，儀容秀麗，然性近於急，頗傷嫉妬。滔拜安南將軍，留鎮襄陽，不與偕行。蘇悔恨自傷，因織錦爲回文，五采相宣，瑩心輝目，縱廣八寸，題詩二百餘首，計八百餘言。縱横反覆，皆爲文章，才情之妙，超今邁古，名曰璇璣圖。讀者不能悉通，蘇氏笑曰：「徘徊宛轉，自爲語言，非我家人，莫之能解。」遂發蒼頭齎至襄陽，滔覽之，感其妙絶，迎蘇氏於漢南，恩好愈重。

陌上贈美人

駿馬驕行踏落花，垂鞭直拂五雲車。美人一笑褰珠箔，遥指紅樓是妾家。

【校】

〔題〕兩宋本、繆本、王本俱注云：一云小放歌行，一首在第三，此是第二篇。

〔紅〕兩宋本、繆本、咸本、王本俱注云：一作青。

【注】

〔五雲車〕王云：真誥：赤水山中學道者朱孺子，八月五日西王母遣迎，即日乘五色雲車登天。庾信步虛詞：「東明九芝盛，北燭五雲車。」五雲車，仙人所乘者，此蓋誇美言之。

閨情

流水去絶國，浮雲辭故關。水或戀前浦，雲猶歸舊山。恨君流沙去，棄妾漁陽間。玉筯夜垂流，雙雙落朱顏。黄鳥坐相悲，緑楊誰更攀？織錦心草草，挑燈淚斑斑。窺鏡不自識，況乃狂夫還。

【校】

〔流沙〕流，兩宋本、繆本、咸本、王本俱注云：一作龍。

〔夜垂〕兩宋本、繆本、咸本、王本俱注云：一作日夜。

【注】

〔流沙〕王云：元和郡縣志：居延海在甘州張掖縣東北一百六十里，即居延澤。古文以爲流沙者，其沙風吹流行故曰流沙。通典：沙州，古流沙地，其沙風吹流行，在郡西八十里。太平御覽：流沙在玉門關外。唐書西域傳：吐谷渾西北有流沙數百里。地理今釋：流沙在今陝西嘉峪關外索科鄂模以北，東至賀蘭山，西至廢沙州界，幾南北千餘里，東西數百里，其沙隨風流行，隨處有之。

〔漁陽〕王云：漁陽古北戎無終子國也。戰國時屬燕，秦於其地置漁陽郡。二漢及隋因之。唐爲幽州地，開元十八年，析幽州置薊州，後謂薊州爲漁陽郡。

代別情人

清水本不動，桃花發岸旁。桃花弄水色，波蕩摇春光。我悦子容豔，子傾我文章。風吹緑琴去，曲度紫鴛鴦。昔作一水魚；今成兩枝鳥。哀哀長雞鳴，夜夜達五曉。起折相思樹，歸贈知寸心。覆水不可收；行雲難重尋。天涯有度鳥，莫絶瑶華音。

【校】

〔五曉〕五，胡本作天。

【注】

〔鴛鴦〕王云：紫鴛鴦疑即所度之曲名。焦仲卿妻詩：「中有雙飛鳥，自名爲鴛鴦。仰頭相向鳴，夜夜達五更。」

〔相思樹〕文選左思吴都賦：相思之樹。劉淵林注：相思，大樹也，材理堅，邪斫之則文可作器，其實如珊瑚，歷年不變。東冶有之。

〔瑶華〕王云：楚辭：折疏麻兮瑶華，將以遺兮離居。王逸注：瑶華，玉華也。謝朓詩：「惠而能好我，問以瑶華音。」

代秋情

幾日相別離，門前生穭葵。寒蟬聒梧桐，日夕長鳴悲。白露濕螢火，清霜零兔絲。空掩紫羅袂，長啼無盡時。

【校】

〔空掩〕此句兩宋本、繆本、蕭本、咸本、胡本俱注云：一作空閨掩羅袂。王本掩紫下注云：一作閨掩。

【注】

〔穭葵〕楊云：穭自生稻。本草：凫葵生水中。爾雅云：莃，兔葵。頭似葵而小，葉狀似藜有毛。

〔兔絲〕王云：兔絲，蔓草也，多生荒野古道中。蔓延草木之上，有莖而無葉，細者如線，粗者如繩，黄色，子入地而生，初生有根，及纏物而上，其根自斷。蓋假氣而生，亦一異也。

對酒

蒲萄酒，金叵羅，吴姬十五細馬馱。青黛畫眉紅錦靴，道字不正嬌唱歌。玳瑁筵中懷裏醉，芙蓉帳裏奈君何！

【校】

〔帳裏〕兩宋本、繆本、咸本俱作底。王本注云：一作底。

〔唱歌〕歌，胡本作訛。

【注】

〔蒲萄酒〕王云：史記：大宛左右以蒲萄爲酒，富人藏酒至萬餘石，久者十數歲不敗。太平寰宇記：蒲萄酒，西域有之，前代或有貢獻。及貞觀中破高昌，收馬乳蒲萄實於苑中種之，并得其酒法。太宗自損益之，造酒，酒成凡有八色，芳香酷烈，味兼醍醐。既頒賜羣臣，京師始識其味。參見卷七襄陽歌注。

〔金叵羅〕北齊書卷三九祖珽傳：神武宴僚屬，於坐失金叵羅，竇泰令飲酒者皆脱帽，於珽髻上得之。按：叵羅，胡語酒杯也。舊唐書高宗紀作頗羅。

〔細馬〕王云：唐六典注：隴右諸牧監使每年簡細馬五十匹進，其翔麟鳳苑厩别簡粗壯敦馬一百匹，與細馬同進。按此知所謂細馬，乃駿馬之小者耳。按：細馬爲唐人常用語，謂上乘之馬也。粗馬則但堪粗使者。

〔青黛〕王云：中華古今注：梁天監中，武帝詔宫人作百妝青黛眉。韻會：青黛似空青而色深。本草：青黛從波斯國來，今以太原并廬陵南康等處染澱甕上沫紫碧色者用之。

【評箋】

胡云：相和曲對酒歌太平注見前，白所擬爲情話，與本辭異。

馬位云：唐詩歌舞中多用靴字。……太白詩：「吴姬十五細馬馱，青黛畫眉紅錦靴。……」按圖畫見聞志，唐代宗朝令宫人侍左右者穿紅錦勒靴，想當時妝飾如此。（秋窗隨筆）

怨情

新人如花雖可寵，故人似玉猶來重。花性飄揚不自持；玉心皎潔終不移。故人昔新今尚故，還見新人有故時。請看陳后黄金屋，寂寂珠簾生網絲。

【注】

〔新人〕王云：江總詩：「故人雖故昔經新，新人雖新復應故。」

湖邊採蓮婦

小姑織白紵，未解將人語。大嫂採芙蓉，溪湖千萬重。長兄行不在，莫使外人逢。願學秋胡婦，貞心比古松。

【注】

〔芙蓉〕王云：古今注：芙蓉一名荷華，生池澤中，實曰蓮，花之最秀異者。

〔秋胡〕見卷六陌上桑注。

怨情

美人卷珠簾，深坐顰蛾眉。但見淚痕濕，不知心恨誰？

代寄情楚辭體

君不來兮徒蓄怨積思而孤吟。雲陽一去以遠隔，巫山綠水之沉沉。留餘香兮染繡被，夜欲寢兮愁人心。朝馳余馬於青樓，怳若空而夷猶。浮雲深兮不得語，却惆悵而懷憂。使青鳥兮銜書，恨獨宿兮傷離居。何無情而雨絶，夢雖往而交疎。横流涕而長嗟，折芳洲之瑶華。送飛鳥以極目，怨夕陽之西斜。願爲連根同死之秋草，不作飛空之落花。

【校】

〔題〕兩宋本、繆本、咸本俱作代寄情人楚詞體。王本注云：繆本多人字。

〔雲陽〕王本注云：當作陽雲。

〔以遠隔〕以，蕭本、胡本俱作已。王本注云：蕭本作已。

〔雨絶〕雨，兩宋本、繆本、咸本、胡本俱作兩。王本注云：繆本作兩。

【注】

〔雲陽〕王云：子虚賦：於是楚王乃登陽雲之臺。孟康注：雲夢中高唐之臺，宋玉所賦者，言其高出雲之陽也。琦按詩意，正暗用高唐賦中神女事，知雲陽乃陽雲之誤爲無疑也。

〔朝馳〕王云：楚辭九歌：朝馳余馬兮江皋，夕濟兮西澨。

〔瑶華〕王云：謝靈運詩：「瑶華未堪折。」李周翰注：瑶華，麻花也。其色白，故比於瑶。此花香，服食可致長壽，故以爲美。

學古思邊

銜悲上隴首，腸斷不見君。流水若有情，幽哀從此分。蒼茫愁邊色，惆悵落日曛。山外接遠天，天際復有雲。白雁從中來，飛鳴苦難聞。足繫一書札，寄言歎離羣。離羣心斷絶，十見花成雪。胡地無春暉，征人行不歸。相思杳如夢，珠淚濕羅衣。

【校】

〔歎〕蕭本、胡本俱作難。王本注云：蕭本作難。

思邊

去年何時君别妾？南園緑草飛胡蝶。今歲何時妾憶君？西山白雪暗秦雲。玉關去此三千里，欲寄音書那可聞？

【校】

〔題〕兩宋本、繆本、蕭本、王本俱注云：一作春怨。

【注】

〔南園〕張協雜詩：「胡蝶飛南園。」

〔西山〕王云：西山即雪山，又名雪嶺，上有積雪，經夏不消，在成都之西，正控吐蕃。唐時有兵戍之。杜子美詩：「西山白雪高」、「西山白雪三城戍」，正指此地。

口號吴王美人半醉

風動荷花水殿香，姑蘇臺上見吴王。西施醉舞嬌無力，笑倚東窗白玉牀。

【校】

〔題〕兩宋本、繆本俱作口號吴王舞人半醉。絶句無口號二字，餘同兩宋本、繆本。王本美下注云：繆本作舞。

〔見吴王〕見，兩宋本、繆本、咸本、絶句俱作宴。王本注云：繆本作宴。

【評箋】

王云：琦按吴王即爲廬江太守之吴王也。以其所宴之地，比之姑蘇，以其美人，比之西施，乃席上口占，以寓笑謔之意耳。若作詠古，味同嚼蠟。

折荷有贈

涉江翫秋水，愛此紅蕖鮮。攀荷弄其珠，蕩漾不成圓。佳人綵雲裏，欲贈隔遠天。相思無因見，悵望涼風前。

【校】

〔題〕王云：此篇即前卷擬古之第十一首，只五字不同。

代美人愁鏡二首

明明金鵲鏡，了了玉臺前。拂拭皎冰月，光輝何清圓！紅顔老昨日；白髮多去年。鉛粉坐相誤，照來空凄然。

【校】

〔皎〕蕭本、胡本俱作交。王本注云：蕭本作交。

〔誤〕胡本作識。

【注】

〔金鵲〕太平御覽卷一一七神異經曰：昔有夫妻將別，破鏡人執半以爲信，其妻與人通，其鏡化鵲，飛至夫前，夫乃知之。後人因鑄鏡爲鵲安背上，自此始也。

〔鉛粉〕王云：韻會：鉛粉，胡粉也，以鉛燒煉而成，故曰鉛粉。△鉛音沿。

其二

美人贈此盤龍之寶鏡，燭我金縷之羅衣。時將紅袖拂明月，爲惜普照之餘輝。影中金鵲飛不滅；臺下青鸞思獨絶。藁砧一別若箭弦，去有日，來無年。狂風吹却妾心斷，玉筯并墮菱花前。

【注】

〔青鸞〕太平御覽卷九一六范泰鸞鳥詩序曰：罽賓王結罝峻卯之山，獲一鸞鳥，甚愛之。欲其鳴而不能致，乃飾以金樊，享以珍羞，對之逾戚，三年不鳴。夫人曰：「聞鳥見其類而後鳴，可懸鏡以映之！」王從言，鸞覩影感契，慨焉悲鳴，哀響沖霄，一奮而絶。

〔藁砧〕樂府古題要解：古詞：「藁砧今何在？」藁砧，砆也。蓋婦人謂其夫之隱語也。

〔玉筯〕王云：玉筯，淚也。江總詩：「紅樓千愁色，玉筯兩行垂。」

〔菱花〕王云：飛燕外傳：七出菱花鏡一奩。埤雅羣説：鏡謂之菱花，以其面平光影所成如此。庾信鏡賦云：照壁而菱花自生，是也。爾雅翼：昔人取菱花六觚之象以爲鏡。

贈段七娘

羅襪淩波生網塵，那能得計訪情親？千杯緑酒何辭醉？一面紅妝惱殺人。

【注】

〔段七娘〕按：魏顥李翰林集序云：間攜昭陽、金陵之妓，迹類謝康樂，世號爲李東山。疑昭陽妓與段七娘有關。

〔淩波〕曹植洛神賦：淩波微步，羅襪生塵。

别内赴徵三首

王命三徵去未還，明朝離别出吴關。白玉高樓看不見，相思須上望夫山。

【校】

〔别内赴徵〕咸本、絶句俱無赴徵二字。

【注】

〔望夫山〕見卷二十二望夫山詩注。

其二

出門妻子強牽衣，問我西行幾日歸。歸時儻佩黄金印，莫見蘇秦不下機。

【校】

〔歸時〕兩宋本、繆本俱作來時。歸，王本注云：繆本作來。

〔莫見〕見，蕭本、胡本俱作學。王本注云：蕭本作學。

【注】

〔下機〕戰國策秦策：蘇秦説秦王，書十上而説不行，……歸至家，妻不下紝，嫂不爲炊，父母不與言。

其三

翡翠爲樓金作梯，誰人獨宿倚門啼？夜坐寒燈連曉月，行行淚盡楚關西。

【校】

〔爲樓〕爲，兩宋本、繆本、王本俱注云：一作高。

〔誰人〕此句兩宋本、繆本、王本俱注云：一作卷簾愁坐待鳴雞。

〔夜坐〕坐，兩宋本、繆本俱作泣。王本注云：繆本作泣。

秋浦寄内

我今尋陽去，辭家千里餘。結荷見水宿，却寄大雷書。雖不同辛苦，愴離各自居。我自入秋浦，三年北信疎。紅顔愁落盡，白髮不能除。有客自梁苑，手攜五色魚。開魚得錦字，歸問我何如。江山雖道阻，意合不爲殊。

【校】

〔見水宿〕見，咸本、蕭本、胡本俱作倦。咸本注云：一作見。王本注云：蕭本作捲。按：蕭本作捲乃誤刊。

〔落盡〕盡，蕭本作日。王本注云：蕭本作日。

【注】

〔大雷〕王云：鮑照登大雷岸與妹書：吾自發，寒雨，全行日少。加秋潦浩汗，山溪猥至，渡泝無邊，險徑遊歷，棧石星飯，結荷水宿，旅客辛貧，波路壯闊。始以今日食時僅及大雷，塗發千里，日踰十晨，嚴霜慘節，悲風斷肌，去親爲客，如何如何！太平寰宇記：舒州望江縣有大雷池，水西自宿松縣界流入雷池，又東流經縣南，去縣百里，又東入於海。江行百里爲大雷口，又有小雷口，……宋鮑明遠有登大雷岸與妹書乃此地。

〔秋浦〕王云：唐時秋浦縣隸江南西道之池州。

【評箋】

今人詹鍈云：詩云：「自我入秋浦，三年北信疎。」按白自梁園至敬亭山見會公談陵陽山水兼期同遊因有此贈詩，知白自梁園來宣城在天寶十二載。（按：此據王譜而云然。）今云「三年北信疎」，其時當在至德元載。又起句云：「我今尋陽去，辭家千里餘。」蓋太白由金陵去尋陽途經秋浦而作。

自代内贈

寶刀裁流水，無有斷絕時。妾意逐君行，纏綿亦如之。别來門前草，秋巷春轉碧。掃盡更還生，萋萋滿行跡。鳴鳳始相得，雄驚雌各飛。遊雲落何山，一往不見歸。估客發大樓，知君在秋浦。梁苑空錦衾，陽臺夢行雨。妾家三作相，失勢去西秦。猶有舊歌管，凄清聞四鄰。曲度入紫雲，啼無眼中人。妾似井底桃，開花向誰笑？君如天上月，不肯一回照。窺鏡不自識，别多憔悴深。安得秦吉了，爲人道寸心？

【校】

〔裁流水〕裁，兩宋本、繆本、咸本、胡本俱作截。咸本注云：一作裁。王本注云：繆本作截。

〔秋巷〕兩宋本、繆本此句作春盡秋轉碧。王本注云：巷當是黄字之訛，繆本作春盡秋轉碧。咸本同，注云：一作秋巷春轉碧。

〔更還〕兩宋本、繆本俱作還更。王本注云：繆本作還更。

〔相得〕得，蕭本作何。王本注云：蕭本作何。

〔大樓〕兩宋本、繆本俱注云：一作東海。王本注云：繆本作東海。

〔猶有〕有，胡本作存，注云：一作有。

〔眼中人〕此下繆本有女弟争笑弄，悲羞淚盈巾二句，咸本、胡本同，俱注云：一本無此二句。王本注云：繆本多女弟争笑弄，悲羞淚盈巾二句。

【注】

〔估客〕王云：估客，商人也，古樂府有估客樂。

〔大樓〕王云：大樓山在池州府城南，唐時爲秋浦縣地，陽臺行雨，蓋言惟夢中得相見耳。

〔妾家三作相〕按：舊唐書卷九二宗楚客傳，一爲夏官侍郎同平章事，再爲兵部尚書同平章事，其云三作相，蓋併中書令計之。

〔曲度〕見卷十五秋日魯郡堯祠亭上宴别杜補闕范侍御詩注。

〔井底〕王云：井底桃即「桃李出深井」之意，今庭中天井是也。按：「桃李出深井」見卷四中山孺子妾詩。

〔秦吉了〕王云：太平廣記：秦吉了，容管廉白州産此鳥，大約似鸚鵡，嘴脚皆紅，兩眼後夾腦有黄肉冠。善效人言語，音雄大，分明於鸚鵡。以熟雞子和飯如棗飼之。桂海虞衡志：秦吉了如鸜鵒，紺黑色，丹味黄距，目下連項有深黄文，項毛有縫，如人分髮。能人言，比於鸚鵡尤慧，大抵鸚鵡聲如兒女，吉了聲則如丈夫，出邕州溪洞中。

秋浦感主人歸燕寄内

霜凋楚關木，始知殺氣嚴。寥寥金天廓，婉婉緑紅潛。胡燕别主人，雙雙語前簷。三飛四迴顧，欲去復相瞻。豈不戀華屋？終然謝珠簾。我不及此鳥，遠行歲已淹。寄書道中嘆，淚下不能緘。

【校】

〔霜凋〕凋，兩宋本、繆本、咸本俱作朽。王本注云：繆本作朽。

〔前簷〕簷，兩宋本、繆本俱作詹，誤。

【注】

〔胡燕〕王云：爾雅翼：胡燕，比越燕而大，臆前白質黑章，其聲亦大，巢懸於大屋兩椽間，其長有容匹素者，謂之蛇燕。按：胡燕猶云朔燕，恐不須如此解。

送内尋廬山女道士李騰空二首

君尋騰空子，應到碧山家。水舂雲母碓；風掃石楠花。若戀幽居好，相邀弄紫霞。

【注】

〔李騰空〕王云：方輿勝覽：延真觀在南康軍城北四十里，舊名昭德。唐女真李騰空所居。騰空，宰相李林甫之女。廬山志：蔡尋真，侍郎蔡某女也。李騰空，宰相李林甫女也。幼並超異，生富貴而不染，遂爲女冠，同入廬山。蔡居屏風疊之南，李居屏風疊之北，學三洞法，以丹藥符籙救人疾苦。至三元八節會於詠真洞，以相師講。貞元中，九江守許渾以狀聞，昭德皇后賜以金帛土田，已而蜕去，門人收簪簡瘞之。鄉俗歲時祭祀不絶。昭德崩，許渾入朝，因乞賜觀額以昭追奉，詔以詠真洞尋真觀騰空所居爲昭德觀。

〔雲母碓〕王云：白居易詩有「何處水邊碓，夜春雲母聲」，及「雲碓無人水自春」之句，自注云：廬山中雲母多，故以水碓擣鍊，俗呼爲雲碓。

〔石楠花〕王云：本草衍義：石楠葉似枇杷葉之小者，而背無毛，正二月間開花，冬有二葉爲花苞。苞既開，中有十餘花，大小如椿花，甚細碎，每一苞約彈許大，成一毬，一花六葉，一朵有七八毬，淡白緑色，花罷，去年葉盡脱，漸生新葉。

【評箋】

王云：詩人玉屑：詩體有借對。孟浩然「廚人具雞黍，稚子摘楊梅」，太白「水舂雲母碓，風掃石楠花」，少陵「竹葉於人既無分，菊花從此不須開」，是也。按：嚴羽滄浪詩話語同。

其二

多君相門女，學道愛神仙。素手掬青靄，羅衣曳紫烟。一往屏風疊，乘鸞著玉鞭。

【校】

〔著玉鞭〕兩宋本、繆本、蕭本、胡本、王本俱注云：一作不著鞭。

【注】

〔屏風疊〕見卷十一贈王判官時余歸隱居廬山屏風疊詩注。

【評箋】

今人詹鍈云：……騰空既貞元中尚在人間，此詩之作疑當在太白晚年。第二首云：「多君相門女，學道愛神仙。」此内疑指宗氏。第一首云：「……風掃石楠花。」按石楠正二月開花，此詩當是春季作。趙道一歷世真仙體道通鑑後集：蔡尋真……李騰空……唐德宗貞元中相友入廬山，騰空居屏風疊北淩雲峯下（道藏本）。按貞元中許渾方將蔡李隱廬山事上聞，非是時蔡李方入廬山也。

按：開元天寶遺事云：李林甫有女六人，各有姿色，……常日使六女戲於窗下，每有貴族子弟入謁，林甫即使女於窗中自選可意者事之。未知騰空即六人之一否？

贈内

三百六十日，日日醉如泥。雖爲李白婦，何異太常妻？

【注】

〔太常妻〕後漢書卷一〇九周澤傳：……澤爲太常，清潔循行，盡敬宗廟。常卧病齋宫，其妻哀澤老病，闚問所苦。澤大怒，以妻干犯齋禁，遂收送詔獄謝罪。當世疑其詭激。時人爲之語曰：「生世不諧，作太常妻。一歲三百六十日，三百五十九日齋。一日不齋醉如泥。」

在尋陽非所寄内

聞難知慟哭，行啼入府中。多君同蔡琰，流淚請曹公。知登吴章嶺，昔與死無分。崎嶇行石道，外折入青雲。相見若悲歎，哀聲那可聞？

【注】

〔非所〕王云：後漢書陳蕃傳：或禁錮閉隔，或死徙非所。晉書曹攄傳：獄有死囚，歲夕攄行獄，愍之曰：卿等不幸致此非所。後人以囹圄爲非所，本此。劉長卿有非所留繫聞長洲軍笛聲，亦用其字。按：全唐詩卷一四八劉長卿有罪所留繫寄張十四詩，與王氏所引不同。

〔蔡琰〕後漢書卷一一四列女傳：陳留董祀妻者，同郡蔡邕之女也。名琰，字文姬。……祀爲屯田都尉，犯法當死，文姬詣曹操請之，時公卿名士及遠方使驛坐者滿堂。操謂賓客曰：「蔡伯喈女在外，今爲諸君見之。」及文姬進，蓬首徒行，叩頭請罪。音辭清辯，旨甚酸哀，衆皆爲改容。操曰：「誠實相矜，然文狀已去奈何！」文姬曰：「明公厩馬萬匹，虎士成林，何惜疾足一騎而不濟垂死之命乎？」操感其言，乃追原祀罪。

〔吴章嶺〕王云：江西通志：吴章山在九江、南康二府之界，西去九江府城三十里，南去南康府城四十五里，與廬山相接，嶺路峻隘。宋孔武仲吴章嶺詩云：「廬山北轉是吴章，巖草紛紛静有香。」或云，昔有吴章者居此故名。或謂吴障山以其爲吴之障也。周必大泛舟游山録：上吴章嶺，亂石聱牙，頗亦險峻。嶺脊分江東西兩路界，過界便見五老峯，是爲山南。

【評箋】

今人詹鍈云：詩云：「多君同蔡琰，流淚請曹公。」蓋是時白妻宗氏居豫章，曾代白營求權貴也。起句云「聞難知痛哭，行啼入府中」，當是初入獄時作。宗氏南來疑即在本年（至德二載）。

南流夜郎寄内

夜郎天外怨離居，明月樓中音信疎。北雁春歸看欲盡，南來不得豫章書。

【注】

〔豫章〕王云：一統志：章山在湖廣德安府城東四十里，古文以爲内方山。左傳：吴自豫章與楚夾漢。舊圖經云：豫章即今之章山。唐李白娶安陸許氏。逮流夜郎，妻在父母家，有寄内詩云：「南來不得豫章書。」亦言安陸之豫章也。琦按魏顥序：太白始娶於許，終娶於宗，則此時之婦，乃宗也。因寓居豫章故云。一統志猶以流夜郎時之婦爲許相之女，以豫章爲德安府之豫章山，俱誤。按：輿地紀勝卷七七：德安府：章山在府東四十里。古文以爲内方山。左傳：吴自豫章與楚夾漢。圖經云：豫章即今之章山也。唐李白娶安陸許氏，及流夜郎，妻在父母家。有寄内詩曰：「南來不得豫章書」，亦言安陸之豫章也。左傳昭公十三年杜預注亦謂此豫章當在江北淮水南。王氏引一統志之説，蓋承王象之之説也。

越女詞五首

長干吳兒女，眉目豔星月。屐上足如霜，不著鴉頭襪。

【校】

〔題〕胡本題下云：越中書所見也。

【注】

〔長干〕見卷四長干行注。

〔屐上〕王云：晉書五行志：初作屐者，婦人頭圓，男子頭方。圓者順之義，所以别男女也。至太康初，婦人屐乃頭方，與男無别，則知古婦人亦著屐也。

其二

吳兒多白皙，好爲蕩舟劇。賣眼擲春心，折花調行客。

【注】

〔賣眼〕王云：賣眼即楚騷目成之意，梁武帝子夜歌：「賣眼拂長袖，含笑留上客。」

其三

耶溪採蓮女，見客棹歌回。笑入荷花去，佯羞不出來。

【校】

〔不出〕兩宋本、繆本俱作不肯。咸本注云：一作肯。

其四

東陽素足女，會稽素舸郎。相看月未墮，白地斷肝腸。

【注】

〔東陽〕王云：唐書地理志：婺州東陽郡有東陽縣，越州會稽郡有會稽縣，俱隸江南東道。

〔白地〕王云：白地猶俚語所謂平白地也。

【評箋】

王云：按謝靈運有東陽溪中贈答二詩。其一曰：「可憐誰家婦，緣流洗素足。明月在雲間，迢迢不可得。」其一曰：「可憐誰家郎，緣流乘素舸。但問情若何，月就雲中墮。」此詩自二作點化而出。

按：此出楊慎丹鉛總録卷一八，王氏未著出處。又：演繁露卷一三李太白越女詞曰：「白地斷肝腸」，此東坡長短句所取以爲平白地爲伊腸斷。

其五

鏡湖水如月，耶溪女如雪。新妝蕩新波，光景兩奇絶。

【注】

〔鏡湖〕王云：鏡湖在會稽、山陰兩縣界，若耶溪在會稽縣東南，北流入于鏡湖。

浣紗石上女

玉面耶溪女，青蛾紅粉妝。一雙金齒屐，兩足白如霜。

【注】

〔浣紗石〕王云：一統志：浣紗石在若耶溪側，是西施浣紗之所，或云在苧蘿山下。

示金陵子

金陵城東誰家子，竊聽琴聲碧窗裏。落花一片天上來，隨人直渡西江水。楚歌吴語嬌不成，似能未能最有情。謝公正要東山妓，攜手林泉處處行。

【校】

〔題〕兩宋本、繆本、蕭本、王本俱注云：一作金陵子詞。咸本作示金陵女子。

〔誰家子〕誰家，兩宋本、繆本俱注云：一作金陵。王本注云：一作金陵。

〔碧窗〕碧，兩宋本、繆本、王本俱注云：一作夜。

【注】

〔金陵子〕王云：妝樓記：金陵子能作醉來妝。

出妓金陵子呈盧六四首

安石東山三十春，傲然攜妓出風塵。樓中見我金陵子，何似陽臺雲雨人。

其二

南國新豐酒，東山小妓歌。對君君不樂，花月奈愁何！

【校】

〔花月〕蕭本作有。王本注云：蕭本作有。

【注】

〔新豐〕王云：梁元帝詩：「試酌新豐酒，遥勸陽臺人。」陸放翁入蜀記：早發雲陽，過新豐小憩。李太白詩云：「南國新豐酒，東山小妓歌。」又唐人詩云：「再入新豐市，猶聞舊酒香。」皆謂此地，非長安之新豐也。然長安新豐亦出名酒，見王摩詰詩。至今居民市肆頗盛。

【評箋】

況周儀云：新豐鎮在丹徒縣南四十五里。余自揚回常，泊新豐作甘草子詞，過拍云：「不見酒帘招，錯認新豐路。」自注：昔人云新豐美酒乃長安之新豐也。繼閲粟香五筆引李太白詩：「南國新豐酒，東山小妓歌。」以南國二字爲非長安之新豐之證。然王維少年行：「新豐美酒斗十千，咸陽游俠多少年。」則又似指長安而言。按三輔舊事：太上皇不樂關中，思慕鄉里，高祖徙豐沛屠兒沽酒鬻餅商人，立爲新豐。當日名區肇造，尊俎言懽，大酋六物之供，必有精益求精者，美酒由是得名。李詩云者，殆謂地則新豐，酒則猶是南州風味耳。丹徒之新豐，五筆云一作辛豐，有辛王廟，宋紹興七年立。（蘭雲菱夢樓筆記）

其三

東道烟霞主，西江詩酒筵。相逢不覺醉，日墮歷陽川。

【注】

〔歷陽〕見卷七金陵歌及卷十二對雪醉後贈王歷陽詩注。

其四

小妓金陵歌楚聲，家僮丹砂學鳳鳴。我亦爲君飲清酒，君心不肯向人傾。

【注】

〔丹砂〕王云：丹砂，太白奴名，見魏顥李翰林集序中。學鳳鳴，謂吹笙也。梁武帝鳳笙曲：朱脣玉指學鳳鳴。

巴女詞

巴水急如箭，巴船去若飛。十月三千里，郎行幾歲歸？

【注】

〔巴水〕王云：唐之渝州、涪州、忠州、萬州等處，皆古時巴郡地。其水流經三峽，下至夷陵，當盛漲時，箭飛之速，不是過矣。

哭晁卿衡

日本晁卿辭帝都，征帆一片遶蓬壺。明月不歸沉碧海，白雲愁色滿蒼梧。

【校】

〔題〕蕭本衡作行，誤。

【注】

〔晁卿〕王云：舊唐書：日本國，開元初遣使來朝，因請儒士授經。詔四門助教趙元默就鴻臚寺教之。所得錫賚，盡市文籍，泛海而還。其偏使朝臣仲滿慕中國之風，因留不去，改姓名爲朝衡，仕歷左補闕，儀王友。衡留京師五十年，好書籍，放歸鄉，逗遛不去。上元中，擢衡爲左散騎常侍、鎮南都護。新唐書：朝衡歷左補闕，儀王友，多所該識，久乃還。天寶十二載，朝衡復入朝云云。王維有送祕書晁監還日本國詩序，趙驊有送晁補闕歸日本詩，儲光羲有洛中貽朝校書衡詩，蓋晁字即古朝字，朝衡、晁衡實一人也。新、舊唐書俱不言衡終于何年，據太白是詩，則衡返棹日本而死矣，豈上元以後事耶，抑得之傳聞之譌耶！

【評箋】

按：唐人與晁衡往還者尚有包佶送日本國聘賀使晁巨卿東歸詩。或稱校書，或稱補闕，或稱少監，是其所歷之官不同，李詩稱卿，包詩稱聘賀使，乃泛稱也。巨卿蓋其字。

又按：近年日本方面考證朝衡事跡之文字有長勳阿倍仲麻吕及其時代，杉本直次郎安南與朝衡等文，我國則繆鳳林有留學中國之日本詩人等文。今摘其大要於下：晁衡者，日本阿倍朝臣仲麻吕之華名，或稱仲滿。衡生于日本文武帝二年，唐中宗嗣聖十五年（公元六九八）。靈龜二年（七一六）選爲遣唐學生，時年十九。明年三月，隨遣唐使多治比縣守并副使判官等，發自難波，一行五百十七人，乘船四艘。其以留學生西來，顯名於後世者，則吉備真備、大和長岡、玄昉及晁衡也。此行爲日本遣唐使之第九次，時爲唐玄宗開元五年。衡入京師，學於太學，與公卿貴游子弟比席受業，資用乏，輒由唐資給之。既卒業，爲司經局校書，尋授左拾遺、左補闕。二十二年冬，日本遣唐使多治比廣成將歸，吉備真備、大和長岡、玄昉等皆從行，衡留唐已十七年，亦以親老請歸，帝不許。衡感愴賦詩云：「慕義名空在，偷忠孝不全。報恩無有日，報國是何年？」天寶十二載，任祕書監，兼衛尉卿。是年日本遣唐使藤原清河，副使大伴古麻吕、吉備真備等復抵長安，衡奉命導觀府庫及三教殿。玄宗召見清河，禮遇甚優，衡請同返，玄宗因命爲使。時衡年五十六矣。自長安南行過揚州，十月十五日訪名僧鑑真於延光寺，邀同東渡。四舶同發蘇州。衡與大使藤原同一舶。十二月六日至琉球，遇風與他舟相失，漂至安南驩州沿岸，遇盜，同舟死者百七十餘人。獨衡與藤原展轉歸長安，時爲天寶十四載六月。此後經安禄山之亂，衡殆亦從玄宗肅宗避難。至上元中，受任爲左散騎常侍、鎮南都護。大曆初罷歸長安，五年正月卒，年七十三。日本寶龜十年，唐使孫興進及藤原女喜娘至日，凶問始達。衡之歸國遇難，白聞之，其飄至安南仍返長安，復升顯職，則非獨白不及知，中國人亦少知之者，賴日本紀載猶存其大略耳。

自溧水道哭王炎三首

白楊雙行行，白馬悲路旁。晨興見曉月，更似發雲陽。溧水通吴關，逝川去未央。故人萬化盡，閉骨茅山岡。天上墜玉棺，泉中掩龍章。名飛日月上，義與風雲翔。逸氣竟莫展，英圖俄夭傷。楚國一老人，來嗟龔勝亡。有言不可道，雪泣憶蘭芳。

【校】

〔題〕兩宋本、繆本、蕭本題下俱注云：宣州作。

〔憶蘭芳〕憶，兩宋本、繆本、咸本俱作惜。王本注云：繆本作惜。

【注】

〔溧水〕王云：元和郡縣志：溧水在宣州溧水縣南六里。江南通志：溧水一名瀨水，在溧陽縣西北，上承丹陽湖，東流爲宜興之荆溪，入太湖，舊名永陽江，又名中江。

〔王炎〕王云：一統志：王炎，宣城人，與李白爲友，嘗遊蜀，及死，白詩輓之。按：卷一劍閣賦自注云：送友人王炎入蜀，自即此詩中之王炎。

〔雲陽〕王云：謝靈運廬陵王墓下詩：「曉月發雲陽，落日次朱方。」李善注：越絶書：曲阿爲雲陽縣。

〔萬化〕任昉哭范僕射詩：「一朝萬化盡，猶我故人情。」

〔茅山〕王云：太平寰宇記：茅山在句容縣南五十里，本名句曲山，其山形如句字三曲。昔茅山君得道於此，後人遂名焉，其山接句容、金壇、延陵三縣界。

〔龔勝〕漢書卷九九王莽傳：遣謁者持安車印綬，即拜楚國龔勝爲太子師友祭酒。勝不應徵，不食而死。又卷七二本傳：有老父來弔，哭甚哀，既而曰：「嗟乎，薰以香自燒，膏以明自銷，龔生竟夭天年，非吾徒也。」遂趨而出，莫知其誰。

其二

王公希代寶，棄世一何早！弔死不及哀，殯宮已秋草。悲來欲脱劍，挂向何枝好？哭向茅山雖未摧，一生淚盡丹陽道。

【注】

〔弔死〕王云：言弔死而不及其新哀之時，殯宮之上已生秋草，蓋言久也。與左傳贈死不及尸，弔生不及哀，句同意異。

其三

王家碧瑶樹，一樹忽先摧。海内故人泣；天涯弔鶴來。未成霖雨用；先夭濟川材。一罷廣陵散，鳴琴更不開。

【校】

〔先夭〕夭，蕭本、胡本俱作失。王本注云：許本作失。

【注】

〔瑤樹〕世説賞譽篇：王戎云：太尉神姿高徹，如瑤林瓊樹，自然是風塵外物。

〔弔鶴〕太平御覽卷九一六陶侃别傳曰：侃丁母艱，在墓下，忽有二客來弔，不哭而退。儀服鮮異，知非常人。遣看之，但見雙鶴飛而沖天。

〔廣陵散〕晉書卷四九嵇康傳：康將刑東市，顧視日影，索琴彈之曰：「昔袁孝尼嘗從吾學廣陵散，吾每靳固之，廣陵散於今絶矣。……」初康嘗游乎洛西，暮宿華陽亭，引琴而彈，夜分，忽有客詣之，稱是古人，與康共談音律，辭致清辯，因索琴彈之，而爲廣陵散，聲調絶倫，遂以授康，仍誓不傳人，亦不言其姓字。

哭宣城善釀紀叟

紀叟黃泉裏，還應釀老春。夜臺無曉日，沽酒與何人？

【校】

〔題〕此首兩宋本、繆本俱注云：一作題戴老酒店，云：戴老黃泉下，還應釀大春，夜臺無李白，沽酒與何人。

【注】

〔老春〕王云：老春是紀叟所釀酒名。唐人名酒多帶春字。

〔夜臺〕王云：陸機詩：「送子長夜臺。」李周翰注：墳墓一閉，無復見明，故云長夜臺。後人稱夜臺本此。

宣城哭蔣徵君華

敬亭埋玉樹，知是蔣徵君。安得相如草；空餘封禪文。池臺空有月；詞賦舊凌雲。獨挂延陵劍，千秋在古墳。

【校】

〔安得〕安，繆本作果。王本注云：繆本作果。

〔空餘〕空，繆本作仍。王本注云：繆本作仍。

【注】

〔蔣徵君〕王云：一統志：蔣華墓在敬亭山。華唐人，嘗與李白游，白詩曰：「敬亭山下墓，知是蔣徵君。」

〔玉樹〕世説傷逝篇：庾文康亡，何揚州臨葬云：埋玉樹著土中，使人情何能已已。

〔凌雲〕史記司馬相如列傳：相如既奏大人之頌，天子大説，飄飄有凌雲之氣。……相如既病免，家居茂陵。天子曰：「司馬相如病甚，可往從悉取其書，若不然，後失之矣。」使所忠往而相如已死，家無書。問其妻，對曰：「長卿固未嘗有書也。時時著書，人又取去，即空居，長卿未死時，爲一卷書，曰有使來求書，奏之。無他書。」其遺札言封禪事。所忠奏其書，天子異之。

李白集校注卷二十六

表書九首

爲吴王謝責赴行在遲滯表

臣某言：伏蒙聖恩，追赴行在。臣誠惶誠恐，頓首頓首。臣聞胡馬矯首，嘶北風以踊顧；越禽歸飛，戀南枝而刷羽。所以流波思其舊浦，落葉墜於本根。在物尚然，矧于臣子。臣位叨盤石，幸負明時；才闕總戎，謬當强寇。駑拙有素，天實知之。伏惟陛下重紐乾綱，再清國步，愍臣不逮，賜臣生全，歸見白日，死無遺恨。然臣年過耳順，風瘵日加。鋒鏑殘骸，劣有餘喘。雖決力上道，而心與願違。貴貪尺寸之程，轉增犬馬之戀。非有他故，以疾淹留。今大舉天兵，掃除戎羯。所在郵驛，徵發交馳。臣逐便水行，難於陸進。瞻望丹闕，心魂若飛。懃墜履之還收，喜遺簪之再御。不勝涕戀屏營之至，謹奉表以聞。

【校】

〔頓首〕下頓首二字兩宋本、繆本無。王本注云：繆本少二字。

〔懃〕王本注云：當作慭。

〔以聞〕兩宋本、繆本俱無以上五字。王本注云：繆本少謹奉表以聞五字。

【注】

〔吴王〕王云：通鑑：天寶十四載十二月，安禄山以張通晤爲睢陽太守，與陳留長史楊朝宗將胡騎千餘東略地，郡縣官多望風降走。惟東平太守嗣吴王祗、濟南太守李隨起兵拒之。郡縣之不從賊者，皆依吴王爲名。十五載二月，上以吴王祗爲靈昌太守、河南都知兵馬使。三月戊辰，吴王祗擊謝元同走之，拜陳留太守、河南節度使。五月，太常卿張垍薦夷陵太守號王巨有勇略，上徵吴王祗爲太僕卿，以巨爲陳留譙郡太守、河南節度使。至德二載十一月，張鎬率魯炅、來瑱、吴王祗、李嗣業、李奂五節度，徇河南河東郡縣，皆下之。其赴行在疑在徵爲太僕卿時事。

〔行在〕王云：漢書：徵詣行在所。顔師古曰：天子或在京師，或出巡狩，不可豫定，故言行在所耳。三輔黄圖：行在所，天子以四海爲家，不以京師宫室居處爲常，則當乘車輿以行天下。車輿所至，奏事皆曰行在。獨斷：天子所在曰行在所。十六國春秋：天子以四海爲家，故行曰乘輿，止曰行在。

〔誠惶誠恐〕按：齊東野語卷一三：今臣僚上表所稱誠惶誠恐及誠歡誠喜頓首稽首者，謂之中謝中賀。自唐以來，其體如此。蓋臣某以下亦略叙數語便入此句，然後敷陳其詳。如柳子厚平淮西賀表：臣負罪積釁，違尚書牋表十有四年，懷印曳綬，有社有人。語意未竟也。其下即云誠惶誠恐，蓋以此一句結上數語云爾。

〔辜負〕王云：韻會：孤，負也。毛氏曰：孤負之孤當作孤，俗作辜，非。

〔國步〕王云：詩大雅：國步斯頻。朱子注：步猶運也。

〔慭〕王云：廣韻：慭，憐也。慭，聰也。二字異義。世多以慭作慭，非是。

〔耳順〕論語述而篇：六十而耳順。

〔風瘵〕王云：郭璞爾雅注：今江東呼病曰瘵。△瘵音蔡。

〔劣〕王云：廣韻：劣，弱也，少也。按：劣有猶云僅有。

〔羯〕王云：韻會：羯本地名，上黨武鄉，羯室也，晉匈奴別部居之，後因號胡戎爲羯。

〔墜履〕新書：楚昭王與吴人戰，楚軍敗，昭王走而履決，背而行失之。行三十步，復旋取履。及至于隨，左右問曰：「王何惜一踦履乎！」昭王曰：「楚國雖貧，豈愛一踦履哉？惡與偕出，勿與俱反也。」自是之後，楚國之俗無相棄者。

〔遺簪〕韓詩外傳卷九：孔子出遊少源之野，有婦人中澤而哭，其音甚哀。孔子使弟子問焉，曰：「夫人何哭之哀？」婦人曰：「向者刈蓍薪，亡吾蓍簪，吾是以哀也。」弟子曰：「刈蓍薪而亡蓍簪，有何悲焉？」婦人曰：「非傷亡簪也，蓋不忘故也。」

〔屏營〕王云：廣雅：屏營，征伀也。國語：屏營傍偟於山林之中。後漢書：夙夜屏營，未知所立。蓋言惶懼之意。後人表箋言激切屏營，正是此義。

爲宋中丞請都金陵表

臣某言：臣誠惶誠恐，頓首頓首。臣聞社稷無常奉，明者守之；君臣無定位，闇者失之。所以父作子述，重光疊輝，天未絶晋，人惟戴唐。以功德有厚薄，運數有修短，功高而福祚長永，德薄而政教陵遲。三后之姓，於今爲庶，非一朝也。

【注】

〔宋中丞〕按：舊唐書玄宗紀：天寶十五載六月，以監察御史宋若思爲御史中丞，充置頓使，即其人。

〔社稷〕左傳昭三十二年：社稷無常奉，君臣無定位，自古已然。杜預注：奉之無常人，言惟德也。

〔絶晉〕左傳僖二十四年：介之推……曰：「獻公之子九人，唯君在矣。惠懷無親，外内棄之。天未絶晉，必將有主。主晉祀者，非君而誰？」

〔三后〕左傳昭三十二年：三后之姓，於今爲庶，主所知也。杜預注：三后，虞、夏、商也。

伏惟陛下欽六聖之光訓，擁千載之鴻休，有國之本，羣生屬望。粤自明兩，光岐之陽。昔有周太王之興，發跡于此。天啓有類，豈人事與？皇朝百五十年，金革不作，逆胡竊號，剥亂中原，雖平嵩丘，填伊洛，不足以掩宫城之骸骨；決洪河，灑秦雍，不足以蕩犬羊之羶臊。毒浸區宇，憤盈穹旻，此乃猛士奮劍之秋，謀臣運籌之日。夫不拯横流，何以彰聖德？不斬巨猾，無以興神功。十亂佐周而克昌，四凶及虞而乃去。去元凶者，非陛下而誰？且道有興廢，代有中季。漢當三七，莽亦爲災。赤伏再起，丕業終光。非陛下至神至聖，安能勃然中興乎？

【注】

〔六聖〕王云：六聖，高祖、太宗、高宗、中宗、睿宗、玄宗也。

〔明兩〕易離卦：象曰：明兩作離，大人以繼明照于四方。正義云：明兩作離者，離爲日，日爲明。今有上下二體，故云明兩作離也。

〔光岐〕王云：唐時岐州領天興、岐山、扶風、麟遊、普潤、寶雞、盩厔、虢、郿九縣，屬關内道，去京師三百十七里。周太王遷國於岐山之下，即其地也。魯頌云：后稷之孫，實惟太王。居岐之陽，實始翦商。天寶元年，改稱扶風郡。肅宗即位於靈武，改稱扶風爲鳳翔郡，二載，遂駐蹕於鳳翔。其年十月，克復兩京，始還長安。

〔十亂〕王云：書泰誓：予有亂臣十人，同心同德。正義云：亂，治也。謂我治理之臣有十人也。論語引此，而孔子論之，有一婦人焉，則十人之中其一是婦人。故先儒鄭玄等皆以十人爲文母、周公、太公、召公、畢公、榮公、太顛、閎夭、散宜生、南宫适也。

〔四凶〕左傳文十八年：昔帝鴻氏有不才子，……天下之民謂之渾敦。少皞氏有不才子，……天下之民謂之窮奇。顓頊氏有不才子，……天下之民謂之檮杌。此三族也，世濟其凶，增其惡名，以至於堯，堯不能去。縉雲氏有不才子，……天下之民以比三凶，謂之饕餮。舜臣堯，賓於四門，流四凶族，投諸四裔，以禦魑魅。

〔中季〕漢書卷八五谷永傳：時世有中季，天道有盛衰。顔師古注：中讀爲仲。

〔三七〕宋書符瑞志：漢元、成世，道士言讖者云：赤厄三七，三七二百一十年，有外戚之篡，祚極三六，當有龍飛之秀，興復祖宗，及莽篡漢，漢二百一十年矣，莽十八年而敗，光武興焉。

〔赤伏〕見卷九讀諸葛武侯傳……詩注。

以臣料人事得失，敢獻疑於陛下。臣猶望愚夫千慮，或冀一得。何者？賊臣楊國忠，蔽塞天聰，屠割黎庶，女弟席寵，傾國弄權。九土泉貨，盡歸其室。怨氣上激，水旱荐臻。重罹暴亂，百姓力屈。即欲平殄蟊賊，恐難應期。且圖萬全之計，以成一舉之策。

【校】

〔何者〕王本何下注云：當作向。

【注】

〔愚夫〕漢書卷三四韓信傳：廣武君曰：臣聞智者千慮，必有一失，愚者千慮，必有一得。

〔泉貨〕王云：太真外傳：楊氏權傾天下，每有囑請，臺省府縣若奉詔勅。四方奇貨，童僕駝馬，日輪其門。瀟湘録：楊國忠權勢漸高，四方奉貢珍寶，莫不先獻之，豪富奢華，朝廷間無敵。

〔水旱〕按：通鑑：天寶十三載，自去歲水旱相繼，關中大饑。蓋指此事。

〔蟊賊〕左傳成十三年：率我蟊賊以來，搖蕩我邊疆。杜預注：蟊賊，食禾稼蟲名。△蟊音茅。

今自河以北，爲胡所凌；自河之南，孤城四壘。大盜蠶食，割爲洪溝。宇宙峴屼，昭然可覩。臣伏見金陵舊都，地稱天險。龍盤虎踞，開扃自然。六代皇居，五福斯在。雄圖霸跡，隱賑由存。咽喉控帶，縈錯如繡。天下衣冠士庶，避地東吳，永嘉南遷，未盛于此。臣又聞湯及盤庚五遷其邑，典謨訓誥不以爲非。衛文徙居楚丘，風人流詠。伏惟陛下因萬人之蕩析，乘六合之譸張，去扶風萬有一危之近邦，就金陵太山必安之成策。苟利於物，斷在宸衷。

【校】

〔洪溝〕洪，咸本作鴻。

〔峴屼〕兩宋本、繆本、咸本俱作嶢杌。王本屼下注云：繆本作杌。

〔由存〕由，何校改猶。按：古由猶二字多通用。

【注】

〔四壘〕禮記曲禮：四郊多壘，卿大夫之辱也。

〔蠶食〕王云：漢書：稍蠶食六國。顏師古注：蠶食，謂漸吞滅之，如蠶食葉也。孔穎達毛詩正義：蠶食者，蠶之食桑，漸漸以食，使桑盡也。

〔龍盤〕見卷七金陵歌送別范宣注。

〔五福〕王云：石林燕語：太一有五福、太游、小游、四神、天一、地一、直符、君綦、臣綦、民綦凡十神，皆天之貴神，而五福所臨無兵疫。玉海：説者謂太一貴神有十，而尊曰五福。遷徙有常，率四十五歲而一易。靈遊所直之方，祥慶駢集，雨暘時叙，農扈屢豐，民物阜康，無或疵癘。

〔五遷〕王云：尚書序：盤庚五遷將治亳，殷民咨胥怨，作盤庚三篇。孔安國傳：自湯至盤庚凡五遷都。史記：帝盤庚之時，殷已都河北。盤庚渡河南，復居成湯之故居，乃五遷無定處，殷民咨胥皆怨不欲徙。盤庚乃告諭諸侯大臣。正義曰：湯自南亳遷西亳，仲丁遷敖，河亶甲居相，祖乙居耿，盤庚渡河南居西亳，是五遷也。

〔楚丘〕詩鄘風傳：定之方中，美衛文公也。衛爲狄所滅，東徙渡河，野處漕邑。齊桓公攘夷狄而封之，文公徙居楚丘，始建城市而營宫室，得其時制，百姓悦之，國家殷富焉。

〔譸張〕王云：書無逸：無或胥譸張爲幻。孔安國傳：譸張，誑也。劉琨答盧諶書：自頃輈張，困於逆亂。李善注：輈張，驚懼之貌。舊説輈譸通用，是太白所用譸張字，當作驚懼解。△譸音舟。

況齒革羽毛之所生，楩楠豫章之所出。元龜大貝，充牣其中；銀坑鐵冶，連綿相屬。劓銅陵爲金穴，煑海水爲鹽山。以征則兵强，以守則國富。横制八極，克復兩京，俗畜來蘇之歡，人多徯后之望。陛下西以峨嵋爲壁壘，東以滄海爲溝池，守海陵之倉，獵長洲之苑，雖上林五柞，復何加焉？上皇居天帝運昌之都，儲精真一之境，有虞則北閉劍閣，南扃瞿唐。蚩尤共工，五兵莫向。二聖高枕，人何憂哉？飛章問安，往復巴峽，朝發白帝，暮宿江陵，首尾相應，率然之舉。不勝屏營瞻雲望日之至，謹先奉表陳情以聞。

【校】

〔謹先〕兩宋本、繆本無以下八字。王本注云：謹先以下八字繆本缺。

【注】

〔齒革〕書禹貢：淮海惟揚州，……齒革羽毛惟木。孔安國傳：齒，象牙。革，犀皮。羽，鳥羽。毛，旄牛尾。木，楩梓豫章。

〔楩〕音便平聲。

〔元龜〕王云：大禹謨：昆命於元龜。正義曰：元龜，謂大龜也。白虎通：江出大貝，海出明珠。尚書正義：伏生書傳云：散宜生之江淮取大貝，如大車之渠。

〔銅陵〕王云：唐書地理志：揚州廣陵郡有丹陽監、廣陵監錢官二，江都縣有銅，六合縣有銅有鐵，海陵縣有鹽官，天長縣有銅。昇州江寧郡上元縣有銅，有鐵，句容縣有銅，溧水縣有銅，溧陽縣有銅，有鐵。剗，削也。銅陵，出銅之山。金穴，藏金之窟。漢書：採山銅以爲錢，煮海水以爲鹽。

〔來蘇〕書仲虺之誥：徯我后，后來其蘇。

〔海陵〕王云：漢書枚乘傳：轉粟西向，陸行不絶，水行滿河，不如海陵之倉。修治上林，雜以離宫，積聚玩好，圈守禽獸，不如長洲之苑。晉灼曰：海陵，海中山爲倉也。臣瓚曰：海陵，縣名也，有吴太倉。服虔曰：長洲，吴苑。孟康曰：以江水洲爲苑也。韋昭曰：長洲在吴東。太平寰宇記：海陵倉，即漢吴王濞之倉也。枚乘上書曰：轉粟西向，水行滿河，不如海陵之倉。謂海渚之陵，因以爲倉，今已堙滅。長洲苑在蘇州長洲縣西南七十里。藝文類聚：吴地記曰：長洲在姑蘇南太湖北岸，闔閭所遊獵處也。吴先主使徐詳至魏，魏太祖謂詳曰：「孤願越横江之津，與孫將軍遊姑蘇之上，獵長洲之苑，吾志足矣。」

〔五柞〕見卷一大獵賦注。

〔運昌〕文選左思蜀都賦：遠則岷山之精，上爲井絡。天帝運期而會昌，景福肸蠁而興作。劉淵林注：河圖括地象曰：岷山之地，上爲井絡，帝以會昌，神以建福，上爲天井。……昌，慶也，言天帝於此會慶建福也。

〔真一〕王云：甘泉賦：儲精垂恩。李善注：儲精，儲畜精誠也。羅苹路史注：三皇經云：皇人者，泰帝之所使，在峨眉山，黄帝往受真一五牙之法。楊谷授道記云：黄帝見天皇真一之經而不決，遂周流四方，謁皇人於蛾眉，而問真一之道。其言大率論水火絳宫大淵之事云。

〔蚩尤〕述異志：軒轅之初立也，有蚩尤氏兄弟七十二人，銅頭鐵額，食鐵石，軒轅誅之於涿鹿之野，蚩尤能作雲霧。涿鹿今在冀州，有蚩尤神，俗云人身牛蹄，四目六手。今冀州人掘地，得髑髏如銅鐵者，即蚩尤之骨也。秦漢間説蚩尤氏耳鬢如劍戟，頭有角，與軒轅鬬，以角觸人，人不能向。

〔共工〕淮南子原道訓：昔共工之力，觸不周之山，使地東南傾，與高辛争爲帝，遂潛於淵，宗族殘滅，繼嗣絶祀。

〔江陵〕見卷二十二早發白帝城詩注。

〔率然〕孫子：善用兵者譬如率然，率然者，常山之蛇也。擊其首則尾至，擊其尾則首至，擊其中則首尾俱至。

【評箋】

何焯云：觀此表，則當時談王説霸之徒便以永嘉南渡爲不可易之規，而肅宗之在彭原，方虞其爲懷之洛陽，愍之長安矣。不有汾陽臨淮，孰能再造唐室哉？（陸本李集校評）

爲宋中丞自薦表

臣某聞天地閉而賢人隱，雲雷屯而君子用。臣伏見前翰林供奉李白年五十有七，天寶初，五府交辟，不求聞達。亦由子真谷口，名動京師。上皇聞而悦之，召入禁掖，既潤色於鴻業，或間草於王言。雍容揄揚，特見褒賞。爲賤臣詐詭，遂放歸山。閑居製作，言盈數萬。屬逆胡暴亂，避地廬山，遇永王東巡脅行，中道奔走，却至彭澤，具已陳首，前後經宣慰大使崔涣及臣推覆清雪，尋經奏聞。

【校】

〔間草〕間，咸本作閲。草，郭本作進。王本注云：郭本作進。

〔崔涣〕兩宋本涣字缺。

【注】

〔宋中丞〕見前篇注。

〔天地〕王云：周易：天地閉，賢人隱。孔穎達正義謂二氣不相交通，天地否閉，賢人潛隱。又周易：雲雷屯，君子以經綸。王弼注：君子經綸之時也。

〔五府〕後漢書卷六六張楷傳：五府連辟，舉賢良方正不就。章懷太子注：五府，太傅、太尉、司徒、司空、大將軍也。

〔子真〕華陽國志先賢士女總讚：鄭子真，褒中人也，玄静守道，履至德之行，乃其人也。教曰：忠孝愛敬，天下之至行也。神中五徵，帝王之要道也。成帝元舅大將軍王鳳備禮聘之，不應。家谷口，號谷口子真。

〔彭澤〕舊唐書地理志：江南西道江州彭澤：武德五年置浩州，……八年，罷浩州，以彭澤屬江州。

〔崔涣〕新唐書宰相表：至德元載八月庚子，蜀郡太守崔涣爲門下侍郎、同中書門下平章事。十一月戊午，涣爲江南宣慰使。

臣聞古之諸侯，進賢受上賞，蔽賢受明戮。若三適稱美，必九錫光榮，垂之典謨，永以爲訓。臣所管李白，實審無辜。懷經濟之才，抗巢由之節，文可以變風俗，學可以究天人。一命不霑，四海稱屈。伏惟陛下大明廣運，至道無偏，收其希世之英，以爲清朝之寶。昔四皓遭高皇而不起，翼惠帝而方來。君臣離合，亦各有數。豈使此人名揚宇宙而枯槁當年？傳曰：舉逸人而天下歸心。伏惟陛下回太陽之高輝，流覆盆之下照。特請拜一京官，獻可替否，以光朝列，則四海豪俊，引領知歸。不勝慺慺之至，敢陳薦以聞。

【校】

〔明戮〕明，郭本作顯。按以明代顯，爲避唐諱，郭本非舊本原文。王本注云：郭本作顯。

〔三適〕適，咸本、郭本俱作道，誤。王本注云：郭本作道。

〔光榮〕光，兩宋本、繆本俱作先。王本注云：繆本作先。

〔典謨〕謨，兩宋本、繆本俱作謀。王本注云：繆本作謀。

〔所管〕管，兩宋本作薦，非。

【注】

〔三適〕漢書武帝紀：元朔元年詔曰：進賢受上賞，蔽賢蒙顯戮，古之道也。其與中二千石禮官博士議不舉賢者罪。有司奏議曰：古者諸侯貢士，一適謂之好德，再適謂之賢賢，三適謂之有功，乃加九錫。服虔曰：適，得其人。應劭曰：一曰車馬，二曰衣服，三曰樂器，四曰朱户，五曰納陛，六曰虎賁，七曰鈇鉞，八曰弓矢，九曰秬鬯。此皆天子制度，尊之，故事錫予，但數少耳。張晏曰：九錫經本無文，周禮以爲九命，春秋説有之。臣瓚曰：九錫備物，伯者之盛禮。齊桓晉文猶不能備，今三進賢便受之，似不然也。當受進賢之一錫。尚書大傳云：三適謂之有功，賜以車服弓矢，是也。師古曰：總列九錫，應説是也。進賢一錫，瓚説是也。按：此文顯戮作明戮，避中宗諱也。

〔一命〕王云：周禮：一命受職，再命受服，三命受位，四命受器，五命賜則，六命賜官，七命賜國，八命作牧，九命作伯。孔穎達禮記正義：天子上士三命，中士再命，下士一命，後世以受初品官爲一命本此。

〔慺慺〕後漢書卷八四楊賜傳：豈敢愛惜垂没之年而不盡其慺慺之心哉？章懷太子注：慺慺，猶勤勤也。

代壽山答孟少府移文書

淮南小壽山謹使東峯金衣雙鶴銜飛雲錦書於維揚孟公足下曰：僕包大塊之氣，生洪荒之間，連翼軫之分野，控荆衡之遠勢。盤薄萬古，邈然星河。憑天霓以結峯，倚斗極而横嶂。頗能攢吸霞雨，隱居靈仙。産隋侯之明珠，蓄卞氏之光寶。罄宇宙之美，殫造化之奇。方與崑崙抗行，閬風接境。何人間巫廬台霍之足陳耶？

【校】

〔抗行〕行，咸本作衡。

【注】

〔壽山〕王云：方輿勝覽：壽山在德安府安陸縣西北六十里，昔山民有壽百歲者。前人德安府記：西揖白兆，峯巒秀出，其下李太白之廬，想見拏丹砂撫青海而淩八極。北壽山即太白所謂攢吸霞雨、隱居靈仙者也。人境之勝如此。一統志：壽山在湖廣德安府城西北六十里，與應山縣接境，山下居民有壽至百餘歲者，故名。　按：德安安陸，王注原誤作常德安樂，今改正。

〔孟少府〕按：卷二十七有秋夜於安府送孟贊府兄還都序，當即指其人。

〔維揚〕王云：按唐書地理志：安州安陸郡隸淮南道。鶴色白，而曰金衣雙鶴，謂黃鶴也。維揚，揚州也。摘禹貢淮海維揚州之句以成文也。

〔大塊〕王云：高誘淮南子注：大塊，天地之間也。

〔翼軫〕王云：漢書：楚地，翼軫之分野也。今之南郡、江夏、零陵、桂陽、武陵、長沙及漢中、汝南郡，盡楚分也。宋書：翼軫，荆州之分也。

〔荆衡〕王云：荆、衡謂荆州、衡州之地，或曰荆山衡山也。荆山在湖廣襄陽府南漳縣西北八十里，衡山在衡州府衡山縣西三十里。

〔隋侯〕淮南子覽冥訓：隋侯之珠，和氏之璧。高誘注：隋侯見大蛇傷斷，以藥敷之，後蛇於江中銜大珠以報之，因曰隋侯之珠，蓋明珠也。

〔閬風〕水經注河水：崑崙之山三級：下曰樊桐，一名板桐。二曰玄圃，一名閬風。上曰增城，一名天庭，是謂太帝之居。又曰：崑崙山有三角：其一角正北，干辰星之輝，名曰閬風巔。其一角正西，名曰玄圃臺，其一角正東，名曰崑崙宮。

〔巫廬台霍〕王云：巫山在四川夔州府巫山縣，廬山在湖廣九江府德化縣，天台山在浙江台州府天台縣，霍山在江南六安州霍山縣。

昨於山人李白處見吾子移文，責僕以多奇，鄙僕以特秀，而盛談三山五岳之美。謂僕小山無名，無德而稱焉。觀乎斯言，何太謬之甚也？吾子豈不聞乎？無名爲天地之始，有名爲萬物之母。假令登封禋祀，曷足以大道譏耶？然能損人費物，庖殺致祭，暴殄草木，鐫刻金石。使載圖典，亦未足爲貴乎！且達人莊生常有餘論，以爲尺鷃不羡於鵬鳥，秋毫可並於太山。由斯而談，何小大之殊也？

【校】

〔昨於〕此句兩宋本、繆本、咸本上有一字，見上有奉字。王本注云：繆本作一昨于山人李白處奉見吾子移文。

〔鄙僕〕鄙，兩宋本、繆本俱作叱。王本注云：繆本作叱。郭本、咸本俱注云：一作叱。

〔無德〕疑當作無得。

【注】

〔無名〕二語出老子。

〔登封〕漢書武帝紀：元封元年：夏四月癸卯，上還登封泰山。注：孟康曰：王者功成治定，告成功於天。封，崇也，助天之高也。刻石紀號，有金策石函金泥玉檢之封焉。應劭曰：封者，壇廣十二丈，高二丈，階三等，封於其上，示增高也。刻石，紀績也。立石三丈一尺，其辭曰：事天以禮，立身以義，事親以孝，育民以仁。四守之内，莫不爲郡縣，四夷八蠻，咸來貢職。與天無極，人民蕃息，天禄永得，尚玄酒而俎生魚。下禪梁父祀地主示增廣。此古制也。

〔禋祀〕周禮大宗伯：以禋祀祀昊天上帝。賈疏案：尚書洛誥，予以秬鬯二卣明禋，注云：禋芬芳之祭。又案周語云：精義以享謂之禋。

〔尺鷃〕見卷一大鵬賦注。

〔秋毫〕莊子齊物論篇：天下莫大於秋毫之末而太山爲小。

又怪于諸山藏國寶隱國賢，使吾君牓道燒山，披訪不獲，非通談也。夫皇王登極，瑞物昭至，蒲萄翡翠以納貢，河圖洛書以應符，設天綱而掩賢，窮月竁以率職，天不祕寶，地不藏珍，風威百蠻，春養萬物。王道無外，何英賢珍玉而能伏匿于巖穴耶？所謂牓道燒山，此則王者之德未廣矣。昔太公大賢，傅説明德，棲渭川之水，藏虞虢之巖，卒能形諸兆朕，感乎夢想。此則天道闇合，豈勞乎搜訪哉？果投竿詣麾，捨築作相，佐周文，讚武丁。總而論之，山亦何罪？乃知巖穴爲養賢之域，林泉非祕寶之區。則僕之諸山亦何負于國家矣？

【注】

〔牓道〕王云：晉書：孫惠詭稱南岳逸士秦祕之，以書干東海王越，越省書，榜道以求之，惠乃出見越。越即以爲記室參軍，專掌文疏，預參謀議。三國志注：文士傳曰：太祖雅聞阮瑀名，辟之不應，連見迫促，乃逃入山中。太祖使人焚山得瑀，送至。梁劭陵王貞白先生陶君碑：牓道求賢，焚林招士。

〔翡翠〕王云：酉陽雜俎：尉瑾曰：蒲萄實出於大宛，張騫所致，有黄白黑三種，成熟之時，子實逼側，星編珠聚。西域多釀以爲酒，每來歲貢。周書王會解：成周之會，倉吾翡翠，翡翠者所以取羽。琦按：蒲萄西域所産，翡翠南越所産，略舉二物，以見遠方納貢之意。

〔洛書〕易繫辭：河出圖，洛出書，聖人則之。

〔月竁〕文選顔延年宋郊祀歌：月竁來賓。呂延濟注：竁，窟也。月窟西極。△竁音毳，又音串。

〔傅説〕王云：孔安國尚書傳：傅氏之巖，在虞、虢之界，通道所經，有澗水壞道，常使胥靡刑人築護此道。説賢而隱，代胥靡築之以供食。正義曰：尸子云：傅巖在北海之州，傅言虞、號之界，孔必有所案據而言之也。

〔兆朕〕王云：廣韻：吉凶形兆謂之兆朕。△朕直引切。

近者逸人李白自峨眉而來，爾其天爲容，道爲貌，不屈己，不干人，巢由以來，一人而已。乃蚪蟠龜息，遁乎此山。僕嘗弄之以綠綺，卧之以碧雲，嗽之以瓊液，餌之以金砂。既而童顔益春，真氣愈茂。將欲倚劍天外，挂弓扶桑，浮四海，横八荒，出宇宙之寥廓，登雲天之渺茫。俄而李公仰天長吁，謂其友人曰：吾未可去也。吾與爾達則兼濟天下，窮則獨善一身，安能餐君紫霞，映君青松，乘君鸞鶴，駕君蚪龍，一朝飛騰，爲方丈蓬萊之人耳，此則未可也。乃相與卷其丹書，匣其瑶瑟，申管晏之談，謀帝王之術，奮其智能，願爲輔弼。使寰區大定，海縣清一，事君之道成，榮親之義畢。然後與陶朱留侯，浮五湖，戲滄洲，不足爲難矣。即僕林下之所隱容，豈不大哉？必能資其聰明，輔以正氣，借之以物色，發之以文章，雖烟花中貧，没齒無恨。其有山精木魅，雄虺猛獸，以驅之四荒，磔裂原野，使影跡絶滅，不干户庭，亦遺清風掃門，明月侍坐。此乃養賢之心，斯亦勤矣。孟子孟子，無深見責耶？明年青春，求我于此巖也。

【校】

〔此則未可也〕則，兩宋本、咸本俱作方。

〔隱容〕容，兩宋本、咸本俱作客。

〔以驅〕此以字與已通。

【注】

〔道爲貌〕莊子德充符篇：道與之貌，天與之形。

〔龜息〕抱朴子對俗篇：史記龜策傳云：江、淮間居人爲兒時，以龜支床，至後死，家人移床而龜故生，此亦不減五六十歲也。不飲不食如此之久而不死，其與凡物不同亦遠矣。仙經象龜之息，豈不有以乎！

〔猛獸〕王云：猛獸，猛虎也。唐人諱虎，或易稱武，或易稱獸。

〔磔〕王云：韻會：磔，裂也。△磔音摘。

上安州李長史書

白，嶔崎歷落可笑人也。雖然，頗嘗覽千載，觀百家，至於聖賢，相似厥衆。則有若似于仲尼，紀信似于高祖，牢之似于無忌，宋玉似于屈原。而遥觀君侯，竊疑魏洽。便欲趨就，臨然舉鞭。遲疑之間，未及迴避。且理有疑誤而成過，事有形似而類真，惟大雅含弘，方能恕之也。

【校】

〔成過〕過下郭本、王本俱注云：一本無過字。咸本注云：一本無此一字。

【注】

〔安州〕舊唐書地理志：江南東道安州：隋安陸郡，武德四年，平王世充，改爲安州。

〔嶔崎〕王云：晉書：桓彝字茂倫，雅爲周顗所重。顗嘗歎曰：「茂倫嶔崎歷落，固可笑人也。」

〔有若〕史記仲尼弟子列傳：孔子既没，弟子思慕，有若狀似孔子，弟子相與共立爲師，師之如夫子時也。

〔紀信〕王云：史記漢書載紀信誑楚事，不言其貌似高祖。惟白帖云：紀信貌似漢王，乘黄屋車左纛，詐稱漢王，出降項羽。不詳出於何書，要必有所本。

〔牢之〕〔宋玉〕王云：晉書：何無忌，劉牢之之甥，酷似其舅。襄陽耆舊傳：宋玉識音而善文，襄王好樂而愛賦，既美其才而憎其似屈原也，曰：「子盍從俗，使楚人貴子之德乎！」

白少頗周慎，忝聞義方，入暗室而無欺，屬昏行而不變。今小人履疑誤形似之迹，君侯流愷悌矜恤之恩。戢秋霜之威，布冬日之愛，睟容有穆，怒顔不彰。雖將軍息恨於長孺之前，此無慙德；司空受揖於元淑之際，彼未爲賢。一言見冤，九死非謝。

【校】

〔矜恤〕恤，兩宋本、繆本、咸本俱作捨。王本注云：繆本作捨。

〔長孺〕孺，兩宋本、繆本、郭本、咸本俱作孫，注云：一作孺。王本注云：一作孫。

〔此無〕此，宋甲本作比，誤。

〔受揖〕受，兩宋本作愛，誤。

〔見冤〕王本冤下注云：當作免。

【注】

〔暗室〕王云：南史梁簡文帝紀：弗欺暗室，豈況三光？又阮長之爲中書郎直省，夜往鄰省，誤著屐出閤，依事自列。門下以暗夜人不知，不受列。長之固遣送曰：一生不侮暗室。

〔昏行〕列女傳仁智傳：衞靈公……與夫人夜坐，聞車聲轔轔，至闕而止，過闕復有聲，公問夫人曰：「知此爲誰？」夫人曰：「此蘧伯玉也。」公曰：「何以知之？」夫人曰：「妾聞禮下公門，式路馬，所以廣敬也。夫忠臣與孝子不爲昭昭變節，不爲冥冥墮行。蘧伯玉，衞之賢大夫也，仁而有智，敬於事上，此其人必不以闇昧廢禮，是以知之。」

〔晬容〕文選王融三月三日曲水詩序：晬容有穆，賓儀式序。張銑注：晬，潤澤之貌也。穆，和也。△晬音粹。

〔長孺〕漢書卷五〇汲黯傳：汲黯，字長孺，……爲人性倨少禮，……大將軍青既益尊，姊爲皇后，然黯與亢禮。或説黯曰：「自天子欲令羣臣下大將軍，大將軍尊貴誠重，君不可以不拜。」黯曰：「夫以大將軍有揖客，反不重耶？」大將軍聞，愈賢黯，數請問以朝廷所疑，遇黯加於平日。

〔元淑〕王云：司空受揖事未詳。後漢書：趙壹，字元叔，漢陽西縣人。光和元年，舉郡上計到京師。是時司徒袁逢受計，計吏數百人皆拜伏庭中，莫敢仰視。壹獨長揖而已。逢望而異之，命左右往讓之曰：「下郡計吏而揖三公，何也？」對曰：「昔酈食其長揖漢王，今揖三公，何遽怪哉？」逢即斂衽下堂，延置上坐，因問西方事，大悦，顧謂坐中曰：「此漢陽趙元叔也，朝臣莫有過之者，吾請爲諸君分坐。」坐者皆屬觀。或用其事。司空當是司徒，元淑當是元叔之誤，未可知也。

白孤劍誰託，悲歌自憐。迫于悽惶，席不暇暖。寄絶國而何仰？若浮雲而無依。南徙莫從，北遊失路。遠客汝海，近還鄖城。昨遇故人，飲以狂藥，一酌一笑，陶然樂酣。困河朔之清觴，飫中山之醇酎。屬早日初眩，晨霾未收。乏離朱之明，昧王戎之視。青白其眼，瞢而前行。亦何異抗莊公之輪，怒螳螂之臂？御者趨召，明其是非。入門鞠躬，精魄飛散。昔徐邈緣醉而賞，魏王却以爲賢；無鹽因醜而獲，齊君待之逾厚。白妄人也，安能比之？上挂國風相鼠之譏，下懷周易履虎之懼。慭以固陋，禮而遣之，幸容甯越之辜，深荷王公之德。銘刻心骨，退思狂僭，五情冰炭，罔知所措。晝愧于影，夜慙于魄，啓處不遑，戰跼無地。

【校】

〔遠客〕遠，兩宋本、繆本、咸本俱作言。王本注云：繆本作言。

〔郚城〕郚，郭本作郚。王本注云：蕭本作郚。

〔慭以〕慭，咸本作慙。王本慭下注云：當作慭。

〔狂僭〕僭，郭本作僣。

【注】

〔悽惶〕王云：班固答賓戲：聖哲之治，棲棲遑遑。孔席不暖，墨突不黔。李善注：棲遑，不安居之意也。韋昭曰：暖，温也，言坐不暖席也。淮南子：墨子無暖席。高誘曰：坐席不至於温，歷行諸國，汲汲於行道也。宋書：竈不得黔，席未暇暖。

〔邧城〕王云：史記正義：括地志云：安州安陸縣城，本春秋時鄖國城。杜預春秋經傳集解：鄖國在江夏，雲杜縣東南有鄖縣。邧城即鄖城也，古字通用。

〔狂藥〕晉書卷三五裴楷傳：長水校尉孫季舒嘗與石崇酣燕，慢傲過度。崇欲表免之，楷聞之，謂崇曰：「足下飲人狂藥，責人正禮，不亦乖乎？」

〔河朔〕初學記卷三魏文帝典論曰：大駕都許，使光禄大夫劉松北鎮袁紹軍，與紹子弟日共宴飲，常以三伏之際，晝夜酣飲極醉，至於無知，云以避一時之暑。故河朔有避暑飲。

〔飫〕音於去聲。

〔中山〕文選左思魏都賦：醇酎中山，流湎千日。劉淵林注：中山出好酎酒。其俗傳云：昔有人曰玄石者，從中山酒家沽酒，酒家與之千日之酒，語其節度，比歸百里，可至於醉。如其言飲之，至家而醉。其家不知其醉，以爲死也。棺斂而葬之。中山酒家計向千日，憶曰：「玄石前來沽酒，其醉向解也。」遂往問，其鄰人曰：「玄石死來三年，服已闋矣。」於是與其家至玄石冢上，掘而開其棺，玄石於是醉始解，起於棺中。其俗語曰：玄石飲酒，一醉千日。

〔酎〕説文：酎，三重醇酒也。△酎音宙。

〔晨霾〕王云：晨霾，早時昏霧之氣。△霾音埋。

〔離朱〕孟子離婁：離婁之明。趙岐注：離婁，古之明目者，黄帝時人也，黄帝亡其玄珠，使離朱索之。離朱即離婁也。能視百步之外,見秋毫之末。

〔王戎〕晉書卷四三王戎傳:戎幼而穎悟,神彩秀徹,視日不眩。裴楷見而目之曰:「戎眼爛爛如巖下電。」

〔青白〕晉書卷四九阮籍傳:籍又能爲青白眼。見禮俗之士,以白眼對之。及嵇喜來弔,籍作白眼,喜不懌而退。喜弟康聞之,乃齎酒挾琴造焉。籍大悦,乃見青眼。

〔莊公〕韓詩外傳卷八:齊莊公出獵,有螳螂舉足將搏其輪,問其御曰:「此何蟲也?」御曰:「此是螳螂也,其爲蟲知進而不知退,不量力而輕就敵。」莊公曰:「以爲人必爲天下勇士矣。」於是迴車避之,而勇士歸。

〔徐邈〕三國志魏志卷二七徐邈傳:爲尚書郎,時科酒禁,而邈私飲至於沉醉。校士趙達問以曹事,邈曰:「中聖人。」達白之太祖,太祖甚怒。……鮮于輔進曰:「平日醉客謂酒清者爲聖人,濁者爲賢人,邈性修慎,偶醉言耳。」竟坐得免刑。……文帝踐阼,……車駕幸許昌,問邈曰:「頗復中聖人否!」邈對曰:「昔子反斃於穀陽,御叔罰於飲酒。臣嗜同二子,不能自懲,時復中之。然宿瘤以醜見傳,而臣以醉見識。」帝大笑,顧左右曰:「名不虚立。」

〔相鼠〕詩鄘風相鼠:相鼠有皮,人而無儀。人而無儀,不死何爲?

〔履虎〕易履卦:履虎尾,咥人凶。

〔甯越〕世説政事篇:王安期作東海郡,吏録一犯夜人來,王問何處來,云從師家受書還,不覺日晚。王曰：「鞭撻甯越以立威名，恐非致理之本。」使吏送令歸家。按：甯越事見世説注引吕氏春秋云：甯越，中牟之鄙人也。……其友曰：「……學三十歲則可以達矣。」甯越曰：「請以十歲，人將休吾將不敢休，人將卧吾將不敢卧。」十五歲而周威公師之。王承語指此。

〔狂僁〕王云：廣韻：愆，過也。俗作僁。

〔冰炭〕王云：郭象莊子注：喜懼戰於胸中，固已結冰炭於五藏矣。

〔啓處〕詩小雅采薇：王事靡盬，不遑啓處。毛傳：遑，暇。啓，跪。處，居也。

伏惟君侯明奪秋月，和均韶風。掃塵詞場，振發文雅。陸機作太康之傑士，未可比肩；曹植爲建安之雄才，惟堪捧駕。天下豪俊，翕然趨風。白之不敏，竊慕餘論。何圖叔夜潦倒，不切于事情；正平猖狂，自貽于恥辱？一忤容色，終身厚顔。敢昧負荆，請罪門下？儻免以訓責，恤其愚蒙，如能伏劍結纓，謝君侯之德。敢以近所爲春遊救苦寺詩一首十韻，石巖寺詩一首八韻，上楊都尉詩一首三十韻，辭旨狂野，貴露下情，輕干視聽，幸乞詳覽。

【校】

〔建安〕安，兩宋本、繆本俱作武。王本注云：繆本作武，誤。

〔敢昧〕兩宋本、繆本俱作沐芳。王本注云：繆本作沐芳。

〔以近所爲〕此四字兩宋本、繆本俱作一夜力撰。

【注】

〔太康〕王云：陳思爲建安之傑，陸機爲太康之英。太康，西晉年號，時則有左思、潘岳、二張、二陸之詩。建安，漢末年號，時則有曹氏父子及鄴中七子之詩。

〔叔夜〕文選嵇叔夜與山巨源絶交書：足下舊知吾潦倒麄疎，不切事情。

〔正平〕後漢書卷一一〇禰衡傳：禰衡字正平，（孔）融既深愛衡才，數稱述於曹操。操欲見之，而衡素相輕疾，自稱狂病不肯往，而數有恣言。操懷忿，而以其才名不欲殺之。聞衡善擊鼓，乃召爲鼓史，因大會賓客，試閱音節。諸史過者，皆令脱其故衣，更著岑牟單絞之服。次至衡，衡方爲漁陽摻撾，蹀躞而前，容態有異，聲節悲壯，聽者莫不慷慨。衡進至操前而止。吏呵之曰：「鼓史何不改裝而輕敢進乎！」衡曰「諾。」於是先解衵衣，次釋餘服，裸身而立，徐取岑牟單絞而著之，復參撾而去，顔色不怍。操笑曰：「本欲辱衡，衡反辱孤。」

〔負荆〕史記廉頗藺相如列傳：廉頗聞之，肉袒負荆，因賓客至藺相如門謝罪。索隱：負荆者，荆，楚也，可以爲鞭也。

〔伏劍結纓〕王云：左傳：魏絳將伏劍，士魴、張老止之。孔穎達正義：將伏劍，謂仰劍刃，身伏其上而取死也。左傳：太子下，石乞盂黶敵子路，以戈擊之斷纓。子路曰：「君子死，冠不免。」結纓而死。江淹上建平王書：結纓伏劍，少謝萬一。猶云殺身以報德也。

〔救苦寺〕王云：方輿勝覽：救苦寺在德安府西四里，今名勝業院。今考集中三詩皆不傳。

按：德安，王注原誤作常德，今改。

【評箋】

今人詹鍈云：上安州裴長史書云：前此郡督馬公，朝野豪彦，一見盡禮，許爲奇才。因謂長史李京之曰：諸人之文，猶山無煙霞，春無草樹。李白之文，清雄奔放，句句動人。顧祖禹讀史方輿紀要卷五：史略：景雲二年，置都督二十四人，尋以權重難制，罷之。惟四大都督如故。開元十七年，以潞、益、并、荆、揚爲五大都督，又更定上中下都督之制，其中都督府凡十五，……按安州爲十五中都督府之一，則其復置當在是年。馬公即爲首任都督者也。此李長史必爲京之無疑。

與賈少公書

宿昔惟清勝。白綿疾疲薾，去期恬退，才微識淺，無足濟時。雖中原横潰，將何以救之？王命崇重，大總元戎。辟書三至，人輕禮重。嚴期迫切，難以固辭。扶力一行，前觀進退。且殷深源廬岳十載，時人觀其起與不起，以卜江左興亡。謝安高卧東山，蒼生屬望。白不樹矯抗之跡，恥振玄邈之風，混遊漁商，隱不絶俗，豈徒販賣雲壑，要射虚名？方之二子，實有慙德。徒塵忝幕府，終無能爲。唯當報國薦賢，持以自免，斯言若謬，天實殛之。以足下深知，具申中款。惠子知我，夫何間然？勾當小事，但增悚惕。

【校】

〔宿昔〕王云：上似有缺文。

〔王命〕王，郭本作生。

〔殷深源〕兩宋本、繆本俱無深字。

〔悚惕〕惕，郭本、咸本、王本俱注云：一作佩。

【注】

〔少公〕〔賈少公〕王云：唐人通呼縣尉曰少府，少公即少府也。書内有中原横潰及王命崇重、大總元戎、辟書三至、嚴期迫切等語，疑是永王璘脅行時所作。按：卷二十七有秋日於太原南栅餞陽曲王贊公賈少公……序，當即其人。

〔殷深源〕世説賞譽篇：殷淵源在墓所幾十年，於時朝野以擬管葛，起不起以卜江左興亡。

〔惠子〕文選曹植與楊德祖書：其言之不慚，恃惠子之知我也。

〔勾當〕王云：勾當，幹辦也。唐宋時俚語，今北人猶有此言，俱作去聲呼。

【評箋】

今人詹鍈云：王譜繫至德元載下，注云：書有中原橫潰及大總元戎、辟書三至、嚴期逼迫等語，疑其作應在是時，且疑是應永王辟命時之作。

爲趙宣城與楊右相書

某啓：辭違積年，伏戀軒屏。首冬初寒，伏惟相公尊體起居萬福。某蒙恩，才朽齒邁，徒延聖日。少參末吏，本乏遠圖。中年廢缺，分歸園壑。昔相公秉國憲之日，一拔九霄，拂刷前恥，昇騰晚官，恩貸稠疊，實戴丘山。落羽再振，枯鱗旋躍。運以大風之舉，假以磨天之翔。衣繡霜臺，含香華省。宰劇慙強項之名，酌貪礪清心之節。三典列郡，寂無成功。但宣布王澤，式酬天獎。伏惟相公開張徽猷，寅亮天地。入夔龍之室，持造化之權。安石高枕，蒼生是仰。某鳴躍無已，剪拂因人。銀章朱紱，坐榮宦達。身荷宸眷，目識龍顔。既齊飛于鵷鷺，復寄跡于門館。皆相公大造之力也。而鐘鳴漏盡，夜行不息，止足之分，實愧古人。犬馬戀主，迫于西汜。所冀枯松晚歲，無改節于風霜；老驥餘年，期盡力于蹄足。上答明主，下報相公，縷縷之誠，屏息於此。伏惟相公收遺簪于少昊，念亡弓于楚澤。衰當益壯，結草知歸。瞻望恩光，無忘景刻。

【校】

〔題〕兩宋本趙下脱宣字。

〔蒙恩〕按此二字不成句，似有脱誤。

〔磨天〕磨，王本注云：當作摩。

〔宸眷〕眷，兩宋本、繆本俱作睠。王本注云：繆本作睠。

〔縷縷〕兩宋本、繆本、郭本、咸本俱作慺慺。

〔少昊〕昊，王本注云：當作原。

【注】

〔趙宣城〕王云：趙宣城，宣城太守趙悦也。唐書：天寶十一載十一月庚申，楊國忠爲右相。

按卷十二有贈宣城趙太守悦、卷二十八有趙公西候亭頌，俱可參看。

〔國憲〕王云：唐書楊國忠傳：天寶七載，擢給事中，兼御史中丞。蔡邕文烈侯楊公碑，逮作御史，允執國憲。

〔衣繡〕見卷十一在水軍宴贈幕府諸侍御詩注。

〔含香〕王云：初學記：應劭漢官儀曰：尚書郎含鷄舌香，伏奏事，黄門侍郎對揖跪受，故稱尚書郎懷香握蘭，趨走丹墀。宋書：尚書郎口含鷄舌香，以其奏事對答，欲使氣息芬芳也。

〔強項〕見卷十二贈宣城趙太守悦詩注。

〔酌貪〕晉書卷九〇吴隱之傳：廣州包帶山海，珍異所出，一篋之寄，可資數世。然多瘴疫，人情憚焉。惟貧窶不能自立者，求補長史，故前後刺史皆多黷貨。朝廷欲革嶺南之弊，隆安中以吴隱之爲……廣州刺史，……未至州二十里，地名石門，有水曰貪泉，飲者懷無厭之欲。隱之既至，語其親人曰：「不見可欲，使心不亂。越嶺喪清，吾知之矣。」乃至泉所酌而飲之，因賦詩曰：「古人云此水，一歃懷千金。試使夷齊飲，終當不易心。」及在州，清操逾厲。

〔天奬〕文選任昉奉答勅示七夕詩啓：式酬天奬。劉良注：式，用也。酬，答也。奬，猶恩也。

〔徽猷〕詩小雅角弓：君子有徽猷，小人與屬。毛傳：徽，美也。鄭箋：猷，道也。君子有美道以得聲譽，則小人亦樂與之而自連屬焉。

〔寅亮〕書周官：貳公弘化，寅亮天地。孔傳：敬信天地之教。

〔剪拂〕見卷三天馬歌注。

〔銀章朱紱〕見卷十一贈劉都使詩注。

〔夜行〕三國志魏志卷二六田豫傳：屢乞遜位，太傅司馬宣王以爲豫克壯，書喻未聽。豫書答曰：「年過七十而以居位，譬猶鐘鳴漏盡而夜行不休，是罪人也。」

〔西汜〕王云：楚辭：出自湯谷，入於蒙汜。王逸注：汜，水涯也。言日出東方湯谷之中，入西極蒙水之涯也。謝瞻詩：「扶光迫西汜。」吕延濟注：扶光，日也。迫，薄也。西汜，日入處也。

〔遺簪〕見本卷爲吴王謝責赴行在遲滯表注。

〔亡弓〕家語好生篇：楚王出遊亡弓，左右請求之。王曰：「止！楚王失弓，楚人得弓，又何求之？」

〔結草〕左傳宣十五年：魏顆敗秦師於輔氏，獲杜回，秦之力人也。初魏武子有嬖妾無子，武子疾，命顆曰：「必嫁是。」疾病，則曰：「必以爲殉。」及卒，顆嫁之，曰：「疾病則亂，吾從其治也。」及輔氏之役，顆見老人結草以亢杜回，杜回躓而顛，故獲之。夜夢之曰：「予而所嫁婦人之父也，爾用先人之治命，予是以報。」

與韓荆州書

白聞天下談士相聚而言曰：生不用萬户侯，但願一識韓荆州。何令人之景慕一至於此耶？豈不以有周公之風，躬吐握之事，使海内豪俊奔走而歸之，一登龍門，則聲譽十倍！所以龍盤鳳逸之士，皆欲收名定價於君侯，願君侯不以富貴而驕之，寒賤而忽之。則三千賓中有毛遂，使白得穎脱而出，即其人焉。白隴西布衣，流落楚漢。十五好劍術，徧于諸侯；三十成文章，歷抵卿相。雖長不滿七尺，而心雄萬夫，王公大人許與氣義。此疇曩心跡，安敢不盡於君侯哉？

【校】

〔題〕文粹荆州下有朝宗二字。

〔何令〕文粹無令字。

〔此耶〕文粹無耶字。

〔有周公〕文粹無有字。

〔大人〕人，兩宋本、繆本、郭本俱作臣。王本注云：舊本作臣。今從唐文粹本。

〔君侯哉〕哉，兩宋本，繆本俱作爲。王本注云：繆本作爲。

【注】

〔韓荆州〕王云：唐書：韓朝宗初歷左拾遺，累遷荆州長史。開元二十二年，初置十道採訪使，朝宗以襄州刺史兼山南東道，坐所任吏擅賦役，貶洪州刺史。天寶初，召爲京兆尹，出爲高平太守，貶吴興别駕卒。喜識拔後進，嘗薦崔宗之、嚴武於朝，當時士咸歸重之。

〔吐握〕韓詩外傳卷三：周公曰：「吾文王之子，武王之弟，成王之叔父也，又相天下，吾於天下亦不輕矣。然一沐三握髮，一飯三吐哺，猶恐失天下之士。」

〔龍門〕世説德行篇：李元禮風格秀整，高自標持，欲以天下名教是非爲己任，後進之士有升其堂者，皆以爲登龍門。

〔毛遂〕史記平原君列傳：門下有毛遂者，前自贊於平原君，……平原君曰：「夫賢士之處世也，譬若錐之處囊中，其末立見。今先生處勝之門下，三年於此矣。左右未有所稱誦，勝未有所聞，是先生無所有也？……」毛遂曰：「臣乃今日請處囊中耳，使遂早得處囊中，乃穎脱而出，非特其末見而已。」

君侯制作侔神明，德行動天地，筆參造化，學究天人。幸願開張心顔，不以長揖見拒。必若接之以高宴，縱之以清談，請日試萬言，倚馬可待。今天下以君侯爲文章之司命，人物之權衡，一經品題，便作佳士。而君侯何惜階前盈尺之地，不使白揚眉吐氣，激昂青雲耶？

【校】

〔君侯制作〕君上文粹有而今二字。

〔筆參二句〕兩宋本、繆本、郭本、咸本參下究下各有於字。王本注云：舊本作筆參于造化，學究于天人，今從唐文粹本。

〔何惜〕文粹無何字。

【注】

〔倚馬〕世説文學篇：桓宣武北征，袁虎時從，被責免官，會須露布文，喚袁倚馬前令作，手不輟筆，俄得七紙，殊可觀。

昔王子師爲豫州，未下車即辟荀慈明，既下車又辟孔文舉。山濤作冀州，甄拔三十餘人，或爲侍中尚書，先代所美。而君侯亦薦一嚴協律，入爲祕書郎，中間崔宗之、房習祖、黎昕、許瑩之徒，或以才名見知，或以清白見賞。白每觀其銜恩撫躬，忠義奮發，以此感激，知君侯推赤心于諸賢腹中，所以不歸他人而願委身國士。儻急難有用，敢効微軀。

【校】

〔豫州〕州，兩宋本、繆本、郭本、咸本俱作章，誤。

〔薦一〕文粹作一薦。

〔以此〕文粹上有白字。

〔微軀〕軀，兩宋本、繆本、郭本俱作驅。王本注云：繆本作驅。

【注】

〔王子師〕後漢書卷九六王允傳：王允字子師，……拜豫州刺史，辟荀爽、孔融等爲從事。晉書卷五六江統傳：昔王子師爲豫州，未下車辟荀慈明，下車辟孔文舉。

〔山濤〕晉書卷四三山濤傳：出爲冀州刺史，……冀州俗薄，無相推轂。濤甄拔隱屈，搜訪賢才，旌命三十餘人，皆顯名當時，人懷慕尚，風俗頗革。

〔嚴協律〕按新唐書百官志，太常寺有協律郎。嚴名未詳。

〔崔宗之〕見卷十贈崔郎中之金陵詩注。

〔黎昕〕按：王維集有黎拾遺昕見過詩，當即一人。

且人非堯舜，誰能盡善？白謨猷籌畫，安能自矜？至於制作，積成卷軸，則欲塵穢視聽，恐雕蟲小技，不合大人。若賜觀芻蕘，則請給紙墨，兼之書人，然後退掃閑軒，繕寫呈上。庶青萍結緑，長價於薛卞之門。幸惟下流，大開獎飾，惟君侯圖之。

【校】

〔自矜〕矜，兩宋本、繆本、郭本、咸本俱作盡。王本注云：舊本作盡，今從唐文粹本。

〔則請〕兩宋本、繆本、郭本、咸本此句俱作請給以紙墨，文粹無則字。

〔兼之書人〕兩宋本、繆本、郭本俱作兼人書之。王本注云：舊本作兼人書之，今從唐文粹本。

〔退掃〕掃，兩宋本、繆本、郭本、咸本俱作歸。王本注云：舊本作歸，今從唐文粹本。

〔大開〕開，咸本作閑。

【注】

〔青萍結緑〕見卷九鄴中贈王大勸入高鳳石門山幽居及贈范金鄉二首詩注。

〔薛〕薛燭。見卷二古風第十六首注。

〔下〕卞和。見卷四鞠歌行注。

【評箋】

葉廷琯云：康熙末年，吴門繆曰芑武子重刊李翰林集三十卷，自題云得崑山徐氏所藏臨川晏處善本，重加校正梓之。余曾就俗刻古文總集中太白文二篇勘閱，與韓荆州書内一至於此，繆本此下有耶字。聲價十倍，繆本價字作譽。君侯不以富貴而驕人，繆本君侯上有願字。三千之中，繆本之字作賓。皆王公大人，繆本王公上無皆字。推赤心於諸賢之腹中，繆本無之字。請給紙筆，繆本作請給以紙墨。以上諸字，繆本皆勝於俗刻。惟昔王子師爲豫州，繆本作豫章。考之後漢書王允本傳，實是豫州，所稱辟荀爽、孔融事，太白即用本傳文，是繆本誤而俗刻不誤也。春夜宴桃李園序，繆本集首目録作春夜宴桃花園序，卷首子目及文前標目並同，序中亦云會桃花之芳園，前後四處皆作桃花，不作桃李，自非譌書，亦非臆改。（唐文粹選此序亦作桃花）又序首萬物之逆旅、百代之過客二語，繆本下皆有也字，煞脚末句作罰依金谷酒斗數，以上諸字亦皆繆本勝於俗刻也。太白此二文久膾炙人口，而俱經俗本删改，幸繆刻略存其真，其餘傳誦諸詩當亦有異文，尚未暇徧校，繆本總目附考異一卷，下注嗣出，所考必有可觀，第今未見流傳，嗣出或虛語耳。（吹網録）

今人詹鍈云：王譜：太白與韓荆州書有三十成文章語，此書當是庚午以後甲戌以前四年中之作。注云：朝宗以襄州刺史兼山南東道，其爲荆州長史在是年以前。按舊唐書玄宗紀：開元十八年六月己丑，令范安及韓朝宗就瀍、洛水源流決置門，以節水勢。通鑑開元十八年六月下考異曰：按實録，是歲閏六月，以太子少保陸象先兼荆州長史。朝宗之爲荆州長史必在開元十八年以後。又張曲江集貶韓朝宗洪州刺史制：朝請大夫、荆州大都督府長史兼判襄州刺史、山南東道採訪處置等使、上柱國、長山縣開國伯韓朝宗云云，是朝宗兼判襄州時固仍爲荆州長史也。憶襄陽舊遊贈濟陰馬少府巨詩云：「昔爲大隄客，曾上山公樓。高冠佩雄劍，長揖韓荆州。」明言長揖韓荆州之地在襄陽而不在荆州。今書中云，幸願開張心顔（原書此二字誤），不以長揖見拒，則此篇之作當在本年二月以後。

按：詹氏據大唐詔令集開元二十二年二月十九日初置十道採訪使，以荆州長史韓朝宗兼山南東道採訪使。

上安州裴長史書

白聞天不言而四時行，地不語而萬物生。白人焉，非天地。安得不言而知乎？敢剖心析肝，論舉身之事，便當談笑以明其心，而粗陳其大綱，一快憤懣，惟君侯察焉！

【校】

〔白聞〕聞，文粹作言。

〔不語〕語，文粹作言。

〔萬物〕萬，文粹作百。

〔非天地〕地下兩宋本、繆本俱有也字。王本注云：繆本多一也字。

〔剖心〕剖，郭本作刻。王本注云：蕭本作刻心析肝。

〔大綱〕文粹作萬一。

〔一快〕文粹作悒快。

【注】

〔憤懣〕漢書司馬遷傳：是僕終已不得舒憤懣以曉左右。顏師古注：懣，煩悶也。

白本家金陵，世爲右姓，遭沮渠蒙遜難，奔流咸秦，因官寓家。少長江漢，五歲誦六甲，十歲觀百家，軒轅以來，頗得聞矣。常橫經藉書，制作不倦，迄于今三十春矣。以爲士生則桑弧蓬矢，射乎四方，故知大丈夫必有四方之志。乃仗劍去國，辭親遠遊，南窮蒼梧，東涉溟海。見鄉人相如大誇雲夢之事，云楚有七澤，遂來觀焉。而許相公家見招，妻以孫女，便憩跡于此，至移三霜焉。

【校】

〔蒙遜〕此下文粹有之字。

〔藉書〕藉，郭本、王本俱作籍，今從兩宋本、繆本。

〔射乎〕乎，文粹作于。

〔仗劍〕仗，兩宋本、繆本、郭本俱作杖。王本注云：繆本作杖。

〔憩跡〕兩宋本、繆本俱無跡字。王本注云：繆本無跡字。

【注】

〔金陵〕王云：按晉書：涼武昭王諱暠，字玄盛，隴西成紀人，姓李氏，漢前將軍廣之十六世孫也。廣曾孫仲翔，後漢初爲將軍，討叛羌於素昌，素昌乃狄道也。衆寡不敵，死之。仲翔子伯考奔喪，因葬於狄道之東川，遂家焉。世爲西州右姓。玄盛當吕氏之末，爲羣雄所奉，遂啓霸圖，兵不血刃，坐定千里。進號大都督大將軍涼公，領秦、涼二州牧，據河右，遷都酒泉。薨，子歆嗣位，爲沮渠蒙遜所滅，諸弟酒泉太守翻、新城太守預、領羽林監密、左將軍姚、右將軍亮等，西奔燉煌，翻及弟燉煌太守恂與諸子等棄燉煌奔於北山。郡人宋丞、張弘以恂在郡有惠政，推爲冠軍將軍、涼州刺史。蒙遜屠其城。歆子重耳脱身奔於江左，仕於宋，後歸魏，爲弘農太守。蒙遜徙翻子寶等於姑臧。歲餘，北奔伊吾，後歸於魏。胡應麟續筆叢：涼武昭王之世，南北瓜分已久，即云先世金陵，後遷隴、蜀，亦萬萬不通。蓋後人因白僑寓白門而僞爲此書云云。琦按：自本家金陵至少長江漢二十餘字，必有缺文訛字，否則金陵或是金城之謬，亦未可知，斷爲僞作者非是。

〔右姓〕新唐書卷一九九柳冲傳：江左定氏族，凡郡上姓第一則爲右姓。大和以郡四姓爲右姓。齊浮屠曇剛類例：凡甲門爲右姓。周建德氏族，以四海通望爲右姓。隋開皇氏族以上品茂姓則爲右姓。唐貞觀氏族志：凡第一等則爲右姓。路氏著姓略，以盛門爲右姓。李冲姓族系録，凡四海望族則爲右姓。

〔六甲〕王云：禮記：九年教之數日。鄭康成注：朔望與六甲也。漢書：八歲入小學，學六甲五方書計之事。南史：顧歡年六七歲，知推六甲。六甲，今之六十甲子。按：馮浩樊南文集詳注卷七云：禮記，六年教之數與方名。注曰：方名東西。九年教之數日。注曰：朔望與六甲也。漢書志：日有六甲，辰有五子。王粲儒吏論：古者八歲入小學，學六甲五方書記之事。

〔横經藉書〕漢書卷一〇〇叙傳：徒樂枕經籍書，紆體衡門。

〔桑弧〕禮記射義：故男子生桑弧蓬矢六，以射天地四方。天地四方者，男子之所有事也。故必先有志於其所有事，然後敢用穀也。

〔雲夢〕見卷一大獵賦注。

〔許相公〕王云：許相公謂許圉師。按舊唐書：許紹，字嗣宗，本高陽人。梁末徙於周，因家於安陸，累官硤州刺史，封安陸郡公。少子圉師有器幹，博涉藝文，舉進士。顯慶二年，累遷黄門侍郎同中書門下三品。龍朔中，爲左相。爲李義府所擠，左遷虔州刺史，尋轉相州刺史。上元中再遷户部尚書，儀鳳四年卒。

曩昔東遊維揚，不踰一年，散金三十餘萬，有落魄公子，悉皆濟之。此則白之輕財好施也。又昔與蜀中友人吴指南同遊于楚，指南死于洞庭之上，白禫服慟哭，若喪天倫，炎月伏屍，泣盡而繼之以血。行路聞者，悉皆傷心。猛虎前臨，堅守不動。遂權殯于湖側，便之金陵。數年來觀，筋肉尚在。白雪泣持刃，躬身洗削，裹骨徒步，負之而趨，寢興攜持，無輟身手。遂丐貸營葬于鄂城之東。故鄉路遥，魂魄無主，禮以遷窆，式昭朋情。此則是白存交重義也。

【校】

〔此則〕則下文粹有是字。

〔泣盡而〕郭本、咸本俱無而字。王本注云：郭氏本無而字。

〔筋肉〕肉，兩宋本、郭本、咸本俱作骨。王本注云：集本作骨，今從唐文粹本。

〔躬身〕身，文粹作申。

〔朋情〕朋，兩宋本作明。

【注】

〔禫服〕儀禮士虞禮：朞而小祥，又朞而大祥，中月而禫。鄭注：中，猶間也。禫，祭名也。與大祥間一月，自喪至此，凡二十七月，禫之言澹，澹然平安意也。古文禫或爲導。王云：禮記：中月而禫，禫而纖。鄭康成注：黑經白緯曰纖。舊説，纖冠者采纓也。孔穎達正義：禫而纖者，禫祭之時，玄冠朝服，禫祭既訖而首著纖冠，身著素端黄裳，以至吉祭。禫服即素服之義。△禫音覃上聲。

〔鄂城〕王云：鄂城謂江夏郡城，本名鄂州，故曰鄂城。

〔窆〕王云：小爾雅：下棺謂之窆。△窆音貶。

又昔與逸人東嚴子隱於岷山之陽，白巢居數年，不跡城市，養奇禽千計，呼皆就掌取食，了無驚猜。廣漢太守聞而異之，詣廬親覩。因舉二人以有道，並不起。此則白養高忘機不屈之跡也。

【校】

〔東嚴〕嚴，文粹作巖。

【注】

〔岷山〕王云：尚書蔡傳：晁氏曰：蜀以山近江源者通爲岷山。連峯接岫，重疊險阻，不詳遠近，青城、天彭之所環遶，皆古之岷山。青城乃其第一峯也。地理今釋：岷山跨古雍、梁二州，自陝西鞏昌府岷州衛以西，大山重谷，谽谺起伏，西南走蠻箐中，直抵四川成都府之西境。凡茂州之雪嶺，灌縣之青城，皆其支脈，而導江之處則在今松潘衛北西番界之浪架嶺。漢書地理志所云：岷山在湔道縣西徼外，是也。

〔廣漢〕王云：太白，巴西郡人。唐之巴西郡，即漢之廣漢郡地，取舊名以代時稱，唐人多有此習，其實唐時無廣漢太守之名也。

〔有道〕王云：有道，唐取士科名。唐書高適傳：舉有道科中第是也。

又前禮部尚書蘇公出爲益州長史，白於路中投刺，待以布衣之禮，因謂羣寮曰：「此子天才英麗，下筆不休，雖風力未成，且見專車之骨，若廣之以學，可以相如比肩也。」四海明識，具知此談。前此郡督馬公，朝野豪彦，一見盡禮，許爲奇才，因謂長史李京之曰：「諸人之文，猶山無烟霞，春無草樹。李白之文，清雄奔放，名章俊語，絡繹間起，光明洞澈，句句動人。」此則故交元丹親接斯議。若蘇馬二公愚人也，復何足陳？儻賢賢也，白有可尚。

【校】

〔羣寮〕羣，文粹作郡。

〔盡禮〕兩宋本、繆本俱無禮字。王本注云：繆本少盡字。

〔洞澈〕此下咸本注云：一本云：句句動人。此則故交元丹親接斯議，若蘇馬二公愚人也。文粹無此數句。

〔復何足陳〕兩宋本、繆本足下有盡字。文粹作何以盡陳。王本足下注云：繆本多一盡字。

【注】

〔蘇公〕舊唐書卷八八蘇頲傳：開元四年遷紫微侍郎，進同紫微黄門平章事。八年，除禮部尚書罷政事。俄知益州大都督長史事。

〔專車〕國語魯語：昔禹致羣臣於會稽之山，防風氏後至。禹殺而戮之，其骨專車。

〔馬公〕按：今人詹鍈云：上安州裴長史書云：前此郡督馬公，朝野豪彦，一見盡禮，許爲奇才，因謂長史李京之曰：……李白之文清雄奔放，……顧祖禹讀史方輿紀要卷五：史略：景雲二年置都督二十四人，尋以權重難制，罷之，惟四大都督如故。開元十七年以潞益并荆揚爲五大都督，又更定上中下都督之制，其中都督府凡五……。（都督制置改易，通典、元和郡縣志、兩唐書均有紀載，然皆不若是之詳。）按安州爲十五中都督府之一，則其復置當在是年（開元十七年），馬公即首任都督者也。

〔元丹〕按：即元丹丘。見卷七西岳雲臺歌送丹丘子等詩注。

夫唐虞之際，於斯爲盛，有婦人焉，九人而已。是知才難不可多得。白野人也，頗工於文，惟君侯顧之，無按劍也。伏惟君侯貴而且賢，鷹揚虎視，齒若編貝，膚如凝脂，昭昭乎若玉山上行，朗然映人也。而高義重諾，名飛天京。四方諸侯聞風暗許。倚劍慷慨，氣干虹蜺。月費千金，日宴羣客。出躍駿馬，入羅紅顏。所在之處，賓朋成市。故時人歌曰：「賓朋何喧喧？日夜裴公門。願得裴公之一言，不須驅馬埒華軒。」白不知君侯何以得此聲于天壤之間，豈不由重諾好賢，謙以得也？而晚節改操，棲情翰林，天材超然，度越作者。屈佐鄖國，時惟清哉！稜威雄雄，下慴羣物。

【校】

〔君侯〕咸本以下注云：一本云：顧之無按劍也伏惟君侯。

〔玉山上行〕上，文粹作之。

〔映人也〕文粹無也字。

〔時人〕人，兩宋本、繆本俱作節。王本注云：繆本作節。

〔埒〕兩宋本、繆本俱作將。王本注云：繆本作將。

〔謙以〕文粹下有下士二字。

〔鄖國〕鄖，兩宋本、繆本俱作邨。王本注云：繆本作邨。

〔慴〕繆本作熠，宋甲本作慴。王本注云：繆本作熠。

【注】

〔唐虞〕論語泰伯篇：武王曰：予有亂臣十人，子曰：才難，不其然乎！唐虞之際，於斯爲盛，有婦人焉，九人而已。何晏注：十人謂周公旦、召公奭、太公望、畢公、榮公、太顛、閎夭、散宜生、南宮适，其一人謂文母。

〔編貝〕漢書卷六五東方朔傳：齒若編貝。
〔凝脂〕詩衛風碩人：膚如凝脂。
〔玉山〕世説容止篇：見裴叔則如玉山上行，光映照人。
〔翰林〕文選揚雄長楊賦：故藉翰林以爲主人，子墨爲客卿以風。李善注：翰林，文翰之多若林也。

白竊慕高義，已經十年，雲山間之，造謁無路。今也運會，得趨末塵，承顔接辭，八九度矣。常欲一雪心跡，崎嶇未便。何圖謗言忽生，衆口攢毁，將恐投杼下客，震於嚴威，然自明無辜，何憂悔吝？孔子曰：「畏天命，畏大人，畏聖人之言。」過此三者，鬼神不害。若使事得其實，罪當其身，則將浴蘭沐芳，自屏于烹鮮之地。惟君侯死生！不然，投山竄海，轉死溝壑，豈能明目張膽，託書自陳耶？昔王東海問犯夜者，曰：「何所從來？」答曰：「從師受學，不覺日晚。」王曰：「吾豈可鞭撻甯越以立威名？」想君侯通人，必不爾也。

【校】
〔謗言〕言，兩宋本、繆本俱作詈。王本注云：繆本作詈。

〔將恐〕恐，兩宋本、繆本俱作欲。王本注云：繆本作欲。

【注】

〔悔吝〕易繫辭：悔吝者，憂虞之象也。

〔天命〕論語季氏篇：孔子曰：君子有三畏，畏天命，畏大人，畏聖人之言。

〔烹鮮〕老子：治大國若烹小鮮。

〔東海〕見本卷上安州李長史書注。

願君侯惠以大遇，洞開心顔，終乎前恩，再辱英盼。白必能使精誠動天，長虹貫日，直度易水，不以爲寒。若赫然作威，加以大怒，不許門下，逐之長途，白即膝行于前，再拜而去，西入秦海，一觀國風，永辭君侯，黄鵠舉矣。何王公大人之門，不可以彈長劍乎？

【校】

〔大遇〕遇，文粹作愚。

〔作威〕作，文粹作振。

【注】

〔長虹〕見卷一擬恨賦注。

〔易水〕見卷一擬恨賦注。

〔秦海〕王云：秦海，秦地也。古以秦地爲陸海，故謂之秦海。

【評箋】

王云：容齋四筆：李太白上安州裴長史書：裴君不知何如人，至譽其貴而且賢，名飛天京，天才超然，度越作者，稜威雄雄，下慴羣物。予謂白以白衣入翰林，其蓋世英姿，能使高力士脱靴於殿上，豈拘拘然怖一州佐者耶？蓋時有屈伸，正自不得不爾。大賢不偶，神龍困於螻蟻，可勝嘆哉！白此書自序其生平云：昔與蜀中友人吴指南同遊，指南死於洞庭之上，白禫服慟哭，炎月伏尸，猛虎前臨，堅守不動，遂權殯於湖側。數年來觀，筋肉尚在，雪泣持刃，躬申洗削，裹骨徒步，負之而趨，遂丐貸營葬於鄂城。其存交重義如此。又與逸人東巖子隱於岷山，巢居數年，不跡城市，養奇禽千計，呼皆就掌取食，了無驚猜，其養高忘機如此，而史傳不爲書之，亦爲未盡。